主编　凌翔

当代作家精品·散文卷

鲜花开遍了十字岭

沈裕慎　著

文化发展出版社
Cultural Development Press
·北京·

图书在版编目（CIP）数据

鲜花开遍了十字岭/沈裕慎著. — 北京：文化发展出版社，2025.4
ISBN 978-7-5142-4235-5

Ⅰ. ①鲜… Ⅱ. ①沈… Ⅲ. ①散文集-中国-当代 Ⅳ. ① I267

中国国家版本馆CIP数据核字(2024)第016744号

鲜花开遍了十字岭

沈裕慎　著

责任编辑：孙　烨　　　　责任校对：岳智勇
责任印制：邓辉明　　　　封面设计：吉建芳
出版发行：文化发展出版社（北京市翠微路 2 号　邮编：100036）
发行电话：010-88275993　010-88275711
网　　址：www.wenhuafazhan.com
经　　销：全国新华书店
印　　刷：三河市中晟雅豪印务有限公司

开　　本：787mm × 1092mm　1/16
印　　张：20.5
字　　数：286 千字
版　　次：2025 年 4 月第 1 版
印　　次：2025 年 4 月第 1 次印刷

定　　价：99.80 元
I S B N：978-7-5142-4235-5

◆ 如有印装质量问题，请联系印刷厂　电话：13121110935

目 录

烟雨南湖分外红

江南的雨，像细丝，如牛毛，稀稀疏疏，如梦似幻。放眼看去，整个天地笼罩在袅袅的烟雾里，有一种朦朦胧胧的感觉。

虽然时间过去这么久了，但我仍然清楚地记得，那天的南湖是飘着雨丝的，仿佛就在眼前。人生之事，有不可不忘者，有不可忘者。南湖的这种记忆，就已经深深地镌刻在我的心灵深处。

（一）

时值建党90周年之际，我来到了这个中国革命航船的起航地：嘉兴南湖。我到了渡口，登上渡船，船儿一摇一晃地缓缓前进。这又给诗一样的环境，增添了一点儿诗情画意。这轻吹的风，这荡漾的波，掸拂了我旅途的疲劳，洗却了我旅途的风尘。俗称小瀛洲的湖心岛，在烟霭似纱里显得分外迷人，恰如一幅写意的水墨画，把南湖装扮得更加如梦如幻。我又一次在若有若无的细雨中，徜徉在了烟雨南湖。

湖心岛掩映在浓浓的绿色里，历经千年的烟雨楼，仍傲然挺立。匾额上"烟雨楼"三个大字，系老一辈无产阶级革命家董必武手书，笔力遒劲，很显功力。楼的下面大厅的两根立柱上，有董必武在1963年12月写的一副对联：烟雨楼台，革命萌生，此间曾著星星火；风云世界，逢春蛰起，到处皆闻殷殷雷。还有清晖堂、乾坤碑亭、观音阁、宝梅亭、鉴亭、钓鳌矶、八景碑等多个景点。"清晖堂"是一座门厅，是清朝为皇帝南巡而建的。清晖堂后面四周围有短墙的曲阑，雕楼画阁的大院子，其中假山耸峙，栽种着各种花木。

我跨进大门，步入庭院，天地不大，却是亭楼阁榭，式式俱全，假山曲径，安排得当，古树盆景，搭配有致，常绿灌木青青，应时花儿开放。登烟雨楼，则又是一番景象，看不见岸边，看不见水面。只见这湖面上，烟雾腾腾，如万家举炊，炊烟飘忽；又如蓬莱仙岛，仙云缭绕。我不由得想：怪不得取名烟雨楼，怪不得历代有许多皇帝游历此地。

南湖因地处嘉兴城南而得名，古称彪湖，马场湖。南湖是天然湖泊，面积 800 多亩，水深 3 米至 5 米。地处太湖流域，四周地势平坦，河港纵横。分为东西两湖，形似鸳鸯交颈，古时常有鸳鸯栖息，合称鸳鸯湖。追溯“南湖”的历史，形成于两千多年前的汉代。现之所以举世闻名，在于这里曾是中共一大会址之一。

船在湖里悠游了一圈，摇到离湖心岛烟雨楼东南约 200 米的僻静湖面上，便停橹住棹，停在湖面。

其实，当年一大代表们并没打算在这里开会。是一个巡捕在上海一条普通弄堂的神秘现身，是一个年轻女性不经意间的一条建议，改变了一个会议的进程，让一个湖声名远播，让这条船名扬千古。那个女子的名字叫王会悟，那个湖是她家乡的嘉兴南湖，那条普普通通的小船也有了一个响亮的名字“南湖红船”。

（二）

是谁促成了中共一大在嘉兴续会？是谁肩负起筹备一大南湖会议的艰巨任务？是谁全程为红船上的代表们警卫放哨？

是王会悟，一位身材娇小的浙江嘉兴女性。这样重要的保卫任务，缘何落到一个弱女子肩上？

王会悟貌弱志坚。辛亥革命后，她办起桐乡第一所女子小学，宣传进步思想，反对封建陋习，鼓励女性走出一条新路。

1918 年，王会悟在教会背景的湖郡女塾就读期间，深受《新青年》杂志影响，激动地用白话文给陈独秀写信。陈独秀欣喜地回信：“没想到我们的新思想影响到教会学堂了。”

1920 年，王会悟在上海结识了传播马克思主义的先驱者李达，两人于 1921 年 4 月结成伉俪，婚礼就在陈独秀家的客厅里举办。中共一大召开前，李达是会议的具体筹划者，王会悟协助丈夫做筹备工作。

当年，中共一大代表出了嘉兴火车站，在狮子汇渡口登船赴南湖。如今，这里已成嘉兴一处景观：一组人物雕像矗立于此，或结伴行走，或翘首凝视，生动再现了代表们当年的赴会情景。

仔细观察，我发现，塑像里除了参会代表，还有一位党外人士王会悟，她正凝望远方，若有所思。

王会悟只是一个会务人员，何以能入列？据了解，王会悟作为一大代表李达的夫人，一直为筹备一大忙前跑后。特别是上海的会议被迫中断后，她勇敢提议，将会议转移到嘉兴南湖。

嘉兴地区思想活跃，新思想广泛，革命志士荟萃，爱国运动风起云涌，有很好的革命基础。上海早期党组织的党员中，浙江籍的就有好几位。在会议已受到上海原法租界巡捕滋扰、警方关注的情况下，沈雁冰（茅盾）、邵力子等浙籍党员都纷纷支持到嘉兴南湖续会的建议。

再者，王会悟在代表们开会时，始终在船上勇当“红船守护人”。后来，她一生致力于中国妇女的解放事业，毛泽东评价她是一个“真正的人”。

王会悟虽然只是一个党外人士，她却深受共产党人理想情操的熏染，关键时刻挺身而出，敢于担当，把自己的人生写出了另一种精彩。

中国共产党的诞生，意味着一个新的革命火种，在沉沉黑夜中点燃了。从此，在古老落后的中国出现了完全新式的，以马克思列宁主义为行动指南的，以实现社会主义和共产主义为奋斗目标的统一的无产阶级政党。从此，中国革命的航船就从南湖扬帆起航了，尽管前面是风刀霜剑，尽管有一路的惊涛骇浪，但这艘红船就这样义无反顾地绕过几多暗礁，穿越无数险滩，不忘初心，披荆斩棘，以“星星之火，可以燎原”的气魄，最终迎来了人民共和国鲜亮晨曦。抚今思昔，怎能不感慨万千，豪情满怀啊！

中华人民共和国成立后，为了纪念这一段不可忘却的历史，根据参加过中共一大代表的回忆和相关的史料记载，嘉兴重新仿造了一艘画舫，供后来者缅怀、凭吊。这艘“红船”，与 20 世纪 20 年代流行于江南的丝网船相同。船壳是黄褐色（栗壳色），硬棚是黑红色（荸荠色），茅棚是烟灰黑（陈旧的沧桑感），船内有楹梁、画屏和门窗，都雕刻着精致的图案。船的中舱，中央放着一张方桌，摆着茶具；前舱搭有凉棚，后舱设有床榻，船尾有菜厨炊具等物。船后系小木船，为当时进城购物所用。这些，已得到当年中共一大南湖会议亲历者董必武和当时作为会务人员的王会悟的充分肯定。

“革命声传画舫中，诞生共党庆工农。”一大代表董必武于1964年重访嘉兴时，曾为南湖革命纪念馆题诗纪此盛事。

如今，根据董必武、王会悟等人意见建造的这艘红船，就静静地停泊在南湖湖心岛烟雨楼前的水面上，为前来瞻仰的人们讲述“一条小船诞生一个大党”的动人故事。

此次的嘉兴之行，我感到变化最大的是纪念馆。1959年成立的南湖革命纪念馆，红船停靠的湖心小岛成为最初的馆舍。1991年，纪念馆移到南湖西北岸，由邓小平题写馆名，建设资金主要由党员自愿捐献。随着“红色旅游”的日益红火，原日接待能力只有2000人次的纪念馆，拥挤不堪。为此，南湖革命纪念馆新馆于2007年开建，2008年国庆节新馆进入试开放阶段，2011年党的九十华诞正式对外开放。

与老馆相比，新馆会给参观者带来怎样耳目一新的感受呢？我怀着期待和崇敬的心情，对新馆进行了探访。新馆距离原馆1千米左右，占地3800平方米，建筑面积1980平方米，坐北朝南，由“一主两副”三幢建筑组成，是原纪念馆的10倍。主楼为地下一层、地上三层；东、西两侧副楼均为两层。新馆分三大功能区：主楼为主展区，西副楼为副展区，东副楼为服务区。主楼顶部矗立着天圆地方的建筑标志，隐喻着中国共产党的丰功伟绩如天地日月，永垂于世。

（三）

一走进新馆，我就感受到一段段历史扑面而来。相对于老馆而言，新馆的展示内容更加具有广度和深度。展示主题包括“开天辟地”和“光辉历程”两大方面，其内容除了图片、文字这些传统的展示手法之外，更多地运用了雕塑、场景、油画、三维立体影像、多媒体系统、触摸屏等新手法、声光电等高科技的完美结合，将多年前的历史生动地展现在世人面前。

新馆内还有不少历史场景，是用油画作品来表现的，如“南陈（陈独秀）北李（李大钊）相约建党”的油画，是由油画大师陈坚绘制。沈加蔚的《兼容并包》，再现了在新文化运动中各种思想百家争鸣的场景。这些艺术品的点缀，让整个展示更有观赏性。

新馆展示的另一显著特点，就是复原了大量的历史场景。每个场景的规模都很大，且形象生动，颇具震撼力，如“南湖红船”模型，是按照红船 1∶1 的比例复制而成，外观一模一样。“陈望道翻译《共产党宣言》”的复原场景也很生动。工作人员介绍，为了制作这个场景，他们到陈望道的家乡征集实物，得到了当地人的大力支持。“油灯、水桶、椅子、梯子等，这些物品都不是后期仿制的，全是真家伙。”

烟雨楼四面临水，风物清华，向称胜景。现今保存下来许多碑石，有宋代“黄庭坚书赠季方叔”碑，苏轼的“马卷”两字石刻，米芾的诗碑；元代吴镇的画竹石刻；近代吴昌硕的“蒲君（竹英）墓志铭”等，这深厚的文化积淀，是值得嘉兴人引以为豪的。近年，嘉兴市对南湖景区整体环境的保护和改造卓有成效，环湖还恢复和新建了会景园、勺园、文字书碑苑、揽秀园、五相祠、祭龙坛等，极具江南园林特色与历史文化价值，令游人在缅怀和追忆中，更懂得感恩和珍惜。

烟雨茫茫，秀水泱泱，红船依旧，精神永恒。一条小船，一天短会。然而，这一天，极不平常。历史已永远铭记这一天！

“古老的文化从这里传扬，革命的红船从这里起航……”从烟雨迷蒙中驶出了这条普通游船，从此不再普通，其厚重、恒久的魅力，将镌刻在每一个中华儿女的心中。用景敬、用牢记，更用感恩……嘉兴南湖，已刻进了永恒的岁月之中，见证了“开天辟地的大事变”。

2011 年 6 月 30 日

初心照亮井冈行程

八百里罗霄，五百里井冈，山路盘旋，满目苍翠，修竹、茂林、盛开的杜鹃花，还有红米饭、南瓜汤、峥嵘岁月的遗迹，魂牵在我的脑海。

初到井冈山，是新奇、兴奋，是弥望的绿、清新的空气，还有淳朴的民风、出人预料的时尚气息。井冈山名胜风景区，森林覆盖率达 80% 以上，有 60 多处风景点，320 多个景观景物，层峦叠翠，巍峨雄健，苍劲浩茫，如诗似画，好不摄人心魄。一场春雨过后，整座井冈，滢润灵动、元气酣畅，云雾缭绕，沟渠、坡坎、河道、飞瀑，莫不淙淙有声，银流跌宕。难怪郭沫若当年游览后，留下了“井冈下山后，万岭不思游”的赞叹。老一辈革命家陆定一曾这样评价，“井冈山二件宝：历史红，山林好”。这是对井冈山的高度概括……

井冈山是人民军队的摇篮，是人民政府的摇篮，也是中国革命走向胜利的起点。这样的地方，这样的信念，这样的精神，可以说是一部气势磅礴的经典史诗，是一段催人泪下的感人故事！在这里，每一个人的心灵，都会受到一次震撼。

“物华天宝钟灵毓秀，绿色明珠流光溢彩。”我加入了重温井冈红色记忆的行旅之中，缅怀革命先烈，接受革命传统教育，寻找共产党人的初心，耳闻目睹井冈诸多奇观异趣，聊记数则，以志存念。

黄洋界奇观

井冈山巍巍，征途路漫漫。

踏上井冈，正是早晨。山路曲折，晨风清冷。“井冈山，是因为与中国革命息息相关。1927 年秋收起义后，中国工农红军，经三湾村来到井冈山，开始创建第一个农村革命根据地。在这里，孕育了‘工农武装割据’思想，点燃了全国的‘星星之火’，开辟了‘以农村包围城市，武装夺取政权’的新思路，最终走出了一条中国式的革命道路，实现了中国革命的历史性飞跃……”耳听文友充满激情的讲解。哦，是我们党选择了井冈山，历史的中国选择了井冈山！于是，神仙境地未能成为化外避世的桃源地，自 1927 年的 10 月开始，于群山密林处，摇曳翠竹下，清溪碧洞旁，涌动起了一股红色的力量，开辟了一个红色的圣地。

“井冈山是革命的山、战斗的山，也是英雄的山、光荣的山。”这里，见证了中国共产党人开辟农村包围城市、武装夺取政权道路的伟大实践；这里，见证了党与人民群众同甘共苦、血脉相连优良作风的养成；这里，见证了跨越时空的井冈山精神的孕育与形成。

汽车奔驰在山高林密、沟壑纵横、层峦叠嶂、地势险峻的山中。在盘绕的山路上兜转，抵达了海拔 1343 米的黄洋界。黄洋界，乃井冈天然屏障，是红军当年在井冈设立的五大哨所之一。我知其名，已是几十年前。诗曰：

山下旌旗相望，山头鼓角相闻。
敌军围困万千重，我自岿然不动。
早已森严壁垒，更加众志成城。
黄洋界上炮声隆，报道敌军宵遁。

毛泽东的这首诗，我平时偶有记诵，但其中意境，却难以感悟。如今身临其境，虽硝烟已远去，但我仍能感受到那隆隆的炮声中，蕴藏着那股红色力量给予这片山谷的震撼。我想这里曾是敌我厮杀，兵家争夺的军事要隘，故自有一番神往之情。此番有幸登临，遂有了我夙愿之感！

登上黄洋界，群山巍巍、气势磅礴，峻峭非凡。纪念碑分外显眼。横者，威武壮观；竖者，直插云天。毛泽东手书的《西江月 · 井冈山》与“星星之火可以燎原”，朱德题写的“黄洋界”，遒劲有力，在阳光照射下，熠熠生辉。哨口的工事旁，架一门“镇山炮”。炮两侧排叠滚石，钢索捆拌檑木。此景，再现当年一将当关的要塞雄姿，耳际犹闻厮杀之声，颇具古战场风貌。好事者中倚炮叉腰作指挥状者有之；手持矿泉水瓶做装弹手者有之，纷纷留下勃发英姿。极目远视，群山起伏，峰峦峻拔；低首俯瞰，壑谷幽深，陡峭险峻，气象万千，谷底小道羊肠，山间茅舍二三，皆隐可辨。难怪伟人有“过了黄洋界，险处不须看”之感叹！

我之有幸，还不独观黄洋界之雄伟，更目睹云海之壮观！传称：“黄洋界云海奇，一天三十二变余。”说是三十多变，恐言过之，瞬间即变，千真万确。刚才还是天高云淡，五百里井冈尽收眼底。转眼，峡谷中雾气升腾，群山朦胧。但见远处似滔滔白浪翻滚，犹同“八月钱塘潮”奔腾而来。放眼望去，又似一片汪洋。群山尽淹，偶尔露出尖峰数个，极似万顷波涛中孤帆点点。

黄洋界，壮观也。

彩虹奇瀑

彩虹奇瀑，传称天下一绝。其位在水口，处红色井冈之深山密林，恰如古人王荆公所云：世之奇伟瑰怪非常之观，常在于险远，而人之所罕至焉。

清晨，我们前往寻幽探胜。进入景点，山径坎坷，悬崖盘旋。时上时下，乍平乍险。一侧依山，溪间流水。涓涓细流，一侧临渊，泉水百跌，急流勇进。上攀脚脚用力，下行步步留神。纵然满目青山叠翠，也不敢左顾右盼。相嘱“行不观景，观景不行”，唯恐“一失足成千古恨”。

井冈山地势险峻，崖路崎岖，溪流密布。这些溪流，有的湍急而下，有的依山萦绕，有的却飞流成瀑，给井冈山增添了无限风光。井冈山林竹茂密，花木繁多，这里不仅有千山树，万山水，走路不见天的片片山林，漫山遍野，还有那郁郁苍苍的井冈山翠竹和红色杜鹃，为多姿的井冈山更添风采。

道中小憩，见回返者，满头水珠，衣衫尽湿。我们相顾叹曰：“下山更比上山难。”看来此言不谬！欲观处险远之非常奇观，若非有志复有力不怠者，实难至亦！我想，同行中，我虽年长，余之力尚足，当遂成吾志方无悔，与众人续进不辍。

其间，登攀险阻，苦不待言！直至一山壁拐弯处，前队打住。隐闻深谷传响声若雷鸣。待转过弯处，顿时细雨小雾扑面。但见，对面瀑布似万马奔腾而下。上似白练横空，下同银帘高挂。如此壮观者，何也？透过细雾细观之，此瀑非同别处顺崖而泻，而是腾空跌落在悬崖中，落差百余丈，水流被石壁挡住，遂名"水口"。在"水口"处再行跌落，遂成飞瀑。更为奇者，瀑布飞花喷玉，水雾缭绕，阳光下波光闪动，成弧形彩带。赤、橙、黄、绿、青、蓝、紫七色可见，绚丽斑斓。且瀑中有虹，圈圈相套；人在虹中，伸手可持。我们为在景点留下"手持彩练当空舞"一影，疾进急退，依然不免个个成"落汤鸡"状。相顾大笑，方知前返行者衣湿，原是此故。

彩虹乃至瀑布，闻之平常，见之也易！然彩虹瀑布合一，且身在虹中，持虹而舞之经历，实为我平生未有，昔闻所未闻，遑论所见。

更神奇的是，瀑布潭水的中央，有一块巨石，酷似一个站立的观音菩萨，在瀑帘后半隐半现，面带微笑，双手合十，普度众生。最妩媚的是玉女潭瀑布，活脱脱一个体态柔美的白裙少女，她侧身而立，细腰一扭，似在翩翩起舞，真有点"回头一笑百媚生，六宫粉黛无颜色"的诗意，别有味道，别有情趣。

大井奇树

井冈山有五井，是红军根据地，访大井毛主席、朱总司令旧居，看小井红军医院，深受革命传统教育。问起五井是否真有五口大井？文友解释道："井冈五井，乃五个村落。以大井居中，北有小井、中井，两侧是上井，下井，毛主席、朱总司令旧居位居中心。"

据我在实地考察，果真如此布局。据专家毛秉华先生考证："在西周井田制中，田分九块，中为公田。"大井可谓在"井"字形黄洋界"口"的中心位置，岂不奇哉妙也？

井冈有奇树，就在大井毛泽东故居宅后。树有两棵，一名"海罗衫”、一名“常青树”。两树根深叶茂，傲然挺拔，我细观之，实与常树无异！可见，谓其“奇”者不在于形。

据传，两树经历不凡，颇具传奇色彩。1927 年 10 月，毛泽东率部抵大井，创建红军根据地。12 月，风云突变，大井村遭反动派焚毁，毛泽东等原居所仅存半截密布弹痕之残壁，壁旁两树同遭厄运，唯存焦枝！世海沧桑历二十载，1949 年 10 月，革命成功。翌年春，枯树复苏，扬枝吐叶，繁茂几近三十载。不料，1976 年 9 月，毛泽东主席仙逝，举国同哀，两树似有灵遂枯。三年满，始复生芽。三十多年来如同改革开放之农村，呈现一片欣欣向荣之景象。至今，当地称两树为“感情树”。

惊！枯木逢春，老树发芽，世所常见。走进五井，体会岁月的沉重，追忆峥嵘的历程。大井两树的枯荣，维系革命兴衰、伟人存亡，不亦奇哉！

踏上红色之旅，追寻红色之魂。井冈山的一草一木，有着说不尽的深情和追求！井冈山的一山一石，写满了历史的庄严与不朽！一个有希望的民族，总是对自己的历史、前辈，怀有崇敬和爱戴。一个真正代表人民利益的党，一支军队，是永远不可战胜的。接受一次井冈山的革命传统教育，用初心照亮我们的行程，井冈山精神将永远刻于我灵魂深处。

松排井冈千重翠，竹盖宝山绿水流。上井冈山，朝圣，我朝拜的是红色的圣山，朝拜的是红色的根据地，朝拜的是创造奇迹、开拓天地的磐石般的红色信念。一次井冈行，一辈子井冈情。井冈山，永远的井冈山，让井冈山精神放射出新的时代光芒。

追寻八角楼的灯光，重走黄洋界的挑粮小道，当年《朱德的扁担》的故事仍萦绕在耳边，毛委员、朱总司令会师井冈山的画面，犹如在眼前。信仰的光辉、奋斗的史诗、人民的伟大，辉映历史，震撼人心。奋斗永远在路上，井冈山精神不朽！

一杆杆红旗如是火，一簇簇杜鹃红艳艳。当年红军走过的路，新一代人继续朝前迈。我们一路上兴致勃勃，追寻着当年红军的足迹，体验着道路的艰险，体味着革命斗争的辛劳。今天，我们虽然离开了井冈山，但山的精神与雅韵永远耸立在我们心中。

1999 年 9 月 19 日

八一军旗升起的地方

——记南昌八一起义纪念馆

好一条奔流不息的赣江，好一座举世闻名的英雄城，好一座当之无愧的英雄城。

城市是可以阅读的，我们读南昌的最佳姿态，注定是仰望。

仰望间，一眼就看到了军旗升起的城头和城头上的旗。始于西汉，寓有“昌大南疆”之意的南昌，在广阔而酣畅的大梦中，几番变迁迷离，几番兴废迭替，沉沉地睡了两千多年，突然在1927年8月1日惊醒。一声武装起义的枪响，刹那间，震惊世界。

一支人民的军队，以枪声为号，向旧世界宣告自己的诞生。一条血路杀出来，席卷而起的旗帜，挺进风雨雷电，刺向黑暗浓积的苍穹。工农的子弟工农的兵，凝聚起来，成长壮大，呈燎原之势，打出了一个灿烂的新中国。南昌，八一军旗升起的地方，中国人民解放军的创建之地，这样被红色印上了庄严新生的胎记。

（一）

一只强劲有力的大手，从崩裂的石块中伸出，扣动着直指苍穹的步枪扳机……

南昌八一起义纪念馆序厅正中，这座名为《石破天惊》的圆雕，向世人生动展现着南昌起义的重大历史意义：中国共产党人不畏强暴、坚持革命，冲破白色恐怖，打响了武装反抗国民党反动派的第一枪！

坐落在南昌市中山路380号的八一起义纪念馆，是一座青灰色的五层楼房，掩映于香樟翠柏间，显得格外庄严肃穆。在庆祝八一建军节的前夕，我怀着崇敬的心情，来到了“军旗升起的地方”南昌，参观了八一起义纪念馆。

1957年，在旧址上建立了“南昌八一起义纪念馆”。

当我来到纪念馆，首先映入眼帘的是陈毅元帅在1958年为纪念馆书写的“南昌八一起义纪念馆”九个金光闪闪的大字。进入纪念馆大门，映入眼帘的是，名为“一代英豪”南昌起义五位主要领导人的高大塑像：中间是周恩来，右手是贺龙和朱德，左手是叶挺和刘伯承。那时他们都很年轻，平均年龄30多岁，最年轻的周恩来只有29岁。就是这些年轻人，在灾难的岁月里，挑起时代的重任，敲响了旧时代的丧钟。我仰望着塑像，从那刚毅的面孔和坚定的目光里，我看到了勇于开拓、敢为人先的非凡气质，我看到了挥斥方遒、指点江山的豪情，看到了中国革命光辉的精神。小广场上几株柏树苍翠挺拔，四周鲜花点缀，象征着革命先烈开创的革命事业，万古长青。前来纪念馆参观的人川流不息，有身经百战的老红军、老八路，有系着红领巾的少先队员，有一队队解放军战士……大家怀着一个共同的心愿：瞻仰南昌八一起义的旧址，缅怀革命先烈的丰功伟绩，学习老一辈革命家的大无畏的革命精神，将他们开创的革命事业进行到底。周恩来、朱德、董必武、贺龙、陈毅等中央领导都来馆参观过。

（二）

走进纪念馆陈列大楼，厅里壮阔、大气的场景，令我震撼：在纪念馆大厅，墙上最突出的位置刻印着两段红色文字，吸引人们纷纷驻足凝眸。

这是2017年8月1日，中共中央总书记、国家主席、中央军委主席习近平在庆祝中国人民解放军建军90周年大会上发表的重要讲话：“1927年8月1日，南昌城头一声枪响，拉开了我们党武装反抗国民党反动派的大幕。这是中国共产党历史上的一个伟大事件，是中国革命史上的一个伟大事件，也是中华民族发展史上的一个伟大事件。”

“南昌城头的枪声，像划破夜空的一道闪电，使中国人民在黑暗中看到了革命的希望，在逆境中看到了奋起的力量。南昌起义连同秋收起义、广州起义以及其他许多地区的武装起义，标志着中国共产党独立领导革命战争、创建人民军队的开端，开启了中国革命新纪元。”

铿锵有力的话语，将人们的思绪，带回那段革命岁月。

这里有周恩来、刘伯承曾经工作和休息过的房间，有当年领导起义的一些负责人曾多次开会、研究和部署起义计划的会议室。整个展室展出了八一起义的各种珍贵历史照片 170 多幅、文物 70 多件。修整后新增加了几十件文物和照片。随着参观的人流，我来到了第一陈列室。第一室陈列的是“南昌起义的背景”，向我们介绍了南昌起义是在第一次国共两党合作破裂，大革命失败的形势下爆发的。第二室陈列的是“南昌起义的准备”，展出了当年周恩来、贺龙、叶挺、朱德、刘伯承等起义领导人的大幅照片，以及整个起义的准备工作的详细经过。

第三陈列室陈列的是“南昌起义战斗的胜利”，向我们介绍了起义的整个战斗经过。这一室展有大量的珍贵文物和历史照片。有贺龙当年任总指挥时用过的怀表，有朱德起义时用过的毛瑟自动手枪，枪上刻有“南昌暴动纪念”“朱德自用”十个意味深长的字，以纪念这一伟大事件。此后，朱德佩戴这支枪转战南北，始终不离半步，被誉为“中国革命第一枪”。

展厅大楼广场的两侧，有周恩来、恽代英、澎湃等 20 多位起义将士的半身塑像。我逐一瞻仰塑像，他们有的出身于贫苦的工人、农民，有的是富家、官宦子弟，为了共同的信仰走到一起，置生死于度外，在漫漫的黑夜里，坚信终将日出。然而，他们当中有的还没有看到日出就永远闭上了双眼。但，他们的生命价值成为永恒，他们的精神彪炳史册。

纪念馆里还陈列了起义军的军服、大刀、梭镖、步枪、手枪、地雷，老百姓为赶制起义军军服用过的缝纫机、尺子等文物。这里的每一件展品，都深藏着红色的记忆，都在诉说着当年那惊天动地的故事：中国共产党独立领导的武装革命，从这里开始；中国人民解放军，从这里创建。这些珍贵的起义原件，每天吸引着前来参观的群众，激起人们对革命志士的崇敬心情。

伟大的“八一南昌起义”，高举马列主义武装斗争的大旗，打响了武装反抗国民党反动统治的第一枪。战斗中，朱德颈系红领带，臂扎白毛巾，身先士卒，带领军官、教导员、学员勇猛冲杀，配合主力部队全歼守敌 3000 余人，顺利夺取了南昌城。南昌起义孕育了新型的人民军队，使中国人民在黑暗中看到了胜利的曙光。从此，南昌又以英雄城载入史册，举世瞩目。

（三）

“向前，向前，向前，我们的队伍向太阳，脚踏着祖国的大地，背负着人民的希望，我们是一支不可战胜的力量……”八一军旗前，一位白发苍苍的退伍老兵轻轻地歌唱起来，让我动情。1933 年 7 月 11 日，中共中央、中华苏维埃共和国中央人民政府批准，中央军委决定，以 8 月 1 日为中国工农红军的纪念日，后来又成为人民军队的建军纪念日。

南昌八一起义纪念馆内，一尊巨大的军旗雕塑引人注目，鲜艳的红底上面，是金黄色的五角星和“八一”两字。纪念馆馆长、研究员王小玲向我介绍，1949 年 6 月 15 日，中国人民革命军事委员会主席毛泽东、副主席朱德、刘少奇、周恩来、彭德怀发布了《中国人民解放军军旗和军徽款式》的命令，规定“八一”两字作为中国人民解放军军旗和军徽的首要标志。8 月 1 日被定为中国人民解放军的建军节。

南昌起义是一条英雄大道，从南昌起义中，走出了共和国的一位总理、七位元帅，他们是周恩来、朱德、贺龙、陈毅、刘伯承（时任总指挥部参谋长）、聂荣臻、叶剑英，还有以粟裕（时任指挥部卫队人员）、陈赓为代表的多位将领。

走出纪念馆，难抑心潮澎湃。伟大、艰苦、光荣……这些词在这一刻，显得如此贴切与真实。

用“汉阳造”步枪作旗杆，撑起的是一面不朽的旗帜。火红的八一军旗，在英雄城的上空高高飘扬。1977 年 8 月 1 日，为纪念南昌起义 50 周年在广场南端破土兴建八一南昌起义纪念塔，塔身呈长方形，占地 1.7

公顷，塔高45.5米，由台基、台座、塔身及塔顶组成，正面大字是叶剑英元帅题写的“八一南昌起义纪念塔”九个铜胎镏金大字，下嵌“八一南昌起义简介”花岗岩石碑，其他是“宣布起义”“攻打敌营”“欢呼胜利”三幅大型花岗岩浮雕，塔身两侧各有一面翼墙，嵌有青松和万年青环抱的中国工农红军军旗、军徽浮雕，激起人们心中不竭的敬仰之情。人们仰望着塔顶的步枪与军旗，重温历史，找寻着共产党人领导中国革命走向胜利的答案。高高的塔顶上的八一军旗，在蓝天白云的映衬下，迎风飘扬，分外夺目。这历史的丰碑，吸引着无数来到南昌的中外游人。

2002年八一广场进行全面改造，以突出“八一”历史文化为主题，占地面积7.8万平方米，分两轴三区。一轴为南北向广场主轴线，以八一纪念塔为中心，穿过中央下沉式广场中心到音乐喷泉，再到水幕电影结束；沿主轴线为玻璃步道、国旗台、下沉式广场、演出台等。另一轴为东西向广场景观副轴线，以省展览馆恢复原貌为景观中心，自东向西为下沉式广场的外侧斜草坪，中央设置火炬、海陆空三军组合雕塑、省展览馆，形成一条完整的景观副轴线。

八一军旗猎猎，八一军徽闪耀。在中国共产党的领导下，人民军队由小到大、由弱到强，成为维护国家主权统一、领土完整，保障国家和平发展的钢铁长城，成为实现“两个一百年”奋斗目标和中华民族伟大复兴中国梦的坚强力量支撑！

江西革命烈士纪念堂、叶挺南昌指挥部旧址、八一广场、八一大桥、八一公园、八一大道……我用了大半天时间，沿着红色之旅的印记寻访到南昌城的各个角落，解读着南昌这座英雄城的深厚底蕴。

南昌，这颗镶嵌在辽阔的赣北平原上的红色明珠，正如八一军旗一样，熠熠发光，将更加光辉灿烂！当我离开南昌这座英雄城市时，八一广场上那纪念八一南昌起义的纪念碑，将永远留在我的记忆中。

2017年9月17日

古田会议永放光芒

古田，闽西大地上的一个很普通的村落，在层峦叠嶂的幽谷之中。白墙青瓦的古田会议会址，庄重古朴，远靠逶迤苍莽的彩眉岭，近傍碧水缓缓流欢的古田溪，房前那镜面般的稻田，背倚树木郁郁葱葱的社下山。在八闽大地，古田因为一次重要的会议而闻名遐迩，历久弥新，成为我党我军发展史上具有里程碑意义的革命圣地。

我怀着敬仰之情走进了古田，走进了相距近百年的历史，走进了血雨腥风交织的悲壮。当年发生的事情，依然历历在目。在中国革命风雨飘摇的紧要关头，中国工农红军第四军，经过漫长跋涉，来到了这里。毛泽东、朱德等老一辈无产阶级革命家，也来到了这里，将星星之火撒播在这片红色的沃土里，燃起了改变中华命运的熊熊之火。

那个时代的风雷声，那些革命的志士，为追求和平与自由的奔波、呐喊，激荡人心！我仿佛看到了可以燎原的“星星之火”和“直下龙岩上杭”的一面面红旗，闻到了“战地黄花分外香”的芬芳，听到了“当年鏖战急”的枪炮声。

（一）

古田，地处闽、赣、粤三省交界处，在福建省龙岩市上杭县东北部。山峦含黛，层林尽染。水岸矗立，塘水入砚，十里春风入笺。远看山色皆是画，静听水声尽是诗。在这美丽的地方，军史上书写辉煌篇章的“中国共产党红军第四军第九次代表大会”在此召开。

古田会议胜利闭幕之时，正值新春佳节到来之际。新春昭示着希望，经过古田会议洗礼的红四军，面貌一新，“山上山下，风展红旗如画”。

（二）

如今，我走进古田，走进这片红色的革命圣地，一切都是那样的神奇，一切都是那样富有诗意，一切都是那样欣欣向荣。跨过红军桥，远远地，苍松翠柏之间，“古田会议永放光芒”八个大字，在金色的阳光下，熠熠生辉，光耀千秋。

这八个搪瓷烤制的大字，其实是份特殊的“礼物”。1969 年 11 月，它们从福州运到这里，用于纪念古田会议 40 周年。字约 3 米见方，水泥钢筋为基，立在了廖氏宗祠背后的山坡前。从那以后，“古田会议永放光芒”八个大字便与会址一起，定格为世人熟知的红色丰碑。

在古田会议纪念馆里，珍藏着土地革命战争时期的文物和史料。置身其中，仿佛回到了那“红旗跃过汀江，直下龙岩上杭。收拾金瓯一片，分田分地真忙”的热血岁月。一支在农村打游击的军队，逐步建设成为新型的人民军队，在党的领导下，不断发展，从小到大，从弱到强，从胜利走向胜利。从井冈山到闽西，从瑞金到遵义，从遵义到延安、到西柏坡、到中华人民共和国成立。中国人民解放军成为一支强大的、彻底改变中国命运的人民武装力量。

古田会议会址，完全是按照参加过古田会议的老同志的回忆，进行了全面整修复原，保留着当年的历史原貌。这里的每一件文物，每一张图片，每一处革命遗迹，都重现了党领导创建新型人民军队的峥嵘岁月，昭示着军队政治工作的根本原则和制度的意识及责任，承载了中国革命斗争的多少荣光。这里的每一根柱子，每一片砖瓦，每一扇门窗，都凝结着一段红色历史的风霜，都是一页页生动的教科书。走进龙岩上杭，红军井、标语墙、阅兵台和阅兵场……处处留下了红色的印迹。走进古田会议遗址群，走进那些寂静的天井，走进那些古朴的厢房……每一步都是那样的沉重，每一步仿佛踏着历史的印迹，让我重温那段波澜壮阔的史诗般的红色篇章。

穿过樟树夹道的浓荫，走进 1965 年建成开放的古田会议纪念馆，走进那些留存着英勇先烈汗渍、回忆的一万多件文物，睹物思昔，我的思绪仿佛被牵引到几十年前的烽火岁月，从中解读古田会议特殊的背景和历史作用，无不令人肃然起敬，而且更加珍惜当下来之不易的幸福生活。走出纪念馆时，我见几个身穿红军服装的游客，正在门口合影，每个人的脸上庄严肃穆，充满了对红色古田的崇敬。

《古田会议决议》不但在红四军中贯彻执行，全国各地的红军也照此做了。直到现在，中国人民解放军的思想政治工作有了很大的发展，但是它的根本原则——“党指挥枪”还是古田会议奠定的。

（三）

古田是一颗心脏，一个摇篮，一所学校，一座熔炉，一部诗书。古田是一条精神纽带，一幅壮丽的历史画卷，一部光照日月、启迪后人的思想宝典，一种穿越时空的民族魂魄，一座中华儿女共同拥有的精神家园。古田是我党确立思想建党、政治建军原则的地方，是我军政治工作奠基的地方，是新型人民军队定型的地方。

古田，作为中国革命历史中的一个片段，一个章节，一段缩影，已成为鞭策后人的爱国主义教育基地。真理能经受历史的检验，历史总是让永恒的记忆变成岁月的珍藏，一如打在古田这片土地上的红色烙印，近百年来风采不减，光芒万丈，永不褪色。“人生易老天难老，战地黄花分外香。”走进古田，吟诵着伟人的诗篇，瞻仰这座革命历史的丰碑，我的心，也经受了一次神圣的洗礼。

新时代，新征程，在古田会议光芒照耀下，我们向着胜利前进，再前进！

2016年10月16日于风荷苑

红都瑞金

巍巍的武夷山，如一条绿色巨龙潜伏在赣闽边际。清清的绵江水，从那绿色最深最浓处奔泻而出，在千山万壑间曲折盘桓。青山遮不住了，就任其向西南缠绵而去……

瑞金，就在绵水这曲折盘桓间。

瑞金是个吉祥的名字，也是一个最易激发我怀想和思考的地方。唐朝时因境内象湖镇淘金场置监，相传“置监时有航浮于水面，色如黄金，人目为瑞”，又“其地尝掘土得金”，遂以“瑞金”命名。但历经上千年沧桑，却一直沉寂无名，直到 20 世纪 30 年代，瑞金一举成名于天下，成为红色政权的核心区域。一位当代党史专家如是说：“上海建党，开天辟地；南昌建军，惊天动地；瑞金建政，翻天覆地；北京建国，改天换地。”历史选择了瑞金，而瑞金无愧于历史。

（一）

瑞金是早期革命活动的起源地之一。1927 年 8 月，南昌起义南下部队到达瑞金后，一个个共产党的组织在瑞金建立，革命圣火在这块土地上燃起。

“当年鏖战急，弹洞前村壁”。如今再回到大柏地前村（原名杏坑村），一幢百余年历史的民房墙壁上，激战的弹痕依旧清晰可见。

大柏地之战，红四军取得了离开井冈山以来的一个重大胜利，彻底打垮了尾追多日的国民党军队，在瑞金站稳了脚跟，被称为“红军成立以来最有荣誉之战争”。

如今，摸着前村累累的弹洞，似乎还能闻到硝烟的气息。此后，红军在赣南、闽西扎下了根，形成了以瑞金为中心的中央红色革命根据地。

瑞金是红色政权诞生的地方。当历史翻到 1931 年 11 月 7 日这一页时，就定格在了叶坪村谢家祠堂，人山人海，张灯结彩，中国共产党在瑞金召开了中华苏维埃第一次全国代表大会。一部旧电台向全世界宣布：中华苏维埃共和国临时中央政府宣告成立。

这里是许多个第一的诞生地：第一个全国性的红色政权在这里创建，第一部宪法大纲在这里颁布，制定了选举条例、劳动法等法律法令。……“红色中国”建政传奇的大幕，在这里徐徐拉开。

从此，中国共产党掀开了崭新的一页，开始了治党、治国、治军的伟大预演。从此，中国历史上就有了工农群众当家作主的国家。瑞金，也因红色政权的诞生载入史册。红都，成了瑞金一张永不褪色的名片。

瑞金之名，历史永远值得铭记。

（二）

瑞金是“红色故都”，为当年中华苏维埃共和国临时中央政府驻地。

怀着敬仰之情走进瑞金，我来到了这块红色的革命圣地，重温那段波澜壮阔的红色篇章，当年发生的事情依然历历在目。进入会场即谢氏宗祠，还可看到昔日容貌。这是一座砖木结构、两进三间的建筑，正面主席台上，横幅是“全世界无产者联合起来”，后面墙上悬挂一面红旗，旗上绣着一枚五角星、交叉的镰刀斧头，旗的两边是马克思、列宁画像，台上是三张长条桌。当年就是在这台上，项英致开幕词，毛泽东作政治报告，朱德作军事报告。主席台前为一排排长板凳，整齐排列，一切很简陋，一切很朴实，透着无限张力。小小的瑞金，拥有 50 多个部委和机关，指导着苏维埃运动的展开。这里，见证党和红军创造的一个个奇迹：先后大破了敌人的四次“围剿”，军队建制和数量显著增多，革命根据地遍布全国。现在国家和政府各部门，多能在这里找到相应的机构，人们因此说它是中华人民共和国的雏形。

叶坪广场，也称中华苏维埃共和国广场。它的主席台原为竹木结构，后改为砖木结构。左前方的公略亭，右前方的博生堡，分别为纪念第三次和第四次反“围剿”战争中牺牲的黄公略、赵博生而修筑。亭、堡之间的红军烈士纪念塔，形如直立的炮弹。

在叶坪中共苏区中央局旧址所在地，陈列着一张珍贵的照片。那是1931年11月“一苏大”召开时，中央局7位委员的合影。他们衣着简朴，眼神坚定。

走进“一苏大”会场叶坪谢氏宗祠，可以看见厅堂两厢被木板隔出15个小房间，这就是中华苏维埃共和国临时中央政府的办公场所。每个十来平方米的小房间，便是一个部委的办公室。就在这么简陋的条件下，苏区干部艰苦奋斗，积极开展工作。

古树参天，葳蕤翁郁、小径通幽，静美安然。我在一片祥和里，既舍不得大树之荫，也舍不得小径之静。红军烈士纪念亭、红军检阅台、红军广场、列宁台……一座座建筑，以其独有的记忆方式，含着浓郁的朴素气息，携着深邃内涵，映入眼里，叩击心底。

瑞金见证了苏区干部一心为民的好作风。距中华苏维埃共和国中央执行局及中央人民委员会旧址百米远的地方，立有巨幅花岗岩雕像，展现的是毛主席手持铁锹与红军战士一起挖井的情景，神态惟妙惟肖，形象栩栩如生。他们挖的这口井，就是有名的“红井”。

1933年9月，毛泽东看到当地人民吃水困难，便带领中央政府工作人员和群众挖了这口直径1.7米，深约5米的水井。望着汩汩而出的清泉，人们喜笑颜开，欢呼雀跃。从此，贮满的井水把共产党的深情厚谊，流进了千家万户，流进了群众的心田，“红井”故事家喻户晓，曾被编入小学的语文课本，为一代又一代人所熟悉。我来到井边，看到几十年过去了，“红井”依然，甘泉叮咚，当地百姓在用上自来水的同时，还继续享受着“红井”提供的恩泽。当年写有“吃水不忘挖井人，时刻想念毛主席”的木牌已换成了纪念石碑。这是一种真挚而纯粹的情感，发自内心，至真至纯，表达了人们的无限崇敬和思念。如今，四周也被保护了起来，并有专人管理着，每天迎接着许多中外游人……苏区时期，党和苏维埃政府领导人在为人民谋利益方面，身体力行，以身作则，为广大苏区干部树立了一个最好的榜样。

这里是一片希望的热土。

（三）

一个个或熟悉或陌生的人物，一帧帧泛着岁月痕迹的图片，一件件饱含岁月沧桑的实物，我沉浸其中，心潮澎湃。瑞金人民为中国革命作出了重大贡献和牺牲。当年只有 24 万人口的瑞金，却有 11.3 万人参军参战，5 万多人为革命捐躯，其中 1.08 万人牺牲在红军长征途中。在瑞金，留下姓名的烈士有 17166 人，可以说是家家有红军，村村有烈士。瑞金人民把“最好最积极最勇敢”的儿女，都送到了红军队伍中。瑞金沙洲坝下肖区的杨荣显老人，在反“围剿”战斗中，先后将 8 个儿子都送去参加红军，然后，8 个儿子无一生还，全部战死沙场。叶坪华屋 17 名汉子相约参加红军，他们在后山种下青松以铭心志，后全部壮烈牺牲。一组组数字连缀起一个个前赴后继的身影，怎能不让人动容？

在扩红军运动中，瑞金到处涌现母送子、妻送郎、兄弟相争上战场的动人事迹，瑞金人民不仅送出了最优秀儿女，还节衣缩食，节省每一块铜板支援革命。据统计，中央红军长征前，瑞金人民一共认购革命战争公债和经济建设公债 78 万元，支援粮食 25 万担，捐献银器 22 万两，连同存于瑞金苏维埃国家银行的 2600 万银圆，也全部无私地捐献给了中国革命。瑞金的父老乡亲，真正做到了“最后一碗米，送去当军粮；最后一尺布，送去做军装；最后一个娃，送他当红军”。

瑞金是宣告并成立中华苏维埃共和国的地方。“中华苏维埃政府的建立是我们党建立人民政权的探索和尝试，它在一定程度上加强了对各根据地、各部分红军的中枢指挥作用，扩大了党的影响，也为抗日战争、解放战争时期根据地建设，以及后来新中国政权建设，提供了丰富的历史经验，培养了一大批党政军领导干部和组织、管理人才。”如今，这里保存的 180 多处遗址和纪念建筑，一万多件文物，就是烈火和洪涛逝去后闪耀熠熠光彩的痕迹。

毛泽东旧居，一座普通得再普通不过的院落，是中华苏维埃共和国中央人民政府委员会在沙洲坝的旧址。院中厢房为政府总务厅文书科旧址，墙上字迹依稀可见；正房内部，间隔成若干小屋，一代领袖与张闻天、何叔衡、徐特立、谢觉哉、贺子珍等人，既当办公室，又兼住室，条件相当简陋。毛主席在这里写下了《关心群众生活，注意工作方法》等光辉著作，即便在今天重温，都会收获多多。

最使人难忘的是瞻仰红军烈士纪念塔。如茵碧草中，用煤渣铺写的8个苍劲大字格外醒目：“踏着先烈血迹前进”，给人以无限想象的空间。纪念塔13米高，外形如一颗蓄势待发的炮弹，竖立在红条石雕的五角形塔基上，寓意“枪杆子里面出政权”。塔身四周镶嵌着无数粒小石子，象征着一位位牺牲的红军战士，正中书写着“红军烈士纪念塔”7个烫金大字。五角形的塔座四周，镶着10块碑刻，分别为毛泽东、朱德、周恩来等领导人的题词。据介绍，纪念塔由钱壮飞设计，红军将士和人民群众捐资，历时6个月建成，红军长征后，被敌炸毁。现在的纪念塔，是1955年在原址按照原貌，重新修复的，重现历史风貌，留下了群众冒着生命危险保护塔物的故事，生动诠释了军民鱼水情深。

绕塔一圈，谁也数不清上面究竟布满了多少颗石子。但我深知，这座由红军烈士的鲜血凝固而成的塔，是永远不倒之塔，是精神永存之塔，鼓舞着一代又一代人奋勇向前。

瑞金是中央红军长征出发地。1934年10月，中共中央局机关驻云石山丰垅村马道口，中华苏维埃共和国临时中央政府驻云石山云山古寺，中华苏维埃共和国中革军委驻云石山梅坑。是时，中央党政军群机关和主力红军分别从瑞金驻地出发，铁流纵横，迈步长征。万里长征结束后的第四天，由红一方面军主力改编的陕甘支队在吴起镇召开总结大会。

瑞金——瑞京，共和国的摇篮，红色故都。瑞金的每一个名字，都是用热血铸就，用生命谱写，呼之肃然起敬，闻之天地动容。她似黑暗中一缕明朗的曙光，将革命者前行的道路照亮；似严寒中绽放的一株蜡梅，从容面对凛凛寒霜；似暴雨过后的一道彩虹，为革命事业架接起一座充满希望的红色桥梁。

瑞金，如今已经成为红色旅游的经典景区，每年要迎来百多万游客。

2017年夏天，一位福建老人在他儿子的陪同下，来到叶坪红军广场参观。听闻纪念塔中唯一完整的“烈”字，是一位大娘冒着生命危险抬回家中给保护起来，只为纪念像小儿子一样在战场壮烈牺牲的烈士时，老人老泪纵横。原来，老人的父亲也是牺牲在长征途中的革命烈士。

红色基因，需要一代代赓续。英雄篇章，正在一代代书写。红色，一直是瑞金亮丽的底色。红都瑞金，如今成为党的初心重要见证地，也是重要的红色教育基地。瑞金的一草一木，因无数先烈的鲜血浸染而赋予灵性。瑞金的一山一水，因伟大的苏区精神润泽而极富深情。红都瑞金，穿越时空，焕发出永恒的光彩，永远值得我们这些后来人敬重和怀念。

热血依旧，砥砺前行。红都不朽，初心永恒。

2004年6月24日于风荷苑

一片红叶寄情思

——高君宇与石评梅的故事

北京陶然亭最初给我的印象，是革命先驱高君宇的墓及题刻的一首诗。这也许因为我写过不少涉及中共党史方面的散文，所以很想实地去看看，以增加感性认识。后来，我读到了俞平伯先生的文章，说他曾在1924年初到陶然亭赏雪，所见到的是“那时江亭之北，似尚未有通衢。我们踯躅于白蓑衣广覆着的田野之间，望望这里，望望那里，都很像江亭似的”，直至寻见，“而今竟只见拙钝几间老屋，为城圈之中所习见而不一见的，则以往的名流觞咏，想起来真不免黯然寡色了”。

陶然亭远近闻名，不仅在于它取了白居易《与梦得沽酒闲饮，且约后期》诗中“更待菊黄佳酿熟，与君一醉一陶然”句中的“陶然”二字，而且一直是文人雅士吟诗作赋，怡养性情的好地方；不仅在于它集聚着大量中国传统的优秀诗文楹联，而且它还是中国亭台轩榭文化的集大成，是现今中国的四大历史名亭之一；不仅在于它是高君宇、石评梅二人生前荡气回肠、可歌可泣的爱情绝唱，而且在于它是中国近现代爱国志士和革命家秘密聚会之所，是中国近现代革命的重要见证。

（一）

从东门进入，沿着榭湖桥直行，就到了中国共产党早期领导人高君宇的墓地，我读过高君宇和石评梅的传记，对于他俩的故事早已耳熟能详。两人“生前未能相依共处，愿死后得并葬荒丘”的遗愿在陶然亭实现，为陶然亭增添了一丝浪漫温馨的色彩。如今，这里已是重点烈士纪念建筑物保护单位。高、石两人相依相偎的铜像，并排而立的剑形墓碑，成为人们追忆英雄神武往事，才女卓然才情的寄托。石评梅在高君宇的墓碑的正面题刻了高君宇生前自题小照的一首诗：

我是宝剑，
我是火花，
我愿生如闪电之耀亮，
我愿死如彗星之迅忽。

这首诗，是德国著名诗人海涅的作品。在中华民族苦难深重的年代，被年轻的共产党员高君宇引来作了自题诗。在这壮丽诗句的鼓舞下，高君宇走上了革命道路，为拯救祖国人民进行了艰辛的斗争，也正如高君宇那光辉而短暂一生的真实写照。

高君宇，原名高尚德，字锡三，号君宇。山西静乐县（今属娄烦县）峰岭底村人，生于 1896 年。1916 年，高君宇考入北京大学英语系学习，受新文化和新思想的影响，很快成为学生运动的领袖。1918 年 5 月，他参加了反对北洋政府签订《中日共同防敌军事协定》活动，这是近代中国学生运动史上第一次公开的游行请愿活动。石评梅，原名汝璧，因爱慕梅花之俏丽坚贞，自取笔名石评梅。曾用笔名梅女士、波微、漱雪、冰华、心珠、梦黛、林娜等。石评梅是山西平定人，生于 1902 年，1919 年，在北京女子高等师范学校时，即热心于文学创作，著有《石评梅全集》，收集了石评梅一生所创作的散文、游记、诗歌、小说、戏剧及书信等各种体裁的文章 250 多篇。

高君宇在李大钊的指引下，接受了马克思主义，积极参与“新潮社”及“国民杂志社”活动。他年轻有志，是我党早期著名的政治活动家，也是山西党团组织的创建者。1922 年 1 月，他代表中国共产党出席了在莫斯科举行的远东各国共产党和民族革命团体第一次代表大会。回国后，高君宇常在北京“山西同乡会”院里讲演俄国和远东各国的革命情况。在听讲的人群中就有石评梅。

（二）

石评梅于 1923 年在北京女子高等师范毕业后，留在附中任体育和国文教员。她是民国时期被誉为“以生花之笔，写哀时之痛”的“北京著名女诗人”。当时，北京有个山西同乡会。节假日里，旅居北京的山西人经常在此聚会，高君宇就经常在这里演讲。

一天，石评梅走进聚会大厅里，有个年轻英俊的青年正在发表演讲，宣传自由、民主、科学等先进思想。这正直的青年，才俊的男子，才华横溢、充满热情，深深地感染着台下的每一个听众，当然也引起了石评梅的注意。而石评梅对这位青年演讲的内容也十分赞同，在内心深处还产生一种共鸣，顿时她觉得遇到了知音。

高君宇演讲时，抑扬顿挫、慷慨激昂、精神十足，可石评梅却觉得他面色苍白、身体有些虚弱。于是，她向周围人打听了高君宇的情况，才知道高君宇因为长期奔波劳累得了肺结核，曾两次吐血，演讲时尚未痊愈。这让石评梅不禁心生爱怜。演讲结束之后，石评梅走到他的面前，主动问候、关心高君宇。

没想到，他们俩一见如故，谈理想、谈自由、谈将来……有说不完的话，讲不完的事，两颗心也在慢慢靠近。此后，石评梅经常找高君宇讨论时局，谈论救国救民之道，两个人也一直保持着书信往来。石评梅发表的诗歌、散文，表达对世道不公的哀痛和抗议，高君宇十分赞赏和敬慕石评梅的才气。而高君宇主张正义的精神以及从事革命活动的决心，更是深深打动了石评梅。这般相见便相知的感情往往最是刻骨铭心。从此，在石评梅和高君宇的心里，埋下了爱情的种子。

此后，有时高君宇会带石评梅走向普通的劳苦大众，和工人朋友交流，开阔她的视野，振奋她的精神。在高君宇的帮助下，石评梅写了许多抒发进步思想的诗文，表达了自己炽烈的革命情怀。

不过，更多的时候，高君宇因工作需要，在北京和山西两地奔波，协助开展各种革命活动。敌人也因为他的活跃而对他格外害怕，四处通缉他。那个时候的高君宇尽量避免抛头露面，他与石评梅之间更多的是依靠书信的往来进行交流。他们在信中视彼此为知己，无话不谈。日子久了，心中的爱意就自然而然地萌生了。

随着情愫的滋长越发浓烈，高君宇决定向石评梅表白。那是 1923 年的一个夜晚，石评梅带着困意刚要入睡，却收到一个小女孩转送的一封信。信封里一张白纸包着一片红枫叶，红枫叶上写着几行小字："满山秋色关不住，一片红叶寄相思。"末尾落款是：天辛采自西山碧云寺。天辛就是高君宇，红叶本身代表炙热的爱情，再写上一句情诗，这个表白既浪漫又有创意。

然而，石评梅却没有接受高君宇的这份表达。在石评梅的心里，她并不是不爱高君宇，而是因为此前，她与一位有妇之夫有一段被欺骗的感情。那段感情过后，她对爱情和婚姻很失望，坚持独身主义的想法。石评梅在红叶的背面写下"枯萎的花篮，不敢承受这鲜红的叶儿"。初次表白被拒，但并没有影响两个人的关系，他们的感情反而加速升温了。她十分钦佩高君宇的人品才学，却认为自己配不上他。后来，在高君宇的关怀和帮助下，石评梅对人生、对革命有了深刻的认识，同时对高君宇的感情也越来越深。

1922 年 7 月，党的二大在上海召开，高君宇出席了大会，并被选为中央执行委员。会后，他受党的委托，到广州帮助孙中山先生进行改组国民党的工作。次年 1 月，他又出席了国民党第一次全国代表大会，并以共产党党员的身份加入国民党，促进了统一战线的形成。1924 年 5 月，担任中共北京区委执行委员的高君宇，受中共北京区委指派，回山西筹建党组织和筹划山西地区国共合作等事宜，在太原建立了山西省第一个党小组。

1924 年底，高君宇随孙中山先生北上回京。由于劳累过度，他随即就病倒了。石评梅戴着高君宇送给她的象牙戒指去探望，在他康复之后，时常陪着他去陶然亭散步。那段时间，两个人在陶然亭留下了许多足迹，相处、交流都很愉快。

然而，花前月下的时间总是很短暂的，身体状况好起来的高君宇，又不顾一切地恢复了工作。不过，仅仅几个月后，他又一次因为劳累过度，引发了旧病，还得了急性阑尾炎。这一次，高君宇没有那么幸运，而石评梅等来的结果是，由于高君宇被送到医院时已经晚了，尽管医生全力抢救，但还是没有挽救他年轻的生命。1925 年 3 月，高君宇在北京病逝，终年 29 岁。眼睁睁地看着自己心爱的人与世长辞，这对石评梅来说，打击非常大。高君宇的突然离世，让石评梅永远地失去了与他在一起的机会。

高君宇的去世，给石评梅带来巨大的悲痛，她时刻怀念着高君宇对她的爱。她曾就高君宇赠给她的那一片红叶，写下了《雁儿呵，永不衔一片红叶再飞来！》：

秋深了，我倚着门儿盼望，
盼望天空，有雁儿衔一片红叶飞来！
黄昏了，我点起灯来等待，
等待檐前，有雁儿衔一片红叶飞来！
夜静了，我对着白菊默想，
默想月下，有雁儿衔一片红叶飞来！
已经秋深，盼黄昏又到夜静，
今年啊！为什么雁影红叶都这么消沉？
今年雁儿未衔红叶来，为了遍山红叶莫人采！
遍山红叶莫人采，雁儿啊，
永远不衔一片红叶再飞来！

这以后，石评梅一边进行文学创作，一边献身于教育事业。石评梅曾说过，要将此生余剩的眼泪全都流到高君宇的墓前，直到自己不能再去祭奠他。她也做到了，余生的每一个周末，石评梅都会放下繁重的工作，去陶然亭哭祭高君宇。与此同时，她还写下了许多追思和怀念高君宇的诗文，每一字、每一句，都承载着无尽的思念和悲伤。

1928 年 9 月，高君宇死后第三年，病魔夺走了石评梅 26 岁的年轻生命。石评梅曾说：生前未能相依共生，愿死后得并葬荒丘。于是，朋友们把她安葬在高君宇的墓旁，墓碑上刻着“春风青冢”四字，后人称之为“高石之墓”。

石评梅是我国近代四大才女之一，文字清妙绝伦，柔情脉脉而又刚性铮铮，令人惊诧。这一对革命情侣的匆匆步履，为这片美艳亮丽的陶然亭湖畔，增添了几分豪气。

（三）

陶然亭公园内，我觉得最古老的史迹当属慈悲庵了，它本是元代古刹，与许多文人骚客有关。林则徐、秋瑾等都为它留了诗文，龚自珍曾在这里壁上题诗：“楼阁参差未上灯，菰芦深处有人行。凭君且莫登高望，忽忽中原暮霭生。”抑郁之情，溢于言表。也许是因为这儿野旷偏僻，“五四”前后，以李大钊、毛泽东、周恩来、邓中夏为代表的中国共产党早期革命家，曾在此思考与探索中国发展前途、开展秘密活动。庵内尚辟“红色梦”革命史迹展，挖掘红色遗存的历史内涵。

陶然亭公园现有东湖、南湖和西海三面小湖泊。穿过西湖与南湖连接处的小桥，我眼前便见周恩来亲自选址于1954年搬迁过来的云绘楼。云绘楼，原是中南海的一座清代建筑，主楼四层，三座连成一片，矗立在陶然亭西侧的万绿丛中，巍峨奇伟。云绘楼西南的华夏名亭园，仿建了全国各地十多座著名的亭阁，能让人片刻间如游览神州万里。

这时，红日西斜，微风阵阵，我游览了兰亭、醉翁亭、二泉亭、杜甫草堂碑亭、沧浪亭……归途中，我登上了映雪亭，极目四望，绿色通道环湖回旋，不见了往昔的野旷田畴。隔湖能见仿建的台湾阿里山姊妹亭，双双玉立，好似谁施了缩地法，将祖国许多大好胜景，一揽子移到眼前，时空悄然隐去，神秘的快感，令我痴迷。

1995年4月17日写于北京崇文区政府招待所，2009年5月改定

遵义所感

一段历史、一方水土、一串故事、一个城市……

三月春花灿，四月芳草菲，不经意间，春的脚步已踏上了贵州的土地，带来了清风徐徐，携来了细雨阵阵。忽然，一缕春韵，唤醒了记忆中那已沉睡的青春，江风吹动了岸边的垂杨绿柳，远处如粉黛般的山峦，映衬着朝阳的金辉，洋洋洒洒地落在了这烟波浩渺的江面。

早春的遵义，水清、草绿、花红，像苗岭群山中绽开的一朵芙蓉，像镶嵌在云贵高原上的一颗绿宝石，中国西部的那一片神奇的土地。走进遵义啊，脚下好像踏着神奇的琴键，走一步，一腔诗情……

啊！遵义！我问你：你可记得住，你可数得清？你牵绕着多少儿女的梦幻？你激励过多少战士的豪情？

清明时节，一场烟雾蒙蒙的雨下过，遵义城的街道、房舍、树木、花草，被雨水洗得一尘不染，到处显得秀美清新。芙蓉江像一条金色的腰带，轻柔地系在遵义的腰间，那碧澄的江流，春水融融，清得使我感到它含有诗意，蕴有哲理。岸边的梧桐，已经蔚然成林，在微风中，一齐鼓动肥大的手掌，只听见一片哗哗声，像是欢迎我这个远方来的客人。

（一）

一个城市，无论怎样平凡，一旦被历史选中，成为伟大事件的见证者，就被赋予了不朽的光辉。井冈山、古田、瑞金、南昌、会宁、延安、西柏坡……人们提起这些地方，就会联系起那些伟大的历史事件。

遵义，中国革命的圣地，有一个日子让历史永远铭记。1935 年 1 月，中央红军强渡乌江后，以迅雷不及掩耳之势智取遵义城，中共中央随即于15日至17日召开了政治局扩大会议，史称“遵义会议”。

遵义会议会址，是原系国民革命军第二十五军第二师师长柏辉章的私邸。这座中西合璧的楼房，在20世纪30年代初建成，由主楼和跨院两部分组成。主楼坐北朝南，为中西合璧砖木结构建筑，一楼一底，是遵义城首屈一指的恢宏建筑，高墙垂门，巍巍峨峨，极有气魄。遵义会议，就在楼上27平方米的客厅里召开。会议室按原样陈列，长方形的客厅，中央摆着一张板栗色的长形方桌（原物），四周围着一圈藤靠背椅，为出席会议的人员所坐。

遵义会议是红军危急时刻召开的，是中国共产党历史上第一次在没有共产国际的干预下，运用马克思主义的基本原理，解决中国革命问题的重要会议，结束了“左”倾教条主义错误在中央的统治，事实上确立了毛泽东在党中央和红军的领导地位，开始确立了以毛泽东为主要代表的马克思主义的正确路线在党中央的领导地位，开始形成了以毛泽东为核心的第一代中央集体领导，开启了党独立自主解决中国实际问题的新阶段，在最危急的关头，挽救了党，挽救了红军，挽救了中国革命，这是我们党和革命事业转危为安、不断打开新局面的重要保证。

红军纵横万里，关键的会议、重大的转折、英勇的战斗，都发生在这片极富灵性的土地上：红军强渡乌江、鏖战娄山、二占遵义、四渡赤水，虚指贵阳，威逼昆明，巧渡金沙江……铸就了“伟大转折、出奇制胜”的不朽丰碑，留下了弥足珍贵的历史财富，遵义由此获得“转折之城”的称谓。更何况，遵义城本来就山清水秀，如今披上庄严的历史外氅衣，更显得楚楚动人了。

同行的老李，是位作家。对于遵义，我是初访，他是重游，于是，他便成了我的导游。我们参观了红军长征路经遵义时毛泽东住过的房子，参观了革命文物陈列馆，参观了这座记录着这段惊心动魄历史，决定中国革命由挫折走向胜利的伟大转折的遵义会议纪念馆。

踏上子尹路光滑的青石板，在老城探访遵义会议会址。高楼环伺之下，一座青瓦灰砖砌就的二层小楼格外惹眼。大门正中高悬巨匾，毛泽东于1964年手书“遵义会议会址”六个大字，苍劲有力，金碧辉煌。

“在所有的革命旧址中，毛泽东只为遵义会议会址题写了址名”。年逾七旬的遵义会议纪念馆原馆长、党史专家费侃如这样描述遵义会议在党史、革命史上的重要意义：“遵义会议，是我党历史上第一次独立自主地运用马克思主义基本原理，解决自己的路线、方针和政策问题。毛泽东的领导地位在这里确立，毛泽东思想指导全党从这里开始，第一代中央集体领导在这里形成，马克思主义与中国具体实践相结合的道路在这里确立，中国共产党独立自主在这里启航。从此，中国革命开始真正走上了一条不断走向胜利的光明大道，其意义极为深远。”

迈出会址后门，不远处便是红军街，街两旁鳞次栉比的商铺定格着此地的繁荣和生机，也许这便是对牺牲红军亡灵的最好奠慰。

（二）

离开红军街，我们来到城郊的红军烈士陵园。

青山有幸埋忠骨。陵园坐落在小龙山上，人们称之为“红军山”。在满山青松翠柏的掩映下，依山攀岩，盘旋而上，宽敞的石梯一直把我们引向半山腰的红军烈士陵园。陵园大门是由青岗岩石雕刻成一个四季常开不败的巨型花环，花环的四角由四座长征志士们的石雕头像撑起。站在陵园门口向上眺望，315 级石阶组成的阶梯步道一直伸向山顶，气势磅礴的红军长征纪念碑，正矗立在山头中央。镰刀斧头的红色石雕高耸入云，向我们昭示着长征精神，宣示着中国共产党为劳苦大众英勇奋斗，最终实现共产主义事业的崇高理想与坚定信念！红军烈士陵园内建有红三军团参谋长邓萍墓、红军坟、邓萍烈士挥手向前的花岗岩雕像、红军卫生员铜像以及红军纪念碑。1986 年 10 月 15 日，国务院批准遵义红军烈士陵园为全国重点烈士纪念建筑物保护单位。

纪念碑旁有一面纪念墙。站在那长长的、镌满烈士姓名的纪念墙前，我只觉得万千情感，如潮水般拍打着心灵。这一个个名字，代表着什么？是一条条鲜活的生命啊！为了革命，为了理想，为了信念，为了无数同胞的福祉，为了全中国人民的解放，这一条条鲜活的生命在奔流的赤水河岸，在崎岖的娄山关山巅，在那些有名的无名的战场上，流尽了最后的鲜血，失去了最后的气息，消散在这片黔西北的土地上。如今，这碑，这墙，耸立在高高的红军山上：俯瞰着这片欣欣向荣的土地，一切的付出，一切的努力，一切的牺牲，仿佛都是值得的。

清明时节，来红军烈士陵园扫墓的人络绎不绝，最使我感动的是打着队旗、抬着花圈的孩子们，一个个登上山来，气喘吁吁。一张张小脸，红得和他们胸前的红领巾一样。在原红三军团参谋长邓萍将军的陵墓前，我看到一队队孩子，虔诚地献上了自己扎的花圈和一束束新采的映山红，在那些大大小小的花圈上还附有孩子们写的悼念诗文。在中央苏区，邓萍，南征北战，战功卓著，成为红军的著名将领。1935 年 2 月 27 日，邓萍在指挥攻打遵义老城的战斗中，头部中弹，壮烈牺牲，年仅 27 岁。中华人民共和国成立后，在中央以及时任国防部长、长征时任红三军团军团长彭德怀的关心下，邓萍的遗体被找到并得到妥善安葬。与邓萍一同战斗过的张爱萍为邓萍写下了墓志铭，对邓萍的一生进行了总结，并做出了“对人民革命事业、对党忠诚耿耿，艰苦奋斗，深谋远虑，风华正兴，任劳任怨，平易近人，英勇善战，为党献身”这样高度的评价。

绕过邓萍墓，周围便是千百座无名英雄的墓地红军坟，则更具有传奇色彩。茂密的树荫下，满山的墓碑，有的是用巨大的青石做成，有的是用水泥浇筑，有的是用石板嵌就，有的则是用一块卵石磨平做成。各种形状，各种规格，大的像门板，小的如书页，长方形、椭圆形、多角形，简直数不胜数。碑上的字迹，有苍劲的书法，有隽秀的笔迹，还有歪歪扭扭的娃娃体。这些都是来自全国各地的悼念者敬献的。这满山各种形状的石碑啊，它像千百朵永不凋谢的石花，在这些用赤诚的心血浇灌出的花丛中，我更清晰地看到革命的历史和斗争的现实紧紧挽着胳膊。我们有这样英勇的先行者，我们有这样忠诚的后继人，革命传统的列车，定能永远向前！

直到傍晚，我们才离开红军烈士陵园。抬头一看，对面的红花岗上被霞光涂抹得金碧辉煌，那满山挺秀的新松，我仿佛听到了当年战场上的厮杀声，看到了无数先烈的牺牲，听到了隆隆的炮声，看到了血染的红旗。此刻，我仿佛还听到那激越的号音，那杀敌的呐喊，一场鏖战仍在进行……

（三）

在遵义，说到遵义会议，我们不能忘了一个人，那就是张闻天。张闻天祖籍无锡，1900 年 8 月 30 日出生在江苏省南汇县（现为上海市浦东新区机场镇）的一户殷实农民家庭，原名应皋（也作荫皋），曾化名洛浦，字联天。青年时期受《新青年》影响，倾向革命，五四运动爆发后，投身于学生运动。他是我党在一个相当长的时期内的重要领导人，曾担任过中共中央总书记，这一职务是在遵义会议上当选的。

遵义的红色印迹，使遵义成为举足轻重、不可或缺、不可不访的革命圣地。遵义，让我陶醉其间，流连忘返。遵义会议“绝地逢生”的精神财富，永远激励着中华儿女，始终自觉坚持道路自信、理论自信和制度自信，始终自觉贯彻党的理论、路线、方针、政策，一步一个脚印，一步一个台阶，步履铿锵，自信执着，不断开拓创新、勇攀新的高峰，创造新的辉煌，续写新的篇章。

2020 年 6 月 13 日于风荷苑

记“红军强渡大渡河纪念馆”

在红军长征胜利80周年之际，我参观了泸定铁索桥后，向南来到了中国历史上有名的四川省雅安市石棉县安顺场。安顺场取“山镇久安，河流顺轨”之意，这里，群山环绕，依山傍水，宁静秀美，是一个极为普通的小镇。因浓墨重彩地记载了中国近代史上两幅悲壮的历史画卷而闻名于世。1863年5月14日，石达开率领了3万太平军抵达安顺场（当时叫紫打地），1935年5月24日，毛泽东率领3万红军抵达安顺场。两个历史故事的开头惊人地相似，但结局却大相径庭。

大渡河发源于青海，全长1100多千米，为高山峡谷型河流，地势险峻，水流汹涌，自古有“大渡天险”之说。太平军最后一位领袖翼王石达开转战至此，准备过大渡河到川西平原建立根据地。强渡大渡河失败后，石达开和他的3万将士在这里全军覆灭。

为了纪念中央红军强渡大渡河的胜利，石棉县在安顺场当年的渡口原址，修建了纪念碑和纪念馆，馆名“红军强渡大渡河纪念馆”由江泽民题写。纪念馆的广场上，中央立有一块硕大四方形的纪念碑，上有邓小平题写的“中国工农红军强渡大渡河纪念碑”几个金色大字。纪念碑的正面，是一位巨大红军战士的塑像，只见他双目炯炯有神，凝视对岸，一脸势不可挡的神情。塑像下半部，是17勇士冒着枪林弹雨和惊涛骇浪，强渡天险大渡河的浮雕；塑像右侧为巨手持大刀浮雕，象征着红军必胜的信念和决心。滔滔大渡河岸边，一块天然巨石上赫然书写着“红军渡”，落款是杨得志。

安顺场作为中国工农红军长征的纪念地，已成为首批100个红色旅游精品景区和30条精品线路之一，每年都要接待数以万计的人们来这里瞻仰，美国前国务卿助理布热津斯基也曾慕名来访。这里是四川省党史教育基地、全国爱国主义教育示范基地，全国重点文物保护单位。

（一）

进馆参观，展厅以弘扬红军精神为主题，分为长征、大渡河战役、红军长征过雅安、翼王悲歌、历史评述 5 个部分。随着默默瞻仰缅怀的人流，听着讲解员的讲解，看着面前的实物、照片、模型以及渡口、宣誓场……眼前又闪现出 80 年前发生在大渡河上那最为扣人心弦，激动人心的一幕……

前有天险，后有追兵，在这生死存亡关头，红军除了渡过河别无选择。安顺场是大渡河上唯一的一个渡口，有 300 多米宽，巨石梗阻，险滩密布，水深流急，甚是危险。两岸群山，地势险峻，对岸敌军有一个营，凭险把守，被视为难以逾越的天险。

（二）

然而，记忆被岁月稀释了。许多年后，人们谈起强渡大渡河时，更多的是历史意义，却淡忘了它的细节部分。即使是这一重大事件的亲历者，也说不清当年大渡河上究竟是几条船，每船能乘多少人。翻阅开国将帅回忆录，有人说 1 条，也有人说 2 条，还有人说 3 条，甚至有人说 4 条、8 条的。

当年直接指挥强渡的红一团团长杨得志是继 17 勇士之后第三船过河的。20 世纪 90 年代初，他在回忆录中写道："渡河后，我们乘胜追击到渡口下游，又缴获了敌人两只船……"或许相对精确地说明，红 1 团共夺得 3 条船。大渡河上，平均每天有 3 条小船在摆渡。

因而，17 勇士强渡大渡河后的第二天早上，毛泽东赶到了安顺场渡口，在澎湃的涛声中作出一个战略性决策：红一师和干部团继续船渡，中央红军主力则沿大渡河西岸北进，夺取上游的泸定铁索桥。

（三）

逝者如斯夫，江山如此多娇，革命先烈们早已远去了，但他们在这里留下了与众不同的红色印迹，其精神将像纪念馆广场上的雕塑一样，风骨永存。

跨过大渡河和巧渡金沙江后，中央红军总体摆脱了国民党几十万大军的战略包围，粉碎了蒋介石围歼中央红军于大渡河畔的图谋，令敌人“埋葬共军于急流之中”的狂言成为笑柄。打开了北上的通道，最终与红四方面军胜利会师。

走出纪念馆，是一片古色古香的街道，宽阔的石板路面，流水潺潺，绿树成荫，有浓浓民族风情的小楼星罗棋布，这就是安顺场老街。过去是安顺场唯一的街道，破旧不堪，全是低矮土房。2008 年汶川地震损毁之后，2010 年重新开发的安顺场集镇，将商业街和红军遗址公园融为一体，街上房屋设计为富有川西特色的仿明清建筑。当地人在喜迁新居的同时，借力得天独厚的红色资源，利用闲置的房屋开始经营起观光旅游。我眼见之处，老街上全是小店和旅馆，多以“渡河”“长征”“胜利”等有关的字眼命名。新鲜的本地水果沿街售卖，孩子们在街道上尽情嬉闹。长征精神早已融入了当地人的血液中，成为特殊的红色基因。看着漂亮的民居和当地人灿烂的笑容，你无法想象几年前这里曾被地震摧毁得面目全非。

2008 年，安顺场所处的石棉县经历了“5·12”汶川特大地震，是 51 个重灾县之一。2013 年，安顺场又遭受了“4·20”芦山强烈地震。两次地震让安顺场遭受巨大的损失，中国工农红军强渡大渡河指挥所遗址受损严重，老街绝大部分房屋成为危房。

面对灾难，石棉人没有却退。在没有对口单位援建的情况下，12 万石棉人发扬了长征精神，以当年红军强渡大渡河的勇气，凭借惊人的坚强毅力和革命乐观主义精神，万众一心，迎难而上，全力投入灾后重建家园的热潮中。曾在震后第一时间参与现场救援的雅安人师伟动情地说：“地震摧毁了我们的家园，但震不垮我们的勇气和信心。我们特别感谢全国人民对我们灾区的支持，让我们获得新生。”这种感谢发自心底，这种乐观与坚强也让人感动。这是红军长征精神在今天的写照，也是长征带给红色石棉人永恒的精神财富。

这时，我站在刻有“大渡河渡口”字样的如盘巨石前，望着奔腾而去的河水，陷入了久久的沉思……辉煌的长征过去 90 多年，已经成为历史，但长征精神永远不会过时，如今我们正走在中华民族伟大复兴，实现中国梦的强国路上，更要传承和弘扬红军长征精神、传承和弘扬勇士们的奋勇和担当，坚守初心使命，在人类发展史上再书写一卷更加恢宏豪迈而壮丽的红色篇章。

泸定的铁索桥

泸定，一个挂在悬崖上的小城；铁索桥，大渡河脖颈上一条闪闪发光的项链。

那是一个初夏早晨，我乘坐一辆越野吉普车从成都出发，驰上了318 国道，驶上了千里川藏线……翻过巍峨峻险的二郎山，就到大渡河上的铁索桥了。

一步，两步，三步……走过去 164 步，走过来 164 步，至今那粗粗的几条铁索上，虽已铺就了齐整的木板，但没有铺满，走上去仍是颤颤巍巍的。我在铁索桥上来回走了 6 次，想闻一闻当年的硝烟，想听一听子弹呼啸的声音，想丈量一下红军的脚步，体验一下飞夺泸定铁索桥的艰险。

（一）

泸定桥是中国古代桥梁建筑的杰作，位于泸定城西南百多米宽的大渡河上，人们常称之为大渡河铁索桥。史料记载，该桥始建于康熙四十四年（1705 年），建成于康熙四十五年，也就是公元 1706 年。桥西是陡峭笔直的海子山，桥东是高达 3000 多米的二郎山，山峦起伏，巍峨陡峭。两岸的桥头堡为汉族木结构古建筑，桥台为固定地龙桩和卧龙桩基础，桥亭属清式建筑，风貌独特，为中国独有。铁索桥全长 103.67 米，宽 3 米，由 13 根铁链连环组成，固定在两岸桥台落井里。这 13 根铁链，有 9 根作桥面依托，铺上木板过人，有 4 根分左右两侧为扶栏，共有12164 个铁环相扣，桥面铁件重约 21 吨，外加桥台地龙桩、卧龙桩，累计用铁约 40 吨。康熙御笔题写了“泸定桥”，立御碑于桥头，其意泸河一带，汉、藏、彝等各民族可安定。他还写了一条隶书的横幅“一统山河”，这四个字不论左读右读，意思都非常好，也镌刻在碑亭上方。两岸桥头堡为木结构古建筑，风貌独特，为我国国内独有，自清以来，此桥为当时千里大渡河上的唯一桥梁，也是四川通往康藏地区交通的重要通道和军事要塞。

这样重且又这么长的铁链，是怎么装上的呢？我观察了很久，百思不得其解。后来，当地的作家同行老徐对我说：当时，人们先用数条巨绳系于两岸，每条绳上用十数短竹筒贯穿，再套上铁索，在彼岸牵拽竹筒，就这样用溜索的办法，把铁索链跨河悬空架了起来。我听了后，深为我国古人的聪明才智和不畏艰难、勇于斗争的品质而感动不已。

可是，有谁想到，到了 1935 年 5 月，在艰苦卓绝的二万五千里长征途中，它成为红军北上的必经之路，正如《英雄们战胜了大渡河》中所唱的那样，“大渡河水浪滔天，进军的道路被它拦……”，它也成了红军的生死存亡之地。

抢夺大渡河上的泸定铁索桥，这是一场惊心动魄的战斗。如果当年红军没有拿下铁索桥，突不破敌人的围追堵截，红军的命运将会怎样，中国革命的历史将会如何呢？

手摸着冰冷的铁索，我触摸到了历史，感到了沉重。峡谷的风，从雪山吹来，有些清冷，但我却热血沸腾，我感到了炽热的战火，战士急促的呼吸，雷鸣似的呐喊；我仿佛看见满河的波涛，都腾跃着那红红的火焰。

（二）

大渡河从南到北，两岸谷壁陡峭，高耸入云，红褐色的流水，冲击着河底参差竖立的怪石，惊涛如飞瀑一般，溅起一丈多高的浪花。巨大的声响，震耳欲聋。孤零零的 13 根铁索横跨其上，寒光闪闪，真让人望而生畏。

为防备红军夺桥，敌人已经拆卸了铁索桥上的桥板。山岳兀立，大河阻隔，红军北上，必经此桥，别无选择。

我站在铁索桥上，仿佛看见英勇的突击队，在全团司号员集合吹响的冲锋号声中，一手持冲锋枪，一手抓着铁索链，冒着敌人的炮火，冒着枪林弹雨，沿铁索匍匐，奋勇向前，冲向敌人。一张张染满硝烟的脸，坚定、沉着，以视死如归、履险飞渡的英雄气概，奋力撞开了命运之门……夺得了桥头阵地，我看见突击队的后面是如潮的红军队伍。

大渡河是天险，它目睹过太平天国翼王石达开，在铁索桥不远处的安顺场，发生了全军覆灭的历史悲剧。但红军不是太平军，也不是石达开，他们突破万重险阻，绝地逢生，创造了强渡大渡河的奇迹。可以说，没有飞夺泸定桥的胜利，就没有红军长征的胜利，就没有今天的新中国。

（三）

现在，四川省甘孜藏族自治州泸定县已建立了“红军飞夺泸定桥”纪念碑，碑体形如铁索，“5·29”的数字，定格了一个光荣的日子。背面是聂荣臻撰写的碑文，第一句就是“一九三五年五月二十九日，中国工农红军第一方面军长征途中取得了飞夺泸定桥的重大胜利”。

我知道，很多倒下的先烈，他们没有赶上评功授奖，肩膀上没有佩戴军衔，胸前没有挂满勋章，他们在革命成功之前已经牺牲了。但是，革命胜利的果实是他们播下的种子。他们是真正的英雄，是真正的民族脊梁。今天我们回过头来看，给他们树立什么样的丰碑都不为过。历史会永远牢记这个不朽的群体，这段英雄的红色业绩……

如今，大渡河上已经建有现代化的钢筋水泥大桥，铁索桥已不再承担“咽喉”“钥孔”的作用。它只是作为历史文物而存在。“大渡桥横铁索寒”，毛泽东在《长征》中的著名诗句，就是描写此桥情景的啊！5月的铁索寒到什么程度？恐怕今天你到了列入国家文物保护重点单位的铁索桥上去亲手摸一摸，也不一定能体会出来。

我站在桥头环顾四周，望着两岸高山峻岭，望着横空高峡的铁索桥，望着汹涌澎湃流淌着红军鲜血的大渡河水，默诵着杨成武的诗：“无边风雨夜，天堑大渡横。火把照征途，飞夺桥泸定。”郑重地举起右手向对岸敬了一个标准的军礼，因为我曾经也是一名军人，以对革命先烈的祭拜和敬畏，对伟大的中国共产党和祖国的无限热爱！随后，我又走过去，又走过来，又走过去……

铁索桥，作为红色传奇写进了诗章，载入了中国革命的史册。22名红军勇士，为铁索桥染上了不朽的“红”。它是人民解放军光荣历史的一部分，更是红军和她的后代的财富和骄傲，是人民共和国的一处精神圣地。

铁索桥，象征着一种不怕苦、不怕死的精神，一种勇往直前、无往而不胜的精神。这种精神，正是中国人民解放军的魂魄。不管时代如何变迁，人的价值如何变化，铁索桥都是不朽的，它巍然屹立在大渡河上，同时也屹立在了教科书和博物馆里，向人们诉说着历史……

铁索桥，伟大的桥；铁索桥，英雄的桥；铁索桥，通向胜利的桥。成为泸定县最有名的“红色名片”，永远架设在中国革命的史册上，架设在千秋万代红色革命接班人的灵魂里。我离开铁索桥后，回首那桥的两岸，一簇簇金黄色的野花，一只只轻盈的小鸟，一串串沉沉的铁链……都显得那么可爱，那么迷人。此时，我的兴奋之情也达到了顶峰，那铁索桥宛如火炬，一直在我眼前闪动，久久地无法从脑海里抹去……让我们不忘初心，铭记红军，铭记泸定铁索桥，铭记历史，跟着中国共产党进行第二个百年新的长征！

1994年6月3日于风荷苑，2020年10月26日改定

古道名城会宁

中国被称为“凤城”的地方很多。素有“秦陇锁钥”的甘肃省会宁县，犹如凤凰展翅镶嵌在西北腹地，自古以来都是陕甘宁边区的一座军事重镇，古丝绸之路上的历史文化名城，也是黄土高原之上的“红色坐标”，一块红色热土。古城一角，会师楼静静矗立，俯瞰着脚下这片浸润着长征精神的山川大地。

“潮涌三军喜相聚，贺电齐致飞会宁。”1936 年 10 月，红一、二、四方面军，冲破数十万国民党反动派军队的围追堵截，四渡赤水，爬雪山，过草地，翻越六盘山……浴血奋战，纵横十余省份，最终在会宁会师，标志着二万五千里长征的胜利结束，实现了中国革命的历史大转折。这片被深深打上红色烙印的黄土地，与出发点瑞金、转折点遵义、落脚点陕北延安，一起被载入中国革命史册。会宁由此名垂青史，闻名中外。我这次到甘肃，就一定要去会宁看看，以了却自己的一个心愿。

（一）

阳春三月的一天，我踏上了去会宁的路途。凑巧，途中经人帮助，搭上了一辆去会宁的军用吉普车。车行千里，毫无长途跋涉的倦意，兴致反倒越来越浓，车子像箭一般，沿着大路直射而去。让我看不够这绿了的山、绿了的水、绿了的大地和绿了的一切……这时，车突然停了下来，我看见了“会师门”的门楼，知道已到了会宁城下。

兴建于明朝的甘肃省会宁县城，原有东西南北四个城门楼。如今只留下内城墙中的一个城门楼——“会师门”。会师门，过去叫作西津门，因为红军当年从此门进城，1952 年，会宁县人民政府将“西津门”更名为红军“会师门”，命名城楼为“会师楼”。1962 年，甘肃省人民政府批准改“西津门”为“会师门”，城门楼为“会师楼”，并将其列为省级文物保护单位。“会师楼”被评为“大国印记：1949—2009 中国 60 大地标”之一。“会师门”被誉为“中华第一门”。我想，这是当地人为了纪念红军在这里胜利大会师而保存下来的历史遗迹。

站在会师门下，我心潮澎湃。我见过古色古香的岳阳楼、充满诗意的黄鹤楼、典雅别致的滕王阁……都没有像见到会师门这样的亢奋与激动。会师门是红军胜利的象征，也是红军团结的象征，更是我这个后来人的敬仰之地。会宁县文庙大成殿，当年，庆祝红军主力会师联欢大会在这里举行。

当下的文庙大成殿，红柱绿瓦，修葺一新。邓小平亲笔题名的“中国工农红军第一、二、四方面军会师纪念塔”，傲视苍穹，巍然屹立，围绕的青山绿水和一幢幢拔地而起的高楼，将“会宁红军会师旧址”，深深地拥抱在怀里。

（二）

1936 年夏天，在陕北保安的窑洞里，周恩来建议将会师点放在会宁，毛泽东当即表示赞同。他认为，会宁是陇东重镇和交通枢纽，是中原通向西域的必经之道。红二、红四方面军北上，必定经过会宁。红军三大主力会师，既占领了枢纽地区，又掌握了战略主动权。

于是，这里便有了一个会师园，园内有古老的会师楼，有邓小平亲笔题名的会师塔，还有红军将领们题词的碑文，红军长征胜利纪念馆。于是这片厚重的黄土地，被打上深深的红色烙印，成了“红色圣地”。90 多年前的红军会宁会师，使“会宁”这两个字嵌入了新中国的历史教科书。这里便成为人们领悟革命成功的一个台阶，这里便成为青少年爱国主义教育的一个阵地，更成为激励人们奋勇前进的一个加油站。站在古老的会师楼前，或者行走在红军长征胜利纪念馆里，我的思绪飘向远方。

长征的胜利，是中国共产党人理想和信念的胜利。会宁红军长征胜利纪念馆内的一幅小红军画像，无声地叙述着会师大会当天发生的一件感人故事。

“更喜岷山千里雪，三军过后尽开颜。”红军三大主力胜利会师一个多月以后的11月21日，在环县山城堡打了一个大胜仗，歼灭了敌军的一个主力师。这个胜利的战斗，是红军二万五千里长征的最后一仗，也是第二次国内革命战争的最后一战。历时两年的长征胜利结束，中国革命揭开了新的一页，从此，这片土地有了新的活力。

英雄的中国工农红军啊，虽历经千辛万苦，越过千山万水，终于从胜利走向更大的胜利。走过“会师门”，穿过历史的尘埃，我宛若读到一首苍劲雄浑的史诗。它见证着古城历史沧桑，听那战鼓震天、金戈齐鸣、战马嘶吼，多少铁血男儿浴血奋战，献身沙场……这高高的门楼，印记了多少的慷慨与悲壮。

从1934年10月到次年11月，面对国民党军队重重“围剿”，三路红军先后离开养育过他们的中央根据地、鄂豫皖根据地、川陕根据地、湘鄂川黔根据地，进行战略转移。四路红军总里程长达六万五千里的远征，几多悲壮，几多慷慨，几多豪迈。

党和红军，曾一度面临生死攸关的危难时刻。当时，也许不会有人想到，他们的远征，会成为一部无与伦比的史诗；他们的精神，会成为超越时空的巍峨丰碑。

（三）

电报、步枪、军号、草鞋、印章……走进会宁“红军长征胜利纪念馆”，一帧帧容颜坚毅的烈士遗照，一件件浸润鲜血的烈士遗物，一桩桩英勇斗争的烈士事迹，让我感动，让我难忘。我还见到了陈列着的1936年拍的一张旧照片，映出一片苍凉景色。解放初期，县城仅有城廓一处，周长2.5公里，面积约570亩。城内街头铺面仅200多间、民房2500多间，6条道路，长不足3000米，宽仅可容纳两辆马车错行，城内仅有12盏路灯。革命文物见证着苦难辉煌，记录着感人故事。“红军长征创造了中外历史的奇迹。红军会师之际，正值抗日烽火渐起，中国共产党人立足陕甘宁根据地，担负起团结抗日、救亡图存的新使命。因此，会宁会师意义重大。”纪念馆讲解员杨婷说。

在会宁红军长征胜利纪念馆内，陈列着一件革命文物：红军宣传队遗留在会宁的三弦琴。

这把三弦琴的主人，是一位红军老战士，红四方面军宣传队队员赵文有。当年，部队经通渭穿越西兰大道时，遭到敌机轰炸，赵文有身负重伤，不得不留在会宁养伤，这把琴也随他留了下来。有空时，赵文有都会给乡亲们弹唱革命歌曲。

三弦琴奏响革命的旋律，传递信仰的力量。有了信仰，才能让伟大的长征精神代代传承。会宁大地的山山水水，至今还传诵着红军将士和会宁百姓共同生活的故事，也有很多人自发传承前辈遗志、弘扬长征精神。

在红军长征胜利纪念馆的一角，一份当时的“党员登记表”见证着那段峥嵘岁月。表格是手工绘制，党员信息是：李道存，19岁，属于通讯连，籍贯为黄安县（今湖北省红安县）……红军从会宁离开时，登记表遗留在县城周家大院。为保存这份登记表，当地群众周大勇的母亲把它缝进枕套。1996年，登记表被周大勇发现后并上交相关部门，2000年8月，被国家文物局鉴定为国家一级革命文物。

“党旗为证，因为有党的坚强领导和战士的坚定信仰，红军才战无不胜，从一个胜利走向新的胜利。”杨婷又说。

精神的光辉永不灭，信仰的力量永相传。“通过这些实物、图片的展示以及生动的讲解，红军战士抛头颅洒热血的画面深刻地印在了我的脑海。”“被红军长征中的伟大精神震撼，被先烈们的豪情壮志感动。”纪念馆留言簿上的话语，折射出革命先辈们坚强意志、伟大理想的感染力，彰显出长征精神穿越时空的影响力。

如今，驻足会师楼前，高天澄澈，红旗漫卷，仿佛还能听到当年的战马嘶鸣、炮声隆隆。红军会师旧址，会师塔矗立，邓小平同志题写的“中国工农红军第一、二、四方面军会师纪念塔”镶嵌在塔身正中。

巍巍会师塔，是会宁的地标性建筑。始建于1986年，为了弘扬红军精神，纪念中国工农红军三大主力会宁会师暨长征胜利五十周年，缅怀在长征途中壮烈牺牲的数十万红军将士，激励后人永远发扬红军长征精神，在各级党和政府的关怀和支持下，会宁县修建了红军三大主力会师纪念塔。塔高28.78米，共11层，三塔环抱至十层，合为一塔。三塔合抱，象征红军三大主力会师，象征着三军会宁会师像三个历史巨人紧紧拥抱在一起，骨肉相连，团结一致，顶天立地，所向无敌。会师塔共11层，寓意红军长征时途经11个省、自治区。会师塔的正面雕刻着邓小平题写的“中国工农红军第一、二、四方面军会师纪念塔”18个大字。会师塔内悬有甘肃楹联学会会长安维翰撰写的对联：

会一二四方面红军，忆井冈举旗，遵义筹策，大渡桥横，金沙水拍，过草地，爬雪山，除腐恶，斩荆棘，长征途中三军明良遇，将相和，肝胆相照，风云际会。

宁千万亿倒悬黔首，顾祖厉激浪，香林放彩，关川穗硕，青江风徐，去郭城，穿韩砭，越沟岔，翻坡寨，枝阳镇上全民箪壶迎，袍泽与，诗文传捷，酒看犒师。

会师塔，为中国第一个以三塔环抱为构型的纪念塔。犹如长征英雄史诗结尾的巨大惊叹号，也如同一座精神的丰碑，为后人讲述着艰苦卓绝的长征历程，传递着永不磨灭的理想信念。

登上会师纪念塔，放眼望去，会宁已今非昔比，高楼商厦鳞次栉比，大道车水马龙；夜晚华灯初上，“会宁门”下，灯火辉煌……三军会师的这片红色热土，同样散发着现代城市的气息。每当夜幕降临，尤其是在微风轻拂的晚上，许多男女老少都爱聚集在这“会师门”下，喝茶、散心、留影、弹琴……这里沉淀着人民的智慧，这美丽端庄而又充满着灵秀之气，为古城会宁平添了一份浪漫和雅致。

在会宁，我一直沉浸在亲切、温暖的氛围中，因为，会宁是会师精神的发源地，仰望会宁，就会增加无私无畏的精神，不管遇到什么样的困难，都会百折不挠。离开了那里，我的心仍然依恋不舍。古老的会宁、红色的会宁、崭新的会宁、金色的会宁，正昂首阔步在新长征的大路上，在科学发展的大道上。让我在远离会宁的上海，衷心祝愿会宁这片红色的热土，描绘出更加绚丽多姿的新画卷，在实现小康社会的新长征中，展翅飞翔吧！

2018 年 3 月 15 日

穿透红色岁月的延安精神

革命圣地延安，见过您，在画中；念过您，在心中。在梦中千百次扑向您，多少岁月，从不倦怠……

初夏时节，刚登上飞往延安的飞机，我的思绪就像插上了翅膀，比这展翅银鹰飞得更快，早已翱翔在延安的上空。

延安，这个位于陕北黄土高原南部腹地，具有1300多年历史古老而偏僻的小山城。1935年10月至1948年3月，延安是中共中央所在地。我们一下飞机，满目葱茏。宝塔山巍然矗立，山下高楼成群。延河水静静流淌，两岸柳条婆娑。从南泥湾到杨家岭，从凤凰山到清凉山，车辆如流，游人如织，每一处红色胜迹，都让我驻足沉思。每一段革命故事，都让我凝神倾听，真真切切圆了一场梦，真真切切圆了一场延安梦。

仰望宝塔山，亲亲延河水，我的思绪早已飞过时间的崇山峻岭……

（一）

延安，新中国的摇篮，似乎已被定格在那特定的岁月里。尽管今天我去延安只是旅游，但延安作为革命圣地的历史，仍具有不朽的魅力，吸引着人们到这里寻找精神支柱和人生信念。因为，这里的每一寸土地，都铭记着伟人们运筹帷幄的身影；这里的每一个旧址，都蕴含着英雄的故事；这里的每一处山水，都留下了许许多多革命志士的足迹。可见，享受太平盛世阳光的人们，没有忘却既往，延安正“热”着呢！

延安啊，没到那儿之前，真是朝思暮想；到了那儿之后，我每天是处于何等兴奋之中啊！

我来到了心中向往的延安，入住宾馆后，一看窗外，不偏不倚，正对着那宝塔山的山上之塔剪影。宝塔山又名嘉岭山，位于延安东南方延河和南川河交汇处，宝塔九层44米，青砖砌成，平面呈八角形，为明朝楼阁式建筑，宝塔山的名称由此而来。那宝塔，巍然直插蓝天，如一忠诚的卫士守卫着延安古城，它是革命圣地的象征，似火炬，如灯塔，曾照耀历史征程。可当下，宝塔依旧，那挺拔伟岸的身躯，深深地印入人们的心灵。它再也不仅仅是地理的标志，而是一种革命精神的象征。老作家雷加先生在那篇描述延安的《永不降落的红星》中写道：

“延安宝塔山这座宝塔，你不以为上面有颗红星吗？那是一种嵌在心中的永不降落的红星。这颗红星，不管你今后走到哪里，它都像母亲明亮的眼睛那样望着你。”

雷加笔下的这颗“像母亲明亮的眼睛”“嵌在心中永不降落的红星”，感动了许多从延安走向千万里外的老一代战士，也感动了许多未曾去过延安的一代又一代青年人。人们仍然会记住宝塔山上的宝塔，也记住那颗嵌在心中永不降落的红星。

13年，只是岁月长河中的一瞬。

13年，却书写光照千秋的诗篇。

那么，奥秘究竟何在呢？我们从黄土高原的山梁沟峁间，从漫山遍野的陕北窑洞间，从流淌过岁月的旧址文物间，从革命老区的干部群众间，寻找到历史的答案。

当红日照耀着宝塔山的时候，人们昂首仰望，望见那塔尖、那蓝天、那白云、那旭日看到了中华民族的未来和希望。当夕阳照映着山头的塔影，那塔脚下是博大深厚的黄土高原，巍巍的宝塔就是由千千万万块砖一层一层向上砌起。那塔脚又宽又厚，深深扎根于土地之中，愈显出它的稳当、坚实。那高耸入云的塔尖，仿佛让我听到一个声音在天际回响：星星之火，可以燎原！

（二）

清晨的阳光，洒照在宝塔山上。在山顶眺望，一条条大道伸向远方，平坦开阔，车流不息。我走上街头，徜徉在这片凝聚历史、激荡时代的红色土地上，漫步在华灯齐放的秋夜里，看着一对对青年情侣，满脸洋溢着沉醉与幸福相依而行，我总无法抑制内心的激动。如林广厦、似锦繁花的延安新城，是沿着延河狭长平地建设的。宽阔的延河自西北流入，一个90度转弯又穿城奔东而去，为城市增添了十二分姿色，而周边黄澄澄的山头及窑洞群，依然保持着往昔风貌，成了今日的旅游景点。

延安的窑洞分土窑、砖窑和石窑。最常见的是土窑，在凤凰山麓以及王家坪、杨家岭、枣园等地，随处可见其踪影。一般窑高3米、宽6米至8米。门窗用木框，窗户上糊纸或镶玻璃。它们是中国革命的见证，也是革命先辈经过艰苦卓绝而后取得胜利的见证。那一孔孔窑洞，静静地安坐在半山腰。每个窑洞门口都钉着一块红色的木牌，上面写明某年月、某位领导同志曾居住于此。我们走进窑洞，看到的除了四壁黄土，就是旧木床、木凳、桌案、油灯，它们相似到不能再相似，简陋到不能再简陋。纪念馆里陈列的资料，告诉我那时为了解决延安纸张紧缺，如何用马兰草、粗碱和石灰土法制纸……饥寒催生了南泥湾，“自己动手，丰衣足食”，点燃的篝火驱散了荒山野地的浓雾，映亮了解放区的天。

延安的窑洞是中国革命的摇篮和大熔炉。党中央、毛主席在这窑洞里，创办了中央党校、中国人民抗日军政大学、陕北公学、马列学院、鲁迅艺术学院等33所高中等院校、5所中学以及保育院，培养了大批党和国家的栋梁之才。当时，先后有10余万进步青年在这里接受了先进文化和革命理想教育，奔赴前线，开展对敌斗争，为打败日本帝国主义和国民党反动派，建立新中国，作出了重大贡献，在共和国史册上留下了光辉的一页。

窑洞里出马列主义，出真理。在延安的窑洞里，毛主席把马克思主义普遍原理同中国革命具体实际相结合，写下了《实践论》《矛盾论》《论持久战》《为人民服务》《纪念白求恩》《愚公移山》等不朽的光辉著作。在《毛泽东选集》1至4卷收录158篇著作中，就有92篇是在延安的窑洞里写成的。在凤凰山麓、在枣园、在杨家岭窑洞里的灯火彻夜不熄，照亮了全国，辉映了全世界。

抗战期间，偏居一隅的延安，何以成为爱国志士心中的圣地？何以成为时代的“灯塔”？我在思索着。

历史的长卷，曾这样作答：党中央到达陕北时，中华民族正处于危亡关头。一道道严峻考题，摆在年轻的中国共产党人面前。

“对共产国际神圣化、对马克思主义教条化，在当时的延安还很有市场。对这些问题，党内思想一度很不统一。”延安革命纪念馆原馆长张建儒说，所有考验都可归结为一点：中国共产党究竟要走一条怎样的道路。

瓦窑堡的窑洞里，凤凰山的油灯下，延安整风的会场内……一次次讨论热烈展开，一场场求索艰难进行。建立抗日民族统一战线，毛泽东发表《论持久战》，召开党的七大实现全党空前团结统一……答案日趋明晰，迷雾渐渐散尽。中国延安干部学院副教授王志说，延安时期中国共产党人顺应潮流，把马克思主义基本原理同中国革命的具体实践相结合，高举马克思主义中国化的大旗，实现了全党的空前团结。“高擎旗帜，找对道路，便有了天下人心归延安。”

在陕北延安窑洞里，党中央、毛主席还先后召开了洛川会议、扩大的六届六中全会、延安文艺座谈会等重要会议，做出了关乎党、军队和国家前途命运的一系列重大决策和部署。延安召开党的七大，把毛泽东思想列入了党章。在延安，边区政府积极响应党中央、毛主席的伟大号召，开展了“精兵简政”和军民大生产运动，毛主席亲自种菜，朱德、周恩来带头纺线，王震等率领三五九旅战士在南泥湾垦荒屯田，使党中央、边区军民度过了被国民党封锁最为困难的时期，用小米加步枪开创了革命的新局面。同时，党中央在这里制定了“抗日救国十大纲领”，做出了和平解决“西安事变”的重大决定，培育了光照千秋的延安精神。

站在这窑洞前，我的思绪万千，谁能相信，伟大的业绩，竟在这里发生发展？我们革命的路，就是从这样的窑洞里开始的。毛主席在窑洞里运筹帷幄，决胜千里；白求恩在窑洞中救死扶伤，从窑洞里走出了《白毛女》《王贵与李香香》《兄妹开荒》等一出出好戏，飞出了时代乐章《黄河大合唱》。小小窑洞，还聚集了八方华夏俊杰，抗大学生和南泥湾的战士在窑洞里探讨胜利的道路……恰恰是这些简陋和雷同，我才理解斯诺当年的钦佩心情，我更钦服斯诺当年的眼力——中国的希望，就在这红色窑洞中！延安的窑洞，为取得抗日战争的胜利，建立中华人民共和国奠定了基础，其足迹、其历程、其艰苦，令人感动、感叹、感慨！

13载风雷激荡，延安是永远的精神财富，历久弥新。70载峥嵘岁月，延安是不竭的力量源泉，源远流长。革命战争年代，延安是战斗的土地；和平建设时期，延安是奉献的热土。中华人民共和国成立以来，多少共产党员、干部、群众和知识青年，在延安精神的感召下，在这里飞扬梦想，在这里艰苦奋斗。

（三）

我来到了延河桥边。在这座伟人们曾骑马穿越的古桥上，正奔驰着奔驰轿车。不远处修建的豪华写字楼，有与宝塔山媲美的劲头。昔日的抗大，已被繁华的商业区所淹没。打扮时尚的延安少女，在相互欣赏着并点缀着延安的街景。如果聚焦在这些城市风情中，也许根本认不出这就是延安。然而，视线拉开，高处的黄土窑洞便映入眼帘，历史红光在现实闪耀，传统窑洞与现代建筑并存，是革命圣地、璀璨明珠。我并不知道历史的延安能否在现代化过程中被保护下来，但我却坚信，有五千年历史的中华民族今天真正是在大步前进，把我们伟大祖国建成小康社会和实现中华民族伟大复兴的中国梦！

在延安，我的心情久久不能平静。中午吃饭，我喝着碗里的小米粥，嚼着馍馍，思索着……老一辈无产阶级革命家在延安留下了宝贵的精神财富——延安精神。那个战火纷飞的年代距离今天，尽管已经十分遥远，但那个时代的精神不应该遥远。那个时代，中华民族的命运陷入了空前的危机，而中华民族的延安精神却抵达了空前的壮丽和伟大。

那么，什么是延安精神呢？我想：延安精神不就是我党蓬勃发展，欣欣向荣的朝气吗！不就是我党立党为公，一心为民的正气吗！不就是我党自力更生，艰苦奋斗的骨气吗！不就是我党不畏强顽，勇抗外侮的胆气吗！不就是我党气吞万里，统一祖国的豪气吗！延安精神，一定能成为实现中国梦的精神力量。

延安，再次让我深深感到，中国共产党追寻梦想之路，多么艰难曲折。百余年来的救亡图存，道路探索，多少仁人志士留下“有心杀贼，无力回天”的悲愤，付出“春云碧血，秋雨黄花”的牺牲，发出“拼将十万头颅血，须把乾坤力挽回”的呐喊。从硝烟弥漫的革命时代到激情燃烧的建设岁月，再到波澜壮阔的改革时期，在不断探索和奋斗中，我们形成和发展了中国特色社会主义道路。中国真正进入全球化的坐标体系，也就是在这短短 30 多年。在这 30 多年里，我们写下了让世界惊叹的“中国故事”。找到这条道路，我们深切体会到何谓“来之不易”、何谓“倍加珍惜”、何谓“矢志不渝”。

毋忘延安，毋忘老区，毋忘那些奋发的红色岁月。忘记，就意味着背叛！话虽旧，但真理不会老。在实现中国梦的伟大进程中，我坚信，一定会梦回延安——心中的红色圣地！

时代在变，历史在变，伟大的延安精神永远不会变。“山丹丹花开红艳艳……”远方仿佛又传来一阵阵动人的歌声。延安的过去是辉煌的，延安的未来将更加辉煌。祝福你，延安！

车过杜甫川，依依不舍，我回首远望，一轮鲜红的太阳，正冉冉升起在宝塔之巅……

2015 年 5 月 29 日

探寻平型关战役遗址

平型关，一个著名的长城关口，1937 年，八路军在此首战大捷，有力地打击了日本侵略者而名扬天下。

平型关大捷遗址，位于山西省大同市灵丘县县城西南 30 公里的白崖台乡。遗址保护面积 8.6 平方千米，包括平型关大捷纪念馆、纪念碑、将帅广场、主战场乔沟、老爷庙争夺战遗址和 115 师指挥所旧址、烽火台等 13 个景点，是全国重点文物保护单位，全国爱国主义教育示范基地，全国百个红色旅游经典景区之一。2016 年 12 月，平型关大捷遗址入选“全国红色旅游景点景区名录”。

平型关，北有恒山，如屏高峙；南有五台山，巍然耸立。这是一条峡谷山路，地势十分险要。东连紫金关，西望雁门关，是晋东北内长城线上的险关，自古以来就是晋冀北部军事交通要隘，兵家必争之地。

（一）

灵丘县是山西省革命老区，是晋察冀抗日根据地发源地之一。抗日战争时期，灵丘是晋察冀边区最早建立并最早解放的抗日根据地之一，是察南雁北地区党政军领导机关的诞生地和长期驻地，也是在雁北坚持抗日游击战争八路军主力部队和地方抗日武装的长期驻地。解放战争时期，灵丘是华北解放军解放张家口、包头、平津、太原、大同诸战役的物资供应基地、兵工生产基地、兵源补充基地和干部输出基地。长期革命斗争，在灵丘这块红色的土地上，留下了许许多多的革命遗迹。

我从阳泉乘车出发，穿山越岭，艰难到了平型关。在乔沟旁边的山坡上，山西省灵丘县修建了“平型关大捷纪念馆”，并在铁路隧道的山顶上，修建了战役纪念碑。

平型关大捷纪念馆由三个大平台构成，往下的山沟东边，就是当年平型关战役的遗址。

走进纪念馆内，我见正厅墙面上，五个八路军战士在平型关的关口，举枪欢呼。下面的石台上，刻有前言：平型关大捷是八路军出师抗日的第一个大胜利。

1937 年 9 月 23—25 日，刚上华北抗日战争前线的八路军第 115 师，为配合防守晋东北内长城要隘平型关，根据中共中央军委的指示，临危出征，阻击日军，在乔沟一线，充分发挥近战和山地战的特长，首次集中较大兵力，伏击日军号称“钢军”的板垣四郎第 5 师团第 21 旅团后继部队及辎重车队。

平型关两侧，峰峦迭起，陡峭险峻，左侧有东跑池、老爷庙，右侧是白崖台山岭。平型关山口至灵丘县东河南镇，有一条狭窄沟道，长十多里，是伏击歼敌的理想地方，出灵丘县，必经乔沟，所以他们把伏击点设在乔沟。

（二）

平型关大捷虽击毙日军只有千多名，但这绝对称得上是大捷。有时候，衡量一场战争的胜利，并不仅仅看消灭敌人的数量，还在于精神上的影响，经验上的收获，理论上的成就也是非常重要的，而平型关大捷就是如此。

平型关战役的胜利，迟滞了日军的战略进攻，打乱了敌人沿平绥铁路右翼迂回向山西腹地深入的进攻趋势，极大地鼓舞了中国人民抗击日本侵略者的信心和决心，也在中国人民抗日战争历史上写下了光辉的一页。

纪念馆的展厅陈列的那一张张鲜活的照片，一篇篇生动的叙述，一段段动人的影像，全面介绍了平型关战役那令人难忘的峥嵘岁月。137 位烈士的名字，将永远铭刻在共和国的丰碑上。

在纪念馆的展厅里，还展示了从参与战役的八路军部队里走出的

260 多位共和国将帅的名录。他们为中华人民共和国的成立，为人民军队的发展，作出不可磨灭的贡献。

在纪念馆东侧一千米的山岭上，于 1997 年平型关大捷 60 周年前夕，建有平型关大捷的纪念碑。碑上阳刻有杨成武题写的“平型关大捷纪念碑”八个大字，阴刻的碑文记述了平型关战斗过程及重大意义。纪念碑碑高 1.15 米，意喻参战部队为八路军 115 师，碑座高 1.937 米、碑体高 9.25 米，表示平型关大捷发生的时间为 1937 年 9 月 25 日。巍峨耸立在山顶上的平型关大捷纪念碑，雄伟高大，气势磅礴，象征着中华民族不可侮的英雄气概和不畏强敌、英勇奋斗的伟大爱国主义精神。

我参观了门区广场和将帅广场。门区广场位于河南镇小寨村西的平型关大捷主战场乔沟北入口处，建筑面积为 6000 平方米。广场主体建筑有 23 米高的“平型关大捷遗址”标志碑，有 468 平方米的大型浮雕墙，墙上刻有平型关大捷简介、大捷遗址景区景点分布图和反映平型关大捷战斗过程的 6 幅大型浮雕画。

将帅广场由 115（意在纪念战斗主力部队 115 师）级大理石台阶与平型关大捷纪念馆相连，面积 3000 平方米。

广场正面塑有平型关大捷主要参战将领林彪、聂荣臻、陈光、徐海东、肖华、杨得志、李天佑、张绍东、陈锦秀、杨成武 10 尊铜像。铜像两侧 10 面文化墙上，刻着毛泽东、朱德、王稼祥、彭德怀、任弼时、聂荣臻等中央军委和八路军领导人、各级将领及老战士有关平型关大捷的讲话（摘录）、诗词和题词。在这里，我碰到了几位解放军的陆军官兵，一位来自山东的小伙子和我聊了起来。他说，他刚穿上军装时，在新兵连就曾组织到此参观过，今天，他们再到这里，详细看看，接受教育。

我也参观了平型关战役遗址：乔沟和老爷庙。乔沟位于内长城平型关东侧，长约 4 千米，自秦汉以来即为京冀通往太原的交通要道。在平型关大捷纪念馆的半景画馆，我已看过了运用现代技术和艺术手段再现的平型关大捷，通过声、光、电技术再现的战斗十分逼真，犹如身临其境。油画之中，乔沟两侧的山，郁郁葱葱，有利隐蔽，但我实地看到的乔沟，山势陡峭，植被稀疏，可见当年打伏击战，也非易事。事实上，

115 师虽然取得了胜利，但也付出了惨重的代价，但在抗日战争的初期，胜利对于中国而言，意义十分重大。平型关大捷是八路军取得的第一个大胜利，也是全国抗日战争爆发后，中国军队对日作战的第一个重大胜利，打破了“日军不可战胜的神话”，极大振奋了全国军民的抗战信心，提高了共产党和八路军的声望。

（三）

老爷庙，就是当地的关公庙，位于“平型关大捷纪念馆”的对面。老爷庙前面的高地，就是当年平型关战役老爷庙高地争夺战的旧址。当年这里的战斗最为惨烈和关键。

乔沟伏击战打响后，沟内道路上的日军受阻。被困在乔沟西段的一批日军企图突围，遂在敌军一名军官的指挥下，想抢占老爷庙高地，并对公路上的第 686 团进行攻击。我军奋勇战斗终于守住了老爷庙高地，全歼该地区 400 多名敌人，乔沟伏击战取得了胜利。

战斗结束后，战场附近的老百姓全发动起来，帮助八路军战士清理战场，在部队战士的有序安排下，依次展开，分段完成。冉庄附近一带的老百姓帮助捡枪、捡子弹，清理战场、搬运物资一结束，又立即开始埋葬尸体。南张庄、烟云崖甚至更远一点村庄的年轻人一齐奔向乔沟、老爷庙一带，他们不顾日军的飞机在头上盘旋扔炸弹，冒着生命危险将一具具尸体全部埋掉。

平型关大捷缴获了大量军用物资，运送物资成为一项重要任务。在这关键时刻，灵丘人民依然冲在前面。作新村的宋守堂在赶着自家 3 头小毛驴前往南山一带的途中偶遇八路军战士，在八路军战士的动员下，他赶着毛驴，到白崖台村与前来支援战斗、运送物资的队伍会合，这支队伍有五六十人，毛驴和骡子 60 多头……这些点点滴滴的小事，不难看出人民群众对八路军的深厚情感。

面对乔沟，放眼眺望，战争的硝烟早已散去，历史的风云也尘埃落定，不禁感慨，我们这一代人是何其的幸运，幸运成长在不断走向富强的国家，幸运见证无限接近中华民族的伟大复兴，而这一切，是无数革命志士的浴血奋战换来的。我用眼睛看，用耳朵听，在这里静静感受千百年来留下了的气息，仿佛看到飘扬的军旗，威武的士兵……

平型关大捷以前南方的淞沪会战情况严峻，中国军队伤亡惨重。保定、石家庄等大城市和平汉、津浦路北段的大片土地迅速沦陷，阎锡山军也连续败退。抗日形势一片低迷，中国军队以及中国人民的抗日士气低落。正因为如此，我们在当时亟须一场胜利，来坚定在我们身边的抗日信念，来鼓舞人民的抗日斗志。让人民坚信可以收复失地，坚信中国军队可以力挽狂澜，我们就一定可以反败为胜，取得最后的胜利。

平型关战役的胜利，我觉得虽只是小胜，但它打破了日军不败神话的同时，鼓舞了中国军队和中国人民的抗日士气，坚定了中国人民与中国军队的抗日决心，看到了将日军赶出中国的希望。

我离开平型关战役遗址时，心里是很高兴的。我在探寻红色景观的路上，平型关大捷、百团大战、抗日模范根据地晋察冀军区，白求恩救死扶伤医院……都有山西的影子。饮水思源，人民军队的发展壮大，离不开山西等革命老区人民的支援。走在这里，总让我热血沸腾，感动不已。

铁军之魂在茅山

“溪流碧云去，云带清阴还。想见中林士，岩扉长不关。”这是唐代诗人储光曦在游茅山时，书写的著名诗句。车出石头城，穿过紫金山，在蜿蜒起伏的公路上行驶，两旁排排橡树，棵棵绿柳，宛如置身画中。两个小时到了句容县南镇街。这时，驰名中外的三山五岳的茅山已经耸立在我的眼前。翘首眺望，茅山像飞腾在南镇街上的一只金凤，而南镇街就像金凤项链垂悬下来的一块玉翠。

（一）

茅山，地处江苏省中部，金坛市与句容市交界处，海拔3725米，南北走向，面积50多平方千米，是享有“江南第一山”之称的圣地，是道家“天下七十二福地”的第一福地，“十大洞天”的第八洞天。这里风光秀丽，有九峰、十九泉、二十六洞、二十八池等胜景，道家上清派的发祥地，充满了神秘难言的魅力。自古就享有“秦汉神仙府，梁唐宰相家”的美誉，也有“春见山容，夏见山气，秋见山情，冬见山骨”之说，是一个充满生机的地方，一个风物独特的地方，一个值得我们深深挚爱的地方。

茅山，江南一座普通的山，既没有奇峰飞瀑，也没有云海奇观，可是，年年月月，络绎不绝的人群，依然向它走来。半个多世纪前，正当中华国土沦陷，民众家破人亡之时，毛泽东主席把目光投向了茅山，指示项英、叶挺、陈毅、粟裕等新四军将领们建立茅山抗日根据地。

“茅山天门朝南开，神兵天将抗日来。”历史选择了茅山，茅山就成了历史的支点。在陈毅、粟裕率领下，新四军第一、第二支队，肩负着民族的希望，于1938年6月从皖南向东挺进。在短短的三四个月中，取得了大大小小200多次打击日寇的胜利。江南的土地，一寸寸地从敌人手中解放出来，江南的人民也一步步发动、组织起来，统一战线也逐步建立起来。以茅山为中心的苏南抗日革命根据地建立起来了，茅山也成为当时全国六大山地抗日根据地之一。从此，茅山的座座山峰，燃遍了抗日的烽火。

（二）

如今，我又来到茅山，穿过山花铺满的栈道小径，登上云霞披拂的山顶，最先迎接我的是一道如虹的拱形大门。从这儿进去，可以走遍几十个庭院、禅堂。这里有各式各样的香炉、铁鼎，形形色色的石碑上镌刻着名人隐士的碑文、题诗；房屋的建筑雄伟而雅致，一色红漆大柱。庭院与庭院之间，雕龙横梁，像凤尾一样翘起，这不仅表现了我们祖先精湛的艺术创造力，也是国人朴实刚健性格的象征。在抗日战争的岁月里，新四军就在这里扎营，白天开荒，采摘野菜，晚上铺开一捆稻草，席地而睡。战斗得胜归来时，战士们又依着庙宇菩萨，谈笑风生，难怪当时人们把茅山称之为："钢剑不钝，茅岭独红。"

我从拱形大门走出来，看到在一棵松树下，围坐着一大堆人，看守山院的老人正在给大家讲述"石老虎"的故事。原来，我在上山时看到的那些残缺的青石栏，也有它光荣的战绩。

据说在一次战斗中，新四军的战士们打得弹尽了，日本鬼子成群结队涌上来，战士们急中生智，拆下石栏，把它当成武器，无数石栏迎着日本鬼子，像风火轮一样滚下去，碰到岩石，又像火雷一样天崩地裂。日本鬼子有的在山坡上被压成肉酱，有的在掩体旁被崩得尸骨粉碎。后来战士们把这种武器叫作"石老虎"。啊！当年战斗在茅山的战士呵，就像老虎一样勇敢，连茅山的石头呵，也曾为保卫人民的江山冲锋陷阵！

抗战十四年，7000多名抗日将士用鲜血和生命捍卫了民族的尊严，他们的英灵从此与这片山川相伴。为了缅怀革命先烈，陈毅元帅于1957年提出要在茅山脚下建馆立碑，几经艰辛，1985年抗战胜利40周年时，茅山新四军纪念馆终于建成。1995 年，抗日战争胜利 50 周年之际，苏南抗战胜利纪念碑落成。2008 年，新展厅内将帅馆、英烈馆以及老馆改造等多项工程完成。现在，展览规模在同类新四军纪念馆中最大，展示手段更加先进，展示的效果更富有感染力。

（三）

新四军苏南抗战胜利纪念碑，是为缅怀抗战中英勇牺牲的烈士而建，毗邻茅山主峰望母山山颠，碑高 28 米，曾被称为“苏南第一碑”。碑前 6 组台阶，每组 50 级，“6 组”的寓意，是新四军挺进苏南敌后韦岗首战告捷的时间为 6 月，“50 级”寓意抗战胜利 50 周年，从外形上看，它与一般的纪念碑相比，并没有什么特殊的地方。

可是，在建成两年后的 1997 年除夕之夜，一村民在纪念碑下燃放鞭炮，偶然发现“碑下放鞭炮，碑上响军号”的神奇现象，后经游人争相传颂和中央电视台《走进科学》《走遍中国》等媒体报道，前来茅山听“军号”的游客络绎不绝。专家学者也多次前来调查研究，有的认为是茅山特殊的地形造成的；有的提出空心碑结构说；还有的认为是台阶反射导致的。

然而，更多的当地百姓和前往瞻仰英灵的人，则更愿意将此与当年牺牲的小军号手的英灵相联系——是当年小军号手听到枪声响起，又一次吹响了冲锋的号角。无论如何，听军号声，纪念英灵，感天动地，世上奇观。

太阳升起来了，我站在茅山顶峰，俯视山下，只见昔日的烽烟早已化成满目青翠的林海。依据陈毅元帅手书“东进林”三个大字栽植的百亩松林，在一片林海中，更是显得郁郁葱葱，傲然屹立。顿时，对革命先辈和革命烈士的深切怀念，也在我的心中冉冉升起。

茅山的昨天已经成为历史。可是，历史是不应忘记的，今天的绿荫曲径、花丛回廊，正是从昨天铺满荆棘的道路延伸过来的。茅山，以其特有的风采和魅力，吸引着人们去追寻她的昨天，思索她的今天和明天。

山风吹过，松涛滚滚，如同铁军奔腾而来。“东进，东进，我们是铁的新四军”，雄壮的旋律，豪迈的歌声，响彻在我们的心间，铁军之魂，激荡在茅山群峰……

2015 年 7 月 16 日

古圣寺的春意

我从江南水乡不辞辛劳、不远千里来到合川凤凰山，就是为了瞻仰古圣寺。我也知道，古圣寺虽非名刹胜景，但乃轰动一时的教育圣地——育才学校的所在地。

3 月的草街，油菜花开得正盛。穿过山间的梯田，便可看到密林掩映下的古圣寺。一道巍峨的石质山间，顶檐如大鹏展翅，气势非凡。

古圣寺的香火不知衰落于何时，无人知晓。冷冷清清的古刹，在抗日战争时期的 1939 年，突然燃起炬火——点燃它的，是著名教育家陶行知先生，是他给古圣寺带来了暖暖的春意，带来了新的希望。

（一）

陶行知先生是安徽歙县人，原名文濬，大学期间推崇明代哲学家王阳明的“知行合一”学说，取名“知行”。43 岁时，他在《生活教育》上发表《行知行》一文，认为“行是知之始，知是行之成”，并改名为陶行知。虽然王阳明学说含有主观唯心主义的成分，陶行知却从中悟出学习与实践相结合的道理，且终生以此自勉。他 55 年的人生岁月服务于中华民族复兴，倾心于中国教育事业，是中国共产党的忠诚朋友。他著述宏富，论述精辟，语言生动，与现实的教育理论“息息相通”。1936 年，他受全国救国联合会的委托，担任国民外交使节，出访欧、美、亚、非 28 个国家和地区，行程 25 万千米，出席“世界和平大会”“世界新教育会议”第七次联会等，当选为世界和平大会中国执行委员。

人生天地间，各自有禀赋。

为一大事来，做一大事去！

这是陶行知曾经的赋诗言志。他在经历了学医救国、文学救国、政治救国三次人生志向转变之后，最终确立了教育救国的远大志向。他在南京创办晓庄乡村师范，在上海创办工学团，在四川创办育才学校和社会大学，在香港创办中华业余学校；他抛弃高官厚禄的诱惑，睡牛棚，穿草鞋，立志用教育创造一个“四通八达的社会”。

陶行知在20年的普及教育实践中，发现中国无数的贫家孩子有特殊才能，但因贫穷未能得到培养的机会，终至枯萎，曾沉痛道：“这是民族的损失，人类的憾事，时时在我的心中，提醒我中国有这样一个缺陷要补足。”抗战以来，难民涌向大后方。1938年武汉沦陷后，陶行知来到重庆，关注着战争造成的难童与孤儿，尤其是不幸孩子中的有特殊才能者。于是，筚路蓝缕，1939年8月，他在合川草街古圣寺创办了培养特殊人才的试验学校：育才学校。办学宗旨，即“用生活教育之原理与方法，培养难童之优秀儿童，使之成为抗战建国之人才”。校址嘛，就是四川省合川县草街子镇凤凰山上的古圣寺。

寺庙山门内，院落宽阔。顺着台阶拾级而上，中轴线上依次建有牛王殿、大雄宝殿、观音殿和善堂，两旁分设配殿、厢杂房等，“这就是当年育才学校的校舍。”合川文管所副所长王学文告诉我。在当时，育才学校是一所与国民党统治区所有学校完全不同的新型学校。学校的学生大多数是来自15个省市抗战沦陷区的难童，学校根据学生的爱好及特长授课，开设了社会、自然、音乐、舞蹈、戏剧、绘画、文学等小组。开办之初，有学生71人，后来最多时达到600多人。其中，社会组是育才学校学生人数最多、最大的一个组。

起伏的山坡，淅沥的春雨，四周空无一人，亦无鸡鸣、犬吠、鸟语，唯古圣寺静静地兀立着。寺院内，那株伟岸的古树，把它如铁如铜的枝干俯伸出高高的围墙，绿叶婆娑，浓荫似盖，庇护着山门、大道、田畴。山门顶端青石上，所刻“凤凰山”三字，已为风雨所模糊，门两侧各刻一大字“檀”“林”。苍古、荒凉的山门前，我并未见到校牌，亦未闻弦歌诵读之声。在那个战火纷飞的年代，陶行知在这里办学长达6年半之久。

（二）

我步入山门，拾级而上。寺依山而建，层层递升。石台高大，石基、石级均坚厚；柱、梁、椽等木建筑已呈破败之状。虽然如此，从架构、格局，可以想见当年的气宇轩昂，校中颇整洁，宁静。往里走，大厅左侧房中的几位青年教师见我到来，遂热情招呼。他们的房间极简陋，估计是当年陶先生将大殿隔成的礼堂和房间，他们陪我参观学校。厅右一门，门上贴一行小字“陶行知纪念室”。我想进去参观，他们摇摇手，很礼貌地对我说：“这行字是新贴上的，里面还没布置。”

我听了，只得作罢。出寺，在山门外，青年老师指着对面一座平房，对我介绍道：“那是当年陶先生住的校长室，早没了；现在盖了间教室。”那时是草房，陶先生名其为“逸少斋”。逸少斋之上、寺墙之外，应有一片树林，那就是育才师生于 1940 年种植的“普希金林”。青年老师说：“1958 年大炼钢铁时，那林被毁了。”我默然了。我良久地仰视着这抗日战争中驰名的古圣寺，这就是艾青先生任文学组主任的育才吗？这就是贺绿汀、李凌先生任音乐组主任的育才吗？这就是陈烟桥先生任绘画组主任的育才吗？这就是戴爱莲女士任舞蹈组主任的育才吗？这就是翦伯赞先生亲临教授的育才吗？是的，是陶行知聘请这些社会知名人士来校任教，还邀请了郭沫若、茅盾、夏衍、何其芳、丰子恺、田汉在此兼课或举办讲座。乡间古庙里，一时英才云集，名师荟萃。

古圣寺呀古圣寺！您知道这一切的价值吗？古圣寺如一位盘坐蒲团的老僧，默默无语。或许，它太老迈，已记不起当年《新华日报》的报道了：“出席音乐会的有叶剑英、冯玉祥夫妇……中外记者百余人。育才学校校长陶行知致词，报告创办育才学校之动机，旨在集体生活中培养及帮助儿童从事特殊的修养，为整个民族利益造就无数追求真理的小学生、自觉觉人的小先生、手脑并用的小工人、反抗侵略的小战士。演出后，周恩来同志为育才音乐组同学题词：‘为新中国培育一群新的音乐天才。’”该报对育才的此类报道，仅据《陶行知年谱》（皖版）记载，就有 30 多条呢！

抗战岁月，战火纷飞。育才学校的办学历程并不顺利，甚至可以说是举步维艰，办学经费及几百师生的衣食住行，全靠陶行知一分一文地募集。到 1941 年，米价已上涨到育才学校开办时的 50 倍，师生生活陷入困境。国民党反动当局更是对育才学校施加政治压力和经济封锁，学校一度陷入困境。

在学校最艰难的时候，周恩来托人给陶行知送来一套延安南泥湾军民垦荒的照片和一件延安自纺自织的毛衣，并在经费上给予了力所能及的支持。陶行知从中受到启发，组织师生开荒种地，生产自救。就这样，学校挺过了一个又一个难关。

“处处是创造之地，天天是创造之时，人人是创造之人……”这段话来自 1943 年 9 月陶行知先生发表的《创造宣言》。在合川办学期间，学校在嘉陵江边开荒种地，陶行知聘请当地的农民作指导。这一举措，不仅改善了大家的生活，又增强了学生们的劳动观念和社会实践能力。

育才学校在周恩来和中共南方局的关怀和支持下，依靠中共地下党组织和进步人士，陶行知为中国革命培养了一大批干部。许多学生奔赴延安和各抗日根据地参加革命，有 300 多人加入了党组织，成为能文能武的革命骨干力量。以徐永培、陈尧楷、胡芳玉为代表的 21 位育才烈士，更是为新中国献出了年轻的生命。1946 年 1 月，陶行知又在这里创办了社会大学，并任校长。

陶行知具有“爱满天下”的博大胸襟、乐于奉献的伟大情操、炽热真诚的革命激情、不屈不挠的刚毅品质、求真务实的思想作风、开拓创新的创造精神等品质，给我们留下了一笔足以永远留传后世、影响中华民族成长的宝贵精神财富。他为民众甘于奉献，放弃优渥待遇的工作去办乡村教育，为老百姓烧心香；当晓庄师生因从事政治活动奔走街头时，他敢于承担责任保护师生因而被通缉、封校；他为团结抗战、全力抗日，与沈钧儒等联合发表《团结御侮的几个基本条件与最低要求》，得到了毛泽东高度认同并亲笔回信。

（三）

陶行知是中国近代的教育家、思想家、政治家和文学家，也是中国近现代原创力最强、真正形成教育学说体系并具有世界影响力的教育家，在国内外有着很高的地位，不仅当年得到毛泽东、宋庆龄、董必武等人的高度评价，而且党的十八大以来习近平总书记也多次在不同场合提及陶行知，对陶行知思想、事业、人格与精神，给予充分肯定。

“千教万教，教人求真；千学万学，学做真人。”这是他“教学育人”的理念。所谓“求真”，就是要追求真理，实事求是，不能虚伪妄诈，不能善恶不分；所谓做“真人”，就是做一个有道德的人、有修养的人、与人为善的人、有担当精神的人、为人民服务的人。这样的人，是需要有奋斗精神的。但这奋斗不是为“利欲”去奋斗，不是为“私心”去奋斗，不是为做“富的个人”去奋斗，而是为国家利益、为人民福祉去奋斗。陶行知注重“平民教育”，他要通过对广大民众如何做人的教育，来培养人性正气，创造社会文明。他说:“我要造‘富的社会’，不造‘富的个人’。”

最为可贵的是，陶行知在自己长期教育实践基础上，根据当时中国国情与需要，吸收了中外古今优秀教育思想成果精华，对其恩师 20 世纪最有影响的哲学家、教育家杜威的实用主义教育学说，进行创造性改造和发展，创立了以“生活”“教育”“教学做”等概念为主要范畴，以“生活即教育”“社会即学校”“教学做合一”为基本原理，以民主教育、科学教育、师范教育、乡村教育、幼儿教育、职业教育、高等教育、成人教育、社会教育、终生教育、创造教育为具体主张的庞大的“生活教育学说”理论体系，留下了皇皇近 600 多万字的理论成果，这在近现代中国教育家群体中可谓独树一帜，无人可及。他的生活教育学说不仅契合当时的中国以及适用于第三世界国家，在第二次世界大战前后得到亚洲与美洲一些发展中国家学习借鉴，我觉得，也是完全可以作为今天中国教育改革发展的重要借鉴。

近代中国的危机多难，又使“教育救国”成为许多知识分子的梦想，陶行知正是其中最为杰出的代表人物之一。他以“捧着一颗心来，不带半根草去”的赤子之忱，为中国教育探寻新路。最可贵的是，他不仅在理论上进行探索，又以“甘当骆驼”的精神，努力践行平民教育，30年如一日矢志不移，其精神为世人所同钦，世所共仰。在长期的艰难跋涉中，陶行知逐步认识到，不改造旧中国黑暗的政治，就不可能真正繁荣中国的文化教育。因此，在20世纪40年代中期他发表了《民主教育之普及》等文章，提出了生活教育的四大方针，这就是民主的、科学的、大众的、创造的教育。这一思想，同毛泽东提出的新民主主义文化是精髓相通的。

郭沫若称赞陶行知：“二千年前孔仲尼，二千年后陶行知。”孔子提倡“有教无类”，也是把目光放在广大民众身上的，这是中国的文化教育传统。陶行知大力提倡并履行“平民教育”，他认为广大民众思想素质的培养，是成就社会进步、国家富强的文化根基。他的“造富的社会，不造富的个人”这一教育理念，有着重要的现实意义。

陶行知是一位民主斗士，始终站在当时民主运动的最前列，拥护共产党。他曾经遭到国民党特务的暗杀威胁，但他无私无畏，置生死于度外，坚持斗争。在陶行知的心目中，共产党领导的革命事业，就如同“碧海”与“高山”，是他坚定的政治追求。由于思想上和中国共产党的理念一致，他和许多知识分子不约而同地站到了人民的一边，成为周恩来所赞誉的“一个无保留追随党的党外布尔什维克”。

1946年7月16日，陶行知先生因劳累过度，突发脑出血而与世长辞，终年55岁。同年12月，全国53个人民团体将陶行知遗体安葬在南京晓庄劳山之麓。陶先生不仅仅是歙县的、安徽的，而且是中国的、世界的。他一生的奉献精神，求真、开拓的创造精神，严于律己的师表精神，艰苦卓绝的奋斗精神，爱满天下的博大胸怀……让人怀念永远。

我在古圣寺的林边徘徊，我在古圣寺的老屋古宅里追溯，寻访的就是陶行知先生的足迹。而现在，一切都成了过去。面对秋风秋雨的古圣寺，我深深地鞠躬。

2000年9月21日，2019年10月29日修改

太行山的烽火史诗

太行山，位于晋东南的上党地区，也即今天的山西省长治市所辖各县，北据长城要塞，南扼黄河天险，东出阳关可揽幽燕，西邻太岳虎视同蒲，地势险要，群峰壁上，崇山峻岭，雄伟壮丽，曾被誉为“八路军的故乡，子弟兵的摇篮”。抗日战争时期，中共中央北方局、八路军总司令部，曾长期在这里驻扎，为太行山上的“小延安”、华北抗战时期的“司令部”。

为了不忘历史，纪念先烈，1989 年 9 月，坐落于山西省长治市武乡县凤凰山麓的一座八路军太行纪念馆落成，邓小平题写了馆名。

（一）

从太原驱车向南一个多小时，就到了长治市武乡县八路军太行纪念馆。在广场的南侧，矗立着八路军将领的组雕，名曰《太行山》。展现朱德、彭德怀、左权、叶剑英、刘伯承、邓小平、徐向前、聂荣臻等八路军主要将领的光辉形象。雕像是目前国内展示人物最多，体量最大的领袖群雕，意在展现革命将领，战斗在太行，守望着太行。太行精神，永驻史册。

八路军太行纪念馆的建筑群，气势恢宏，端庄大气，是国内唯一反映八路军抗击日本侵略者的大型专题纪念馆。我进馆参观，感到这是一个以全方位、多纬度展示了八路军及华北敌后人民抗日的辉煌历史，为英勇顽强的八路军和太行人民，树立起了一座不朽的历史丰碑。以“太行精神光耀千秋”为主题的浮雕，给娓娓诉说的故事，拉开了帷幕。中共中央北方局、八路军总部和太行山人民一起，同仇敌忾，共赴国难，将血与火的历史，充分演绎，谱写光辉篇章。展馆中，运用场景，仿真再现历史情节，如洛川会议旧址、黄崖洞保卫战、地道战、白求恩战地手术和破击战等，让我们每一个参观者，仿佛身临其境。

黄崖洞，是八百里太行山的一个山洞，也是一个革命圣地，集雄、奇、壮、美、秀于一身，闻名于世的坚守防御战斗，即黄崖洞保卫战在这里打响。抗日战争期间，这里曾经是八路军的黄崖洞兵工厂，也是八路军创建最早、最大的兵工厂。四周奇峰绝崖，巍峨雄浑。当年的兵工厂尽管只有 200 多人，主要生产步枪、手榴弹、马尾弹、五〇炮等，却是当时八路军的主要兵工基地。

黄崖洞兵工厂从诞生的那天起，就使日本侵略者感到恐惧。为什么呢？日寇打进中原大地时，刚同中国军队交锋，就发现了中国军队的一个短处，枪械炮弹不足，打着打着，一阵密集的枪声响过之后，射击过来的枪弹就稀疏下来了。守卫八路军兵工厂的特务团，全团只有两门炮，12 发炮弹。打一发炮弹，都得经八路军总部批准。这一细节就充分说明了枪支弹药十分有限。

邓小平专为位于山西省长治市黎城县城北 45 千米之远深山之中的兵工厂旧址，题写了“黄崖洞”三个大字。

黄崖洞不仅是一个著名的红色景点，而且还是太行山深处一个风景绝美壮丽的自然景区。首先，举目笔立千仞的悬崖陡壁，全都呈黄色，故而称那东崖半空之中的天然石洞为黄崖洞。其次，陡峭的黄崖巨石之间，形成的深深长长的峡谷，是天然的易守难攻的要塞。

如今的黄崖洞景区门前广场上，醒目地竖立着一尊年轻司号员的八路军战士塑像。他正是黄崖洞保卫战的英雄崔振芳，牺牲的时候年仅 17 岁。

在平时的战斗中，崔振芳是不能冲锋陷阵直接打击日寇的，但是保卫黄崖洞的战斗打得太过激烈，钻进了峡谷的日军步兵不顾死活地往断桥前冲来。连长带着通信员和司号员一起上阵杀敌。好不容易逮着这一机会的崔振芳，兴奋地从陡崖上往下掷手榴弹，一口气往死命冲上前来的鬼子掷出了 120 枚手榴弹。他每掷出一枚手榴弹，看见在敌群中炸响，就大叫一声计着数。一旁的通讯员和连长都听见了。

鬼子的气焰被打下去了，连长见手榴弹掷完了，当即命令崔振芳到掩蔽部扛手榴弹上来，以防鬼子的又一次疯狂进攻。恰在这时，日军的一颗冷炮弹在陡崖的附近爆炸，炮弹的一片弹片击中崔振芳，割断了他的喉咙。年轻的八路军司号员牺牲在黄崖洞战斗的最前线，此时为 1941 年 11 月 11 日。他的英名，和太行山巍峨挺拔的巨峰险谷一样永存。

（二）

我的心情，久久不能平静。

在纪念馆里，那一份份珍贵的文件，一张张生动的图片，一件件斑驳的兵器前，在白骨累累的“万人坑”前，在拥军支前运送弹药的实景雕塑前，我仿佛在仔细翻阅着记载 70 多年前血与火的抗日岁月的大书……听讲解员说，武乡虽小，却在中国革命史上占有重要的地位，是八路军华北抗战、指挥中枢和首脑机关办公室持续时间最长的地方。

展馆之内，以硝烟血染的战争实物和翔实珍贵的历史图片为主，辅以景观、油画、雕塑、幻影成像和影视片等展示手段，主旨鲜明，手法细腻，内容翔实，张弛有度。展线新颖流畅，主副展线，相互呼应：有让位、有聚焦、有物象、有意境，可谓一气呵成，酣畅淋漓，艺术感十足。展馆真正实现了用形式烘托内容，用内容突出主题，用主题展现意境，展示出波澜壮阔、荡气回肠的八路军和太行人民的抗战历史。

空间的运用上，纪念馆有自己独特的设计：用铁丝网表现艰苦与严峻，突显中华民族英勇顽强，坚贞不屈；以太行山石为背景，配合八路军总部主官序列表，彰显共产党开创革命根据地的历史；用剪影作铺垫，生动展现破袭敌人交通运输线的故事。一段狭长区域，装帧了 200 多幅版画，色彩明快，布局精简，空间通透，凸显抗战将士灵活机动的战略战术和幽默诙谐、活泼乐观的精神。

我们的党和军队就是党依靠英明决策的领导、与群众血肉相连的群众路线，以及广泛团结社会各界的统一战线这三大法宝，从小到大，从弱到强，取得了一个又一个的胜利。

当时，武乡是太行山下一个仅 13.5 万人口的小县，就有 1.4 万多名优秀儿女参加了八路军、2.1 万名干部、群众为国捐躯。闻此抗战史实，我对武乡就肃然起敬。武乡，八路军曾长期驻扎在这里。他们无论驻扎在这个县的哪一个小村庄，都会受到群众的拥戴。正如流传至今的歌谣民谚中所说：“母亲叫儿打东洋，妻子送郎上战场。”

“村村像军营，人人都是兵，抗日根据地，一片练武声。”“千山万壑，铜墙铁壁，抗日的烽火，燃烧在太行山上。”

武乡是这样，扩大到太行山，11 个县的县委书记都是中共党员。如此好的群众基础，如此受到百姓衷心爱戴的部队，才能在打击日寇的一次次大小战斗中取得了无往不胜的辉煌战绩。

八路军总部所在的武乡县的王家峪、砖壁，是驻扎时间最长的，还有在北乡的义门村、涌泉乡的寨上村，都当过八路军总部。这几个小山村，是太行山上党地区腹地中的腹地，地势极为险峻，相对来说，隐蔽而又安全，不但八路军总部在此，中共中央北方局也设在这个地方。

武乡人民跟着共产党、八路军坚持敌后抗日，表现出革命战争年代那种艰苦奋斗，无私奉献的太行精神。这个太行精神，光照千秋！

（三）

走出纪念馆，我来到了毗邻的八路军文化园。我随同从太原市赶来的一群上海游客，穿上了八路军的军服，拿枪持刀打“鬼子”。潜身坑道，参加“地道战”，再进入八路军村，体验八路军生活，参观兵工厂，参加“胜利大巡游”，与炊事班战士一起，煮小米饭，蒸窝窝头，去老百姓家吃“农家乐”。同时，我还观看了大型实景剧《太行山》在露天大剧院的演出。走马观花式的游历，因亲身参与，让我体验了八路军的精、气、神，情不自禁地打听武乡人民打造八路军文化产业的创意来。

正在忙于“两园”工作的导演告诉我：武乡虽然不忘旅游资源，甚至接待过近百位国家领导人，但文化产业的发展与武乡的红色资源很不对称。尽管历届县委、县政府都在这方面动过脑筋想过办法，做过文章，但没有找到突破性的创意。这届县委书记周涛、县长阎新平，远赴井冈山，西柏坡、延安等地考察红色旅游的拓展路径，奔波北京、上海、深圳等旅游城市招商引资……终于在传统红色旅游与现代经典旅游之间找到契合点；引进深圳华侨城集团开发“互动体验式八路军文化旅游”新模式，与国际国盛（北京）投资基金管理有限公司签订了武乡“红色旅游文化产业开发合作框架协议”。武乡也挥出了大手笔：投资近6亿元兴建了八路军文化园、游击战体验园。创作排练出大型实景剧《太行山》，使原来“静态参观”变成“体验旅游”，由“以展施教”变成“寓教于乐”。

看来，武乡的“两园一剧”，既有抗战历史的遗存，又有打仗、生活等各种场景的历史再现，还有现代剧目创造性的艺术表演，这“三位一体”不正是文化产业之创新？再加上武乡在“吃、住、行、游、购、娱”上，分析研究，下大功夫，红色旅游留客促消费，武乡等太行山的各县红色文化产业带动经济转型发展的前景，当是十分可观的。

入夜，华灯竞放，八路军文化园，人山人海，音乐喷泉，五光十色。纪念碑广场，轻歌曼舞，热闹非凡，武乡人像过节一样，来到这儿欢聚。我在这儿过八路军文化旅游节，想到了邓小平情系太行，正是他为“八路军太行纪念馆”题写馆名，是他批示“武乡是太行老革命根据地”，修建了横贯全省武（乡）墨（镫）铁路，是他当年在“红色特区”的经济改革思路，激发了武乡人倾城倾力打造八路军文化产业的新创意。

太行山抗日根据地，代表着一段所有人都必须正视的岁月，是一个不能让人忘记的地方。“只有始终代表最广大人民群众的根本利益，始终把人民群众放在心上，我们就会无往而不胜，无论是战争年代还是和平时期，都是如此。”这是当地领导说的话，也是太行山留给后辈最宝贵的启示。

太行巍巍，丰碑高耸。红色再绘新武乡，脱贫致富奔小康。我们唯有铭记历史，缅怀先烈，不忘初心，牢记使命，永远奋斗！

2011 年 8 月 31 日

鲜花开遍了十字岭

巍巍太行，是八路军抗战圣地，也是人民武装力极为重要的根系。70多年前，八路军在这艰苦卓绝的抗日战争中，在八百里太行的崇山峻岭，领导人民抗击日军的侵略。他们英勇作战，不少人就牺牲在这片热土上。

> 名将以身殉国家，愿拼热血卫吾华。
> 太行浩气传千古，留得清漳吐血花。

这首浩气轩昂的诗篇，是朱德总司令痛悼1942年5月25日在太行山上壮烈殉国的八路军副参谋长左权，而撰写的一首感人的挽诗。

（一）

十字岭，坐落在山西左权县麻田镇东部的太行山顶。山峦起伏，松柏苍翠，气势雄伟。因山岭纵横，状如十字，故名十字岭。这个在群峰似海的太行山中的小小山峦，在抗日战争以前的地图上，是从未有过其位置的。但是，自从左权将军把他的一腔爱国热血，倾洒在此的那天起，十字岭便以耀眼的红字，标志在山西省、全中国的地图上。我怀着十分敬仰而又激动的心情，拜谒了十字岭。

那是红五月鲜花烂漫的时节，我们乘坐着吉普车，在当年八路军总部曾驻扎过的麻田镇出发，顺一条河沟，沿一条崎岖的山间公路向东北方向行驶。我是在紫澜门公司山西总代理的李先生带领下前往的。在车上，我轻轻地哼起了“红日照遍了东方，自由之神在纵横歌唱，看吧，千山万壑，铁壁铜墙，抗日的烽火燃烧在太行山上……”。每当我唱起《太行山上》这首耳熟能详的歌曲时，就会激情澎湃，热血沸腾，歌曲把我引领到久远的年代，左权将军带领八路军将士与日寇浴血奋战在太行山上……

左权（1906—1942 年），字孳麟，号叔仁，曾用名左纪权。湖南醴陵人，无产阶级革命家、军事家，中国工农红军和八路军的高级指挥员，功勋卓著的一代名将。1924 年入黄埔军校第一期学习，是“青年军人联合会”的负责人之一。1925 年 1 月，经陈赓介绍加入中国共产党，时年 20 岁。同年 12 月赴苏联，先后在莫斯科中山大学、伏龙芝军事学院学习。1930 年回国到中央苏区工作。先后任新 12 军军长，红 15 军军长兼政委等职。1934 年 10 月，参加了长征。抗日战争爆发后，历任八路军副总参谋长等职务、八路军前方总部参谋长，参与指挥了粉碎日军对晋东南的九路围攻，取得了百团大战和黄崖洞保卫战等许多战役、战斗的胜利，威震敌后。

左权不仅被中央军委称为“反扫荡的战斗模范”，还“是一个有理论修养同时有实践经验的军事家”。从 1939 年至 1941 年，在艰苦的敌后战争环境中，左权撰写了《论坚持华北抗战》《埋伏战术》《袭击战术》《战术问题》及《论军事思想原理》等 40 多篇论文，对战略战术、军队建设等问题，进行了比较系统的理论研究与论述，为发展和壮大人民抗日武装，为八路军全面建设，建立了不朽的功勋。

（二）

我走出车门一看，这儿原是一座马鞍形的山峰。东西两头是两个山包，中间略平，东头山包的两面，有两道山梁，分别向南北伸展开去，像一个大十字，我想这大约就是十字岭的由来吧。低头向下看，山南面沟底有个小山庄，就是闻名中外的南艾铺村。遥望西南方向，透过云层，隐约可以望见一个小小的山庄的房屋，真是“白云深处有人家”。

登上山顶，我仰望雄伟的纪念亭，翼然翘向蔚蓝的天，洁白的汉玉碑，岿然矗立在青松间。徐向前题写的“左权将军纪念亭”，亭边标志碑刻着“左权将军殉难处”。驻足凝视，心情沉重，我面向碑亭，三鞠躬，以表达深切的景仰和缅怀。战争将人民军队一位杰出的将领，永远带离了运筹帷幄的指挥岗位，为了民族，他的生命永恒定格在战死沙场的那一瞬间……当地工作人员为我指点了当年左权中弹的具体位置与过程。

纪念亭内，竖着高大的纪念碑“左权将军永垂不朽”，四周分别刻着当年朱德《吊左权同志在太行山与日寇作战战死于清漳畔》挽诗，周恩来《左权同志精神不死》悼文，彭德怀敬撰左权同志生平碑志，刘伯承、邓小平《纪念我们的战友左权同志》长篇悼文和叶剑英《悼左权同志》挽诗等。仰读碑文，催人潸然落泪，非常痛惜。五月的鲜花开满山，将军的热血，洒在万花丛中。

环顾四周，我见远处的山峰，陡峭林立，千姿百态。有顶头盔的，有戴圆帽的，还有的状如伞顶，有的则貌似斗笠，各有各的装束；有的雄伟，有的小巧，有的粗狂，有的幽邃，各有各的仪容。那卧在峰峦中间的一道道山脉，又像是无数条巨蟒，把脊背露出水面，徜徉在风波雾海之中。正是这无数座没有名字的太行群峰，壁立北国，似一座无边无际的巨型摇篮，孕育了伟大的中华民族，汇聚过抗日洪流的精华，仿佛又响起《我们在太行山上》这雄伟而嘹亮的歌声……

回头，我看看脚下的平台，仿佛 70 多年前，左权壮烈殉国的场面就在眼前。

（三）

十字岭，位于北艾铺（属山西省辽县）和南艾镇（属河北省涉县）的交界处，正岭呈东西走向，连绵数十里，副岭南北走向，两脉山体在这里交织在一起，状似一个“十”字，海拔 1300 多米。一条小道自南艾铺曲曲折折斜通向山上，距山顶有五里之遥。沿山顶一线向下通北艾铺、南岩沟等村庄。这是唯一的生路。

“十”字，在西方，是一个凶险的信号，在中国，也有生死抉择之寓意。最狭窄的地形，最恶劣的战局，最凶险的信息，都汇聚到了十字岭上。

时势也好，迷信也罢，历史，就是由一个个大大小小的偶然事件串缀而成。每至最危急关头，总会有相应的悲剧或牺牲出现。

“五月的鲜花开遍了原野，鲜花掩盖了志士的鲜血，为了挽救这垂危的民族，他们正顽强地抗战不息……”就在这几千人马已疏散，左权也走上了十字岭，只需要十几米，走下山岭，走到北坡，就可以安全了。但就这十几米，他没能走出去。这时，突然飞来一颗日本鬼子的罪恶炮弹，落在十字岭平台下的 10 米多处，走在部队后尾的左权不幸头部中弹。他倒下了，倒在了十字岭上，就这样壮烈地殉国了，年仅 37 岁。天地沉默，残阳如血，血如残阳……他是抗日战争时期牺牲的中国共产党和八路军的最高将领。

噩耗传出，太行山区、延安、各抗日根据地、大后方，以至全世界反法西斯战线各国，都沉浸在极度悲痛之中。为了纪念左权，根据太行人民的请求，晋冀鲁豫边区政府决定将辽县改名为左权县，并谱写了《左权将军之歌》，以纪念这位把热血洒在这块土地上的英雄。从此，这座小小的十字岭，和左权的英名一起，彪炳千秋，名垂史册。

河北省邯郸市一解放，毛泽东主席就批准建立以左权墓和左权纪念馆为中心的晋冀鲁豫烈士陵园。1950 年 10 月 21 日，左权灵柩被安葬于晋冀鲁豫烈士陵园。1951 年，毛泽东主席在返京的途中，特意在邯郸下车，到晋冀鲁豫烈士陵园左权墓前，脱帽致哀，以悼念这位在抗日战争中为国捐躯的将军。1994 年 8 月，中央军委常委会讨论决定，左权被授予中国人民解放军光辉发展历史中的 36 位军事家之一。2009 年，左权被中央宣传部、中央组织部等 11 个部门评为“100 位为新中国作出突出贡献的英雄模范人物”。

70 多年过去了，风云变幻，我们为实现“中国梦”，迈开了建设小康社会的步伐！今天党和国家的安定局面是革命先辈用血汗的代价换来的。作为后辈，缅怀先烈，更应珍惜这来之不易的大好局面。

夕阳西下，天色已晚。不一会儿，这屹立巅峰，耸峙太行的十字岭，在如血的残阳映照下，铮铮如铁，显得更加巍峨。汽车缓缓地下山了，透过车窗，我依恋地回望那十字岭，像一座巍峨丰碑矗立在山顶上，一会儿，又化作一个巨人，那不就是叉手挺立的左权嘛！

五月的鲜花，开遍了原野，也盛开在人们的心底。十字岭，是一个让人不能忘记的地方，它留下的历史烙印，永远铭刻在人民的心里。我们，永远不能忘记左权将军！

1996年5月11日初稿，2015年5月16日改定

松岩口白求恩纪念馆

初夏时节，我趁参加在山西榆次的一个会议后，驱车来到了五台山南边一个名叫松岩口的村庄，清水河缓缓流过，这就是抗日战争期间晋察冀军区后方医院的驻地，伟大的国际主义战士白求恩曾经工作过的地方，也是“白求恩纪念馆”的所在地。

松岩口，这个英雄的村庄，模范的人民，我从当地乡亲们和工作人员的介绍中听到，从白求恩纪念馆里的历史性资料中看到，松岩口村这个红色的革命遗址，在抗日战争时期遭受了极为严峻的考验，白求恩对中国人民作出了巨大贡献。

（一）

时间把我们推向 80 年前，那正时抗日战争战火纷飞年代。1938 年 3 月底，白求恩受加拿大共产党和美国共产党的派遣，率领医疗队，不远万里来华，投入中国抗战洪流。在到达延安的第二天晚上，毛泽东在凤凰山麓的窑洞里，会见了白求恩和同行的护士琼·尤恩，谈话持续了 3 个多小时。

我们可以想象，此时此刻跟两位国际主义战士之间，彼此的理解和信任。正是在这样的场景下，考虑到八路军的医疗条件简陋，自己又有野战作战抢救伤员的经历，白求恩告诉毛泽东，如前线伤员能在 24 小时内及时手术，75%重伤员能救过来。他以自己的曾经野战救治的经验，向毛泽东提出建立战地医疗队，把八路军伤员的治愈率提高到 75%的请求。毛泽东同意并支持了白求恩的这一请求。白求恩和毛泽东的这次见面，彼此都给对方留下了极为深刻的印象。

1938 年 6 月 17 日，白求恩为了抢救伤员，在晋察冀军区卫生部长叶青山的陪同，带着由13头骡子驮着的药品和医疗器械及生活用品的援华医疗队，由延安来到中国共产党领导的条件最艰苦的抗日前线——晋察冀军区司令部所在地五台县金刚库村，后又来到了该县的松岩口村。当时，这个村是八路军后方医院第二所的所在地，附近住满了为了民族存亡，不惜流血牺牲在前线负伤的部队战士。

白求恩到达这里后，没有休息，马上投入了抢救伤病员的战斗。军区首长和中国同志都劝他休息几天，再开始工作，他却说："我是来工作的，你们不要把我当客人，而要把我当一挺机枪使用。"谢绝了大家的好意，说干就干，立即工作。

白求恩用一个星期的时间，对住在松岩村及附近村庄的520多名伤病员，逐一检查，确定了治疗方案。用了4个星期的时间，为147名伤员做了手术，使他们逐渐恢复了健康！

当时，我抗日根据地正处在敌人的重重包围之中，条件极其艰苦，由于敌人的封锁，使我们的伤病员缺医少药，得不到及时治疗。面对这种情况，白求恩向聂荣臻司令员提出，要建立一个起示范作用的模范医院，改善医疗条件，培养医务人员。白求恩在晋察冀军区后方医院，亲自设计并参加施工，于9月15日，利用松岩口村龙王庙改建成有手术室、消毒室、医务室、洗涤室、病房等设施的外科病室，被晋察冀军区司令部命名为"白求恩模范病室"，它对改进晋察冀边区医疗卫生工作和救助伤病员，起了积极的示范作用。晋察冀军区以军区后方医院二所为基础，在松岩口村龙王庙创建了"模范医院"，并聘任白求恩为院长。

在成立大会上，白求恩发表了热情洋溢的讲话，他说："一个医生、一个护士的责任是什么？就是使你的病人快乐，帮助他恢复健康，恢复力量。实在说，他们比父兄还要亲切，因为他们是你的同志。"这位以革命人道主义为宗旨的伟大战士，也凸显了这位国际主义战士崇高的共产主义思想境界，用实际行动实现了他的诺言。

模范医院建立之后，部队的一些伤病员，经过白求恩的精心治疗，很快恢复了健康，重返抗战前线。在这个不大的院落里，有一株高入云天的古松，当年的白求恩不仅耐心地给伤病员治病，而且还在生活上、思想上关心他们。要这些伤员彻底把伤治好重返前线，这株大松树，就是他经常在工作之余和伤病员促膝谈心的地方。我看到的一份资料记载，当年有位重伤员，因为急于要重还前线，同敌人作战，伤没痊愈，就不辞而别，离开了医院。白求恩知道后，骑马几十里，才把这位战士追回。他这种对革命、对同志认真负责的精神，实在令我感动不已。

（二）

了解白求恩经历的人都知道，他放弃了优厚待遇，到遥远异国他乡的最前线去战斗。白求恩在 32 岁时就已是英国皇家外科医学会成员，是美国胸外科协会五位执委之一。他发明改造了 20 多种医疗器械，34 岁时发明了举世闻名的“人工气胸疗法”，到 41 岁时他共发明了 22 种外科手术器械，全部以他的名字命名。1937 年在西班牙当战地志愿者时，他发明了世界上第一种运输血液的办法。

然而，白求恩不以医术居傲，而是把中国人民的解放事业当作自己的事业，在物质待遇方面更是没有丝毫的要求。1938 年 8 月 11 日，毛泽东特意给聂荣臻发电报，建议每月发给他薪金 100 元。在当时八路军大夫一般每日津贴 1 元的情况下，毛泽东和党中央对白求恩的工作和生活还是想尽量给予战争条件下高级别的待遇。但是，白求恩坚决不接受。他亲自给毛泽东回了封电报：

“我没有钱，也不需要钱。能和这样一些以共产主义方式生活的同志工作在一起，是我毕生最大的幸福。”

我记得 20 世纪六七十年代一个广播连续剧中，有这样的情景：白求恩看见一位八路军军医用锯木头的锯子给伤员截肢，他激烈地批评那位医生，但是等事后了解到八路军缺医少药的实际医疗情况，他主动去道歉，并且把自己的津贴用于购置药品，改善根据地战地医疗队的条件。白求恩这种真诚而高尚的献身事业精神，正是毛泽东号召全党对照学习的可贵之处。

他的责任心体现为伤员第一的思想和救治理念。对于 359 旅伤员得不到很好治疗和照顾（三天三夜没换药），他甚至直言质问王震旅长，王震表示："你的批评像手术刀一样刺痛了我的心，我决心接受你的批评。"

他的这种伤员第一的思想和救治理念，对到根据地的国际医生也产生了很大影响。德国医生汉斯·米勒参加了白求恩的追悼会，决心以他为榜样。为了在医疗设备简陋的情况下尽量多保留伤员的肢体，身材高大的汉斯·米勒医生甚至跪在地上数小时为伤员做手术。

由于当时的敌人几路重兵向我晋北抗日根据地围攻，这个模范医院在建立三个月后，为了安全起见，不得不随同后方医院向南转移，白求恩从此也就离开了这里。

敌人侵入松岩口后，烧杀抢掳，这个曾经抢救过多少抗日伤病员的模范医院，化为了一片灰烬，唯有院内那棵十多米高的古松，仍然傲然挺立，枝叶茂盛，郁郁葱葱，直到当下。

（三）

1939 年 11 月 12 日，白求恩为八路军战士做手术时受伤感染，仍坚持医治伤员，直至在河北省唐县黄石口村不幸牺牲。临终前，白求恩请聂荣臻司令员："转告毛泽东主席，感谢他和中国共产党对我的帮助。毛泽东主席领导下，中国人民一定获得解放。"11 月 17 日，晋察冀军民在唐县于家寨为白求恩举行了隆重的殡殓典礼。12 月 1 日下午，延安各界在杨家岭中央大礼堂举行公祭大会，沉痛悼念白求恩。主席台前摆放着毛泽东的挽词：

"学习白求恩同志的国际精神，学习他的牺牲精神、责任心和工作热忱。"

几天后，《八路军军政杂志》准备编辑出版《诺尔曼·白求恩》纪念册，请毛泽东撰写一篇纪念白求恩的文章。12 月 21 日，毛泽东在延安杨家岭窑洞中，完成了一篇鼓舞人心、影响深远的文章《学习白求恩》。1952 年，这篇文章被收入了《毛泽东选集》第 2 卷，并改名为《纪念白求恩》。白求恩的事迹和精神在这篇文章里得到了最高评价，至今仍产生着极为深远的影响。

这篇短文号召人们向白求恩学习，成为一个高尚的人，一个纯粹的人，一个有道德的人，一个脱离了低级趣味的人，一个有益于人民的人。此文更使白求恩事迹在中国人民中广为传颂。在中国共产党发展新的百年起始之际，我们仍视白求恩为中国共产党人和中国人民的道德楷模和精神坐标，这不仅说明白求恩精神在中国深入人心，也说明新时代加强党的建设、增强党员先锋模范意识，我们仍然需要白求恩精神。

在中国，有以白求恩命名的医院、医学院和学术研究机构。有电影、电视、广播剧、电视剧等介绍白求恩事迹的媒介及作品，收音机播放过白求恩事迹的配乐广播剧，很多情节仍声声在耳，1962 年拍摄了电影《白求恩》。凡是 20 世纪五六十年代出生的人，基本都会全文背诵《纪念白求恩》，就是三四十年代的人，大多数人也能背诵《纪念白求恩》。

2009 年中国国际广播电台、中国人民对外友好协会、中国国家外国专家局共同主办的“中国缘 · 十大国际友人”评选活动，评选出百年来对中国贡献最大、最受中国人民爱戴或与中国缘分最深的国际友人，投票人数达到 5600 多万。历时 40 天的网络评选于当年 10 月 12 日揭晓，“为中国抗战献出生命的加拿大医生白求恩”以 4694484 票名列前十位当选人第一，可见他在中国人民心中的位置之高。同年，白求恩当选中宣部等 11 个单位组织联合开展评选的“100 位为新中国成立作出突出贡献的英雄模范人物”。

我边走边看，边看边想，他们告诉我，松岩口，这个红色的革命遗址，中华人民共和国成立后，在“模范医院”的旧址旁，建立了一座规模宏大的“白求恩纪念馆”，是一处专门拜谒、凭吊国际共产主义战士白求恩的场所。

我走进了白求恩纪念馆，就看到了白求恩高大的汉白玉雕像，庄严矗立，高鼻梁，蓝眼睛，身穿八路军军装，形象栩栩如生。兴建于 1967 年的白求恩纪念馆，占地面积为 2500 平方米，呈南北走向。展览大厅前那高大的汉白玉石碑，碑成方形，底平面边长为 1.65 米，五层石阶，依次层层内收彻为平台。碑的阳面镶刻着毛泽东撰写的《纪念白求恩》的全文。碑左刻着徐向前元帅题词："学习白求恩同志的无产阶级国际主义精神。"碑右刻着聂荣臻元帅的题词："伟大的国际主义者白求恩同志永远是我们学习的榜样。"碑阴刻着国务院原副总理薄一波的题词："学习白求恩同志把革命精神和科学技术结合起来的光辉榜样。"纪念馆内陈列室分为正厅、西展厅和东展厅，分别陈列着白求恩同志在松岩口工作期间的照片，复制的文件和日记等资料，介绍了白求恩为中国人民的解放事业作出的贡献。

"模范医院"旧址内的那棵松树，有如英雄的中华民族，当下显得分外青翠挺拔，在巍巍的五台山下俯视着这座英雄的小山村！

1996 年 5 月 16 日

动感的台儿庄

“台儿庄，我的家，当年一场血战，从此名扬天下。爹说，子弹打穿了咱墙上的砖；娘说，炮弹掀开了咱房上的瓦。好一场厮杀，好一场厮杀！中国好男儿，将强敌歼灭在咱的屋檐下……”每当听到这首由乔羽作词，吕其明作曲的荡气回肠、具有鲁南韵味的优美旋律时，英雄的台儿庄便浮现在我们眼前。

青砖黛瓦，灰白色的马头墙，在微风中巍然耸立；波光粼粼，几百年的古运河，在石驳岸间，宁静蜿蜒。柳丝飘扬，灯笼红艳，沿河房屋都有檐下门廊，刹那间很是恍惚：是周庄？是同里？这是台儿庄吗？那是大半个世纪前，以一场残酷战役名震天下的台儿庄吗？

我这次去山东枣庄，看铁道游击队旧址、游微山湖、参观小李庄抗日圣地，自然也得去台儿庄这座古城，寻找抗日战争遗址，凭吊那些为国捐躯的抗日英烈。

（一）

台儿庄古城，位于京杭大运河的中心点，坐落于鲁苏豫皖四省交界地带的山东省枣庄市台儿庄区。古城始于秦汉，发展于唐宋，繁荣于明清，有“天下第一庄”之称（清乾隆赐）。可真正使台儿庄扬名天下的并非皇帝的御笔，而是发生于 1938 年抗日战争期间那场反法西斯侵略的台儿庄血战。台儿庄名扬世界，与波兰首都华沙同属世界上仅有的两座因第二次世界大战炮火毁坏而作为世界文化遗产重建的城市。台儿庄战役使繁荣了三百余年的台儿庄古城化为一片废墟，于 2008 年进行重建。重建后的台儿庄古城，占地 2 平方千米、11 个功能分区、8 大景区和 29 个景点，是中国国内规模最大的古城。

翌日拂晓，曙色熹微，我独个漫游于台儿庄。“天下第一庄”的匾额，高高悬挂在城楼上，正对着运河。乾隆皇帝的御笔方正而沉稳，饱满圆润，城门西侧有楹联一副：“岸柳河桥，要平分邗水二分明月。浆声灯影，岂独让秦淮十里清歌。”古城安详宁静，没有一丝作响，只有夏雨淅淅沥沥地下着，仿佛在倾诉台儿庄遭难的历史。

我走着走着，抬头看到的，就是不久前在咸丰年间旧址上重建的西门，又称“台城旧志”。有城墙向两边延伸，垛口整齐排列，像方形的锯齿，更像长长的拉链，为我们拉开一幅硝烟弥漫的画面——原百年门楼，在台儿庄大战期间曾为中方第二集团军的临时指挥所，后被战火损毁。

台儿庄大战纪念馆，坐落在古城的西南。在纪念馆，我在标志性建筑清真寺前，心情激动。高高耸立的唤礼楼，碎碎石铺成的甬道，灰青厚实的砖墙，这是一座古色古香的四合寺院。旁边挺立茂密的松柏，在风中沙沙作响。而 1938 年，震惊中外的大战就在这里进行，脚下这片土地，就是战斗最为惨烈的地方。

纪念馆前的那 38 级台阶，载我一级级上行，走进 1938 年的惊天血战。站在这高度逼真的战况全景画前，那一幕幕血与火交织的场景，令我震撼不已。我知道，在那中华儿女拼死一搏里，有滇军第 60 军的闪亮篇章：用白族话传令，使从电话里窃听的日寇无法破译，赢得战机。用做木工活练就的臂力，挥舞景颇长刀，顽强杀敌。哥哥背着战死弟弟的骨灰盒，冲锋陷阵，一往无前……尽管我读过《李宗仁回忆录》，也看过电影《血战台儿庄》，对这段历史耳熟能详，但这些情节的发源地，战士们那不屈的身影，叠映脑海，令我荡气回肠。

战争是残酷的。1938 年 3 月中旬，历时一个月，发生在台儿庄的这场大战，赢得震惊中外的台儿庄大捷。这是继长城战役、平型关大捷之后，对日抗战取得的重大胜利，也是徐州会战中，中国军队在正面战场，取得的一次重大胜利。

中国共产党领导下的八路军以及山东、河北人民抗日游击队和工人武装，对津浦线北段、胶济路西段的铁路、公路进行迫袭战、阻滞日军的运输，有力地支援了台儿庄作战。同时，积极向敌后进军，开辟敌后游击战争，建立敌后抗日根据地，密切配合正面战场作战，有力地打击和歼灭日寇，取得了一次又一次的抗敌胜利。

（二）

一寸河山一寸血。台儿庄战役，中国军队经过20多天的浴血奋战，歼灭了日军大量的有生力量，打击了日本侵略者的嚣张气焰，粉碎了日军“三个月内占领中国”的狂妄梦想。一场堪称惨烈的胜利，给了绝境中的中国人一种转折的希望，一种鼓舞了全民族的士气，一种保存国族的信心。在中华民族抵御外侮的历史上，写下了震惊世界的一页。或许是那硝烟太浓，洒下的热血太烫，被记住的历史太悲壮，将这座“庄”，从17世纪至此300多年间“甲于一邑”的繁华历史，深深掩埋，让人们的心中，只剩下一片被夷为平地的废墟和立于废墟中的血肉长城。

台儿庄是中华民族的台儿庄，曾经繁盛，又毁于侵略者战火、铭刻英烈之名，存于世间的台儿庄。回眼看去，从曾经风华璀璨到弹痕累累的废墟，台儿庄用舍身之义，为我们这个民族开了一节历史课，讲述一章此后70余年我们都深刻记忆、未来也不可忘怀的历史……

因此，台儿庄在我的心里，是残酷之地，也是壮烈之地，更是“中华民族的扬威不屈之地”。

作为国民党政府在正面抗战中的第一次胜利，在台儿庄战役激烈进行的时候，日军凭借火炮优势，攻入台儿庄内。守卫的三十一师师长池峰城立即组织敢死队，准备夺回阵地。战士们知道此去九死一生，依然踊跃报名。池峰城宣布：“每名敢死队赏大洋30块。”报名的战士当即表示：“要钱干什么？我们打仗是为了不让我们的子孙后代做日本人的奴隶，是要争取民族的生存。”敢死队趁夜色冲入敌阵，白刃战中，有的受了伤，又从血泊中爬起来，用大刀砍杀敌人；有的拉响身上的手雷和敌人同归于尽，阵地最终被夺回来了。

战斗最惨烈时，东北军连长林明率军支援巷战，在他们之前进城的东北军一个营的战士全部牺牲了，而他所在的连，到战役结束时，包括林明在内，只剩下十余人。

日本人要王铭章投降，他坚决不肯，兵尽粮绝之时，援军未到，砸毁电台，亲自上西北城墙，指挥警卫连一个排进攻西门城楼。该排全部阵亡后，他决定到西关车站继续组织防守，腹部中弹，并再次负伤，用手枪饮弹殉国。当时滕县县长周同知道后，从城墙跳下，陪同殉国。王师长殉国后，川军第 122 师的将士大多数在与日军的死拼中牺牲，直至城陷终未后撤一步。城内 300 余重伤员在滕县失守以后，以手榴弹互炸殉国。

王铭章的壮举，在李宗仁的回忆录中有所印证。

走出纪念馆，阳光一片明媚。回望支撑纪念馆白色厅天棚的 24 根立柱，我感觉到，那是顶天立地永不屈服中国精神的激扬飞溅。

行走在古城中，战争的印记无处不在，一面巨大的液晶屏幕，播放着台儿庄战役的实录和回访。街头浮雕凸现出来的敢死队少年和一幅幅旧照片上的满目疮痍，如不朽丰碑弥漫出 70 年前的战火硝烟。走过“闸官署”，走过老宅院，我沿着绿意摇曳的修竹漫步，一拐弯，眼前这砖墙壁上赫然是两幅黑白图片，是台儿庄战役中，待战的士兵们卧伏在工事后面；再一拐，这老柳树侧的墙上又是一幅照片，一年长的军人在对一个穿军服的少年指点着什么，那少年腰间捆着一排手榴弹，头戴钢盔的孩子还一脸的稚气；石拱桥畔客栈的粉墙上，图片上满是弹孔的墙壁，似无数只眼睛，战争与历史的眼睛，与我对视，向我诉说……

心，凛凛地，沉沉地，静得听得见自己的心跳。可一种越来越近的声响呼啸而来，是尖啸的子弹声，是隆隆的炮声，是厮杀呐喊声！我闭上眼，喉头发紧、心揪疼了起来，国难当头，那么多年轻的生命，碎裂在炮火中、踉跄在血泊中……

（三）

烈士之死，重于泰山。著名诗人臧克家曾赋诗道：“台儿庄，红色洗过的战场，一万条健儿，在这里做了国殇”，数万名将士为国捐躯。他们之中，有胸前挂满手榴弹扑向敌群的勇士，也有为宣传抗战伤重而死的女大学生……但刻在“民族之光”纪念墙上的烈士之名，只有区区 4600 多人，其余人则悄无声息地与生养他们的大地融为一体了。但是，只要台儿庄在，他们的“无名”之名，也会和台儿庄这座“英雄之城”一起，永远闪耀着“民族之光”！

环顾四周，我见台儿庄古城已是灯火璀璨。八种建筑风格融为一体，七十二座庙宇汇于一城，南北交融，中西合璧，古今荟萃，不愧为万国博物院、民俗博物馆。它是我国唯一的“二战”纪念城市。对比同样作为世界著名“二战”纪念城市，斯大林格勒仅剩一处蛋糕房遗址，华沙也只保留了两处人造战争的遗迹。而小小的一个台儿庄，73 年前被侵华日军的炮火变为废墟。但在运河价值文化链上，台儿庄仍占据着无可替代的位置，现拥有仅存最后 3 千米古运河，是京杭大运河上唯一的一处保存完好的古河道，唯一的一段明清时期的古驳岸，唯一的一个最能体现运河沿岸居民生活的特点的古村庄——纤夫村，以及 13 座古码头。被考古学者称作“运河文化的活化石”，那是被世界旅游专家称之为“活着的运河”……

行走在古城街道，我抬头看见一个写着“水陆通衢”的牌坊，古时的台儿庄，扼守水陆交通要道，是真正意义上的交通枢纽。牌坊上有两副楹联，讲述了那段繁华盛世：中间的一副为“南来北往，灯影桨声河蕴人间千古情；神荡心驰，水乡渔火世称天下第一庄”。旁边一副是“天风浩荡水都悠扬桨摇齐鲁千年月；漕运繁忙渔歌起伏帆织京杭万里霞”。我感到，那时的台儿庄该是骄傲自豪的吧。

最为难能可贵的是，台儿庄古城保留了台儿庄大战临时指挥部等 53 处“二战”遗迹，至今保存原貌，实在堪称是遗址。

重建古城成为台儿庄几代人的梦想。2008 年，枣庄市政府筹集社会资金，启动了台儿庄古城重建工程，历时 5 年竣工，再现了当年“商贾迤逦，一河渔火，歌声十里，夜不罢市”的繁荣景象。在重建中保留“二战”遗址，为的是让历史告诉未来，使年轻一代居安思危。又因其独具的“岸柳河桥，要平分邗水二分明月；桨声灯影，岂独让秦淮十里清歌”的明清风格，被世界旅游组织誉为“活着的运河”“京杭运河仅存的遗产村庄”；也因原汁原味的花样“年”华，被中央文史研究馆称为“最有年味的古城”之一。同时，也是国台办批准的全国首家海峡两岸交流基地，成为改善两岸关系，促进民族统一大业的重要纽带和桥梁。

台儿庄古城，一个魂牵梦萦的地方，述不尽千秋美景，讲不完的英雄悲壮。其城，水韵叠翠，凝聚了运河的繁华；丰功至伟，挺起了民族的脊梁。今天，当我们游走在这座古城，沐浴着大战文化、运河文化和鲁南文化于一体的新风，所思、所想、所感、所悟，一定会大有裨益，得到新的启迪！

这时，台儿庄的大街小巷再次传来《台儿庄小唱》的歌声：“台儿庄，我的家，当年的墙砖屋瓦，至今还在说话。它说这里铭刻着咱们的民族尊严，它说这里激励着子孙后代的奋发。好一个中华，好一个中华。千百万儿女，正在营造一个崭新的家。壮我中华，啊，壮我中华。”历经岁月的洗磨，我坚信，台儿庄将永远为世人所敬仰。

2011 年 6 月 27 日

水做的沙家浜

初夏的江南水乡，杏熟麦黄，布谷声声，乘车去阳澄湖边的沙家浜游览，很是高兴。我觉得与其他江南古镇不同，沙家浜镇是浮在水面上的古镇，“绿波不尽尘难染，芦苇深处浮人家”，相当有诗情画意。

沙家浜是水做的，沙家浜的美，其实就是一个字：水。

（一）

沙家浜的水，是有戏的。辞典上说，浜是小河沟的意思。沙家浜原先既不是村，也不是镇，而是一个戏名，是因为有戏，所以才有名。1959 年，上海人民沪剧团开排文牧执笔的《碧水红旗》。翌年首演，改名《芦荡火种》。1963 年 12 月下旬，北京京剧团为了将《芦荡火种》改编成京剧搬上舞台，专门成立了创作组。创作组由汪曾祺、杨毓珉、肖甲、薛恩厚四人组成，主要由汪曾祺执笔。1964 年夏天，京剧版《芦荡火种》完成后，参加了全国京剧现代戏观摩演出，得到了毛主席的肯定。同时，主席还对此剧提出了几点具体的修改意见，并建议说：“故事发生在沙家浜。中国有许多戏用地名为戏名，这出戏就叫《沙家浜》吧。”他解释：“芦荡里都是水，革命火种怎么能燎原呢？再说，那时抗日和革命斗争形势，已不是火种，而是火焰了嘛。”于是，一锤定音，剧名改为“沙家浜”，一演而名闻全国，也唱响了沙家浜镇。

沙家浜，这个红遍大江南北的名字，在国人心中，业已成为特定时期的一个记忆。那时候，谁人不会几句“朝霞映在阳澄湖上，芦花放，稻谷香，岸柳成行”“摆开八仙桌，招待十六方”“开茶馆，盼兴旺”的唱腔歌词呢？郭建光、阿庆嫂、胡传魁、刁德一、沙奶奶……那么多舞台形象，至今仍然活在人们心中。那些经典的唱词，更是家喻户晓，耳熟能详。

现在，当年在抗日战争中，新四军浴血奋战的地方，开辟了一个占地 2500 亩的纪念地，有广场、有纪念馆也有烈士雕塑群，还放置了一架退役的军用飞机。我进入景区，迎面见到了一块立着的巨大石碑，上用烫金字镌刻着叶飞将军题写的“沙家浜”碑亭。广场上有郭建光、阿庆嫂等形象为主创作的大型雕像，屹立于广场中央，生动地揭示了军民共同谱写一首战斗诗篇的主题。象征着 18 位新四军伤病员的 18 根柱雕，以形态各异的块面造型和强烈的肌理效果对比，淋漓尽致地表现出新四军伤病员泰山压顶不弯腰的革命精神。据介绍说，这些石雕是由四川美术学院叶毓山教授创作的。广场的主体群雕“军民鱼水情”的人物造型，栩栩如生，显现出当年军民鱼水深情，令我肃然起敬。此外，还有柳堤闻浪、竹林幽径及红石民族文化村等景观。

《沙家浜》最早的版本，源于一部纪实文学《血染着的姓名——36个伤病员斗争纪实》，是当年新华社战地记者崔左夫的作品。同时，参考了当年阳澄湖新四军伤病员、开国中将、20 军原军长刘飞写的反映阳澄湖斗争的 8 万字回忆录《火种》。从红色的景区过去，我来到春来茶馆，来到复原当年郭建光们与胡传魁们周旋智斗的地方。剧中的“春来茶馆”是党的地下交通站，现在的“春来茶馆”，虽然是近年来根据历史修复的，但仍然能找到当年的丝丝痕迹。

春来茶馆的门匾十分醒目，两旁一副对联：“摆八仙桌玉盏香盛五嶽茶，垒七星灶铜壶煮沸三江水。”门外的草坪上，竖着阿庆嫂、胡传魁、刁德一的三座铜像，再现了“智斗”的场景。走进茶馆，墙、门、庭院都有古旧的意味，青黑色的方砖铺地，几张八仙桌，摆放得整整齐齐，天井里砌有两座七星灶，灶上各有七把长嘴圆环的铜壶，一旁是大风箱。七星灶上的铜壶里，冒着腾腾热气。屋外三只大水缸，是当年阿庆嫂救人的见证。时至今日，这段历史显得有些久远，知道这段名唱的人也越来越少。好在近年来各地大力发展红色旅游，使更多的人重新燃起对这段历史的关注，这对于广大青少年来说更是十分有益的。

（二）

沙家浜的水，是有颜色的。这颜色化作了芦苇，芦苇也是水做的，水是什么颜色，芦苇就是什么颜色。绿的像青蛙，活生生地蹦。秋风起了，水波荡起海鸥白，芦花飞做雪花扬。到了沙家浜，芦苇荡的神秘是一定要去亲身体验一下的。芦苇荡，因其广袤无边际，方称之为“荡”，其意境不可道也。这里也是当年新四军伤病员隐蔽养伤的场所之一。芦苇荡烟波浩渺、纵横交错，构成了一个辽阔、幽深、曲折等多种形态的水面芦苇空间，形成了一个个七转八弯的迷宫，一望无际的芦苇，依水迎风飘摇。我们追寻新四军辗转芦苇荡的情景，那战火纷飞的岁月痕迹，依稀可辨。

水、湿地、水草、芦苇和水鸟，在欢快掠过的风儿中显得格外灵动，尽显美丽风姿。而芦苇活动区，则由水上和陆上两大区域组成，其迷宫般的水上生态景观，可以一窥当年新四军在芦苇荡里英勇抗日、转移伤病员和军民鱼水情的种种神奇。实景演出剧《芦荡烽火》，原汁原味地再现了一段历史的影像，很有现实的教育意义。

我兴致勃勃地来到红石树码头，乘上当地老船工划的小船，穿梭在芦苇荡里。河水清清，鸟儿婉啼，凉风习习，芦香扑鼻，岸上水车、牛车、风车，高竖桅杆的农船和船舫，尽现眼前。“芦花放，稻花香，柳岸成行……”深厚绵远的歌声，伴着芦苇摇曳声，从河心迎面而来。那纵横交叉的河道和茂密的芦苇，构成了辽阔、狭长、曲折等多种形态的水面和陆上芦苇空间，忽而水道弯弯，幽深逼仄，无路可寻；忽而柳暗花明，欲见烟波浩渺的壮阔，真是块神秘莫测之地啊！难怪当年新四军和革命群众把日寇、敌伪军，搞得晕头转向，从而消灭他们。深深的芦苇荡，我又一次被迷醉了。

严格地说，这片芦荡没有多少特色，它不像孙犁笔下的白洋淀，那儿是一个芦苇的世界，白茫茫的水面上一个苇塘接一个苇塘，摇着船儿进入芦苇深处，便可以看见大小不同的淀子，还有那纵横交错的壕沟、港汊，淹没在苇草的“海洋”里……这里，湿地中的芦苇荡，也美得令我心动。它幽深地延展开去，俨然望不到尽头。一个个视野中的迷离“小岛”，那是芦苇簇拥着、眷恋着。在风儿吹拂下，水面悄然间绽开了无数波纹，一圈圈地放大，直至又消失得无影无踪。温柔而又不乏浪漫的色彩，让我陶醉，然而，我的感情却被这密密的芦荡牵制着，不是迷恋荡中芦苇潇洒淡雅的清姿，也非怜惜那脆弱无力的细长的一片苇秆，而是因为这片荡中曾经生活和战斗过抗击日本侵略军的新四军病伤员。

芦苇荡和水总是格外地亲近，又和风有着千丝万缕的联系。我坐上了一条小船，任凭风儿尽情抚摸，行进在浩浩荡荡的芦苇荡里，只见纵横交错的水草丰美，其形状也不尽相同，有叶状的，有圆形的，也有其他造型的，其间或有小黄花绽放。它们或在水面上漂浮，或半沉于水中，或成为周边芦苇的曼妙点缀。还没等到细看，小船已经轻轻地划过，只留下了朵朵小水花在呢喃细语。

船旁，风吹得芦苇沙沙作响，把我的思绪带到了那个年代，在敌我力量十分悬殊的情况下，北方军民依托地道、青纱帐，南方军民凭借芦苇荡等与日寇进行游击战，终于与世界反法西斯力量一起，战胜了不可一世的敌人……

流连在梦幻无比的芦苇汤里，我发现水鸟才是这里的主人。那好多只的白鹭，站立在芦花丛或浅水中，安享静谧宁和的湿地风光。遍洒水面的温暖阳光，把这里染成了氤氲的金黄色。两只野鸭，一会儿在水面上畅游，优哉游哉，一会儿又扑腾地钻入水下，间或衔起一条小鱼。好一副可爱的模样！就宛若一幅名家的山水画。不经意间，我们已经成了芦苇荡里的“配角”。

老船工一边摇着橹，一边与我们聊起身边的芦苇，他说夏天是芦苇长得最旺盛的季节，秋风乍起，芦苇开始发黄枯萎，来年夏天芦苇又长起，月复一月、年复一年，生生不息。真如唐诗所写“野火烧不尽，春风吹又生”。我问船工，这地方的芦苇荡，就是当年抗日战争中，新四军们来往之地吗？没有明确回答。物是人非，或人非物亦非，岁月流转，日月淹忽，六十多年，找得到准确答案，我想也不是件易事。

此时，我似乎听到了古人对芦苇荡的轻轻赞美声：“夹岸复连沙枝枝摇浪花。”那美至心动的沙家浜芦苇荡，果然不同凡响。

（三）

沙家浜的水，也是有生命的。也为这，沙家浜的水，流不尽，沙家浜的美，读不完。铅华洗尽，绮罗散去，时光流走了几千年，山河走远了，人也走累了，一切的一切，都走了，我看唯有这芦花岸柳，依然茂盛；唯有这橹声帆影，依然活跃；唯有这水天一色，依然光鲜。

沙家浜是诗，晴亦如诗，雨亦如诗。沙家浜是画，笑亦如画，哭亦如画。天晴时，波光潋滟蜻蜓飞。下雨时，大珠小珠落玉盘。起风时，乱花渐欲迷人眼。白天，浩浩渺渺，水天一色。夜晚，苍苍茫茫，涛声依旧。水是沙家浜的母亲，水是沙家浜的灵魂。

我喜欢水，尤其喜欢水波涟涟的芦苇荡。那种被风儿亲吻的模样，芦花如雪摇曳得可爱，甚是壮观无比。这次我来到沙家浜，又一次被芦苇荡大片芦苇的随风起舞所深深感染。那一杆杆灵动的叶，那一簇簇纤细的白，在水中倒影如镜，层次分明，恍若仙境。每一根芦苇，每一片芦叶，每一个芦花，很快就串联起了整个芦苇荡的美丽经纬。

沙家浜是阳澄湖边常熟市的一个小镇，位于常熟市东南隅，与昆山市、苏州市相城区交界。原来是一个地处偏僻、河荡如网、交通闭塞之地，也是常熟最后一个通公路的乡镇。沙家浜原名并不叫沙家浜，也没有红石村、春来茶馆，这里最初叫横泾，有个前荡村，在崔左夫的文稿里也只有董家浜和东来茶馆。这个戏闻名于世之后，20 世纪 80 年代初，改名为芦荡乡，1992 年 3 月，芦荡乡正式改名为沙家浜镇，从此闻名全国。

漫步古镇横泾老街，我觉到这是以民国风为主的街区，有城墙、市河、老街、小石桥、更楼、碑亭、民居、江南农俗馆、春和博物馆等景点，许多影视剧曾在这里取景拍摄，如《沙家浜》《精武飞鸿》《春去春又回》《风声传奇》《茉莉花开》《金粉世家》等数十部电视剧。小镇上翁家糟坊、铁匠铺、染坊、古戏台、天寿桥、八字桥、横望桥、西梢河等，风貌依旧。石路、地砖、雕花木窗和白墙黑瓦的民房原汁原味地保存着。

京剧《沙家浜》、沪剧《芦荡火种》的选曲不时响起，游客跟着节拍哼唱着“智斗”“芦苇疗养院”等曲目。那里还有刁德一大院、伪司令部旧址供人参观，昔日的市井风情和斗争故事，吸引着众多游人。

如今的沙家浜，已成为爱国主义教育示范基地、全国百家红色旅游经典景区、国家AAAAA级旅游区、华东地区最大的生态湿地之一的革命纪念地和旅游胜地。为了教育后人，当地政府专门修复了“春来茶馆”、保留了百余亩的“芦苇荡”，让今天生活在和平年代的人们，永远铭记抗战那段令人难忘的岁月。这就使我觉得，沙家浜那深厚的文化积淀和自然生态，是一出唱不完的京剧，是一壶饮不完的茗茶，等待着你的到来和细细地品味。

我就要离开水做的沙家浜了，抚摸着古镇的建筑，吸吮着古镇特有的气息，我心里且记，总有江南古镇的一轮明月。

2004年5月7日

心潮逐浪刘公岛

是诗境？是梦境？是仙境？或是画卷？

山谷幽静、深邃，小径上空无一人。碧海微澜，古渡银滩，山形依旧，人事已改。我踏着时有坚硬时有松软的雪，漫步在刘公岛上。

祖国大陆的巨臂，环抱着海中雄奇的山。刘公岛，宛如一颗璀璨的明珠，镶嵌在碧波荡漾的威海湾。它前临水云连天的黄河，后接蔚蓝的威海湾，像条翠绿的巨龙，威武地腾出水面，横卧在威海港湾的湾口，是山东省威海市海上的天然屏障，古有“东隅屏藩”和“不沉的战舰”之称，素有“海上仙山”“仙外桃源”的美誉。谁也无法想像，在这片安静祥和的海域中，积淀了一段沉重的历史。

（一）

刘公岛位于威海湾口，距威海市区旅游码头 2.1 海里，见证了近代中国的国运兴衰和沧桑巨变。1888 年，中国近代第一支海军北洋水师在此建军，1895 年 2 月 17 日，日军占领刘公岛，北洋水师全军覆没。中国近代海军诞生于此，亦覆没于此。七年时间，刘公岛记录了中国海军最初萌芽时期的成长和屈辱。岛上还有全国第一个海上森林公园、与天坛地坛齐名的中华海坛。因此，我来刘公岛，是为了凭吊中日甲午战争遗址，追寻一个世纪前那血与火的壮怀激烈的场面，感受我们民族在抗击侵略者的生死搏斗中所表现出来的不屈不挠的精神，接受爱国主义教育。

刘公岛东西长 4.08 千米，南北宽 1.5 千米，海岸线长 14.95 千米，最高处海拔 153.5 米，方圆仅 3.15 平方千米的弹丸小岛。它东临碧波万顷的黄海，背靠群山，环抱的威海。岛的西、北、东三面，悬崖峭壁，暗礁明石，星罗棋布，水深流急，地势十分险要。古代诗人称这里为

“列岛悬崖锁钥成”“形势天然鬼工造”，是祖国黄海前哨，历来为兵家的必争之地。

据《威海卫志》记载，刘公岛在元朝时就是海上的重要交通枢纽，为南来运粮船只停泊、避风之处。明万历末年，登州知府陶朗先才在岛中高峰处设墩台，派兵防戍。19 世纪八九十年代，这里却是军事重镇，清政府斥巨资在这里修筑炮台工事，设立工程局、机器厂，兴建北洋水师提督署。它与辽东半岛的旅顺遥相对应，扼守渤海湾，拱卫京畿门户。

当时，北洋水师拥有大小舰船 50 艘，最大的“定远”“镇远”两舰，都在 730 吨以上。诚然，刘公岛在国人中的知名，那是从甲午战争开始的。1894 年，日本突然袭击，侵我海疆。一场保卫国家主权和领土完整，保卫民族独立和尊严的反侵略战争，打得何等残酷，何等惨烈，又何等悲痛。尽管北洋水师官兵，前赴后继，不屈不挠，英勇奋战，还是战败，北洋水师全军覆灭，刘公岛上洒满了斑斑血泪。电影《甲午风云》就是反映了这一悲壮的史实。

清末中国，国运不兴，海防不济。刘公岛一战后，清政府被迫签订了丧权辱国的《马关条约》，割地赔款，中国门户由此大开，有海而无防，完全沦为半封建、半殖民地国家。这一片黄海，这一座刘公岛，也成了中华民族感情上长期的痛，心头上永久的伤……

一阵阵海风吹来，清凉湿润，在淡淡的咸味中，让我品出一丝苦涩。而今的刘公岛，青松覆盖，群峰连绵。主峰旆顶山，山势俊俏，耸立中央，其他诸峰，拱卫其侧。有些山头，经历过甲午风云的炮台遗迹尚存。山后峭壁临海，山岩参差如林。山前平缓，绿油油的梯田，从半山盘面一直延伸到山麓。山麓一带，亭台楼阁和一幢幢幽雅别致的建筑物，屹立海边，构成魅力的岛上街市。

（二）

现在，刘公岛已成为著名的旅游观光和爱国主义教育基地，岛上有江泽民主席题写的“中国甲午海战博物馆”牌坊，有展示中国兵器发展史的中华兵器馆和丁汝昌寓所旧址等。在街市正中，有一座引我瞩目的古典建筑群，它就是北洋水师提督衙门署（相当于现在的海军司令部），如今依然完好。

提督衙门署又称水师衙门，建于1888年。它高居危岩，依山面海，门前是一叠高高的石阶，十分壮观。如今，水师提督坐落着中国甲午战争博物馆，褚红色正门上方，悬挂着甲午年五月李鸿章题写的“海政公所”四字匾额。两侧边门，分别绘有秦琼、敬德神像，描金点漆，肃穆威严。大门外东西两侧，各置乐亭一座，为庆典、迎宾的鸣金奏乐之所。乐亭前面，建有东西辕门，样式恰似古典牌楼。还有角楼、辕门、土炮，大门迎面的旗杆上，飒飒飘动的黄龙旗，分外引人。

署内庭院，分前、中、后三厅。整个建筑是典型的清式举架砖木结构，古朴典雅，稳重大方。整体建筑按中轴线建前、中、后三进院落，每进有中厅、东西侧厅和东西厢房。前、中、后院分别为礼仪厅、议事厅、祭祀厅。各厅厢院落廊庑相接，画栋雕梁，青瓦飞檐，布局雄伟，占地约为一万多平方米，是北洋水师的议事之处。锈迹斑斑的济远前双主炮，在府后巍然横陈，直指前方海面，守护着曾经热闹一时的水师提督府。

丁汝昌纪念馆原为他的寓所，建于1888年。北洋海军成军后，丁汝昌携家眷进居刘公岛，在此居住达六年之久。该建筑为砖石结构，由左中右三套院落组成，占地约15000平方米。西院为内寓，东院为侍从住房，中院为丁汝昌办公会客的地方。中院与东、西院有圆门相通，如今陈列着丁汝昌生前用过的部分家什、字画；院内有一株百年紫藤，是丁汝昌亲手所植，至今仍根深叶茂。大门两侧为门房，如今是介绍丁汝昌生平的展室。寓所门前，矗立着高3.8米的丁汝昌铜像一尊。东西两侧建有红柱飞檐的六棱形凉亭。

此景此情，仿佛把我带进了百多年前那场滚滚的硝烟之中，想起了当年在这府中的提督丁汝昌……

丁汝昌（1836—1895年），原名先达，字禹廷，号次章，出身于一个贫苦的农民家庭，从一个勤快、聪明、善良的农家孩子起步，到后来成为一员跨进水师提督署的爱国将领。在甲午黄海之战中，身负重伤，仍端坐甲板督战，以身激励水兵斗志。威海之战中，紧急关头，亲自登舰指挥发炮，击毙了日本侵略军第6师团第11旅团长陆军少将大寺安纯。

就在这博物馆，还陈列着在甲午海战中英勇抗击强寇的英雄们的蜡塑群和1000多幅珍贵的历史图片，北洋海军与甲午战争文物资料200多件，打捞舰船文物标本300多件，世界90多个国家和地区的外宾慕名而来。水师学堂，残垣断壁，荒草萋萋。甲午海战馆的造型如一艘北洋战舰，通体青灰泊在海边。“致远”号舰管带邓世昌，高高挺立于甲板之上，手持单筒望远镜在海风松涛之中，守望着这片海疆。

甲午战争的这一仗，将中国人打醒：物质层面的文化自救运动的彻底破产，让中国人彻底清醒，光是进行物质层面自救是不行的，关键要靠国家的政治制度的改革。为了探索政治制度上的自救之路，于是就有了戊戌变法，有了立宪运动，有了辛亥革命，有了……这些历史事件看似孤立，其实有一个内在的线索，那就是从政治制度上进行自救，这个探索漫长而曲折，说起来就是另外文章要做的事了。

最让我感动的是，这里有座钓鱼岛主权纪念馆。2015年9月8日，中国首个钓鱼岛主权纪念馆于威海刘公岛开馆。馆内展示的图片画册和历史资料，向全世界宣示了钓鱼岛自古以来就是中国的领土。为此，刘公岛管委会方面称将增加多媒体、影视、互动环节，同时持续增加藏品。国家海洋局宣教中心主任盖广生也表示，国家海洋局支持刘公岛方面继续充实该馆史料及收藏各类钓鱼岛主权物品，将之建设为永久性的钓鱼岛主权馆。

（三）

从北洋水师提督府走出来，我的心潮久久难以平静。威海人民为了纪念北洋水师建军100周年，在提督府后面山上建造了北洋水师忠魂碑。此碑呈六角形，高28.5米，整个建筑构思奇特，远望宛如万绿丛中刺向蓝天的一把宝剑。它象征着反击侵略者的武器时刻紧握手中，它在昭示我们：永远不要忘记那耻辱的一页。

我无言地抚摸着忠魂碑，感慨万千。“但使龙城飞将在，不教胡马度阴山。”勿忘国耻，强国强军，厉兵秣马，枕戈待旦，这就是刘公岛给我们的深刻启示和教训。在刘公岛腹地的操场上，我看到了一队队刚入伍的年轻水兵在操练，这仿佛就像昨日站在这操场上的我。因为当年的我，也是一名水兵。隆冬天气，地上有冰雪，而他们一丝不苟、踏踏实实，个个汗流浃背。他们懂得只有平时多流汗，战时才能少流血。他们经过严格、艰苦的训练，将分配到舰艇上去服役，捍卫祖国那神圣不可侵犯的万里海疆！

近年来，威海市投入近亿元，修缮了50多处文物遗迹，新建了北洋水师将士名录墙、将军碑廊等。在街市西端，一座飞架海中的铁桥，巍然屹立。它就是北洋水师的铁码头，如今停靠着一艘艘我国自行设计、自行制造的崭新军舰。海面上，渔民们正在撒网捕鱼，英姿焕发的舰只昂首破浪前进，刘公岛如今真正成了海上的堡垒。

这样的故事，这样的历史，即使现在已不再被人过多地提起，却从未被威海自己忘记。百年风云的刘公岛，依然静静躺在海中，风景区的存在，每时每刻都在无声诉说着过往，它依然是一种力量，是让中国人反思国运的地方，是让中国人卧薪尝胆的地方，是让中国人浴血重生的地方，铸就雄威震海疆。

我爱刘公岛，因为它是先人血汗浇灌的沃土，因为它是祖国的神圣之地。

我来刘公岛，为的是观瞻它今之风姿，也为它过去饱受屈辱的历史心痛。

我在刘公岛，深深为它的美丽而感动，在山上流连，在幽谷和松径间流连……

啊，刘公岛！那段不容忘却的历史，那段充满血光的历史，那段涨满泪水的历史，那是华夏儿女之辱。灾难，唯有进步来补偿；尊严，唯有奋发来捍卫。让我们用智慧和力量去擦洗那段屈辱的历史，祖国必将在我们的手中走向新的辉煌。

1999年1月13日初稿，2016年5月19日改定

陕北窑洞

清粼粼的延河水，流淌着中华先烈的血脉。宝塔山下的凤凰山，奠基着中国革命的伟业。

“几回回梦里回延安，双手搂定宝塔山。”老诗人贺敬之的《回延安》，激励着我们踏上革命圣地的延安，去读那一本丰厚的红色历史教科书。

当我置身于陕北的黄土高原，眼前是苍茫的北国风光，沟壑纵横，山峁迭起，像海浪一样，涌向天际，焕发出原始的生命力。就是在我面前的这片黄土，孕育着华夏土地上独特的居住文化，遍布在黄土高原沟沟壑壑上的窑洞，便是这种文化的直接体现。生活在这里的乡民们，修房建屋不像辽阔的草原所营造的毡房和蒙古包，也不像广袤的平原修建的瓦房和四合院，更不像江南水乡临水而筑的别致阁楼，而是利用自然山形地势，因陋就简挖掘窑洞了。在陕北，带着浓烈黄土情怀的窑洞，让黄土地充满美丽和神奇，富有诗和远方。

（一）

大红枣，宝塔山，黄土高坡，窑洞，一切都是那么的淳朴，那么的自然。延安之行，感受陕北，就是我品味窑洞里的陕北，用陕北的苦与朴，铸就一份旷世的超脱。当年，经过了二万五千里长征的艰苦跋涉后，毛泽东在杨家岭一座破落的窑洞前，对工作人员说：“此处甚好！”甚好之处，堪称“陋室”，然“山不在高，有仙则名。水不在深，有龙则灵。斯是陋室，惟吾德馨……”一代伟人，虽身居陋室，却胸怀天下，运筹帷幄。伴随着昏黄的油灯，不仅写出来了许多指导革命实践的宏篇巨著，更用盖世的气魄，铸就了挽救民族、建立新中国的巍峨丰碑！

窑洞，是中国西北黄土高原特有的民居形式，具有十分浓厚的中国民俗风情和乡土气息，也是一种古老的民居，其渊源可追溯到原始的居穴。《诗经》曾云：“古公亶父，陶复陶穴，未有家室。”经过了千年的演化，创造了被称为绿色建筑的窑洞建筑，成为人类穴居文明的居住典范，在国际上被誉为中国五大传统民居建筑之一。陕北人习惯于修窑洞、居住窑洞。这种习惯究竟起于何朝何代，迄今还没有准确的定论。以我猜测，先祖们从自然形成的山洞里走出来，从大树冠中迁下来，来到这千山万壑的深山中，便开始寻找安营扎寨、遮风避雨、繁衍生息的场所了。可以想象，那时的生产力和劳动技能极其低下，山里条件十分艰苦，营造一个居住的地方实属不易！他们苦思冥想，终于在经过雨水长期冲刷形成的山崖前豁然开朗。于是就在经过亿万年堆积起来的不软不硬的黄土残桓断臂上，仿照自然山洞的样子掘洞而居，随着时间的推移逐渐演变形成了我们今天看到的窑洞建筑。

陕北窑洞的建筑类型多样，由最初的黄土、焦土窑洞，发展到接口石窑、接口砖窑和生墩石窑、生墩砖窑，乃至里方外拱的仿真窑洞。当然，土窑洞虽然简陋，但挖起来容易，省工省钱，往往是光景不好的穷苦人无奈所为；光景稍好一点儿的庄户人家为了好看耐用，便用石头或烧制的青砖在土窑洞的窑面砌上一层，再压上遮雨的青石板窑檐，名曰接口窑洞；光景上好的人家便纯粹用石料或砖块仿制。可见，窑洞是黄土高原的产物，既得益于黄土直立性强的特点，又得益于高原干燥的气候，它与周围的自然、人文环境密切地契合在一起。它不仅仅是人们的居所，更是一种文化和艺术，衍生出很多与此相关的民俗，如独具风格的窗花，便是用来装饰窑洞的。

我常常想，陕北的黄土是有根有灵魂的，要不，窑洞里为什么源源不断地飞出信天游、道情皮影、陕北说书、剪纸、泥塑、布堆画、鞋垫垫，并薪火相传延续至今？窑洞是孕育文化的，并且文化生根似的常驻，这正是窑洞的另一番神秘所在。我不止一次地驻足窑洞前叩问自己：对于融入黄土深处的陕北窑洞，我们到底读懂和掌握了多少？

不论哪种类型的陕北窑洞，普遍都有窗户。窗户有大有小，有半圆也有正方形，以半圆窗户居多。圆窗下根据门的所在位置，在门口边配有对称的小方窗或小单窗。门窗一般采用的是当地适生的杨树、榆树、柳树等上等木料，经过木匠精心加工制作成方格子窗户，要好的庄户人家还让技艺高超的匠人将窗棂子套成美观的图案，做成的窗户在靠窑里的一面糊上白麻纸，一方面起到遮挡风沙的作用，另一方面又能通气透光。这时候，不知是哪一个孩子灵机一动，把这些剪纸贴在窗户纸上。一张红纸剪出来的一个个简朴生动的小窗花，让窑洞里的年节，格外喜庆。

（二）

当我穿行在陕北的群山叠翠中，驻足在遗存百年之久的一孔孔土窑洞前，我能感觉到这源于黄土深处窑洞的顽强生命力。而在南方或者国外游客眼中，窑洞的存在简直就是一种不可思议的事情。

遥想当年陕北窑洞里，英才云集，戍守关塞、抵御外敌的一代名将蒙恬，“先天下之忧而忧，后天下之乐而乐”的范仲淹，伟大的科学家、《梦溪笔谈》的作者沈括，曾在这里的土窑洞里居住过，至今都让陕北人引以为傲，传为佳话。闯王李自成，农民起义领袖高迎祥、张献忠等从土窑洞里横空出世，揭竿而起，书写了惊天动地的历史传奇。西北革命元老、陕北文化导师李子洲，“群众领袖，民族英雄”刘志丹与谢子长、习仲勋等革命志士在陕北的窑洞里，曾经熬过了多少个不眠之夜，坐在土炕上促膝长谈，探求救国救民的真理。

陕北的窑洞，简朴中孕育着乐观，闪烁着“延安精神”的光芒，矗立着历史的丰碑。在王家坪，在杨家岭，毛泽东、刘少奇、朱德和周恩来等老一辈无产阶级革命家的窑洞处所，空间狭小，光线昏暗，陈设简陋，条件艰苦，可它却是中国革命的圣地。窑洞里面的小油灯，点亮了一篇篇决定国家命运的光辉著作。窑洞壁旁绑着铁丝的床，顶起为了信仰而永不扒下的身躯。窑洞窗户上悬挂着的串串红辣椒、黄玉米，那是南泥湾屯垦的收获。革命年代的陕北，运筹帷幄的“帷幄”不是军队的帐幕，而是一排排的土窑洞，那里汇聚着革命的热血，涌动着革命的思想。

窑洞虽小，气场却大；油灯虽弱，辐射却强。看，当年多少优秀儿女、仁人志士，被陕北窑洞所吸引，投奔光明，追求真理，从此踏上了抗日救国、解放全中国的革命之路。由窑洞改建的抗日军政大学，培养出了十万革命干部，众多精兵强将，皆为中流砥柱。“七大”会议，让毛泽东思想大放光芒。这一中国革命的强大源泉，犹如浩浩荡荡的大浪，不可阻挡，流向哪里，哪儿就是一片解放区明朗的天。

在延安，那漫山遍野的窑洞，就是它的名片。别有洞天的窑洞，透过窗户，外面便是那壮丽的陕北黄土高原。窑洞里的陕北是平凡的世界，但它秉承淳朴、敦厚、隐忍的性格，可以应对一切苦难的锤炼，可以承载一切生活的重负。

（三）

当年，在这个窑洞里的陕北，在这片贫瘠荒凉、生产力落后的红色根据地，共产党依靠人民军队和广大老百姓，艰苦奋斗，前赴后继，凭着小米加步枪，靠着农村包围城市的思想，终于打败了穷凶极恶的日本侵略者，以及拥有 800 万美式先进装备的国民党部队。这简直是一个奇迹，一个不可复制的中国奇迹。

窑洞的牢固性和生命力，过去人们似乎一直没有人怀疑过，以至于后来黄土高原上新建高速公路、高铁轨道要穿山破土修建长长的隧道。我不知道在修建之前有没有专家怀疑过黄土的结实性和牢固性？黄土高原上的隧道建设，有没有受到修窑洞的启示？它们之间的力学原理是不是大致相同或相近？窑洞的筑造，除了黄土还是黄土，除了石头还是石头，颇具原生态之质。窑洞里传承下来的文化，却是一个比一个接地气。

陕北窑洞冬暖夏凉，很适宜人居住。陕北乡下人不像城里人住的是楼房，睡的是床铺，取暖用的是暖气；而住的是窑洞，睡的是土炕，取暖用的是煤炭或者柴火。早在打土窑时就将靠窑掌处，留下一个高一米左右的土台子，作为盘炕的地方。平整好的土台子上横着挖开三条炕洞，三条炕洞的两头交汇在一起，一头连着灶膛，一头通向烟囱。做饭烧水的时候，灶口的火焰，通过炉膛，穿过炕洞，会将土炕烘热最后蹿上烟囱。人们睡在铺了竹席、毛毡和被褥的土炕上，与大地母亲零距离接触，睡得舒心踏实，睡得香甜酣畅！

陕北的窑洞，一头牵着农家，一头系着党、系着国家，在华夏建筑史上，在中国革命伟大进程中，书写着浓墨重彩的一笔。直至当下，人们一提起窑洞，仍倍感亲切和温暖，万千思绪，便会油然而生……那天夜里，我遥望隐隐约约的宝塔山，枕着清波粼粼的延河水，在窑洞里回味艰难岁月，聆听雄壮旋律，感受那璀璨灯光，心里头反复回荡这一首歌，那歌词是：窑洞里留下我的梦，信天游带走我的心，山丹丹花开花落，一年又一年……

窑洞是黄土高原的产物，陕北劳动人民的象征。窑洞创造了陕北文化，使得陕北的文化有了黄土的深厚，大漠的宽广，和黄河的奔腾。同时，我相信窑洞在未来的生活中，同样会给陕北人民带来巨大的财富和贡献。

感受陕北，就是我品味窑洞里的陕北，用陕北的苦与朴，铸就一份旷世的超脱。拐过一道黄色山梁，壶口瀑布的咆哮渐渐远去。可是，我依旧心潮澎湃，那半山坡上的窑洞里传出了气冲云霄的古老歌谣。是信天游，一声入耳，荡气回肠，连同陕北人头上那白羊肚毛巾一起包裹着无尽的苍凉与悲壮；是秦腔，吼出了城阙辅三秦的气势，那高亢的声音穿透了窑洞上方的黄土，使“八百里秦川尘土飞扬”。忽然明白，在这块贫瘠的土地上，人们之所以生生不息，就是因为窑洞里生长着一种不屈的力量。

这次陕北之行，让我读懂了苦难，读懂了当年扎根黄土的革命，因为窑洞中可以洞若观火，探寻未来的意义。我更明白，在这块贫瘠的红色热土上，人们之所以生生不息，就是因为窑洞里生长着一种生生不息、不屈不挠的力量！

2015 年 6 月 15 日于风荷苑

上海的抗战英烈路名

2015年，注定是不平凡的一年。这年，是中国抗日战争胜利暨世界反法西斯战争胜利七十周年，同时这年的9月3日，又是我国首个法定为“中国人民抗日战争胜利纪念日”。届时，北京将举行盛大的阅兵仪式，以纪念这一场伟大的胜利。

在上海的众多马路中，有一些是以抗战烈士命名的，并且蕴含着很感人故事。宝山区的“一·二八纪念路”，是为了纪念在淞沪抗战中牺牲的将士而修筑的。

去年9月，因文友想拍点关于抗日战争题材的照片，我们来到了“一·二八纪念路”上。上海成千条马路上，你可知道这条“一·二八纪念路”，位于何方？其内蕴有何悲壮的历史背景？我要说的是，“一·二八纪念路”在宝山区庙行镇，东起江扬南路侯家木桥，西至共和新路万达广场的马路，定名为“一·二八纪念路”。20世纪30年代，在这里曾经发生过一场中国军队与侵华日军的殊死战役，这就是震惊中外的“一·二八淞沪抗战”。

在中国人民抗日战争胜利七十周年即将到来的日子里，我又一次走在“一·二八纪念路”上，反复沉思默想，对埋葬在附近抗日无名英雄之亡灵的崇敬之情，油然升起。这条路不长，平平常常，普普通通，毫不显眼，却意义非常深长。命名路名，在上海多以地名，少数以人名，而以一个历史事件命名的，我觉得恐怕仅此这一条路了吧！

“一·二八淞沪抗战”，主战场在江湾和吴淞、庙行、大场、彭浦一带，从1932年1月28日开始到3月3日停战，历时1个多月。

“一·二八淞沪抗战”结束后，上海人民不忘中国军人的功业和牺牲，在当时市长吴铁城倡议下，集资24万余银圆，宝山各界在庙行捐地30亩，决定建立一座“无名英雄墓”，以纪念1932年“一·二八淞沪抗战”

中牺牲的三千多忠烈将士的英魂。该纪念墓于4年后的1936年2月16日建成，坐落于周巷村东部、鹅馋浦北岸（今共江路668号），呈长方梯形，高40多米，三层台阶，内置装烈士衣冠石椁，墓门上方刻着“义薄云天”四个大字，墓前筑石桥，周围遍植花木。出于方便人们前往祭扫，还辟建了一条专门马路，命之为“一·二八纪念路”。然而，仅隔一年多，全面抗日战争爆发，11月上海沦陷，无名英雄墓随即被日本占领军用炸药炸毁。墓虽湮失，路却犹存，血铸的历史记忆，我们是不可被抹除的！

现在矗立着的是1998年12月，由上海市文物管理委员会在原址（今泗塘二中校园内运动场业面绿树丛中），重建的一座“一·二八淞沪抗战”无名英雄墓遗址纪念碑。这座纪念碑，是由花岗岩制成，碑型呈断壁残垣状，寓意原墓遭毁。碑文为：“一·二八战役，爱国将士团结御侮，浴血抗战，捐躯疆场之民族精神，义薄云天，浩气长存，铭记历史，毋忘国耻，镌石纪念。”我在碑的四周，缓缓地走了几圈，并虔诚地抚摸了碑石。在碑前的阶石上，我看见了师生们敬献的一枝枝金黄色的花朵。我肃立，向那些无名英雄，深深地三鞠躬，表示对他们的感恩之情。在雄伟磅礴的历史变局中，无数舍生忘死的抗战将士的风云际遇，又怎能是教科书上的寥寥数笔能述说得透彻？！

黄浦区的安澜路，同抗日名将戴安澜的名字相关。戴安澜，原名炳阳，字衍功，安徽无为人。1924年进入黄埔军校，自行改名安澜，并号海鸥，将“打到列强，除军阀，救中国”作为他终身奋斗的目标。1933年参加古北口长城抗战和台儿庄大战。在1938年后，率部参加鲁南会战、武汉会战、昆仑关大战，奋勇抗击日军。1943年3月，率第五军第200师赴缅甸参加远征军作战，在同古保卫战中，打退日军20多次冲锋，予敌重创。战斗结束撤退途中，遭敌袭击负重伤，不久壮烈殉国。中共中央主席毛泽东特写《五律·挽戴安澜》加以悼念：

外侮需人御，将军赋采薇。
师称机械化，勇夺黑罴威。
浴血冬爪守，驱倭棠吉归。

沙场竟殒命，壮志也无违。

这是毛主席为国民党牺牲将军的唯一题诗。抗战胜利后，许多人希望在上海命名一条安澜路，然而老城厢附近恰巧已有此路名（该马路筑于 1903 年，因这一带原先的安澜桥得名）。从此，该路名便被我们这些后来人，视作是对这位抗日名将的纪念，事实也真是这样。

黄浦区的自忠路，因抗日名将张自忠而得名。张自忠字荩忱，是山东临清唐园村人，1911 年加入同盟会。1931 年后，曾担任第二十九军第三十八师师长、第五十九军军长、第三十三集团军总司令兼第五战区右翼兵团司令等职。卢沟桥事变后，率部在台儿庄等地抗击日军。1940 年 5 月，在襄河南岸南瓜店前线作战时身中 7 弹，旋即壮烈殉国，年仅 49 岁，令全国悲悼。8 月 15 日，延安各界 1000 多人为张自忠举行了隆重的追悼会。张自忠是抗日战争时期唯一牺牲在疆场上的集团军总司令。1946 年，为了纪念这位抗日名将，把上海筑于 1901 年的白尔路、西门路改名为自忠路。

杨浦区的靖宇东路、靖宇中路、靖宇南路，因东北抗日联军主要领导人杨靖宇将军而得名。杨靖宇，原名马尚德，1905 年出生于河南省确山县一个农民家庭。学生时代积极投身反帝爱国运动。1925 年 6 月，加入中国共产主义青年团。1926 年加入中国共产党。大革命失败后，组织确山起义，任农民革命军总指挥。1925 年春赴东北，任中共抚顺特别支部书记，领导工人运动。1931 年“九・一八”事变后，担任中共哈尔滨市委书记兼代理中共南满省军委书记。1933 年 9 月，任东北人民革命军第一军第一独立师师长兼政治委员。1934 年任南满抗日联军总指挥。1936 年 7 月，任东北抗日联军第一路军总司令兼政治委员。在东南满长期坚持艰苦的抗日游击战争打得敌人心惊胆战，威振东北，配合了全国的抗日战争。1939 年在东南满地区秋冬季反“讨伐”作战中，他与魏拯民等指挥部队化整为零、分散游击。自己率警卫旅转战濛江一带，最后只身与敌周旋 5 昼夜。他以难以想象的毅力，坚持顽强斗争，直至弹尽，于 1940 年 2 月 23 日下午 5 时，在吉林濛江三道崴子壮烈牺牲。残忍的日军将其割头剖腹，发现腹胃里，尽是些棉絮、草根、树皮，没有一粒粮食，让他坚持战斗了5天5夜。1946年2月14日，东北民主联军通化支队改名为杨靖宇支队，濛江县改名为靖宇县。1952年至1953年，为了纪念这位无产阶级革命家和抗日名将，遂以吉林省靖宇县名来命名上海新修筑的三条马路。杨靖宇在2009年当选“100位新中国成立作出突出贡献的英雄模范人物”。

如今，人们徜徉于这些马路，回顾那些抗战烈士的英勇事迹，都不禁会油然产生敬佩之情。历史和现在的对比如此强烈，如果没有那段可歌可泣的奋斗史，何来今日繁荣昌盛的太平盛世？如果没有全民族保家卫国的抗战史，何来今日伟大复兴的中华崛起？我们是幸运的一代，也是传承的一代，我们不能忘记前辈走过的路，也不能忘记为什么出发……

2015年8月30日

播撒革命火种的农讲所

早春二月，料峭的寒风一吹，高大挺拔，苍劲有力的木棉树上，憋得鼓鼓囊囊的木棉花苞就炸开了，没有叶子的枝干像被点燃了似的，红彤彤、金灿灿的花瓣，仿佛一团团熊熊燃烧的焰火。我见了这样的花，心底的热望也会跟着奔腾起来。

很多花柔美娇艳，广州的木棉则不然。其形硕大，花瓣厚实，中间的一束花蕊粗壮有力，深色的蕊头黑如胡茬，观其神色，活脱脱一张血气充沛、胡须浓密的汉子脸。这样形容木棉，绝不是忽略它的好看，而是觉得它有一种十足的阳刚之美。木棉花不仅花开得热烈，树的姿态也颇为雄奇。木棉属落叶大乔木，树高大挺拔，十米至二十多米不等，这样的个头儿，让我觉得木棉总是高过身旁的其他树木，加上分枝平展，更显疏朗开阔，整株树看上去形姿伟岸，英武不凡。

广州是座美丽的花园城市，也是座英雄的城市，近代革命的发端之一。黄埔军校、农民运动讲习所、广州起义烈士陵园及中山纪念堂……一座座革命遗迹依然矗立，所承载的革命精神从未远去，行走在广州的大街小巷，徜徉在众多的红色遗迹和木棉之间，依然使我能够感受到这片先行热土的独特魅力。

（一）

漫步广州大街小巷，让我不自觉驻足或许不是高楼大厦，而是偶然相遇的一座院落、一栋小洋房。这些建筑院落，书写着广州在中国近代史上最辉煌和独特的一面。广州农民运动讲习所，就是这样一座红墙黄瓦，飞檐斗拱，石雕木刻，陶瓷彩塑，古色古香的古建筑院落，坐落在广州市越秀区繁华的中山四路 42 号，原为明代洪武年间所建的番禺学宫，是办学和祭祀孔子之地，泮池拱桥、大成门、大成殿及崇圣殿，由南至此分布学宫中央。三门六柱的棂星门上，悬挂着周恩来亲笔书写的牌名："毛泽东同志主办农民运动讲习所旧址"16个大字，闪闪发光。我怀着敬仰之情，进所参观。

农民运动讲习所，是第一次国共合作时期，为适应蓬勃发展的农民运动形势，中国共产党人彭湃等人提议，以国民党名义，为"培养农民运动的指导人才"，创办的一所集政治、军事于一体的革命学校。共产党人主持，以"养成农民运动之指导人才，养成冲锋陷阵之战斗员，使其成为农民运动之推动机"为办学宗旨。前五届农民运动讲习所于现纪念馆附近的越秀南路"惠州会馆"和中山三路永兴街6号举办。第六届为配合即将发动的北伐，发展全国的农民运动，扩大了招生规模，所址也移至今日占地更广的番禺学宫举办。1926年，毛泽东受党的指派，到这里担任所长兼教员，肖楚女任教务长，周恩来、恽代英、瞿秋白、吴玉章、邓中夏、彭湃和李立三等革命家，担任教员，讲授有关农民运动的各种课程，讲解革命形势，传播革命真理，为党培养了大批农民运动的优秀干部。

绕过挺立190多年，浓阴蔽日的古龙眼树，一个庭院广场赫然出现在我的眼前。正南边，是当年教授理论的课堂，东西两侧，是由走廊改造的学员宿舍……西侧边是军事教官值班室，紧挨着的是毛泽东的办公室兼卧室。房子不大，只有10多个平方米，里面的办公桌椅，书架，报纸架，都是学员们自己制作的。毛泽东喜欢看书读报，以了解和分析形势，报架上至今还放着一些泛黄的报纸。

毛泽东在担任所长时，开设了政治、经济、文化、军事、历史等20多门课程。他除主持所内事务外，还担任《中国农民问题》《农村教育》《地理》等课程的讲授，并编辑了《农民问题丛刊》。他在讲述《中国农民问题》时，授课总时长达到23个小时，他结合自己在农村的调研和学员各自家乡的实际情况，形象而生动地讲述中国的农民问题和革命任务，给学员们留下了非常深刻的印象。

每天早上军号一响，学员们一身戎装，集合到广场步操。日间端坐操堂，认真聆听革命理论。军事训练也是重点，列队、射击样样不少。

农民运动讲习所的展馆内，在陈列柜中静静的躺着“汉阳造”，这表明这里并非是一座普通的干部培训班，军事化管理制度是当时农民运动讲习所的一大特点。把学员按战斗序列，编成一个总队，下属六个中队、六个区队，除了集中学习政治理论，三分之一课程被安排为军事课程和战术训练……还要去黄花岗、天云山等地进行军事演习，并通过对武装斗争经验教训的总结分析，深入浅出地让学员们理解“枪杆子里面出政权”的伟大真理。

（二）

为培养农民运动的干部，在中国共产党倡议下，从 1924 年 7 月，到 1926 年 9 月，广东革命政权在广州先后开办了六届农民运动讲习所。在共产党人彭湃、罗琦园、阮啸仙、谭植棠、毛泽东相继主持下，培养了 800 多名农民运动的骨干。他们奔赴全国各地开办地方农讲所和农训班，点燃了农民运动的星星之火。

毛泽东主办的第六届农讲所招收了来自湖南等 20 个省市的 327 名学员。他们在这里学习革命理论，进行军事训练，还到海丰、曲江等农村考察农民运动。同时，还聘请了社会知名人士郭沫若、何香凝等来所作专题演讲。这一届是农讲所历史上办学时间最长、规模最大、人数最多的一届。这些学员和干部毕业后，奔赴全国各地，深入广大农村，以“星星之火，可以燎原”之势，宣传发动农民，组织农民协会，建立武装开展反帝反封建斗争。他们创办地方性农讲所、农训班，培养农民骨干……仅 1927 年统计：当已在全国 15 个省建立了农民协会，会员有 900 多万人。其中，很多同志参加了南昌起义、秋收起义、广州起义、反“围剿”战斗、长征、抗日战争和解放战争，为革命作出了重要贡献，还有许多同志为党的事业献出了宝贵生命。

我在恽代英、萧楚女、彭湃等先烈的遗像和一件件凝聚沧桑的遗物前，静默了许久，心潮如同奔腾不息的珠江，难以平静。眼前不时闪现出中央电视台播放过的大型党史人物专栏《永远的丰碑》中先烈的身影。此时此刻，最感欣慰的是，在太平盛世的后人并没有忘却历史，而是正义不容辞地继承着那些赴汤蹈火、以血肉之躯铸就中华民族不朽丰碑的先烈的遗志，铸就着新时代的历史丰碑。

我的文友费先生是广州当地人，年轻时曾在上海读大学，毕业后留在上海的一所中学教高中语文。改革开放后返回广州创业，现是一家颇具规模企业的法人代表。这次，他陪伴我到此参观，说："中华人民共和国成立后，党和政府十分重视这一革命旧址的修缮复原工作。"1953 年，就建立了毛泽东同志主办农民运动讲习所旧址纪念馆。

进入正门，我跨过泮池上的石拱桥，就来到了大成门。当年农讲所的教务部和值星室、庶务部就分置在大成门的两旁。毛泽东的办公室兼卧室在东耳房，其室内设备十分简陋。东南角有一张木板单人床，床前放着一对湖南式的方形竹箱，是存放衣物和书籍的用具，在靠西边窗下，放置了办公桌和椅子。办公桌上摆着学员的笔记本、书报和文稿以及墨砚、笔架、毛笔等文具。所有这些，都会使人们想起当年毛泽东同志在这样简陋的环境中孜孜不倦地工作和学习的情景。大成门的西耳房是图书馆。宽敞的大成殿为课堂，崇圣殿正间是膳堂，东间为军事训练部，前院的两庑和后院的两廊都是学员宿舍。宿舍内除部分架子床外，多数是竹木搭成的统铺。两庑的前半部辟为陈列室，展出当年农讲所的文物和学员、教员的相片以及他们的简历。

中华人民共和国成立后，人民政府对农民运动讲习所旧址进行了精心保护，并多次拨款修缮和复原旧址。1961 年 3 月，被国务院公布为全国重点文物保护单位。2001 年，被评为全国第二批爱国主义教育示范基地。2005 年，被命名为全国红色旅游经典景区。

（三）

农民运动讲习所今之展陈，仍然保留了当年的情景：所长办公室、教务部、军事训练部庶务部、阅览室、课堂、学生宿舍和食堂等设施，都按原貌布设。在陈列馆中，有一套毛泽东主编的 26 种“农民运动丛刊”。这也是纪念馆的一件镇馆之宝。

“我们离所时，毛所长叮咛大家要做革命火种，让革命烈焰在塞外熊熊燃烧起来。”蒙古族学员高布泽博的回忆，道出了广州农讲所对中国革命不可磨灭的贡献。第一届农讲所学员高恬波，是广东第一位中国女党员，是广东妇女解放运动的先驱之一。第三届农讲所学员韦拔群，结业后回广西东兰继续从事农民运动，主办农讲所、培养骨干、发展农会和农民武装，把农运推向右江地区，后参与领导百色起义，建立右江苏区……

73 岁的老党员陆兆波，是广州农讲所纪念馆的资深游客，从年轻时就常到农讲所参观，“纪念是为了更好地前行，每次来都有新感悟”，他说。

农民运动讲习所因地处市中心，人流如织，不时有市民进来休息。院内有棵百年木棉，文友说，木棉为羊城市树，每逢春夏之交，花开若火，很是美丽。当今院内木棉和菩提榕，郁郁葱葱，给人清凉。

百年风云中，广州的“毛泽东同志主办农民运动讲习所”旧址，注定被人们永远铭记！

2019 年 3 月 21 日

国歌，从上海唱响

“起来，不愿做奴隶的人们！把我们的血肉，筑成我们新的长城……”每当这首《义勇军进行曲》响起的时候，我深信，每一个中国人都会油然而生一种自豪感。2021年是中国共产党成立100周年，也是国歌诞生第87个年头。87年来，这首激昂的歌曲，始终以催人奋进的旋律和歌词，给所有炎黄子孙注入昂扬向上的民族气节。无论何时何地，每当国歌的第一个音符响起，铿锵有力的旋律，总是能准确地叩击到每一个中华儿女的心弦，点燃每一个中国人心中的豪情，曾经激励了千千万万同胞的爱国热情。但许多人并不知道，它最初是一部老电影《风云儿女》的主题曲。这首歌，从上海唱响！

上海市杨浦区荆州路151号的国歌纪念广场，是一座绿树环绕的街心花园，还是一座地铁的出口处，占地2.7万平方米。以唱片的造型设计成，是一个大型开放式圆形广场。当我来到这里，远看如同一张唱片，广场中央矗立着一座独特的12米高的青铜主题雕塑，其造型为一面经过战争和历史风云洗礼的国旗，另一面则为充满造型肌理和斑驳色彩的国旗。雕塑中间，是一把利剑似的青铜长号，像是正在吹奏出嘹亮的音节，簇拥它的是一叠叠唱片，像是组成了万众一心的合奏。我知道，我们每天早上升国旗时，播放的国歌，就是从这里响起。

从这里出发，我走进了位于下沉式广场的国歌展示馆。

（一）

“九·一八”事变后，中国东北沦陷。紧接着，日本侵略者又挑起了“一·二八”事变，攻打上海。侵略者的步步紧逼，激起了中国人民的不断抗争。在这国难当头的危急时刻，我们听到了中华民族发出的怒吼声。

而国歌的前身——《义勇军进行曲》的诞生，是与中国共产党有着密不可分的关系呢！

1929 年 6 月，中共六届二中全会作出了决议：成立中央文化工作委员会，实施文化战略。在中国共产党的领导与影响下，为了唤起民众抗日，中国左翼作家联盟等组织，以笔作刀枪，进行了反帝爱国宣传活动。核心人员为鲁迅、冯雪峰、夏衍、冯乃超、钱杏邨、阳翰笙、田汉、郑伯奇、洪灵菲等人，他们创作了大量的优秀文学作品。1933 年 3 月，正式成立了由夏衍（沈端先）、钱杏邨（阿英）等人组成的中国共产党电影小组，实施党对电影工作的领导。

据夏衍在《懒寻梦录》说，1934 年春，中国第一家专门拍摄有声电影的左翼电影公司——电通影业公司在上海成立。这家公司由司徒慧敏参与领导，夏衍、田汉等领导公司的电影创作。一批怀着激情的共产党文艺战士，开始以文艺创作的形式为抗战发声。编导有袁牧之、应云卫、许幸之等，摄影师有吴印咸、吴蔚云等，主要演员有陈波儿、王人美及王莹等，司徒慧敏担任摄影场主任，音乐家聂耳、吕骥、贺绿汀也参与。1935 年初，电通公司从斜土路 2567 号迁至杨浦原荆州路 405 号，就是如今的荆州路昆明路口的西北角，摄影棚也设在此处。《风云儿女》正是它迁入新址后，拍摄的第一部影片。

1934 年冬天，电通公司经理孙师毅找到田汉，请他创作一部电影剧本，田汉很快答应了。没过多久，田汉就完成了一部以长城古北口保卫战为背景，名为《凤凰的再生》的电影文学故事，后改写成了《风云儿女》的电影剧本。

《风云儿女》这部影片，由左翼文化重要领导人、电影剧作家田汉编剧，许幸之导演，袁牧之、王人美主演，聂耳作曲。影片叙述了一对年轻情侣冲破重重阻拦，勇敢地走向民族战场的感人故事。其主题歌《义勇军进行曲》，更是很快就以其激昂的曲调和动人心魄的歌词感染了无数观众，也传遍了大江南北，长城内外，激起了人民的革命热情和战斗意志。

在这部影片中，田汉设计了这样一个情节，男主人公创作了一首

《万里长城》的长诗，《义勇军进行曲》的歌词，就是这首长诗的最后一节。长城象征着中华民族抵御外辱的伟大精神，中华民族真正团结起来，不怕流血，不怕牺牲，前赴后继，奋勇前进，就一定能“把我们的血肉，筑成我们新的长城”！

这道精神上的钢铁长城，是任何飞机大炮摧不垮、打不烂的。电影最后的场面，女主人公的家乡父老在义勇军带领下，奋起抗战。主题曲《义勇军进行曲》，就是在这时唱起的。悲壮雄浑，底气充沛，豪气万丈，激情澎湃，富有极强的唤醒力量。在战斗烽火中诞生的《义勇军进行曲》，历经岁月的考验而不衰，依然震撼在人民的心中，这才是抒发中华儿女豪情的国家之声，民族之魂，也体现了中华民族生生不息的凝聚力和自立于世界民族之林的决心，爆发出时代的最强音，具有跨越时空的感召力。

（二）

国歌的作曲者是聂耳。他和田汉是一对“黄金搭档”，在民族危亡关头，一共合作创作了 14 首歌曲，而其合作的绝唱就是《义勇军进行曲》，这首民族之歌，正气之歌，革命之歌，激励了一代中国人民奋勇抗战。

田汉回忆《义勇军进行曲》创作经过的手稿，讲述了当时创作的情况。田汉于 1932 年加入了中国共产党，是中国现代话剧的开拓者，戏曲改革运动的先驱和中国早期革命音乐、电影的组织者和领导者。1933 年，聂耳经田汉介绍，加入了中国共产党。

1934 年底，田汉在山海关路 274 弄安顺里 11 号的石库门旧居里，不仅在此完成了电影《风云儿女》及其主题歌《义勇军进行曲》的创作，这里也是左翼文化和中共地下文委活动阵地。

《风云儿女》的出品人，后来曾任文化部副部长的司徒慧敏在《大众电影》1982 年发表了《在暴风雨中诞生》，他回忆道：“田汉同志只写了十来张直行的稿纸，不依行格、用毛笔细字写成。这仅能称作故事梗概。夏衍、阿英、孙师毅和我读了都很高兴。当时，由于田汉忙于别的工作，环境的险恶也不容许他自由自在地进行创作……我告诉聂耳：剧本中有一首《义勇军进行曲》的诗词，希望他能谱写成歌曲。聂耳很兴奋，他说，田汉曾告诉过他，他自己也有这个思想准备……就在这一年春节刚过，田汉和阳翰笙同时被国民党特务绑架，夏衍、阿英被搜索追捕。”就在《风云儿女》即将开拍，田汉被反动当局以“宣传赤化”的罪名逮捕了。

聂耳得知好友田汉被捕的消息后，激发了他的热情、勇敢和智慧，承担起了《风云儿女》影片的谱曲工作。当他看到田汉歌词后，立即产生了强烈的共鸣。之前，聂耳曾到东北慰问过抗日部队，亲眼看到义勇军战士英勇作战的景象。为创作《义勇军进行曲》，聂耳几乎忘寝废食，夜以继日，一会儿在桌子上打拍子，一会儿坐到钢琴前弹奏，一会儿在楼板上不停地走动，一会儿高声唱“起来”。最终，由聂耳谱成歌曲。曲调高昂激越，庄严雄伟，具有催人奋进的紧迫感，“中华民族到了最危险的时候”一句，运用了全曲的最高、最强音，突然休止半拍，更加突出了中华民族居安思危、同心协力的崇高之情神。上海由此成为中华人民共和国国歌的诞生地。

聂耳于 1928 年在云南省立第一师范学校学习期间加入共青团组织，参加党领导的青年读书会和音乐、戏剧演出，参与散发革命传单等活动。1930 年 7 月到上海后，他参加由党领导的进步群众组织“反帝大同盟”。1931 年 4 月，考入“明月歌舞剧社”。1932 年 11 月进入联华影业公司工作，参加“苏联之友社”音乐小组，并组织“中国新兴音乐研究会”，参加左翼戏剧家联盟音乐组。1934 年 4 月进入东方百代唱片公司，主持音乐部工作，同时建立百代国乐队。1934 年 12 月，聂耳搬到淮海中路 1258 号的三层阁楼居住，直至次年 4 月东渡日本。聂耳在淮海中路居住地不断酝酿，反复思考，开始创作《义勇军进行曲》。

聂耳创作出了《义勇军进行曲》的曲谱初稿，由于宣传抗日，1935 年 4 月 1 日前后，又传来了国民党反动派要抓捕聂耳的消息。经中共地下党组织的安排，聂耳决定立即离沪，东渡日本然后转赴欧洲，继续自己在音乐上的深造。

出国前一天，聂耳前往荆州路405号电通公司摄影棚，用创作出的简谱初稿试唱了《义勇军进行曲》，认真倾听司徒慧敏和张云乔等人的修改意见。到了日本后，为了使歌曲的曲谱和节奏更加有力，他对曲子进行了修改的同时，对歌词也作出了几处修改，如将原歌词第六句的“冒着敌人的飞机大炮前进，改成了冒着敌人的炮火前进”，又在“前进！前进！”后增加了一个“进”字。于是，一首显示祖国尊严，豪迈气概的战歌，就此诞生了。1935年4月底，聂耳从日本东京将这个定稿曲谱寄回上海给孙师毅和司徒慧敏，但鲜为人知的是，当时田汉、聂耳并没为这首歌起此曲名。最后为这首歌曲定名的是一位爱国民主人士朱庆澜先生。这就是《义勇军进行曲》。

朱庆澜，字子桥、紫桥。祖籍浙江绍兴，生于山东历城。从小恭承庭训，勤奋读书。父母不幸早亡后，随山东按察使兼河工督办松林奉调出关。历任典史、同知、巡防队、统领、巡警总办等职。辛亥革命时被推举为大汉四川独立军政府副都督。1916年任广东省省长，次年参加护法运动，任广东新军司令。1922年，出任中东铁路护路军总司令兼哈尔滨特别行政区长官。“九·一八”事变后的1932年4月，朱庆澜在上海创建东北义勇军后援会，5月改为辽吉黑民众后援会。同年11月，在张学良的支持下，辽吉黑民众后援会与东北民众抗日救国会在北平合署办公，并联合组建了东北义勇军总司令部，由其出任总司令。当时有人编就全国第一部宣传东北抗日义勇军抗战的书籍《东北义勇军》，就是由其题写书名。此后长期从事慈善救济与抗日救亡事业，先后任华北慈善联合会会长、黄河水利委员会委员长、国民政府赈济委员会委员长等职。他一生为抗日奔走呼号，为赈灾不辞劳瘁。1941年病逝于西安。

朱庆澜由于难忘抗战岁月，出资交上海电通影片公司拍摄影片《风云儿女》。当他拿到聂耳寄来的曲谱时，深感曲调极好，雄劲刚健的旋律和坚定有力的节奏，唱出了时代的强音，但曲名原稿却只题为“进行曲”三个字，有些欠妥。因为《进行曲》是一种音乐体裁，就像“狂想曲”“《小夜曲”等一样，是泛称，没有具体所指，不适合作为影片主题歌名。朱庆澜想起当年东北义勇军“冒着敌人的炮火前进”英勇抗战的壮举，不由灵感突发，就在聂耳原稿《进行曲》之前加上了“义勇军”三字。这就像锦上添花，整个彩锦就鲜活起来一样；又像画龙点睛，龙会破壁而动，整个画面生动起来一样。于是一曲名作，横空出世，就此完美诞生了。

1935 年 7 月 17 日，聂耳在日本神奈川县藤泽市鹄沼海滨游泳时，不幸被海浪夺去年轻的生命，年仅 23 岁。但对他最大的告慰是，伴随着《风云儿女》的公映,《义勇军进行曲》雄壮的歌声，传遍了中华大地，传遍了全世界，并在中华人民共和国成立后成为国歌。

作为音乐天才，聂耳从未上过正规的音乐院校，但在他短暂的一生里，谱写了三四十首脍炙人口的曲子，包括《卖报歌》《毕业歌》《大路歌》《开路先锋》《铁蹄下的歌女》等。他的音乐创作，具有鲜明的时代感，严肃的思想性，高昂的民族精神和卓越的艺术创造性，为中国无产阶级革命音乐的发展指出了方向。2009 年 9 月 10 日，聂耳被评为“100 位为新中国成立作出突出贡献的英雄模范人物”。

《风云儿女》上映后不久，主题歌《义勇军进行曲》就流传开来了。同月，从南京宪兵司令部监狱出来的田汉，虽然听到大街小巷传唱着这首曲子，他惊闻聂耳遇难，极度悲痛，泪如雨下，发誓说：“没有了聂耳，我这辈子再也不创作歌词了。”并作了一首悼念聂耳的诗，因为他们不仅是朋友，更是有着共同信仰和革命理想的战友：

一系金陵五月更，故交零落几吞声。
高歌共待惊天地，小别何期隔生死！
乡国只今沦巨侵，边疆次第怀长城。
英魂应化狂涛返，好与吾民鸣不平。

（三）

国歌，从上海唱响。

1935 年 5 月初，青年歌唱家盛家伦，电通公司演职人员郑君里、金山、顾梦鹤、司徒慧敏和施超等，在吕骥、任光等音乐家的鼓励下，组成一个小小的合唱队，经过几天的练习，田汉作词、聂耳作曲的《义勇军进行曲》，第一次在上海东方百代唱片公司录音棚内，灌制了第一张《义勇军进行曲》唱片，并将该录音转录到影片《风云儿女》胶片上。同年 5 月，影片《风云儿女》在金城大戏院（今黄浦剧场）首映。从此，随着影片的不断放映，《义勇军进行曲》响彻中华大地。

同衡山电影院隔街相望，原徐家汇路 1099 号（现衡山路 811 号）徐家汇公园的树影婆娑中，矗立着一座建于 1921 年而具有海派风韵的红色小楼。那是老上海人口中的百代小楼，曾为中国本土的第一家唱片公司，东方百代唱片公司的办公楼。小楼为假三层砖木结构，独立式花园别墅。由于其红瓦坡顶和红砖墙面，被称为“小红楼”，是国歌《义勇军进行曲》的录制地。春夏秋冬、日出日暮，变幻着城市的颜色，但那栋红色的小楼始终醒目，周边常来常往的居民，或是偶尔匆匆路过的旅人，走过这段衡山路，总会不自觉地驻足，探头望一望，仿佛听见楼里传出慷慨激昂的国歌声。

风云儿女多壮志，一曲旋律天下知。1935 年 5 月 24 日，国歌展示馆里这张编号为 34848b 的首版《义勇军进行曲》唱片，拂去岁月的尘埃，轻轻地放到唱机上，仍能正常播放。正是这张唱片，如今成为传世之宝，镇馆之宝。以《义勇军进行曲》为主题曲的电影《风云儿女》，在誉为“国片之宫”的上海金城大戏院首映。从 5 月 20 日开始，上海各大报纸纷纷宣传《风云儿女》。当时的报纸宣传广告：“再掷一颗强烈的炮弹！再唱一次胜利的凯歌！”以及“昨日客满”，报纸还报道了银幕上下高唱《义勇军进行曲》的场景。从此，风靡全国，成为中华民族在危难之际发出的最坚强的呼声“起来”“前进”“筑起我们新的长城”的呐喊，通过电台、唱片和歌咏队，回荡在城市和乡村的天空。

民族危难孕育了音乐，音乐又召唤起命运的共同体。1936 年，音乐家吕骥在上海电台教唱《义勇军进行曲》。同年 6 月，全国救国联合会成立一周年之际，爱国人士刘良模指挥民众歌咏会，和几千名群众合唱《义勇军进行曲》等抗战歌曲。1937 年 9 月，南京举行纪念“九·一八”

群众大游行，电台里播放的也是“义勇军进行曲”……

随着全国性群众抗战歌咏的发展壮大，抗战歌曲通过歌咏团、演剧队，深入城乡的角角落落。那些素不相识的中国人，在不同的地方唱着同一首歌，心汇到了一起。1938 年春，在法国巴黎召开的 42 个国家参加的反法西斯侵略运动大会上，音乐家任光指挥巴黎华桥演唱了《义勇军进行曲》，这首歌从此走向了世界。

抗战的全面爆发，《义勇军进行曲》深入军营，响彻在中国军队奋勇抗战的战场，成为军歌和战歌。美联社记者爱泼斯坦曾在他的抗战报道集《人民之战》中说，《义勇军进行曲》急促而充满胜利信心的词句，像是一位紧张得喉咙沙哑的指挥员，在战斗打响之前的动员报告。他在台儿庄战地采访时，看到中国官兵端着步枪，挥着大刀，高唱着《义勇军进行曲》，冒着猛烈的炮火，前赴后继，打败了敌人的进攻。《义勇军进行曲》诞生的历史，就是抵抗日本侵略的浪潮不断高涨的历史。这首歌的曲和词，深深扎根于中国人民之中。

在国歌展示馆那一条条通往各个展厅的甬道里，始终回荡着国歌激昂、雄壮的歌声，往复回旋，激动人心。然后，在一个屏幕前，我们看到了一个黑人歌唱家，正用中文唱起：“起来，不愿做奴隶的人们……”这个人就是“美国歌王”保罗·罗伯逊。1940 年，他在著名的美国纽约罗易桑露天音乐剧场，先后用中文和英文演唱《义勇军进行曲》（*CHEELAI*！），还未唱完，全场掌声雷动。他还灌制了《义勇军进行曲》唱片，片名为《起来》。宋庆龄为唱片撰写了英文序言。

而法国、埃及和莫斯科等国家和城市，同样响起了《义勇军进行曲》。英国、印度和新加坡等国的广播电台，常播放《义勇军进行曲》。因为，在 20 世纪三四十年代，《义勇军进行曲》作为中国人民争取自由解放的民族战歌，也成为世界反法西斯阵营的国际战歌。

国歌所展现的，不仅是先辈们“不愿做奴隶的人们，用血肉筑成新的长城”的决心，也是每个中国人捍卫国家尊严的信念。国歌所代表的，不但是中华民族文化传承发展的见证，也是当代中国人自信心的最大来源。国歌见证了中华民族从深重的苦难中一路走来，矢志奋进，直至民族和国家伟大复兴的史诗征程。

（四）

1949 年 10 月 1 日，中华人民共和国开国大典上，《义勇军进行曲》作为代国歌，第一次在天安门广场奏响。不久后，人民日报头版刊文提出：“《义勇军进行曲》是十余年来在中国广大人民的革命斗争中最流行的歌曲，已经具有历史意义。”

用《义勇军进行曲》暂代国歌，为什么能够得到绝大多数代表的认同？1949 年 11 月 15 日《人民日报》刊登的关于国旗、国歌和年号的“新华社信箱”作出了解释：《义勇军进行曲》是十余年来在中国广大人民的革命斗争中最流行的歌曲，已经具有历史意义。采用《义勇军进行曲》为中华人民共和国现时的国歌而不加修改，是为了唤起人民回想祖国创造过程中的艰难忧患，鼓舞人民发扬反抗帝国主义侵略的爱国热情，把革命进行到底。

何为国歌？国歌一定反映了一个国家的民族精神，也是一个国家的象征，最能代表国家和人民意志的乐曲，每句歌词都表达着人民的心声，是一个国家或民族历史的缩影。从这一点来看，《义勇军进行曲》正是因为凝结着中华儿女对民族解放的不懈求索才久唱不衰。因此，每当国歌响起的时候，总是最激励人心的时刻。从雄伟激越的国歌声中，总会使我们感受到一种强烈的追求，一种沉稳的力量，一种英勇不屈的斗争意志，一种坚韧不拔的民族精神。

国歌就是浓缩的国魂，它能呼唤和凝聚亿万人民巨大的爱国热情，每当唱起它都会热血沸腾，激情澎湃。奥运健儿扬威赛场，航天勇士遨游九霄……凡振奋人心的时刻、红旗飘扬的地方，总有一段激昂的旋律澎湃在中国人的心间，见证历史、铭刻记忆——这就是，中华人民共和国国歌《义勇军进行曲》。

《义勇军进行曲》传唱已有 80 多年，始终以催人奋进的旋律和歌词，给所有炎黄子孙注入昂扬向上的民族气节。在国歌纪念广场，通过珍贵的胶带、图片和影像，回顾了《义勇军进行曲》自诞生以来的传奇历史。最伟大的诗歌，才能升华为民族心声；再熟悉不过的旋律，早已超越旋律本身。它必将激励一代又一代中国人，不忘过去，牢记使命，筑起新的长城，砥砺前行！

一曲《义勇军进行曲》虽然只有短短几分钟，却承载了很多鲜为人知的感人故事。2021 年 7 月 31 日，东京奥运会女子 RS：X 级帆板比赛在江之岛举行，中国选手卢云秀摘得金牌。离赛场不远，正是聂耳溺水遇难处，《义勇军进行曲》的旋律，飘扬到距离颁奖仪式现场不足一千米的聂耳纪念碑旁，这是对这位国歌作曲者最好的告慰。

在这里，一部电影，一首歌曲，一座雕塑，都能还原岁月的底片，唤起一段红色的记忆，在人们的情感与国歌的故事之间，搭起一座桥梁，在中华民族伟大复兴的道路上，不断激励人们前进，前进，前进，进！

2021 年 9 月 23 日

广州的中山纪念堂

广州，这个我国南方最繁华的都市，也是改革开放的前沿之城，看花城花似锦，高楼林立，车水马龙，人如潮涌，我曾多次莅临过。但是，我每次到广州时，最喜欢去的地方就是中山纪念堂了。不仅因为这一带花木葱茏，空气清新，更重要的是，中山纪念堂，这座矗立在越秀山麓的宫殿式建筑，瑰伟恢弘，庄严肃穆，富丽堂皇，古色古香，使人鉴史，促人遐想。每次徜徉其间，都为这座纪念堂那独有的风姿所吸引……

（一）

漫步在古柏夹道、白兰飘香的广州东风路，我透过门楼向北眺望，只见纪念堂殿宇巍峨，四座重檐歇山式的大屋顶，拱起中央的八角形亭子，八根两人合抱的紫红色廊柱，使纪念堂飞檐凌空。顶部真金马赛克镶砌的大宝顶，以及覆盖其间的蓝色琉璃瓦，层盖舒卷，端庄稳重，显得格外雍容华贵。那灰白色花岗石的基座和台阶，淡青色大理石的护墙，乳黄色贴面砖为墙身，配有各种民族形式图案花纹的水磨石梁，是中国传统建筑的民族风格和西方建筑结构完美结合的典范……这一切，使我感之整座殿堂显得格外的雄浑厚重。

中山纪念堂，是广州最具标志性的建筑物之一。1929 年前后，广州市人民和海外华侨为追怀孙中山先生对中华民族的伟绩丰功而募资，在他 1921 年 5 月 5 日出任非常大总统时的总统府，也就是在原清末督练公所的旧址上。1928 年，国民党进步人士、时任广东省政府主席李济深主持筹建中山纪念堂，得到了海内外爱国人士，特别是李济深在经济上给以鼎力支持。纪念堂于 1931 年完工落成，是广大民众和海外侨胞对孙中山先生的缅怀之情，也是对孙中山先生和辛亥革命先驱的永久纪念。

孙中山先生是伟大的民主革命先行者。他不顾自身安危，致力于国民革命凡40年，创三民主义、五权宪法、激励民众。他立天下为公，为国家为人民鞠躬尽瘁，奋斗终身。在国人的心目中，具有崇高的威望。正因为如此，所以到处有纪念他的建筑物。现在，孙中山先生高大铜像耸立在纪念堂的中央。他高昂着头颅，左手叉着腰，右手坚定地扶着拐杖支撑着大地，身穿风衣，是那么潇洒至极，他仿佛在发表一段演讲，在告诉全世界，中国人民自己的事情，可以自己解决，中国人民不会再会屈服外来列强的坚船利炮，伟大的中华民族定会屹立在世界的东方。

甘棠遗爱，千秋永铭。孙中山先生为人民做了好事，人民是不会忘记而永远怀念着他的！

这座富有中华民族特色的大型建筑组群中山纪念堂的设计师，是被称作中国“近现代建筑奠基人”的著名建筑学家吕彦直，就是挂在墙上黑白照片中瘦削的男子。8岁丧父，翌年随其姊侨居巴黎，开始接触西方文化，数年后回国，受教于著名文学家、翻译家林琴南，学习祖国灿烂文化和西方科学知识，这对他立志发扬民族文化，融会东西方艺术，不无影响。读了清华又去康奈尔，毕业后给美国著名建筑师亨利·墨菲当过助手。如此一来，视野和底气，果然开阔充沛。吕彦直在设计过程中，突破了会堂建筑中的陈规旧律，大胆地吸收了西方现代建筑科学技术，又结合中国传统建筑的民族形式，使会堂显得庄重、宏伟而又与众不同，别具一格。他采用的是八角形宫殿式的形制，巧妙运用了建筑力学的结构原理，彩钢架和钢盘混凝土混合结构，跨度达71米的建筑空间内不设一柱，更显气势恢宏。他对声学、力学也匠心独运，使台上演讲者不用话筒，声音也能清亮地传达到堂内每个角落。我们迈进去却感之通透敞亮，一如西式殿堂。

吕彦直先生是安徽滁县（今滁州市）人，中国近代杰出建筑师。在他短促的一生中，他为弘扬民族文化，在中国近代建筑史上写下了辉煌的一页。他主持设计广州中山纪念堂和中山陵，呕心沥血，工程尚未完工就去世了，年仅29岁，但中山纪念堂永在。中山纪念堂其规模雄伟，其建筑艺术精湛，举世闻名，其历史内涵更为彪炳青史。

（二）

建成后的中山纪念堂，总体布局呈方形，坐北朝南，占地面积为62000平方米，主体建筑面积6600平方米，高52米，舞台口宽15米，深20米，楼上楼下座位共5000个，其中楼上有2200个席位。空间高大、雄伟、宽敞，是当时中国最大的会堂建筑，也是将中国传统建筑形式用于大体量的会堂建筑之大胆而成功的先例。中山纪念堂的金顶呈椭圆形，高3.79米，直径最大处有1.075米。这么一个巨大的熠熠生辉的金顶表面，全部使用黄金镶贴，共用了从相关购进的质量上乘的金箔36166张，折合重量0.96公斤。除金顶外“天下为公”字匾、总理遗嘱、建国大纲、奠基石字体，也是用金箔镶贴的。五彩纷披，紫红巨柱，融民族风格与西方形式于一体的巍峨建筑，屹立于珠江之畔。

大礼堂正门上方，高悬着“天下为公”四字横匾，雄浑有力，为孙中山先生所书。平心而论，这幢青砖蓝瓦的建筑确实是漂亮。宝蓝这个难以驾驭的颜色，用在琉璃瓦上，却毫不夸耀，随即让人想起“青天白日”。若走到二楼的楼梯拐角，顺着花窗往外看，飘卷的飞檐下，夕照恰好把光投在钟形的马上，远处的云鹤华表，泛着熔金般的色彩，心里不由得默默喝一声彩。细节一旦讲究起来，格局果然不同凡响。中山纪念堂建成后，也引发了极大的轰动，中外人士纷纷前来参观，当时被誉为我国纪念性建筑中最为成功的作品之一。可以说，中山纪念堂是广州城的骄傲与自豪。

走进纪念堂，我感到这是一个构思巧妙的建筑，从投影上看，它是双环形墙体，外大环套着内小环。中间是一条环形5米宽的通道，所有的柱就藏在这双环形状之墙中，故在纪念堂里面看不见一根柱。堂内采光通透，装饰丹彩瑰丽，金碧辉煌。站在纪念堂地面，抬头往上看去，类似夜幕下一个大天穹，灯一开就如繁星闪烁，晴空万里。里面内空间直径71米，建筑物宏伟肃穆，气氛浑然，我站在地下就觉得自身渺小。登上宽阔的主席台，后壁中间立着一块嵌有孙中山头像的石碑，上面写着“总理遗嘱”四个金字。我认真地读着碑文，再一次去理解孙中山先生要告诉我们什么？“革命尚未成功，同志仍需努力！”

纪念堂的大厅，我看也是颇具特色的。大厅北部可坐200人左右的主席台，其余的三面分别为上下两层池座、廊座和楼座。我举头仰望，顶部大吊顶上的彩画藻井天花，中央八角顶上的圆形吊顶和五色玻璃，呈现出丰富多彩的民族特色。堂内，到处配有各种碘钨灯、反射灯、吊灯、壁灯，倘若同时开放，这座上下两层的大厅，观众会感到光线非常柔和，格外明亮。

（三）

我在中山纪念堂时，在其主体建筑上，发现每一根圆柱的柱头上都刻着“¥”的符号，与人民币的货币符号“¥”相似。至于两者之间是否存在某种联系，纪念堂管理处的工作人员认为，这应该是一种巧合。这符号其实就是一个“羊”字，中山纪念堂使用这个符号，应该是与羊城“五羊献穗”的美丽传说有关。意即“羊城的中山纪念堂”和“羊城人民对孙中山的永远怀念之情”。人民币的符号虽然也是“¥”，但它可能与古代没有货币时，“¥”曾是最早的实物交换有关。因此，人民币的“¥”与纪念堂柱顶上的头饰“¥”，应该没有多大关系。

堂外，东、西、南三面各有一座大门，大门连接环形走廊，从大厅到走廊有11个进出口处，数千观众能在短短的5分钟内，即可离场完毕。令我十分赞赏的是，如此宽广的大厅中央，竟然是没有一根挡住视线的柱子。

当我感到疑虑、若有所思时，纪念堂的管理人员告诉我，主要是设计师在大厅周围近墙边处，安设了八根藏着的柱子，然后采用现代建筑中的钢桁架结构手法，支承着四个跨度约30米的钢桁架，四个桁架上再支承着八个主桁架，使楼座悬臂飘出为八米左右。这般特大量体的会堂建筑，在我国千年宫殿式的建筑史上，是一个非常了不起的伟大创新。

纪念堂前是广场。绿茵茵的草坪，宛若一块巨大的翡翠，镶嵌在数万平方米的庭院里，四周种植着白兰、红棉、青松、翠柏、蒲葵、茉莉、含笑和桂花，堂前东西两侧的石雕“云鹤华表”，雄伟地分立在草坪两侧，中山纪念堂屹立在前方，这一切，使我感到的是把纪念堂四周环境装点得分外庄严华丽，幽静肃穆。

中山纪念堂背后，在60余米高处的越秀山上，筑有一座雄伟的孙中山先生的纪念碑。它与纪念堂交相辉映，形成了一个甚为完整的纪念性的建筑群。

在纪念堂后台正中墙上，赫然刻着孙中山先生的遗嘱：“建设强盛独立之中国。”每个来到这里的人，无不与我一样，缅怀孙中山先生的革命伟绩，心中无不升起这样的信念：我们要让孙中山先生未竟的事业，在建设现代化的今天得以实现，成为屹立于世界东方而伟大的社会主义强国！

中山纪念堂是广州城的一颗璀璨的明珠，永放光芒。

1983年11月19日于广州

秋风秋雨谒秋瑾

一个偶然的机会，我看到画家吴冠中先生的名作《秋瑾故居》：江南水乡白墙黑瓦的老宅，横竖简单的线条，黑白分明的色彩，漆黑的大门紧闭，白墙外几只明媚的燕子，燕语喃喃，燕尾如剪……于是，我想起了我曾去寻访过秋瑾当年在绍兴的旧居。

秋日的黄昏，我从县委招待所出发，沿着绍兴的一条主要街道往北，穿过纷纷扰扰的细雨，躲开喧哗繁杂的商铺，走了20分钟左右，便依稀看见前面有一座竖着的碑石，耸立在路的中央。我三步并两步，奔了过去。只见一块简朴的水泥座四周，围着灰色的栅栏，中间树立着一块石碑，像一剑柱地，昂首云天；又似一泓碧泉，喷涌满腔愤怒。碑上刻有“秋瑾烈士纪念碑”七个大字。啊，原来这里就是烈士当年慷慨就义的地方——轩亭口。

古轩亭口的马路对面，树立着汉白玉的秋瑾雕像，宛如淑女模样，不时有行色匆匆的的路人从雕像前走过。其实，万丈太阳中，有她的一米光芒；浩瀚天水中，有她的一掬甘露；茫茫云海中，有她的一缕清风；厚厚大地中，有她的一颗种子。噫呼乎！

（一）

1907年7月15日，也就是83年前的凌晨，秋瑾在此壮烈就义，她是中国近代史上妇女为革命献出头颅的第一人。我见这座坐东朝西的纪念碑，正对着府横街和卧龙山。纪念碑呈梭台体，碑座周长3米，简单而朴实。碑身高约7米，并不高大，无须仰视就能望见碑顶。因此，在解放路熙来攘往的人群中，给我的感觉仿佛是秋瑾正昂着头，带着沉思和微笑，同进入了奔小康的人民，心心相印……

碑东一尊汉白玉雕像，只见秋瑾昂首挺胸，傲然屹立。她身穿短衫长裙，发髻高束，五官端庄，身材颀长，放在当下，完全可称“女神”级人物。身后照壁上，镌刻着孙中山“巾帼英雄”四字的手迹。碑西牌坊的廊柱上分别题着一副对联：“冷雨流去侠女血，春风唤回英雄魂。”

这时，秋风夹着零星的细细秋雨有些大了，我围绕纪念碑走了一圈，很想从上面看到什么。可惜的是，纪念碑显得很破旧，原有的碑文已无法辨认了。

秋瑾用自己的一腔热血写下了一首诗篇，实现了生前“粉身碎骨寻常事，但愿牺牲报国家”的誓言。绍兴轩亭口，从此因鉴湖女侠秋瑾而名扬四方。

秋瑾，藐视封建礼教，提倡男女平等，自称“鉴湖女侠”。1904 年 4 月，秋瑾冲破封建家庭的束缚，义无反顾地走上新的征途。她在上海乘轮船东渡日本留学，船出吴淞口，驶出东海，进入太平洋。只要一听到船头劈波斩浪的撞击声，只要一看到船窗前方海天一色的壮丽图景，秋瑾就抑制不住内心的喜悦：此一去，意义重大，将是旧生活的结束，将是新生活的开始！实现了她人生过程中最重要的转折，走上了寻求自由与解放的救国救民之路。

在日本留学期间，秋瑾结识了一批进步青年，参加了反清秘密组织三合会，后又经黄兴介绍，认识了孙中山，加入了由他领导的革命同盟会。由于天赋异禀和胆识过人，她很快被推举为同盟会评议部评议员及浙江主盟人。秋瑾成了一名坚定而激烈的革命党人。在这期间，秋瑾创办了中国妇女的第一份报纸——《中国女报》。她亲自撰写发刊词，明确《女报》的宗旨是：“结二万万大团体于一致，通全国女子生机活泼，精神奋飞，绝尘而奔以速进于大光明世界”，号召妇女为争取解放而斗争。

秋瑾回绍兴后，便和陶成章、徐锡麟、王金发等把酒论世，共商革命大计。“不需三尺孤坟，中国已无干净土；好持一杯鲁酒，他年共唱摆仑歌，虽死犹生，牺牲尽我责任……”一身豪气在酒劲的助威下，也愈加恣意汪洋。她一会儿高歌“侠骨棱嶒傲九州，不信太刚刚则折”；一会儿感慨“俗子胸襟谁识我？英雄末路当磨折”；一会儿呐喊“拚将十万头颅血，须把乾坤力挽回”；一会儿浩叹“死生一事付鸿毛，人生到此方英杰”。

1907 年 2 月，秋瑾接替徐锡麟，担任大通学堂督办。秋瑾和徐锡麟一起发展光复会会员，建立光复军，推举徐锡麟为首领，秋瑾任协领。然后，她与徐锡麟约定，浙江、安徽同于 5 月 28 日起义，安徽方面由徐锡麟负责，浙江方面由秋瑾负责。然而，革命的进展并不如预计的那么顺利。光复军组织不严，计划泄露，徐锡麟于 7 月 6 日在安庆举事失败，被清政府杀害了。秋瑾知道后，痛不欲生，当即昏倒在床上。经救醒过来，她竖起双眉，用拳击着桌子说：“革命未成死不休，得拼下去！”

风声越来越紧。由于各地会党在被侦缉过程中，暴露出了许多与绍兴大通学堂联系的线索，也由于徐锡麟的弟弟在被捕后的口供中涉及秋瑾，清政府终于觉察到：秋瑾和大通学堂正是他们统治浙江的最大威胁。为了秋瑾的安全，同志们纷纷劝她暂往别处避一避，甚至还为她联系好在上海“法租界”隐居的住处。但，她都谢绝了，只是吩咐有关人员将机密文件、党人名单带走藏匿。秋瑾此刻的思想，可由她早先给友人王时泽信中的话得到解释：“男子之死于谋光复者，则自唐才常以后，若沈荩、史坚如、吴樾诸君子，不乏其人，而女子则无闻焉，亦吾女界之羞也。愿与诸君交勉之。”革命志士的以身殉职，是会激起后来者更猛烈而无畏的斗争的。已经牺牲的死节之士邹容、吴樾、沈荩、陈天华等所造成的影响，不正是这样？作为一个女革命家，秋瑾决心起而效法。这种决心，还可从她在这最后关头寄给另一位友人的诗句中得到验证：

“痛同胞之醉梦犹昏，悲祖国之陆沉谁挽？……虽死犹生，牺牲尽我责任，即此永别，风潮取彼头颅。”

大敌临头，危在旦夕，秋瑾毫不顾及身家性命，实在可敬。

然而，7 月 13 日下午，清政府的军队包围了大通学堂，秋瑾不幸被捕。秋瑾原本是有机会也有时间脱身于清兵抓捕的，但她最后决定慨然赴死，这是她对自我生命意义的追寻，正如她在亲笔拟就的起义军檄文中说：“芸芸众生，孰不爱生？爱生之极。盖种族之不保，则个人随亡。”她慷慨而道：

“男子之死于谋光复者，则自唐才常以来，若沈荩、史坚如、吴越诸君子，不乏其人，而女子则无闻焉，亦吾女界之羞也。愿与诸君交勉之。中国革命还没有女人为之流血，那就从我秋瑾开始吧，决心做中国妇女界为革命牺牲的第一人。”

即便是死，秋瑾也没有离开剑般犀利，酒般豪迈一步。

为了防止浙江各地的革命党人进攻绍兴，营救秋瑾，敌人无计可施，决定捏造罪证、假造供词，以尽快杀害秋瑾。1907 年 7 月 15 日（农历六月初六）凌晨，秋风怒号，落叶纷飞，山水呜咽，皆为女侠送行。伤痕累累的秋瑾，穿着平日的白布衫和黑纱裤，双手被缚，拖着沉重的脚镣，傲然地挺胸抬头，被带到轩亭口刑场。秋瑾从容不迫，仪态自若。一个旧时代的新女性，为了拯救危亡的祖国，她不惜抛洒满腔热血于大地。为了亿万中国人的生存，她宁愿慷慨赴死。临刑前，她举目四望，仿佛是向多难的故乡、黑云沉沉的祖国，作出最后的告别。遂英勇就义，时年 32 岁。这是中国民主主义革命史上空前悲壮的一幕。真是人神为之共哀，山河为之号泣！孙中山先生闻讯，含悲题赠其“巾帼英雄”。

轩亭口流下的血，最终成了一道刺破麻木的闪电，唤醒了中华民族。仅四年后，辛亥革命的炮火，就响遍了武昌城头，连绵几千年的封建王朝，终成历史。秋瑾长歌未完，自有后来人续写新篇。

（二）

秋瑾是中国旧民主主义革命史上第一位牺牲的女子，他的故居位于城南越城区和畅堂 33 号，在古轩亭往南一箭之遥，北靠塔山，西濒鉴湖，原系明代大学士朱赓故宅之一部分。清光绪年间，秋瑾祖父秋嘉禾宦闽返乡后典居此屋，秋瑾在此居住多年。后留学归国后主持绍兴大通学堂时，故居成为她联络会党反清革命的主要场所。

塔山离秋瑾家很近，出灶间往后就是了。登塔山之巅，可眺望全城。当年勾践十年生聚，十年教训，就在塔山上观象测天。2300 多年后，秋瑾来了。塔山的早上，空气很好，景致很美，但秋瑾没有逸兴观赏满山的鸟语花香，甚至连坐下来拍拍身上尘土的闲情都没有。她屏气站定，利剑出鞘，风驰电掣，棍棒挥舞，震山裂石，耳边回响的正是乡人王思任那句话：“吾越乃报仇雪耻之乡，非藏污垢纳之所。”

故居庭院清幽，寂无人声，共分五进，规模不大而气宇轩昂，结构不繁而见气韵流动。建堂之初的主人公当然希望世代“惠风和畅”，但20世纪初这里飘洒进太多的“秋风秋雨”。门头看上去，我觉得很普通，门边有“全国重点文物保护单位，秋瑾故居”黑底金字牌匾。

步入第一进门厅，我只见门楣上方挂着辛亥革命老人何香凝手书的“秋瑾故居”的木质匾额，屏门有联：“悲哉秋之为气，惨矣瑾其可怀。”到了横槛，眼前是个四方小天井，蔷薇花开满了秋瑾书房外的屋檐，仿佛一只随意编织的花环；蓝色的窗框衬着粉红色娇艳的花朵，微舞轻飏中好像在频频颔首致意。

第二进为三间平房，加一楼一底，系秋瑾当年所住的房间。西间为会客室，窗明几净，整洁雅致。室正中悬“和畅堂”匾额，两面墙上挂着八幅题词。她曾在这里同革命党人共商革命大计；东间为餐室，据说当年被清兵包围大通学堂，情势万分危急之刻，秋瑾正在吃饭。她获此消息后，毅然雇了只乌篷小船，沿护城河，赶赴大通学堂，这是何等可钦可敬的英勇和无畏。东头的那间耳房，是秋瑾卧室。室内有一尊真人大小的秋瑾读书蜡像，是根据她的身材和照片合成的。靠东墙一桌两椅，上方悬着有秋瑾着男装的小照，飒爽英姿，风采耀人。卧室的后墙为夹墙，是秋瑾收藏文件和武器弹药的地方，十分隐蔽。据说绍兴知府贵福带人抄家，几次都没有发现。此时卧室里，则仿佛传出慷慨的吟诗声：

> 一度相逢一度思，最多情处最情痴。
> 孤山林下三千树，耐得寒霜是此枝。

穿过堂屋，经过一个种有蔷薇、香橼树等花木的小明堂，我来到了三间洁净的平房，这就是秋瑾母亲、哥哥居室及“秋瑾事迹陈列室”，最后是花园，秋瑾就是在这里度过了她的少女时代。我怀着崇敬的心情，仔细观看了烈士生前所写的大量的诗、文、演说稿及书信等文书手迹，全部是毛笔书写，字迹隽秀、挺拔有力。从她所遗留下的许多著作，包括120多首诗、38首词来看，秋瑾不但是勇敢的革命者，而且是很有才华的演说家和宣传鼓动家。据记载：“每大集会……必抠衣登坛，多所陈说，其词淋漓悲壮，荡人心魄，与闻之者，鲜不感动愧赧而继之以泣也。”

秋瑾善诗。她的诗，雄阔豪迈，凛冽峭厉，具剑气，藏酒烈：“体言女子非英物，夜夜龙泉壁上鸣。”秋瑾善剑。她的剑蛇青色、绿龟鳞，“盘旋起舞，光耀一室”。秋瑾善饮。“不惜千金买宝刀，貂裘换酒也堪豪。一腔热血勤珍重，洒去犹能化碧涛。”酒性张扬着盖世的豪迈，刀光剑影中，有天马行空般的诗情。有人说，秋瑾有三魂——诗魂、酒魂、剑魂。诗魂成就了秋瑾的才气，酒魂成就了秋瑾的胆气，剑魂成就了秋瑾的豪气。

从秋瑾故居返回，我心中想，她家有五间房屋，还有私人花园，应属较为富裕的家庭，如果她不从事革命活动，凭她深厚的文学功底，有可能成为一名作家、诗人、散文家和书法家，过着安逸无忧的生活，可她选择了不一样的人生道路，用短暂的人生抒写了一部奇女子的革命传略。

共产国际女领导人卢森堡说过：“当大街上只剩下最后一个革命者，这个革命者必然是女性。”果然如此，大通学堂剩下的最后一个革命者，就是女儿身的秋瑾。她的女侠风范，惊天地、泣鬼神的人格魅力，在穿越了岁月风雨、时代变迁之后，至今越发鲜活生动、光彩熠熠。

（三）

秋瑾，本名闺瑾，号旦吾，乳名玉姑，东渡日本后，去掉了柔弱的“闺”字，称秋瑾，字竞雄，号鉴湖女侠。原籍浙江山阴（今绍兴）人，1875年11月15日，她诞生于福建厦门，中国女权和女学思想倡导者，近代民主革命志士，中国近代资产阶级革命家。她从小崇拜岳飞、文天祥、花木兰、秦良玉等民族英雄和女中豪杰，藐视封建礼法，倡导男女平等，留下了许多充满强烈爱国思想和饱满革命热情的诗篇。我在参观秋瑾卧室时，若不是有人指引，根本察觉不出这里有“密室”。这是秋瑾平时藏武器之处，足见革命者的智慧和统治者的愚蠢。秋瑾精于研究军事，酷爱武装，善于骑马、舞剑，她的诗文中也有不少是吟诵宝马宝剑的。

敬爱的周总理对秋瑾的一生，给予了很高的评价，他曾说：秋瑾是个新的女性。她敢于仗剑而起，和黑暗势力战斗，真不愧为一个先驱者。1939年3月，他巡视浙江，在绍兴写下了“勿忘鉴湖女侠之遗风，望为我越东儿女争光”的题词，号召国人向秋瑾学习。国家名誉主席宋庆龄于1978年8月的题词：“秋瑾工诗文，有‘秋风秋雨愁煞人’名句，能骑马携枪，曾东渡日本，志在革命，千秋万代侠名。”此外，还有大文豪郭沫若先生在1958年为《秋瑾史迹》一书所写的序文中说：“秋瑾烈士是中华民族觉醒初期的一位前驱人物。她是一位先觉者，并把自己的生命奉献给了反封建主义和争取民族解放的崇高事业。她在生前和死后都起了很大的推动作用。”

清政府杀害秋瑾，实在是干了一件大蠢事，如火上泼油，使革命的火苗愈益炽旺。史学家范文澜在《女革命家秋瑾》一文中说：“不知道秋瑾的人因此知道了秋瑾，不懂得革命的人因此受到了革命的教育。”辛亥革命后，那争相传颂的文艺作品《轩亭秋》《碧血碑》《六月霜》《秋海棠》《苍鹰击》等醒世名篇，即为明证。涉及秋瑾的小说，当推鲁迅先生。其小说《药》中对革命者夏瑜血的漫笔。勾践的故国，大禹的家乡，用人血和馒头合成的“药”，居然被刽子手卖出了好价钱，心底的惊悚和郁闷挥之不去。原来，夏瑜就是那个吟哦“拼将十万头颅血，须把乾坤挽回”的“秋瑾”的化身。在那个翻天覆地的变革时代，风云际会，英雄辈出，秋瑾称得上是中国近代史上的女英烈、一个顶天立地的奇女子。柳亚子先生有诗为证：“已拼侠骨成孤注，赢得英名震四方”（《吊鉴湖秋女士》）。

孙中山先生对秋瑾给予高度评价，称她是“最好的同志秋女侠”，并为她题词“鉴湖女侠千古巾帼英雄”。

五十年后，史学家范文澜在《中国妇女》杂志发表回忆文章，题曰“女革命家秋瑾”，将她称为“中国历史上妇女的伟大代表人物”“用纯洁的血为中国妇女画出了一条鲜明的路线……”

这些赞辞和美誉，秋瑾受之无愧。她的事迹，流传千秋。她的名字，芬芳万年。

秋瑾眼中即将“陆沉”的祖国，已在千千万万的革命志士前赴后继的斗争中，屹立于世界的东方，亿万群众正在中国共产党领导下，大展宏图。巾帼英烈九泉有知，也当一扫愁云，雀跃于壮志将酬。

如今，和畅堂已惠风和畅，风雨亭早已没有了凄风苦雨。和畅堂外，车水马龙，灯火阑珊，不敢相信这就是秋瑾当年居住、工作的地方。物是人非，时事两异，她的住地已是一片人间繁华，找不出“昨夜风风雨雨秋，秋霜秋露尽含愁”的鸿泥飞爪。但每当夜幕降临，我踽踽独行在古城时，似总能听见秋瑾那铿锵的声音，穿行在刀光剑影中，回旋于古城上空，经久不散。此时，从轩亭口到府山，再从府山绕道鉴湖，已是万家灯火。我相信，鉴湖女侠的那种“只身东海挟春雷，装愿尔换吴钩”的豪迈侠风，将流芳千古，必将激励一代又一代的后之来者。

伟哉秋瑾，巾帼英豪！继承遗志，吾辈不忘！

1990 年 11 月 1 日草就，2011 年 3 月 21 日改定

中共特科秘密党员杨度

杨度在有人说他加入中国共产党是投机时，理直气壮地反驳说："我是在白色恐怖时期，在革命处于低潮时期，在革命者处于非常险恶的时候入党的。这时候会投什么机？若说我投机，我投的是亡命之机，杀头之机！"

是的，杨度是在1929年秋在上海参加中国共产党的。那时，白色恐怖笼罩着上海，共产党人随时有被捕杀头的危险。杨度能在这种险恶的条件下入党，说明了他对共产党的坚强信念和为党的事业随时准备牺牲一切的崇高思想。

（一）

杨度，原名瓒，字皙子，后改名度，别号虎公、虎禅，湖南湘潭姜畲石塘人。1874年（同治十三年）12月8日，出生在一个贫寒农家。他六岁丧父，后由伯父杨瑞生照顾他和妹妹及母亲生活。其间，伯父为杨度兄妹提供了接受教育的机会。他是国学大师王闿运的学生，深受其"帝王之学"的影响，曾沿着科举的道路，中过秀才，中过举人，做过清廷的四品京堂。后来他主编《中华新报》，主张君主立宪。辛亥革命前后，他依附袁世凯，并与汪精卫组织国事共济会。1915年，他联络孙毓筠、严复、刘师培、胡瑛、李燮和等组织筹安会，为复辟帝制而积极策划。这经历，不能说不复杂了。正因为这样，他对中国革命和中国共产党的认识，也不能不说有一个曲折而复杂的过程。

杨度毕竟是一个爱国的知识分子，开始是受"帝王之学"的束缚而走上歧路，后来在革命先驱者的指引下而找到真理的。他在清廷腐败，民族危难的年代，也有满腔救国的热忱，但他长期找不到救国的正确途径。他曾认为“君主立宪”是最好的救国之道，并把实现“君主立宪”寄托在袁世凯身上。袁世凯死了，他的救国方案也随之而彻底破产了。五四运动的号角，吹动了杨度那颗忧国忧民的心，使他心中重新燃起了救国救民之火。中国共产党的成立和马克思主义的广泛传播，使杨度从“帝王之学”的迷雾中逐渐醒悟，开始了新的探索和追求。

杨度于 1922 年到了上海，找到了孙中山。十七年前，孙中山邀他参加同盟会，被他拒绝了。这次会见，他首先表示歉意，并讲述了这段经历，说明杨度正在兑现其在日本与孙中山相约的诺言。作为政治家，他是“言必信、行必果、诺必诚”的“为革命奔走，以赎前愆”。

孙中山对杨度是了解的，对他的到来十分高兴，还电告全党，称杨度这段经历，“此次来归，志坚金石，幸勿以往见疑”。

此时，适值李大钊来此与孙中山讨论“振兴国民党以振兴中国”的问题，正在中山先生书房等候。孙中山把杨度领到书房，杨度第一次见到了李大钊。

杨度早就慕名李大钊是五四运动的领导者之一，也是中国共产党的创始人之一。他读过李大钊写的《布尔什维主义的胜利》《我的马克思主义观》等一系列宣扬十月革命和马克思主义的文章。第一次见面，两人便亲切交谈了起来。就这样，他和李大钊取得了联系。后来，他们之间还建立了真挚的友谊。杨度在李大钊的影响和帮助下，总结了自己的经验教训，开始了他一生中的思想转变。一次，他对李大钊说：“守常先生，这不说你也知道。所以，我决定跟你们走。”

“是我们共同前进。”李大钊笑着说，“不错，共产党反帝、反军阀、反封建最坚决，也有实现未来的远大目标，这是共产党比其他任何政党的伟大之处。同时也别忘记，共产党是和一切黑暗现象斗争才能存在的，既要和反动势力斗争，又要和内部的不良倾向作斗争啊！”

“哦，我懂了，什么事不能一蹴而就，要分阶段是不是？”

李大钊笑着点点头，亲切地对杨度说：“你在政府上层中熟人很多，是否可以恢复和他们的社交往来，那样多了解一些政情内幕，对我们的工作会有帮助，不知尊意如何？”

“行！”杨度深深地点了一下头。

国共两党合作时期，杨度来到上海，见到了孙中山，要求加入国民党。孙中山为了使他能够取得人民的谅解，要他对筹安会问题作出公开检讨，他一时却没有这个勇气。但是，在同北洋军阀的斗争中，在反对帝国主义侵略的爱国运动中，他同以个人身份参加国民党的共产党李大钊等建立了亲密的友谊，从而使他前进的步伐大大加快。他曾对他的湖南老乡、至交夏寿田说：“时代不同了，君宪救国论已经是废话……现在是改持革命救国论的时候了。”这也就是杨度从绝境中重新追求所得出的正确结论。

从此，杨度便开始向革命道路迈进，积极地为革命工作。尽管环境恶劣，斗争复杂，但因看清了前进的方向，年过半百的杨度，焕发出昂扬的斗志。1926 年冬，他在一首七律中，就抒发了暮年的豪情，展示了自己的抱负：

茶铛药臼伴孤身，世变苍茫白发新。
市井有谁知国士，江湖容汝作诗人。
胸中兵甲连霄斗，眼底干戈接塞尘。
尚拟一麾筹建笔，书生襟抱本无垠。

在革命斗争中，共产党人坚持真理，为中国人民的解放事业勇于献身的一举一动，都深深教育了杨度，他对共产党人表示了极大的尊敬。

（二）

杨度思想的变化，发生在李大钊牺牲之后。

李大钊对杨度影响很大，让他开始接触马克思主义。1927 年 4 月 4 日，杨度去北京太平湖饭店，参加熊希龄女儿婚礼。在婚宴上，从在外交部工作的汪大燮口中探得一个紧急消息，张作霖要向共产党开刀！他便中途退席，立即通报消息，设法营救。他开始把自己和无产阶级的事业联系在一起了。

李大钊被捕后，杨度四处活动，竭力周旋，设法营救。杨度决定变卖北京的“悦庐”公馆，所得4500银圆，全部交给党组织，作为营救李大钊之费用。杨度的妻子也卖掉了部分首饰。在杨度的奔走呼号下，很多社会名流与进步人士都参与了营救。这就说明，杨度与李大钊不是一般的朋友关系。他之所以全力以赴地营救李大钊，一是钦佩李的为人，觉得人才难得。二是从思想感情上对李大钊的认同。所以，可以说此时的杨度，已经将李大钊引以为同志了。

1927年4月28日，穿着灰布旧棉袍的李大钊昂首走向刑场，天空被映成血红色。李大钊等20名革命同志，被张作霖施以绞刑杀害，时年38岁。李大钊在刑场上慷慨陈词：“绞吧，你们这帮丑类！动手吧，你们这些热锅里的游鱼！不能因为你们绞死了我，就绞死了伟大的共产主义！我们深信，共产主义在中国，必然要得到光荣的胜利！”

李大钊的牺牲，令杨度悲痛不已，几天几夜没有睡着觉。杨度为他坚持真理、视死如归、为革命献身的伟大精神所感动。为周济罹难者的遗族，杨度八方张罗，花光了自己的积蓄。革命先烈淋漓的鲜血，再次唤醒了杨度那颗救国救民的赤诚之心，杨度的思想逐渐发生了转变。共产党人坚贞不渝的信仰、视死如归的英雄气概，深深地感染了杨度，重新唤醒了杨度身上的豪侠情结。他以能与李大钊结为挚友为幸事，卖掉北京家里的值钱首饰，变卖了在青岛的房产，将所得钱项全都用来救济死难者家属，留下了“毁家纾难”的佳话，也激发了他加入中国共产党的信念，迎来了人生最重大的改变。

1928年初，杨度将母亲、妻子遗居长沙、苏州，自己只身迁居上海，以卖字和撰写碑文及墓志铭为主。他的字写得很好，汉隶魏碑、行草篆楷，大字小字，无不俱精。因文才出众，故慕名前来求字者络绎不绝，墨宝润格不菲，请其代书寿诞文或撰写墓志铭的酬金也极为丰厚。一个字少则数元，多则数十元，但求字者依然络绎不绝，书房里一直宾客盈门。他把所得酬金，一文不留，悉数捐出，用来抚养中共烈士子女和秘密革命者子女。杨度为党的事业不惮劬劳，慷慨解囊的行为被共产上海地下党组织所敬重。

（三）

历史并未忘记杨度这位香贻暮年的中共秘密党员。此前，他一直被绑在帝制魁首的历史耻辱柱上。

杨度的中共党员身份之揭晓，源于1978年7月30日，《人民日报》上发表的一篇文章《难忘的记忆》，作者是时任国家文物局局长的王冶秋。

杨度的后人说，杨度至死都未向人透露自己的党员身份，包括他的家人。甚至在他死后很多年，杨度的子女只知道他和共产党有联系，有往来，真正确认他的党员身份，也是在1978年之后。杨度的女儿杨云慧回忆说："有一次谈到国家大事时，父亲颇有感触地说：'要想救中国，我看只有共产党能做到。'这是我第一次听到父亲说这样的话。"

杨云慧感叹地说："父亲的一生，为了爱国救民，走了不少坎坷的道路，挨过不少讥讽嘲骂，跌倒了又爬起来，最后终于找到了真理，确认马克思主义是挽救中国的唯一指针。从此，父亲就放弃了一切旧观念，毁家纾难，不畏风险，不怕牺牲。"

在中国近代的政治舞台上，杨度度过了大半生，也走过一段很长的弯路。但是，他有一颗赤诚的爱国之心，怀着满腔迫切的救国之愿，经过尖锐的斗争和痛苦的磨炼之后，终于冲出了封建主义的桎梏，挣脱了资本主义的樊篱，从保皇党蜕变成为一个坚定的共产主义者。

如今，在上海的宋庆龄陵园，我看到了杨度的墓地。杨度墓是在1986年修建的。站在镌刻有"杨度同志"的石碑前，能够站很久很久，时间浩荡而过，历史如此真切。

2021年5月23日于真如明丰小区

方志敏与上海

我到南昌城郊的梅岭，无限崇敬地瞻仰庄严肃穆的方志敏烈士墓。墓碑正中镌刻着毛泽东题词“方志敏烈士之墓”。

而真正了解到方志敏的“有勇气、有志气而且是很有才华”，是在读了他的著作及有关他的传记，我又来到了横峰参观方志敏烈士纪念馆之后。

记得，我少年时在课本中学过《可爱的中国》:“假如我还能生存，那我生存一天就要为中国呼喊一天；假如我不能生存——死了，我流血的地方，或者我瘗骨的地方，或许会长出一朵可爱的花来，这朵花你们就看作是我的精诚的寄托吧！”多么赤诚的心灵，多么坚定的意志，多么崇高的品格，我为方志敏“是共产党人”感到骄傲。

汽车向横峰疾驶。在车上，我想到的是，中共第六届中央委员，被毛泽东称之为创建“方志敏式根据地”的方志敏的一生短暂而又辉煌，但他曾三次到过上海。上海，在方志敏的革命经历中，有着重大的影响和重要的作用。

（一）

1922 年 6 月，方志敏第一次来到上海。方志敏初来乍到，人生地疏。他先后曾在江西会馆和赣籍同学处搭宿。方志敏在沪期间，多数时日与贵溪籍同学罗漫在一起，挤在法租界贝谛鏖路（今成都南路）巨鹿里一个小亭子间里。他想一边求学一边找事做。可那个时候，灯红酒绿，十里洋场的上海，是个冒险家的乐园，哪有穷人的插足之地啊！上海工厂虽多，人海茫茫，要找事做，谈何容易啊！方志敏尽管日夜奔走，跑了好几处，依然毫无头绪，但他还是努力地寻找着……

方志敏是江西省弋阳县漆工镇人，1899 年出生在一个贫苦的农家。他七岁上私塾，从小就放牛、捡粪、背柴，养成了刻苦耐劳的习惯。童年的方志敏，看到农村的社会黑暗和不平现象，思想上产生了怀疑和不满。1919 年秋初，他考进了江西省第一甲等工业学校。这时，五四爱国运动的风暴席卷江西，方志敏积极地投入了斗争。他带头“查禁日货”，深入大街小巷，和奸商作英勇机智的斗争，宣传爱国思想。在他们的爱国热忱鼓舞下，南昌市的店员和搬运工人也投入了运动。查禁日货的斗争，便广泛深入地开展起来了。方志敏在这场斗争中，显示了他的组织才能和敢做敢为的气魄，赢得了许多爱国学生和进步青年的敬佩。

这时，马克思主义在中国广为传播，方志敏受到《新青年》等进步书刊的启发，开始阅读马克思主义的著作，并注意俄国十月社会主义革命的情况。当时，这类书籍很少，有的还是外文版的。他为了直接从外文原著中吸收外国先进的政治思想、科学文化，而努力学习外语。他目睹可爱的祖国遭受帝国主义凌辱，而常常独自深思，寻找答案，寻求光明。1921 年春，方志敏在南昌参加了“江西改造社”，经常在该社主办的《新江西》上发表作品，揭露社会的黑暗，唤起民众，与一批志同道合的青年学生一起，决心“使黑暗的旧江西变成光明的新江西”。

1921 年 7 月，伟大的中国共产党在上海成立了。就在这一年，方志敏进了九江南伟烈大学（即同文书院），这是一所教会学校。在校中，他借到了英文版的《资本论》和《共产党宣言》，就如饥似渴地钻研起来。这两部伟大著作，给他指明了革命的方向，也打下了扎实的马克思主义理论基础。放寒假的时候，方志敏把书带回了家。每天天一亮，他就跑到村边的树林里，锻炼了一会儿身体后，便坐在林边的小桥石墩子上，翻开《共产党宣言》，读了起来。起早打柴和下田的乡亲们路过这里，看到方志敏全神贯注地念书，“叽叽咕咕”的，听不明白他念的是什么。

有个乡亲问他：“志敏呀，你念的是什么天书呀？”

方志敏笑了笑，说：“这书呀，不平常，里边讲的都是替穷苦人找出路的事。”

一天夜晚，一群穷苦农民聚集在山脚下一所农舍里，听方志敏讲革命道理。方志敏越说越激昂：“这本书上最后一句话是这样的‘全世界无产者，联合起来！’因为只有联合起来，才有力量。”说到这里，顺手从屋角拾起一把稻草，先抽出一根，轻轻一拉就断了。接着把一整把稻草放在自己膝盖上，用手使劲搓了几下，搓成一根草绳。他接着说：“你们看，一根稻草，一拉就断；把许多根稻草搓成了草绳，就很结实，就是使很大劲也不容易拉断。这本书上的最后一句话，讲的就是这个道理。”

乡亲们听了不住地点着头。多少年结在心头上的疙瘩，经方志敏一说，全解开了。几个农民争先说道：“志敏呀，你说的可不假，这本本上的话，句句贴心。”

“书里讲的那个共产主义，我们一定要实现。我们穷苦人一定要伸直腰，不作奴隶作主人！”

方志敏认真听着，他要把乡亲们说的都记在心上。他从那一张张饱受苦难的脸上，看到了革命的激情，看到了摧毁旧世界的力量。然而，怎样组织他们起来战斗呢？他多么渴望能找到救星中国共产党啊！

方志敏也是饱读诗书之士。寒假过去了，方志敏回到学校后，便团结了几个同学，成立了读书会，除学习和钻研《共产党宣言》《资本论入门》和《共产主义 ABC》等著作外，他特别钟情于上海的《民国日报》副刊和青年团中央机关主办的《先驱》杂志。并通过读书会，开展革命工作。不久，这个读书会便成了研究马克思列宁主义的小组了。

方志敏就读的九江南伟烈学校是美国教会开办的学校，校方对学生的思想禁锢很严。方志敏等革命青年早被反动当局和校方视为难以管束的”不安分”学生，欲将其除名。1922 年 7 月初，方志敏未等校方除名便张榜自动退学了。方志敏在给同学的信中写道：“读书不成，只因家贫”“我也不愿再读那些毫无意义的书，我要实际的去做革命工作了”。从此，方志敏离开九江只身漂泊上海，走上了职业革命家的道路。

（二）

在上海租界，方志敏看到了比江西内地更加浓厚、更加鲜明的殖民地色彩：高傲的洋人手杖，在黄包车夫和苦力身上飞舞；喝得烂醉的水兵，沿街寻人殴打；巡捕手上的哭丧棒，不时在那不幸的华人身上乱揍……他紧握拳头沉思：这是什么世道！在中国土地上的公园，中国人不能进去，帝国主义却可以横行霸道。一个有血性的青年，难道能容忍这种现状继续下去吗？！不，绝不能！我应当挺身而出，为中华同族的解放事业而斗争。我要找共产党！

方志敏在沪时，他由罗漫陪同来到《民国日报》报馆拜会邵力子。邵力子对方志敏的来访感到由衷的高兴。因方志敏曾在该报的“觉悟”副刊上发表过小说《捉贼》，白话诗《哭声》和《呕血》。当了解方志敏临时挤在同学亭子间栖身时，便热情地说：“一个大学生想在上海谋个小学教员的位置都很难，我看你暂留在我们报馆打杂吧！”方志敏十分激动地表示感谢。承蒙邵力子的器重和热情，方志敏一度落脚《民国日报》报馆。他与罗漫晚上在报馆做校对，白天到学校旁听。邵力子的家住在离报馆不远的南洋桥三益里，邵力子曾挽留方志敏在家中小住数日，让方志敏与其在复旦大学就读的儿子同室。

这一时期，方志敏在《民国日报》上发表纪实性小说《谋事》。小说与鲁迅、郁达夫、叶圣陶等著名作家的作品，一起入选上海小说研究所编印的《小说年鉴》。他又找到了《先驱》编辑部。《先驱》是当时中国社会主义青年团的机关报。在那里，方志敏见到了恽代英、张太雷等著名共产党人，得到了他们的鼓励和帮助。他还在先驱报社遇到了赣籍青年赵醒侬。赵醒侬，1899 年生于南丰县一个贫苦家庭，仅十四五岁就只身漂泊到汉口、长沙等地商号当学徒。1918 年又流浪到上海，在一家小店里当伙计。“五四”运动爆发后，赵醒侬积极参加工人运动。1921 年他加入了中国社会主义青年团。同年，转为中国共产党。在生活极不安定的条件下，赵醒侬刻苦学习革命理论的精神，以及沉着、果断、坚毅的性格，对待朋友谦逊、和蔼的态度，给方志敏留下了深刻的印象。他们志趣相投，结为知己。

出众的文学艺术才华，加上理想主义精神、浪漫主义气质，使方志敏气度超群卓尔不凡。他 30 来岁就担任国民政府江西省委委员兼农业部部长，正可谓青年才俊“前途无量”。然而，为了信仰——共产主义信仰，方志敏毅然决然踏上“革命”这条九死一生的道路。1922 年 8 月，经赵醒侬的介绍，方志敏加入了中国社会主义青年团，与团的负责人俞秀松建立了工作关系。也正是在上海，方志敏开始了新的征程。

方志敏根据组织决定，离沪返回江西开展革命活动。他在南昌秘密建立了社会主义青年团的团小组，出版了两种秘密刊物。他还组织了两个公开的革命团体，开办了一家以灌输新文化为宗旨，以传播马克思列宁主义为目的的文化书社。书社的规模虽不大，但书架上陈列出售的国内外新版的文学、艺术、哲学、历史等各方面的书籍和报纸杂志，为数也很可观。一些为普通书店所尚未经销和不敢经销的《共产党宣言》《资本论入门》《唯物论浅说》《共产主义 ABC》以及《解放与改造》《向导》《先驱》等革命书刊，在这里都有出售。不过，其中有些书刊是不公开陈列的，放在后厅秘密销售。这个书店，不仅成为推销革命书刊，传播马克思列宁主义，推动新文化的团体，也是物色、培养积极分子，掩护革命活动的秘密机关。由于方志敏和赵醒侬等同志的领导和大家的努力，南昌的革命运动轰轰烈烈地开展起来了。

1924 年 1 月上旬，方志敏与赵醒侬一起取道上海赴广州参加国民党第一次全国代表大会，第二次到上海。因肺结核病复发，他滞留上海就医，一直到 3 月中旬。在此期间，他结识了陈独秀、瞿秋白及向警予等著名中共领导人。从广州返沪的同行者那里了解了国民党一大的情况，参加了追悼列宁逝世的万人追悼会，并积极推荐进步青年报考黄埔军校。在党的领导下，在革命的急风暴雨中，方志敏刻苦学习马列主义，思想觉悟不断提高，入党的要求更加迫切了。1924 年 3 月，方志敏在南昌正式加入了中国共产党，实现了从爱国主义者到一个共产主义者的转变。

那是一个难忘的时刻，方志敏只觉得浑身的血液沸腾，一颗红心在激烈的跳动。党啊！是你在黑暗的旧中国燃起了红彤彤的火把，照亮了中国解放的征程，敲响了旧中国灭亡的丧钟！此时此刻，方志敏完全沉浸在对党的诚挚感情之中。他凝望着鲜红的党旗，回想起过去的生活和战斗的道路，展望着往后更加艰巨的任务和远大崇高的共产主义目标，心头更加激动。他紧紧地握住介绍他入党的赵醒侬的手说："共产党这是一个极尊贵的名词，我加入了共产党，做了共产党员，我是如何地引以为荣啊，从此，我的一切，直至我的生命都交给党了！"

1926 年 5 月上旬，方志敏赴粤参加广东第二次农民代表大会，返程途经上海，这是他第三次到了上海。但又因肺病吐血，进上海医院治病，历时两个月。

上海是中国共产党的诞生地、工人运动的发祥地，以及我党历史上许多重大活动和重大事件的发生地，在中国现代史上有着特殊地位，许多革命志士仁人在此接受革命的洗礼，重塑身心，开始新的征程，方志敏就是其中一个典型。

（三）

方志敏回到江西后，创办"文化书社"，创建"马克思学说研究会"，出版《青年声》周报和《寸铁》旬刊。身为党政军领导人的他，还曾亲自编写话剧《年关斗争》并登台演出。

赣东北，地处闽浙皖赣四省要冲的江西横峰县，是著名革命老区。在那如火如荼的岁月里，方志敏在此叱咤风云，率领民众以两条半枪起家，发动弋（阳）横（峰）暴动，领导建立江西红军独立第一团、中国工农红军第十军，创建全国六大革命根据地之一的闽浙皖赣革命根据地。走过的艰难历程，展现了他的理想和追求，情怀和担当。他长期担任赣东北（闽浙赣）省苏维埃主席，为根据地建设殚精竭虑，把那里建成"苏维埃模范省"。其间，有多少方志敏的奉献和新的创造！

当年，横峰六万人口就有两万儿女参军参战，有名有姓的烈士逾六千，家家户户都有为国捐躯的革命先烈，横峰为中国革命的胜利作出了重大牺牲和突出贡献。闽浙皖赣革命根据地，被毛泽东誉为"方志敏式的根据地""我们光荣的模范苏区"。沿着崎岖蜿蜒的山路，我来到横峰葛源，踏着革命先驱的足迹，走进闽浙皖赣革命根据地旧址群——闽浙皖赣苏维埃政府旧址、中共闽浙皖赣省委机关旧址、闽浙皖赣省军区司令部旧址和红军操场司令台遗址的综合体，也就是方志敏理想的红色王国。而今，保存完好的闽浙皖赣革命根据地红色旧址群被列为“全国爱国主义教育基地”，系国家级重点文物保护单位。

1934 年 7 月，为宣传中国共产党的抗日主张，推动全民族抗日救亡运动，策应中央主力红军战略大转移，病痛在身的方志敏临危受命，出任红十军团军政委员会主席，领导中国工农红军北上抗日先遣队的行动，去开辟新苏区并迫使国民党变更战略部署。这是“小马拉大车”的极其困难的军事行动，但方志敏誓言“党要我们做什么事，虽死不辞”。北上途中，方志敏部遭国民党军重兵围追堵截。历时半年多、行程五千余里、在冰天雪地里浴血奋战 20 多天后，他的队伍弹尽粮绝。本来已经突围的他，认为“在责任上我不能先走”，非要亲自接应后续部队，仅仅率领着十几名警卫人员，又返回敌军的重重包围圈。

这个至情至性的硬汉子，这个舍生取义的大丈夫，1935 年 1 月，在经过连番血战后，终因寡不敌众，方志敏在浙皖赣交界的陇首村不幸被俘。国民党士兵从他身上只搜到一只怀表和一支钢笔。敌人怎么也不肯相信，这个闽浙皖赣苏维埃政府主席兼财政部长，全部财产只有两套旧褂裤和几双线袜。

撼山易，撼英雄难。在狱中，方志敏严词拒绝敌人高官厚禄的诱惑，宁死不屈。他声明：“我愿牺牲一切，贡献于苏维埃和革命。”他英勇就义。很多人目睹了他就义前的情形：举止汪洋，巍然刚毅，视死如归。

对于上海，方志敏一直心向往之，即使是形格势禁，同上海有着空间阻隔，也不能改变他对上海的牵挂与眷恋。正因为这样，1935 年 2 月起，在身陷囹圄的六个多月中，方志敏开始了一场与敌人之间的新的战斗。他以惊人的毅力和顽强的意志，克服种种困难和疾病折磨，他把手中的笔作战斗武器，用文字“为垂危的中国呼喊”，将自己一生清贫岁月、工作得失、坚定信仰以及对美好未来的企盼，凝结成了《我从事革命斗争的略述》《可爱的中国》《我们临死以前的话》《清贫》《狱中纪实》等十多篇、13 多万字的文稿。这些狱中文稿，见证了一名共产党员对信仰的忠诚和舍生取义的品质，是方志敏对党、对祖国、对人民深切的爱所化成的不朽篇章，闪烁着伟大的建党精神。他以生命的纯真留下的狱中散文，垂范中国文学史。

方志敏牺牲时年仅 36 岁，正值青春年华。看过他照片的人，相信都会留下深刻印象：站姿挺拔，眼神沉静坚定地直视前方，胸有激雷而面如平湖。这是一个因为心怀信仰而无所畏惧的人，虽身陷囹圄，依然器宇轩昂，继续为国家与人民的命运鼓与呼。他顽强不屈的意志与品格、他对伟大革命事业的忠贞与奉献，感化了身边的狱友、狱卒乃至前来劝降的人。

这中间就有原国民党江西省高等法院院长胡逸民。经过接触，胡逸民认识到方志敏是个了不起的共产党人。他从方志敏身上看到革命者的铮铮铁骨，看到中国的希望，便将自己的劝降任务坦率相告，与方志敏交上了朋友，并且为方志敏的狱中写作作掩护。方志敏就义前几天，胡逸民收下了方志敏当面托付的一摞文稿。在这些从监狱中带出的文稿中有一封信，字数虽不多，却在信中嘱托收信人将《可爱的中国》等文稿带出监狱，是一封《可爱的中国》的姊妹信，具有重要的历史、革命价值。因此信是方志敏在狱中的最后一封信，遂后人将其定名《遗信》。内容节选如下：

> 为防备敌人突然提我出去枪毙，故我将你的介绍信写好了。是写给我党的中央，内容是说明我在狱中所做的事，所写的文稿，与你的关系，你的过去和现在同情革命帮助革命的事实，由你答应交稿与中央，请中央派人来与你接洽等情，写了三张信纸，在右角上点一点作记号。另一信给孙夫人，在右角上下都点了一点，一信给鲁迅先生，在右角点了两点。请记着记号。
>
> 请你记住你对我的诺言，无论如何，你要将我的文稿送去。万不能听人打破嘴而毁约！我知你是有决断的人，但你的周围的人，太不好了，尽是一些黑暗朋友！只要你向光明路上前进一步，他们就百方要把你拖转去两步！他们不要你做人，而要你当狗！就是你的夫人，现在也表示缺乏勇气，当然她还算是她们之群中一个难得

的佼佼者。大丈夫做事，应有最大的决心，见义勇为，见危不惧，要引导人走上光明之路，不要被人拖入黑暗之潭！……

通过研究，可以确定《遗信》的收信人是国民党元老胡逸民，《可爱的中国》递送者也是胡逸民。因胡逸民曾同情革命，所以方志敏才信任胡逸民，并让他送信。《遗信》写于1935年6月底至7月初，如果说《遗信》有写作目的，那一定是叮嘱胡逸民将《可爱的中国》带出监狱，因为那承载着一位即将离世的共产党员对祖国母亲满腔的热爱。

胡逸民冒险将文稿秘密带出后，又藏在家里的床板背面，后找到上海的全国救国联合会，又几经辗转，一直将文稿保存在上海。

除了胡逸民，被方志敏顽强斗志和坚定信仰感召的还有看守所的文书高家骏（又名高易鹏）。1935年7月，高家骏将方志敏部分文稿从狱中带出，交由他在杭州做小学教员的女友程全昭转送到上海。这些不同身份的人冒着生命危险保存手稿、传递消息，不仅仅因为个人交谊，更是出于对方志敏高尚气节和理想信念的敬重。

方志敏在文稿前，还分别给宋庆龄、鲁迅、邹韬奋、李公朴写信，吁请在上海的社会名流将狱中文稿与写给党中央的信件转呈党组织。上海没有让英雄失望，方志敏的思想火种由此得以保存。这是方志敏高超斗争智慧的胜利，也是上海的传奇，这其中凝结着方志敏浓浓的上海情结。

“不怕牺牲、英勇斗争”是伟大建党精神的内在要求，是践行党的初心使命必须具备的精神和气概。狱中文稿生动而具体地展现了以方志敏为代表的共产党人，在革命时期出生入死、赴汤蹈火的壮丽画卷，是一曲共产党人为了革命事业不怕牺牲、英勇斗争的正气歌。其实，狱中文稿本身，就是党史上一个不怕牺牲、英勇斗争的样板。从狱中文稿中，我们仿佛看到这样的方志敏：脚戴镣铐，身缠疾病，时刻面对着严密监视和死亡威胁。他写下：“何时枪毙——明天或后天，上午或下午，全不知道，也不必去管。”慷慨赴死易，从容就义难，方志敏在生死关头泰然自若地谋篇布局、从容不迫地奋力写作。这般定力，这种境界，震古烁今。这种精神力量，源于他对共产主义的坚定信仰。他在《可爱的中国》中写道，希望在他流血牺牲的地方长出一朵可爱的花来，作为他对革命胜利和民族解放的精诚寄托。我想只有将党的事业、革命事业看得至高至圣，人格至纯至真的人，才能将死亡写得如此之美。方志敏的狱中遗稿，叶剑英含泪读罢，感慨良多，挥毫泼墨，赋诗一首：

血染东南半壁江，忍将奇迹作奇功。
文山去后南朝月，又照秦淮一叶枫。

方志敏的《可爱的中国》《清贫》两部文稿，在抗日时期就曾以《方志敏自传》为题在上海印行。1951 年，上海出版公司将方志敏的狱中遗著手稿影印出版，书名为《可爱的中国》，这是中华人民共和国成立后出版的方志敏遗著的第一个版本，上海在保存与传播方志敏遗稿方面作出重要贡献。同时，方志敏的光辉事迹、崇高精神与不朽文字也丰富了上海的红色文化。

而他的不朽之作《清贫》，我每读一遍都会为之动容："我从事革命斗争，已经十余年了。在这长期的奋斗中，我一向是过着朴素的生活，从没有奢侈过。经手的款项，总是数百万元。但为革命而筹集的金钱，是一点一滴的用之于革命事业。""清贫，洁白朴素的生活，正是我们革命者能够战胜许多困难的地方！"

掩卷沉思，追昔抚今。清贫不仅是一种生活方式，更是一种至臻的精神境界。它的丰富内涵，就体现在"坚守信念、无私奉献、清正廉洁"这 12 个字上。《清贫》昭示着中国共产党人的初心，不仅要始终葆有"出淤泥而不染，濯清涟而不妖"的纯洁思想，保持"不以物喜，不以己悲"的淡泊心态，更要坚守"骑不必骐骥，求其善走；浴不必江河，求其洁身"的朴素作风和奉献精神，堂堂正正做人，干干净净做事。

在建党精神的启发下，我们再次走进方志敏的内心世界。历史渐行渐远，他的身影却愈加伟岸高大。而崇敬其精神、仰慕其风范，最关键的是要做到知行合一。方志敏既是一个有远大理想的革命家，又是一个脚踏实地的实干家。我们要以他为榜样，牢记党的初心使命，在岗位上履职尽责、攻坚克难、有所作为，尽心竭力为群众办事，守一方热土，保一方平安。

如今，可爱的中国已如方志敏烈士所愿：“到那时，到处都是日新月异的进步，欢歌将代替了悲叹，笑脸将代替了哭脸，富裕将代替了贫穷，康健将代替了疾苦，智慧将代替了愚昧，友爱将代替了仇杀，生之快乐将代替了死之悲哀，明媚的花园将代替了凄凉的荒地。”在伟大建党精神的引领下，经过一代又一代共产党人的艰苦卓绝的奋斗，方志敏在《可爱的中国》中所提出的这“八个代替”的美好愿景，在中华大地上已经得到实现。为了使可爱的中国变得更加可爱、更加美好，我们必须赓续那红色血脉，弘扬奋斗精神，汇聚磅礴之力，铿锵前行。

暮春四月，葛源映山红盛开，一簇簇，一团团，一片片，似火焰，满山遍野，撼人心魄。我来到方志敏烈士纪念馆，为这个赤诚忠勇的先烈，清贫自守的领袖，灵魂圣洁的英雄，雄才大略的伟人，人格伟岸的革命家，以及所有牺牲在这片红色土地上的革命烈士，敬献花圈。大山静默，林风轻拂，我深深鞠躬，泪洒衣襟。

2018 年 6 月 21 日于庐山饭店

“左联五烈士”之诗人殷夫

当下是诗的时代，写诗的人多，读诗的人也多，但对单命诗人殷夫烈士，也许你有些陌生，下面的这一首诗，你一定很熟悉：

生命诚可贵，爱情价更高。
若为自由故，二者皆可抛！

这首由匈牙利爱国诗人裴多菲创作的《自由与爱情》诗，在中国广为流传，知名度很高。可是，许多人不一定知道的是，这首诗是著名诗人殷夫翻译的。这位年轻的革命诗人，长期在上海从事革命活动和文学创作，用他短暂的生命书写了他对自由的不懈追求和热爱，谱写了一曲爱国的颂歌。

（一）

殷夫，本姓徐，名柏庭，曾用过徐白、徐祖华、徐文华等学名。开始写作后，又分别用过任夫、徐殷夫、殷孚、白莽、沙洛、洛夫、刘雄白及沙菲等笔名，而殷夫是他常用的笔名。

1910 年 6 月 11 日，农历五月初五端午节，殷夫出生在浙江省宁波市象山县怀珠乡（今大徐镇）大徐村的一户较为富裕的农民家庭。他有两个姐姐、三个哥哥，他是最小。

殷夫故居为小青瓦木结构，由大门、正屋、左右偏房组成的三合院式平房，坐北朝南，正房三开间，东次间是殷夫出生之地，东边大房是殷夫少年时代居住和读书之处。现经修复后的殷夫故居，典雅、古朴，灰黑色的门院，高朗、肃穆，由著名书法大家沙孟海先生题书的“殷夫东故居”，刚健有力。正房中堂，设有殷夫烈士的半身铜像。故居两厢房辟为事迹成立室。东厢房三间，我见了被陈列着烈士的身世、奋斗历程的文史资料，以及文稿、书籍，同时代革命者的回忆文章，详尽地展示了烈士参加革命的英勇业绩。西厢房三间，陈列了烈士家庭的情况，特别介绍了殷夫与大哥徐培根之间，从各自阶级立场出发的复杂的兄弟之情。故居后院面积为 500 平方米，原为菜园，现辟有水池，池中建有六角亭。院的四周墙上，镶有 60 多块石碑，邀请了全国著名书法家题写殷夫的革命诗句，永志纪念。

殷夫从小受到较为良好的家庭教育，父亲很早就教他认方块字，五岁起背《神童诗》和唐诗。他六七岁时，进入徐姓义塾，读了几年“四书五经”和初小课程。1920 年秋，他考入象山县立高等小学。1923 年 7 月 11 日，他以“徐白”之名，考取上海民立中学“新制初级中学一年级”。1923 年 7 月到 1926 年 7 月，殷夫在民立中学就读期间，开始学习创作诗词并创作新诗。

1924 年至 1925 年，殷夫用白莽作笔名，创作了《放脚时代的足印》共 8 首小诗，这个是我们目前见到的殷夫最早的诗歌作品。

五卅惨案爆发后，殷夫就旗帜鲜明地参加了声援五卅反帝爱国运动的斗争！一首闻名中外的《血字》诗，如黄钟大吕，响遏行云：

“五卅”哟！
立起来，在南京路上走！
把你血的光芒射到天的尽头，
把你刚强的姿态投射到黄浦江口，
把你洪钟般的预言震动宇宙！
今日他们的天堂，他日他们的地狱。
今日我们的血液写成字，异日他们的泪水可入浴。
我是一个叛乱的开始，
我也是历史的长子，
我是海燕，我是时代的尖刺。

“五”要成为报复的枷子，
“卅”要成为囚禁仇敌的铁栅，
“五”要分成镰刀和铁锤，
“卅”要成为断堵和炮弹！
…… ……
两个血字不该再放光辉，
千万的心音够坚决了，
这个日子应该即刻销毁！

这个用鲜血写成的诗句，若同匕首、标枪！……它，胜似沙场上的千军万马，岂容外国强盗横行霸道，有力地抨击着帝国主义和黑暗的旧社会！

这时期，殷夫积极参加了反帝爱国运动，在城乡演出反帝新剧，查禁英日敌货，募捐救济上海工人，公祭上海死难烈士等。他还参加了由共产党员贺威圣等举办的暑期学习班，认真学习《热血日报》《向导》等革命书刊。加入进步文艺团体“新蚶社”，参与创办象山第一份进步刊物《新蝴刊》。他年纪虽小，但肯学善学，英勇斗争，不怕牺牲，给共产党员杨白、王家谟等留下了极为深刻的印象。

五卅运动是殷夫人生中一个重大的转折点，使他成为无产阶级革命者，迈出了坚定的第一步！

（二）

殷夫于 1926 年 7 月 6 日考入上海浦东中学读高中三年级，加入了共产主义青年团，同革命运动有了更直接的关系。

1927 年 4 月 12 日，蒋介石发动了反革命政变，公开叛变革命。殷夫参加了青云路市民大会的示威游行，后因人告密被捕。后由时任国民党第 85 师参谋长的大哥徐培根保释出狱。

在狱中时，殷夫经历了审讯，目睹了革命者英勇就义。6 月 5 日夜，殷夫怀着强烈的爱和憎，在狱中写下了一首长诗《死神未到之前》。这首长达 512 行的诗，在当时的诗坛，也是一首不可多得的长叙事诗。

1927 年秋，殷夫入同济大学德文补习科学习，经常阅读《文化批判》《创造月刊》《奔流》和《太阳月刊》等进步刊物。在那里，他结识了共产党员王顺芳、陈元达等同学，并经常与他们一起参加校内外的秘密革命活动。他还办过油印文艺刊物《漠花》，在青年学生中鼓动革命情绪。后来，他被推选为学生代表，多次在学生会上宣传革命道理，并跟反动学生进行过坚决地斗争。这时，在杨白和刘积铨的介绍下，殷夫秘密加入了中国共产党。

1928 年 1 月，殷夫将长诗《死神未到之前》，投寄给《太阳月刊》编辑部，得到了作家蒋光慈、钱杏邨 (阿英) 的肯定，随即加入了由他们组织的革命文学组织——太阳社。他的组织关系也转入了该社，属于上海市闸北区第三街道党支部，支部书记是潘汉年。在这时期，殷夫创作了《醒》《白花》《我们初次相见》《祝》《给某君》等诗作。

1928 年初，殷夫再次入狱，获保释后回乡。1928 年夏，殷夫返沪即参加上海纺织厂工人的罢工斗争而第三次被捕，被关押了一段时间而获释。

在殷夫伟大而短暂的人生中，1929 年有着特殊意义的。他与“哥哥”决裂，告别家庭，隐埋了爱情。也在这一年，他得到了鲁迅先生的帮助!

这年 5 月，殷夫把他所译的抒情诗《彼得裴·山陀尔行状》，投寄给鲁迅主编的《奔流》杂志，得到了鲁迅的热情关怀、培养和帮助。从 1929 年 6 月到 1931 年 1 月，见于《鲁迅日记》的有关殷夫的记载，就有 18 次之多。对于殷夫的来稿，鲁迅总是尽可能地优先刊发。

1929 年 11 月，殷夫被任命为共青团中央宣传部干事，专门从事共产主义青年团和党领导的青年反帝大同盟和青年工人运动方面的工作，还参加团中央机关刊物《列宁青年》和党领导的青年反帝大同盟刊物《摩登青年》的撰稿和编辑工作。

1931 年 3 月 2 日，中国左翼作家联盟在上海成立。殷夫作为发起人之一，参加了成立大会并积极参与活动，为其刊物《萌芽》《拓荒者》《巴尔底山》等写诗、散文和随笔，成为“左联”有重大影响的诗人之一。

殷夫在革命斗争中，成长为一位杰出的文化名人。他在文化名人鲁迅、周扬、夏衍和丁玲等人的协同作战下，他像一把利刃直插敌人的心脏！他成为职业革命家以后，把全部精力都献给了无产阶级解放事业。

（三）

殷夫与柔石、李伟森、冯铿和胡也频等左联作家约定，在上海市三马路222号（今汉口路613号）的东方旅社集会。由于叛徒唐虞的告密，国民党特务和租界包围了东方旅社。在东方旅社31号房间，殷夫与柔石、李伟森、冯铿等其他3位左联成员和林育南等其他8位革命同志被捕。

1月17日至23日的大搜捕中，陆续有36位同志被捕。党组织虽千方百计营救，但未能奏效。2月7日深夜，国民党当局将其中24人秘密杀害于上海龙华的国民党淞沪警备司令部附近的荒野里。殷夫遇害时，年仅22岁。二十四烈士喋血龙华。其中，殷夫与柔石、李伟森、冯铿和胡也频又被称为“左联五烈士。”

殷夫等24位同志遇难，中国共产党中央机关报《红旗》日报，在2月22日就发布了消息。以后，又在《群众日报》上发表了《反对国民党残酷的白色恐怖》的社论，予以回击。鲁迅先生闻讯后，以极大的悲愤写下了“惯于长夜过春时”一诗。两年后，他又写下了著名的《为了忘却的纪念》，表达深沉的悼念。几年之后，他又在《白莽作〈孩儿塔〉序》中说：“它的出世是东方的微光，是林中的响箭，是冬末的萌芽，是进军的第一步，是对于前驱者的爱的大纛，也是对于摧残者的丰碑。”称赞他的诗是“属于另一世界的”。文是其人，这又何尝不是殷夫一生的注脚。

1950年3月27日，时任中华人民共和国内务部部长谢觉哉签发部令，要求上海市人民政府对发生在20世纪30年代初的一起中共干部和左翼作家被害案进行调查，部令函指示：“希望政府派员负责调查先烈等坟址，详为勘验，如有坍毁之处，即予以修补，妥为保护为要，并将办理结果详报本部。”4 月 5 日，据有关人士指证挖掘，烈士遗骸出土，发现了一件留有弹孔的羊毛背心，冯铿的爱人许峨一眼认出，说：“这就是她，这就是他们！”也正是这件羊毛背心，帮助确认了殷夫、林育南等龙华二十四位烈士的身份，把烈士的遗骸，重葬于大场公墓，后又迁葬龙华烈士陵园。

殷夫的一生极为短暂，他用鲜血和生命写下了壮丽的革命史篇，他用笔写下了大量的革命诗篇、散文、政治论文和翻译作品，诗集有《孩儿塔》《伏尔加河黑浪》《一百零七个》等小说、随笔，戏曲集《小母亲》等，译著有《苏联农民》《苏联的少年先锋队》《列宁论恋爱》等。这些著作，在殷夫生前均未出版。中华人民共和国成立后，先后出版了《殷夫选集》《殷夫诗文选集》《孩儿塔》等作品。殷夫是继郭沫若、蒋光慈之后，现代文学史上又一位重要的革命诗人，也是中国无产阶级革命文学的前驱。

生命可贵，为国捐躯，这些为革命而牺牲的先烈，永垂不朽！

2021 年 12 月 21 日于风荷苑

南京中山陵纪行

金风送爽，苍山绿野，一片宜人景色。

南京，这座有“六朝古都”“十朝都会”之称的城市，在东郊的紫金山麓，有一座雄伟壮丽的陵墓。它，虽经半个多世纪风风雨雨，仍然那么光彩夺目，巍然屹立在亿万人民的心目中，受到海内外同胞和外国友人的常年凭吊。

这座陵墓，就是中山陵。这里，栖息着一个伟大的灵魂——为“振兴中华”而奋斗终生的孙中山。他的不平凡一生，忠实记载着近百年来中华民族的爱和恨，集中反映着中国人民矢志探求救国真理的革命精神。

在辛亥革命百年到来之际，更呈现出秀丽、雄伟而又肃穆的气象。我怀着敬仰的心情，晋谒了中山陵。

（一）

中山陵坐落于紫金山东峰茅山的南麓，坐北朝南，依山而筑。岗峦前列，屏障后峙，气势磅礴，雄伟壮观。墓地全局呈“警钟”形图案，象征着中山先生终身为民主、自由奋斗的革命精神。牌坊、墓道、陵门、碑亭、祭堂和墓室，整齐地排列在一条中轴线上，体现了中国传统建筑的风格。中华人民共和国成立以来，人民政府拨出巨款，三次大修中山陵园，还在总面积为4.5万多亩方圆的土地上，育树造林3.2万多亩，辟花圃500亩，漫山苍林如海，四季飘香，成为景色秀丽、气势雄伟的优美风景区。

1925年3月12日，为振兴中华而奋斗终生的一代伟人孙中山先生，不幸赍志长辞于北京。

孙中山不幸逝世的消息，震惊了中国，震惊着世界。在国外，斯大林以俄共（布）中央名义发来了唁电，莫斯科各机关立即停止办公，降半旗致哀；东京、伦敦、巴黎、纽约、旧金山以及东南亚各地，都召开隆重的追悼大会。在国内，中共中央发来唁电，沉痛致哀，呼吁全国人民以实际行动完成“中山遗愿”。亿万同胞更沉浸在极度悲痛之中。在北京，七十多万同胞自觉参加了这位巨人的葬礼；在全国各地，人民纷纷举行各种追悼仪式，以寄托自己的哀思。人们在哀痛之余，默默颂读这位巨人的遗嘱：

> 余致力国民革命，凡四十年，其目的在求中国之自由平等。积四十年之经验，深知欲达到此目的，必须唤起民众，及联合世界上以平等待我之民族，共同奋斗。
>
> 现在革命尚未成功。凡我同志，务须……继续努力……

墓址的选择是遵孙中山先生的遗愿。1912 年 4 月初，为谋求南北和平统一而毅然辞去临时大总统的孙中山先生，前往明孝陵一带打猎，在休息的时候，觉得此处气象雄伟，笑着对左右说：“吾死之后，可葬于紫金山麓，因南京为临时政府所在地，所以不忘辛亥革命也。”孙中山先生在北京逝世前，又有归葬紫金山之嘱。

治丧毕，孙中山灵柩厝于西山碧云寺石塔中。中国国民党中央成立中山先生葬事筹备委员会，决定把墓地选在紫金山第二高峰——中茅山南坡山腰。此处位于紫金山中部，背倚高峰，前临平川，整个建筑采用依山为陵的形式，视野开阔，气势恢宏。

孙中山想去世后葬于紫金山，仅“向国民乞讨一抔土”。但是，葬事筹委会鉴于孙中山建立民国、捍卫共和的伟绩，拟圈用整个紫金山地区，让中山陵掩映在郁郁葱葱的林海中，象征中山先生永垂不朽。这样，亦可大大提高南京城的环境和空气质量，使人们在吊唁之余，有一个消闲、旅游、避暑的好去处。

1926 年 1 月 15 日，中山陵的主体工程项目墓室、祭堂、平台、石阶等，如期破土开工。至 1929 年春竣工，历时 3 年，耗资 220 多万银圆。5月下旬，国民党中央，国民政府的代表把孙中山灵柩由北平西山碧云寺运抵南京。公祭后，6月1日，举行奉安大典，葬入中山陵。

（二）

孙中山虽然以伟大的革命先行者的英名而永垂于中华史册，然而，他也不是天生的革命圣人，而是经过反复的探索、痛苦的追求，才一步一个脚印地踏上从政治上改造中国的革命征途。

他幼名帝象，稍长取名文，字德明，号日新，后改号逸仙；至于“孙中山”，则是1897年他逃亡日本时，为掩护自己，化名“中山樵”（意为在中国山林中不断开辟的樵夫）后才得名的。1866年11月12日，他诞生在广东省香山县翠亨村的一个贫寒农家。父亲孙达成早年曾到澳门学过裁缝，做过鞋匠，换取微薄的收入，养育家小。为了谋生，孙达成不得不跟沿海乡人那样，安排年仅十七岁的长子孙眉漂洋过海，到檀香山做苦工度日。生活的窘困，迫使孙中山从六岁起便随着姐姐上山捡柴，下田除草，“早知稼穑之艰难”。直到十岁那年，才被送进村塾读书。

世上常有人由于这样那般的不如意，就会发出“生不逢时”的叹息。其实，每个人都有自己特定的时代条件，能否有所作为，关键决定于自己如何顺应时代的需求，充分发挥自己的才智。就孙中山来说，他“生逢”的世道并不美妙。灾难深重的祖国，正处于落后挨打的困境之中。在他出生的前二年，旨在驱除黑暗势力的太平天国运动，便被中外反动势力联合绞杀了。中国封建势力正站在农民革命者的血泊中，欢庆他们“中兴”局面的开始；帝国主义则心怀叵测，乘虚而入，给中华民族套上半殖民地半封建的苦难枷锁。

孙中山创立了兴中会、同盟会，致力于推翻清王朝的斗争。1911年10月10日的武昌起义中，将反动腐朽的大清王朝扫进了坟墓。

爆竹一声旧岁除。1912年元旦，孙中山在各省代表发出的一片欢呼声中，在南京就任临时大总统，庄严宣告：“中华民国正式诞生。”在南京总统府，孙中山怀着激动心情，发表了他的就职宣言。

随后，又制定了《临时约法》，给古老的中国带来了新气象，也给亿万同胞带来了新的希望。列宁得悉孙中山缔造中华民国的喜讯，特地表示祝贺，并称赞说："亚洲的共和国临时大总统是充满着崇高精神和英雄气概革命的民主主义者。"

安葬孙中山的中山陵，是中西合璧式的大型建筑，有"中国近代建筑史上第一陵"之美称。当年，此陵设计图案由悬奖征求而来。而采用的中山陵设计方案，当时在征集中获得一等奖，设计者是著名建筑师吕彦直。他最初想参照法国拿破仑墓的风格来设计中山陵，后来觉得不妥而放弃初衷，最后将陵墓形状确定为现在的钟形。时人称，这是警钟，取"唤起民众"之意，但我查阅了1920年吕在中标后对媒体的谈话时发现，对此联想，吕彦直称："此不过偶然相合，初意并非必求如此也。"

吕彦直的设计，独具匠心。由博爱牌坊至祭堂，形成了几个水平的平台。从下向上仰视，只见台阶，不见平台，从上向下俯视，只见平台，不见台阶。在第六层平台，左右两侧陈列着一对巨大的仿古铜鼎，上面刻着"奉安大典"四个篆字，是当时上海特别市政府捐献的。

陵墓还有光华亭、音乐台、水榭等辅助性建筑多处。陵前有半月形广场，光洁如镜。场中安全岛上，苍松挺拔。场周人行道旁，法国梧桐成荫。孙中山先生的全身铜像，屹立在南边高台之上，姿态如生，使中山陵显得更加雄伟壮观，气势磅礴。

拾级而上，深褐色石板铺就的地面，整洁平坦，也非常宽敞。而我身边则人潮涌动，谒者众多。我穿过高大的博爱坊，便是一条长达375米、宽40米的墓道。那墓道两旁参天的雪松，形成两道绿色的屏障。走完墓道，我便到陵墓正门，看见了门额上是孙中山先生手迹"天下为公"。一对巨大的石狮，威严地蹲踞在门首。今日墓门，既是碑亭，灰墙蓝瓦，双重飞檐。墓碑高约8米，矗立其间。绕过碑亭，气势更加宏伟壮丽，沿着台阶而上，直抵半山腰间。石阶尽处有高大的平台，"祭堂"在平台正中。从陵门到祭堂，垂直高差70米，砌着392级用苏州花岗石做成的台阶，象征着当时全国3.92亿人民，祭堂是中山陵主体建筑，仿宫殿式，高29米，长30米，宽25米，融中西风格于一体。登临祭堂，视野顿时开阔起来，放眼平川，领略壮美如画的景区风光，豪情也在胸中久久激荡。十几棵高大挺拔的法国梧桐，如忠实的守陵卫士，环绕在气势恢宏的半圆形陵前广场周围，令人肃然起敬。

祭堂门楣上，孙中山先生手书的“天地正气”四个铜制大字，苍劲有力，闪闪生光。看后让我肃然起敬。门额上，刻有国民党元老张静江手书“民族、民权、民生”六个大字，使孙中山先生“三民主义”的思想精髓清晰可见。祭堂中央，供奉着孙中山先生的汉白玉坐像，座上镌刻六幅浮雕，是孙中山先生从事革命活动的写照。为了表达对孙中山先生的敬仰之意和纪念这位中国民主革命的先行者，我献了一支黄色菊花，并深深三鞠躬。而后，在环绕坐像中，又仔细阅读了镌刻在东西护壁大理石上，由孙中山先生手书的遗著《建国大纲》全文。

这里，我们看到了孙中山先生推翻两千多年来封建帝制不朽勋业和艰苦斗争的历程，看到了孙中山先生为我中华独立、富强、大展宏图的建国思想。

（三）

孙中山先生坐像，逼真生动，是由法国著名雕刻家保罗·郎特斯基用意大利白色大理石雕琢而成的。坐像高 4.6 米，身着长袍马褂，双脚并坐，膝上摊着展开的书卷，双目凝视前方，这尊坐像是在孙中山奉安中山陵一年以后才安放的。

1930 年 11 月 12 日，国民党中央在中山陵祭堂内举行了隆重的坐像揭幕典礼。从此，每年大批来中山陵谒陵的各界人士、海外侨胞以及外国友人，都会在中山陵祭堂向孙中山先生的坐像，行礼致敬，敬献花圈。

堂后有墓门二重，前门用铜制成，门框则以黑色大理石砌成，上有孙中山先生手书“浩气长存”横额。二重门为独扇铜制，门上镌有“孙中山先生之墓”石刻。进门为圆形墓室，直径 18 米，高 11 米。中间是长形墓穴，上面是中山先生汉白玉卧像，此像系捷克雕刻家高棋按遗体形象塑造，十分逼真。下面安葬着孙中山先生的遗体，墓穴直径 4 米、深5米，外用钢筋混凝土密封。墓穹用花岗岩砌垒，上方绘制着国民党的党旗，昭示着孙中山的革命思想和精神，永垂不朽。

在美丽的中山陵园风景区内，茫茫林海的碧波之中，还分布着不少建筑，诸如孝经鼎、音乐台、行健亭、流徽榭、藏经楼等。它们犹如众星拱月，辉映着气势恢弘的中山陵，向游人们展示着千姿百态的秀美景色，诉说着光辉岁月中那些难忘的人与难忘的事。

2011年10月13日

在董存瑞牺牲的这片土地上

隆化，地处河北省的北部，南离承德市 60 多千米，曾是我国北方军事重镇，塞上历史名城，北魏时为安州，是州郡县三级治所。她是北方民族进入中原的跳板，又是草原文化向中原文化过渡地带，自古以来为多民族活动地区。是一个充满生机的地方，一个风物独特的地方，一个值得我们深深挚爱的地方。

纵横的河流，宽广的土地，无边的沃野田畴，让我看到了一个胸怀坦荡的隆化；山川森林的富饶壮丽，让我看到了一个俊美深情的隆化。我走进隆化就会看到辽代苔山朦胧的塔影，听到伊逊河巨大的涛声，笔架峰说着乌兰布通的战事。

在解放隆化的战斗中，战火中升腾出一位英雄形象，他就是全国著名战斗英雄董存瑞。1948 年 5 月 25 日下午，在解放隆化的激烈战斗中，当主攻部队受到桥头敌人暗堡火力威胁的紧要关头，担任爆破组长的董存瑞，毅然抱起炸药包，冲向敌军暗堡。前进中左腿负伤，但仍顽强地冲到桥下。可桥形暗堡距地超过身高，暗堡两头又无法放置炸药包。危急时刻，董存瑞用左手托起炸药包，右手猛地拉响了导火线，高喊：“为了新中国，前进！”硝烟弥漫，暗堡炸毁，部队成功突击。董存瑞用生命开辟了一条胜利道路，而自己的生命，却永远定格在了 19 岁……

董存瑞手举炸药包的英雄壮举，成为永不熄灭的精神火炬，为我们树起一座永远的历史丰碑。董存瑞牺牲后，他所在部队追认他为战斗英雄，模范共产党员，他所在的班命名为“董存瑞班”。1948 年 7 月 10 日，冀热察行政公署作出决定，将隆化中学改名为“存瑞中学”。1950 年，全国战斗英雄代表会议在北京召开，董存瑞被追认为全国战斗英雄。以后，又被中央军委树立为全军 8 个英雄模范标兵之一，为中国军人的最高荣誉。2009 年，董存瑞被评为“100 位为新中国成立作出突出贡献的英雄模范人物”。

（一）

深秋时节，我在承德游历时，文友告知我：董存瑞牺牲的地方——隆化，离此不远，是否前去看看。于是，我们乘列车北上，在崇山峻岭的燕山腹地，穿山越岭，一个小时就到了隆化。我走进了县城西北的苔山脚下伊逊河东岸的董存瑞烈士陵园。大门横额上是萧克题写的园名“董存瑞烈士陵园。”董存瑞纪念馆有张爱萍题写的馆名。在苍松翠柏中，矗立着一座19米高的花岗岩纪念碑，象征着董存瑞19载青春年华。董存瑞烈士纪念碑碑体正面用金色大字镌刻着中国人民解放军原总司令朱德的题词：“舍身为国，永垂不朽！”董存瑞纪念馆分“抗日烽火孕育英雄、英勇善战功勋卓著、热爱群众鱼水情深、舍身炸堡奉献青春、英名千古浩气长存、缅怀英烈传承精神”等6个部分，向人们展示了董存瑞从一个普通的农民孩子成长为全国著名战斗英雄的历程，讲述了他短暂而又光辉的一生。

我来到了董存瑞的雕像前，举目凝视，董存瑞高高地站列在花岗岩的石基上，目视远方，左手托起炸药包，右手拉燃导火线。70年过去了，他还是那样英姿焕发，他那呼喊的“为了新中国，冲呀！”的声音，仍然回荡在山水间。

在董存瑞的雕像前，我想起了他那积极要求加入中国共产党的故事，感动不已。

董存瑞（1929—1948年），河北省怀来县人，中国人民解放军东北野战军第11纵队32师96团2营6连6班长。少年时读过几天书，后因家贫而辍学。抗日战争爆发后，董存瑞的家乡成了抗日游击区，董存瑞小小年纪就积极参加抗日活动。1943年冬，南山堡成立抗日儿童团，14岁的董存瑞被选为儿童团团长。他站岗放哨、送鸡毛信、火柴信，为八路军通风报信。之后，他毅然加入了民兵组织，同敌人展开了英勇的斗争，为抗日斗争作出了贡献。

1945 年春，董存瑞参加了当地抗日自卫队。抗战胜利后，董存瑞所在的三区区小队被编入龙延怀联合县大队，又被编入冀热察军区第九旅，董存瑞成为一名正式的解放军战士，开赴前线，与国民党反动派进行斗争。

1946 年 4 月初，在察北重镇独石口遭遇战中，他机智地夺下敌人的一挺机枪而被记大功一次，被部队授予勇敢奖章。1946 年 9 月，他在延庆地区同国民党军作战中英勇顽强，受到领导表扬。1947 年初的长安岭狙击战中，在班长牺牲、副班长身负重伤的情况下，他挺身而出代理班长，带领战友们出色完成作战任务，又立大功一次。

在部队里，董存瑞转战冀热察，英勇杀敌，多次立功受奖。他在解放河北的一次行军途中，董存瑞遇到了他当民兵时的指导员。指导员仔细打量了一阵子董存瑞后，高兴地说："看样子你在部队锻炼得不错。"

董存瑞听着，微微地笑了笑说："不行，离党的要求还差得很远。"

"入党了吗？"

"还没有。"董存瑞回答说。

提起入党，董存瑞心里有多少话要说啊！自从参加八路军后，他就把连队当成自己的家，把党看作自己的母亲，渴望早日加入党，做一个名副其实的共产党员。

1947 年 3 月，部队在牛栏山打了一仗，然后驻在沙峪、渤海一带整训。六连党支部研究了董存瑞的入党问题。党支部对董存瑞的教育培养，已经有很长时间了。去年就曾讨论过他的入党问题。董存瑞在家乡当过儿童团长，13 岁时，曾机智地掩护区委书记躲过侵华日军的追捕，被誉为"抗日小英雄"。他参加过民兵，从小受党的教育和革命斗争的锻炼，参军后阶级觉悟提高很快，革命思想坚定，大小战斗都表现不错，只是年龄不够，才往后推了。这次讨论，支委会一致认为，虽然董存瑞还差几个月才满 18 周岁，但表现突出，可以吸收入党。

一天，董存瑞正帮着房东军属老大娘浇粪肥，见指导员跑来招呼他，他便跟着走到村外，在山坡的一棵小松树下坐了下来。果然，指导员庄重而亲切地对他说："还记得你第一次要求入党的事吗？……"

董存瑞怎么会忘得了呢？他清楚地记得，那还是他参军后不久的事。那时，他正跟班里的一个老战士学习枪支的分解组合，班长把那个老战士叫了出去。董存瑞知道他俩是共产党员，这准是去参加党组织的会议。他一个人留在屋里，拿着枪沉思着。自从在儿童团认识了区委书记王平起，他就下过决心，长大了也要像王平起那样做一个共产党员，不怕苦，不怕死，一个心眼干革命。可现在是解放军战士了，这个心愿还没有实现。他想着想着，心里十分着急，便一口气跑到连部，对指导员恳切地说：

“我也要参加党！”

指导员热情地拉他坐下，亲切地问他：“你说说为什么要参加共产党？”

董存瑞一时不知从何谈起，只是说：“干革命，不入党哪行？反正我要入党。”

指导员听了，被他这种真挚、高尚的愿望感动了，但也想到董存瑞对党的认识还不够深刻，便耐心解释说：“你积极要求入党的愿望是好的，但光这还不够，还要努力提高对党的认识，提高思想觉悟。”接着，指导员向他耐心地讲述了党的性质、纲领和党员的义务与权利，鼓励董存瑞多学习一些党的知识，用马列主义、毛泽东思想武装自己，在战斗中冲锋在前，用实际行动争取做一个共产党员。

（二）

事情虽然已过去两年了，今天提起，董存瑞还为那时的天真稚气感到不好意思，羞愧地笑了。

指导员又说：“自那以后，你进步很快，事事按党员的条件严格要求自己，无论学习、战斗、训练、群众工作，样样都走在前头。这些，同志们反映很好。现在你正式填个入党志愿书吧。”

董存瑞听了，只觉得心里热乎乎的，两眼湿润，激动地望着指导员，好一会儿说不出话来。他握住指导员的手，只说出一句话：“指导员同志，我的心早就交给党了！”

指导员望着董存瑞兴奋、激动的眼睛，理解他此刻的心情，笑着说：“如果批准你入了党，这是党给了你新的生命，你要为党的事业、人类解放奋斗终生啊！”

董存瑞认真地回答说，“请组织上放心，我入党不为名，不图利，只图共产主义早实现。”“为了党的事业，我一定冲锋在前，退却在后，吃苦在前，享受在后。剔掉思想上的缺点，不怕艰难困苦，不怕流血牺牲，革命到底！”

几天以后，党支部召开了全体党员大会，讨论董存瑞的入党问题。董存瑞的心情十分激动。会议开得很热烈，讨论到最后，却有一件事情引起了一场争论。

原来，有的党员提出，董存瑞对干部尊重不够。他说：“有一次连里杀猪改善伙食，炊事班把猪心单炒了个菜，给连部送去了。董存瑞不该把这当成个了不起的事情，对连里干部提出尖锐的批评。”还有的党员说：“连首长这几个月领我们打仗行军，身体都累瘦了，就应该关心，爱护才对嘛！”

其他一些同志则不同意这个意见，认为董存瑞的做法是对的。有的党员说：“董存瑞对领导提意见，这倒是真的。可因为这说他对干部尊重、爱护不够，我看不对！”

也有的说：“要说对同志关心和爱护干部，我看董存瑞同志做得很好。就说去年冬天吧，那时候，咱们分散坚持斗争，生活是多么困难呀！有一次，董存瑞出去执行任务，一天水米没粘牙，饿得直打晃，别人给他几块黏糕。可他想起连首长也饿了好几顿，一口没舍得吃，带回来送到连部，这叫不关心、不尊重领导？”

这一说，大家都十分感动。会场上静悄悄的。沉默了一阵，连长徐振延站起来说：“关心党的利益，维护党的原则，这正是一个共产党员应有的觉悟，我们应该提倡这种精神！同志们刚才说的这件事，董存瑞做得对。一个猪心虽小，可董存瑞给我们敲了警钟。他是希望我们干部不脱离群众，和大家共甘苦，并肩战斗，这才叫真正尊重、爱护干部呢！”

董存瑞第一次参加党的会议，就受到了一次生动而又深刻的党课教育……

党支部大会一致通过了董存瑞的入党申请。不久，上级党委批准了六连支部大会的决定。董存瑞，这个朝气蓬勃的年轻战士，光荣地成为中国共产党党员！

董存瑞举行入党宣誓的那一天，耀眼的阳光透过窗口照射在党旗上，映红了董存瑞那年轻英俊的脸庞，使他显得更加英姿勃勃了。

在这庄严的时刻，董存瑞站在党旗下，眼睛里闪烁着激动的泪花，心里有多少话要说啊！他从一个贫苦农民的孩子，成长为一个懂得革命道理的革命战士；从一个只想个人报仇的“见习民兵”，成长为一名中国共产党党员。一点一滴的进步，一分一毫的提高，都离不开党的耐心教诲。他昂首挺胸，举起紧握的拳头，向党表达了发自肺腑的誓言：

“生为共产主义战斗，死为共产主义献身，决心以入党为革命的新动力、前进的新起点，永远沿着党所指引的方向，奋勇前进！”

（三）

1948 年 5 月 1 日，为配合即将开始的辽沈战役和华北战场杨罗耿兵团（指杨得志任司令员、罗瑞卿任政治委员、耿飚任参谋长的华北军区第二兵团——作者注）东进，董存瑞所在的第十一纵队奉命从辽宁朝阳地区西进，兵锋直指热河省会承德的北部屏障隆化城。隆化县城是热河省会承德的拱卫，敌人事先在这里修筑了大量碉堡，有些特殊构筑的暗堡还被称为“模范工事”。

5 月 25 日，隆化战斗打响。董存瑞所在连队担负攻击国民党守军防御重点隆化中学的任务，他担任爆破组长。在全连战斗动员会上，董存瑞代表全班表决心：“我就是死后化成泥土，也要填到隆化中学的外壕里去，让大家踩着我们把隆化拿下来。”

董存瑞言行一致，说到做到。天还没亮，阵地上一片寂静。战士们焦急地等待着总攻的信号。随着三颗红色信号弹腾空而起，战斗开始了，我人民解放军强大的炮火，把苔山上的敌人火力全给压住了。在硝烟弥漫、烈火滚滚中，苔山顶峰的砖塔，被人民解放军的大炮轰倒了，炮楼也被打掉了，不一会儿，胜利的红旗就插上了苔山的顶峰。

5时25分，命令下达，董存瑞所在的六连担任主攻，从城东北向隆化中学外围工事运动。国民党军的机枪严密封锁着他们前进的道路。六连火力组、突击组、爆破组、支援组互相配合，很快地攻破了隆化中学东北面的旧衙门碉堡群。董存瑞带领爆破组连续爆破了敌人四个炮楼、五个碉堡，胜利地完成了扫清隆化中学外围工事的任务。

下午3点30分，第二次总攻开始。六连向隆化中学发起冲锋。突然，敌人的子弹像暴雨般横扫过来，把战士们压在一条土坡下面，抬不起头来。原来，这是隆化中学东北角横跨旱河的一座桥上喷出来的六条火舌。狡猾的敌人，在桥上修了一个隐蔽的桥形暗堡，拦住了我军冲锋的道路。快要总攻了，董存瑞担心战友们被打伤或牺牲。于是，他和战友们纷纷向连长请战，要求把这座桥形暗堡炸掉。白副连长派出李振德等三名爆破手去爆破，李振德冲出不远，炸药包就被敌人枪弹打中，李振德阵亡，其余两名爆破手负了重伤。部队受阻于开阔地带，二班、四班先后两次对暗堡爆破均未成功。这时，团部来了紧急命令，要六连火速从中学东北角插进去，配合已突进中学院内的兄弟部队，六班长董存瑞挺身而出，向连长请战：

“我是共产党员，请准许我去！”

董存瑞毅然抱起炸药包，弯着腰冲向敌军暗堡。在郅顺义火力掩护下，前进中，他一会儿匍匐前进，一会儿又借着郅顺义扔出的手榴弹的烟雾，站起来一阵猛跑。桥形暗堡里，敌军的机枪越打越紧，子弹带着尖利的啸声，从他的耳边掠过。在快要冲进开阔地时，郅顺义指着前面的一个小土堆，对董存瑞说：“我就在这儿掩护！”一阵手榴弹把敌人碉堡前的鹿砦、铁丝网炸坏了。敌军的机枪又慌忙朝他打过来，突然，董存瑞扑倒了，郅顺义站起刚要向前冲去，只见他猛然爬起来，一阵快跑跳进旱河沟里，进入了敌军的火力死角。

而这时，他的腿受了伤，鲜血直流。他抱着炸药包迅速猛冲到桥下。这桥离地面有一人多高，两旁是砖石砌的，没沟、没棱，哪儿也没有安放炸药包的地方。如果把炸药包放在河床上，又炸不着暗堡，河床上又找不到任何东西代替火药支架。怎么办？郅顺义清清楚楚看着这一切，急得直握拳头。

突然，身后响起了嘹亮的冲锋号声，总攻的时间到了。

董存瑞抬头看了看桥顶，又看了看身后一个个倒下的战友，愣了一下。突然，身子向左一靠，站在桥中央，左手托起了炸药包，使其紧紧地贴着桥底，右手拉燃了导火索，高喊："为了新中国，前进！"随着天崩地裂的一声巨响，硝烟弥漫，敌人的暗堡被炸毁，部队成功突击。董存瑞用自己的生命开辟了一条胜利的前进道路，而自己的生命永远定格在了 19 岁……

董存瑞为民族解放，新中国的诞生，献出了自己年轻的生命，令人敬仰。在江泽民题写的"董存瑞纪念馆"内，展放着董存瑞生前的遗物。其中，有他在 1945 年参加八路军后，因军事技术过硬，作战灵活果决，在一次战斗中只身俘敌 10 多人。他先后立大功三次，小功四次，获三枚"勇敢奖章"和一枚"毛泽东奖章"。他所领导的班获"董存瑞练兵模范班"称号。我注意橱窗内有一份董存瑞当年所在部队东北人民解放军 11 纵队（48 军）的文件，《纵委关于追悼李荣顺、周南、董存瑞诸烈士的决定》。现在可以看出，该文标题中英雄排列上有些微妙，在著名军旅作家张正隆所著四野战将的《一将难》的书中，讲到了 11 纵队的隆化之战，战后对董存瑞的壮举评价，有人认为他冲向敌暗堡时，没带上炸药包支架，违反规定，是起"事故"。当时纵队司令员贺晋年火了：舍身炸碉堡，英雄！董存瑞，一个普通的战士，司令员虽未见过面，却是让他深深铭心的一个兵！

人们为了纪念董存瑞，1954 年，隆化人民在波洛河行宫旧址，在董存瑞牺牲的这片土地上，兴建了董存瑞烈士陵园。在陵园的广场上，高高矗立着的英雄纪念碑，上面镌刻着朱德总司令的镀金题词。树荫之下，老人们在下棋、聊天，年轻的夫妇领着孩子来参观，儿童们在欢乐地游戏。他们陪伴着英雄，人民是永远不会忘记英雄的。每年来这里参观学习的中外游人络绎不绝。他们追述这片土地的英魂：存瑞精神。人在变，历史在变，时代在变，存瑞精神作为一种宝贵的精神财富，永远不会变。

英雄精神，滋养英雄部队。如今，董存瑞生前所在部队官兵，始终把董存瑞精神当作“传家宝”：新兵入伍讲的第一个故事是董存瑞的故事，看的第一部电影是《董存瑞》，唱的第一首歌是《当兵要像董存瑞》，读的第一本书是《董存瑞故事集》，晚点名时第一个点的名字是“董存瑞”，每逢大项任务前，在董存瑞雕像前庄严宣誓……

当兵就当“董存瑞”。部队把培育血性胆气作为实现强军目标的基础工程来抓，在官兵中开展学英雄系列活动，强化官兵战斗精神，激发官兵血性虎气。

离开隆化时，天空蔚蓝，白云飘飘，深邃的燕山，峰峦起伏，呈现出一派绚丽的色彩。那宽广的土地，让我看到了一个胸怀坦荡的隆化。那壮丽的山川，让我看到了一个俊美深情的隆化。美丽的风光，让我看到了一个热爱英雄的隆化！

隆化的董存瑞烈士陵园，占地 75000 平方米，在全国以烈士名字命名的陵园中，为面积最大的，1993 年，被中共中央宣传部确定为全国烈士纪念建筑物重点保护单位，2004 年定为全国爱国主义教育基地和全国百家红色旅游经典景区之一。我虽然依依不舍地离去，随着京沈高铁、承赤高速公路的开通，隆化的明天会更加美丽。我还会来，一定会再来！

2009 年 11 月 28 日

富春江畔双烈亭

富阳，一个山清水秀、文化底蕴丰厚的地方，多少人翘望，多少人神往。这里，曾经是黄公望隐居之处，晚唐第一才子罗隐诞生之地，也是革命烈士郁达夫、郁曼陀的故乡。

从杭州市区出发，沿着美丽的钱塘江，穿过九溪，再往西偏南，车行一个小时，就是我国现代著名小说家、散文家、诗人，中国新文学运动的重要代表人物，也是一位为抗日救国而牺牲的爱国主义作家郁达夫及其兄长——一位正气凛然、在抗日战争中以身殉国的著名大法官郁曼陀的故乡富阳城了。

（一）

“碧桃三月花如锦，来往春江有钓船。”富阳处于山丘地带，既赋山城之美，又具江城之秀，拥有 2200 多年历史，人们诗意地栖居，孕育了“灵动致远，大气阳光”的富阳人文精神。但是，富阳城并不大，东西一条主街约有三里多，街道的南端，傍着一条宽阔的大江，这就是大诗人郭沫若曾经歌颂为“一川流碧玉，两岸夹红霜”的富春江。

富春江，一派水韵脉脉，清透逼人，郁达夫不止一次对郭沫若夸起他的家乡多么美丽，特别是那条富春江，被誉为“天下第一春江”。他在诗中写道：“家在严陵滩下住，秦时风物晋山川。碧桃三月花似锦，来往春江有钓船。”炫耀之情，溢于言表。在日本留学时，他曾自制两枚书画图章，一枚叫作“家在富春江上”，一枚叫作“我是春江旧钓徒”。

“天下佳山水，古今推富阳。”富春江两岸，山色青翠秀丽，江水清碧见底，素有水色佳美著称，更兼有浓郁地方特色的村落和集镇点染，使富春江画卷增色生辉。梁文学家吴均《与朱元思书》中描绘了富春江风景："自富春江至桐庐一百许里，奇山异水，天下独绝。"自下游建富春江水电站后，这一带淹为水库，泱泱江水，宛若明镜，两岸青山，"七里扬帆"成为当今严陵八景之一。

车到富阳市区，看到江边一峰独峙，三面临水，名曰鹳山，就停车走了下来。漫步青石古道，登临山巅楼阁，只见两岸青山妩媚，江上帆影如梦，让我流连。鹳山不高，海拔仅仅42.9米；鹳山很小，面积三四公顷。但岩壁突兀，耸立于富春江边；古木葱茏，焕发着勃勃生机。俯瞰远眺，让我产生时空交错的感觉，唯见青山绵绵，沙洲点点，斜晖脉脉，江水悠悠，滋生出无穷的遐想。

郁达夫的故居，离鹳山不远，坐落江边。三开间，砖木结构的两层小楼，白墙黑瓦，清丽典雅，极富江南民居的韵味。门前一道高高的围墙，圈出了一个小小的院子。院前有一个方石板铺就的广场，郁达夫铜像就静静地安坐在广场的一块石座上。他身穿一件长褡襻纽扣的对襟竖领短褂，下身露出半截长袍，右手握着一卷书，搁在膝盖上，一脸从容淡定，双目平视前方，一双有神的眼睛里，透露出深邃的目光。郁达夫先生，您那炯炯有神的目光里，是想起了昔日文坛的同事，还是想起了革命的战友？是牵挂他们的安危，还是默念着他们的成就？我在心里默默地对郁达夫说着话，环绕他的雕塑慢慢走了一圈，抬头仰视他一会儿，然后在他身旁坐下。我的心里是有许多话想对他说的，可是此刻又说不出来。听着富春江水静静流淌，想起了郁达夫艰难而又不屈的一生，心里不由得无限感慨和敬佩。院内，栽了许多花草，清香扑鼻。跨上几块大石板，进门就是一个安静的客厅，墙上有郭沫若手写的条幅，字迹苍劲有力，使人联想到两位文学大家深厚的友谊。

楼房的一层为正厅、厨房等房间。正厅陈列着丰子恺、黄苗子、茅盾等名家的题字及画作，鲁迅先生的一幅手书尤其引我注目，郁达夫的房间里，一张老式木床占据了大半空间，床上支着一顶纱布蚊帐。床前的一侧墙上挂着郁达夫和第一任妻子孙荃（原名兰坡）的照片，两首唱和的诗作：一首是郁达夫的《赠名》诗：赠君名号报君知，两字兰荃出楚辞。别有伤心春意在，离人芳草最相思。一首是孙荃的《秋闺》诗：

风动珠帘夜月明，阶前衰草可怜生。幽兰不共群芳去，识我深闺万里情。读来让我想起郁达夫复杂而激越的情感生活。靠墙立着的一架老藤编制的书架上，密密地插着书籍。郁达夫嗜书如命，曾有诗曰："绝交流俗因耽懒，出卖文章为买书。"眼前的这个书架，我想便是一个注解了。

故居的厨房，我是最后才进去的。厨房内陈列着灶头、水缸、菜柜等旧物件，从梁上垂下的小小竹饭篮，仿佛盛满了老屋的幽幽情怀。

（二）

据说，原先的房子是在富阳城关镇的一条幽巷里，1998 年因旧城改造，移地仿造于城东富春江畔的鹳山公园内。鹳山一峰独峙，临江处有石矶，似鹳，迎江而立，故名。公园里树木葱茏，尤多樟树，不少古建筑分布其中，郁达夫故居则坐北朝南，距富春江不过百来米，占据了最为舒展的位置。但在这小楼阳台上，我仍然可以想象到青少年时代的郁达夫，面对着富春江的波光帆影，诵读唐诗古文，开始接触文学的情景。

在中国现代文坛，郁达夫是一个响当当的名字。1896 年 12 月 7 日，郁达夫出生在富阳的一个书香家庭，凄惨的童年，天赋的异禀，坎坷的境遇，铸就了他极其复杂的个性：浪漫细腻，大胆豪放，勇往直前，也成就他的多重身份：中国现代著名小说家、散文家和诗人，中国左联作家联盟的发起人之一。1921 年与郭沫若、成仿吾等留日学生组创作了革命文学团体"创造社"，他创作的新文学运动中的第一部白话短篇小说集《沉沦》和后来发表的《春风沉醉的晚上》，曾在读者中产生了广泛而深远的影响。

抗日战争爆发后，重燃这位"五四"文坛宿将的激情之火。郁达夫告别故乡，辗转上海、武汉、福州等地，主编多家文艺副刊，发表了 400 多篇抗日救亡文章，他曾说过，他不是一个战士，而是一个作家。家国遭难，他首先成战士，其次才是作家。而且，这个战士越来越坚决，写下了 400 多篇抨击日本侵略者的政论和救亡文章。他和晚年的鲁迅一样，把笔当作了匕首和投枪。后来他在新加坡担任文化界抗联会主席等职。1945 年 8 月，郁达夫流亡于印度尼西亚的苏门答腊。后据史料证实，1945 年 8 月 29 日夜，遇害于苏门答腊，年仅 50 岁。他默默地用实际行动证明他内心的高洁。“三分天下二分亡，四海何人吊国殇。偶向西台台畔过，苔痕犹似泪淋浪。”

从郁达夫一生的经历看，除了青少年时代在故乡读书，大半时光都是在外地度过的。但是故乡的波光帆影，对故乡的热爱，以及童年、少年和青年时期的所见所闻，滋养了他的文气和骨气，这对他的文学创作，无疑有着深远的影响。他走上文学道路，参加抗日战争，同其长兄郁曼陀有着密切的关系。

郁曼陀不仅是郁达夫的大哥，也是是位刚正不阿的法官。他曾经留学日本，攻读法律专业，归国后任大法官兼任大学教授。1932 年调任上海公共租界内江苏高等法院第二分院院长。他还是一位素有修养的诗人、画家；他在文学和绘画上，都有很高的造诣。这自然会影响着比他年轻 12 岁的弟弟。特别是 1913 年，郁曼陀利用赴日考察的机会，把郁达夫带出故乡狭小的天地，东渡日本，这才使年轻的弟弟有机会接触更多的西洋文学，从而引上了文学创作的道路。他那著名的处女作《沉沦》，就是在这个时期写出来的。

这一对昆仲，虽然从事的职业并不相同，弟弟成了“五四”以来优秀的文学家，哥哥一直在司法界任职，但是兄弟俩强烈的爱国主义，对正义事业的热爱，对反颜事仇的无耻叛徒的蔑视与鞭挞，积极参加抗日战争，如出一辙。郁达夫面对着祖国的衰弱不振、政治腐败，怀着火一般的赤子之心，用热情而又忧愤的笔，喊出了千百万中国青年蕴藏在心底的声音：“祖国呀祖国……你快富强起来，强起来吧！”

而郁曼陀则利用他的司法手段，锄奸除恶，庇护爱国青年，营救革命志士，虽屡遭反动势力的恐吓威胁，但他临危不惧，毫不妥协。民国二十一年 (1932 年)，郁曼陀出任上海江苏高等法院第二分院刑庭庭长，并兼任东吴法学院、法政大学等大学教授。第二分院设在上海租界内，在这段时间内，郁曼陀利用合法身份和知名度，多次营救进步人士，诸如田汉、阳翰笙等，还包括 1933 年营救廖承志。廖承志出狱后，何香凝为表示谢意，亲自绘制《春兰秋菊图》一幅赠送郁曼陀。1954年又在画上补写题词："1933年承志入狱，其时得曼陀先生帮忙，特将此画纪念。"同年5月，郭沫若见到画和题词，又在画端题诗一首："难弟难兄同殉国，春兰秋菊见精神；能埋无地天不死，终古馨香一片真。"

上海租界于1937年10月26日沦为"孤岛"，由于当时日本尚未对英、美、法等国宣战，因此尽管租界之外炮火连天，但对于租界，日本人却不敢贸然侵犯。然而，臭名昭著的汪伪76号此时已盯上了爱国大法官郁曼陀。郁曼陀被"76号"特务机关注意上已很久。沪江大学校长刘湛恩被枪杀遇难后，郁曼陀在审理这一案件时，不顾自身安危，当庭斥责刺客并判以极刑。敌伪汉奸由此对他恨之入骨。1939年春，郁曼陀接到署名"反共除奸团"的恐吓信说："如果不参加我们组织，你的生命难保。"他泰然处之，毫不害怕。导致被刺的直接原因，则是《中美日报》袭击案。

《中美日报》是一家悬挂美国国旗、以美国人为发行人的报纸，"八·一三"事件后，发表过许多抗日反汪言论。1939年7月22日晚8时许，一大批"76号"特务包围了《中美日报》大门。当时报社的保安人员见势不妙，情急之下把铁门关死。特务们拉门不开，又不敢在租界久留，于是临时改变计划扑向附近的《大晚报》馆，并极为放肆地打砸抢，捣毁了排字房，打死打伤排字工各一名。租界巡捕闻讯赶来，特务们开枪拒捕，火并后有几名"76号"特务受伤被捕。此案进入司法程序之后，几名被捕特务经公共租界上海第一地方法院一审判处死刑。"76号"的头子李士群、丁默邨除策动被捕特务上诉之外，同时写信给即将承接此案二审的郁曼陀推事，要求他撤销原判，宣布被告无罪，并威胁郁曼陀说如果不这样的话，后果将极其严重。郁曼陀对此嗤之以鼻，毫不理会，以法办事，驳回上诉，维持原判。"76号"闻讯后恼羞成怒，随即命令特务夏仲明、吴振明、潘公亚等人布置暗杀。

1939年11月23日上午，上海西区法租界内额巨籁达路（今安福路），8时许，郁曼陀像往常一样走出临街的一号门，自备的包车已在路沿恭候。就在郁曼陀跨上包车的时候，身后一串枪声，郁曼陀扑倒在黄包车上。车夫向租界巡捕房报案，巡捕赶到时凶手已逃之夭夭，身中三弹的郁曼陀亦在送往医院路上撒手西归。噩耗传到胞弟郁达夫耳中，欲哭无泪的郁达夫愤笔挥就挽联一副：

“天壤薄王郎，节见穷时，各有清名闻海内；乾坤扶正气，神伤雨夜，好凭血债索辽东。”

当胞弟郁达夫名垂青史的时候，后人还应该知道，达夫还有一位胞兄，因为爱国，惨死在日伪特务枪下。而事隔六年不到，郁达夫也遭到日本宪兵杀害。弟兄俩都把自己的生命和鲜血，献给了我们伟大的祖国。一门双烈，这在全国也是不多见。

松鹤别墅是郁达夫的母亲郁陆氏生前居住的地方，郁达夫的母亲郁陆氏青年守寡，含辛茹苦把儿子们抚养长大后，则因日寇入侵，富阳沦陷，拒绝为敌服务，绝粒于山，展现了中国妇女的民族气节。郁氏一门忠烈，青山为之做证，富春江水为之呜咽。山不在高，有仙则灵。蒙蒙夜色中，鹳山仿佛高耸入云。

（三）

热爱祖国、热爱人民的人，人民是永远不会忘记他们的。郁达夫，中国文坛短暂而又耀眼的星星。因其文学才华，民族气节，一个多世纪来，为多少读者顶礼膜拜。而我，则在少年时代就读过他的短篇小说《春风沉醉的晚上》和《出奔》。那朴实善良的女工形象，那婚前婚后判若两人的董婉珍，至今深深地留在脑海里。去看了他的故居，自然令我喜不自禁。

1952 年，中央人民政府公布的第一批 300 名抗日英烈名单中，追认郁达夫、郁曼陀为革命烈士。在富阳的东端，风景秀丽的鹳山之东侧，烈士生前曾在山崖上置地盖有几间小屋，原本是作年老时终养暮年的场所，虽年久失修，但遗址尚在，骨骼犹存。现已在屋边的亭子原址上重新修建，并被命名为“双烈亭”，以纪念两位在抗日战争时期为国捐躯的英烈，英名载入了中国人民伟大抗日战争的史册。

双烈亭亭额上镌刻着沈雁冰手书的“双松挺秀”四字，亭内四根亭柱上对称着赵朴初、俞平伯题写的楹联，前者苍劲，后者雄浑。亭北两侧各立两块镌有烈士肖像和小传的石碑，碑文由著名书法家黄苗子书写，字体质朴舒展，拙中有味；两帧白描肖像出自著名画家叶浅予手笔，形神兼备；肖像上方有双松对峙，象征英灵与青松常在，还有茅盾、赵朴初、俞平伯等名人的诗词和题字。亭子中间竖有石碑，刻有郭沫若先生于1963年为郁曼陀遗画而作的题诗，诗云：

双松挺秀意如何，仿佛眉山有二苏。
况复埙篪同殉国，天涯海角听相呼。

从鹳山顶上极目远眺，富春江像碧绿的阔飘带，从脚下向东西两端散开，由宽而狭，一直伸到群山遮拦的远方。而在鹳山的背后，一片金黄色的稻海，铺天盖地，在秋阳的抚摸下，迎风摆舞，……面对着这一片山明水秀、富饶肥沃之地，我的耳边禁不住长久地回响着一个声音：

“祖国呀祖国……你快富强起来吧，强起来吧！”

离开郁达夫故居的时候，看到离雕像不远的草丛里，一块石头上面镂刻着一些字，我仔细看了，原来是几届荣获郁达夫小说奖的作者名单，这些后代作家用自己的笔触，传承着郁达夫的精神，如果郁达夫泉下有知，也该感到欣慰了。

2012年7月29日

几度红梅成赤心

——记革命老人徐镜平

“我常常问自己：人最怕失去的东西是什么？金钱、地位、名誉、亲人……还是自己的生命？不，不！人生最可贵的应该是信念——为崇高目标而生，为伟大理想而死。有了这一点，还有什么可畏惧的呢？”

这不是一段话剧台词，而是一篇日记的开头。微微发黄的纸页上，虽然没留下硝烟，也未曾染上血迹，可它以同样强烈的情感拨动着人们的心弦，因为作者用她一生的爱与恨，来回答了这个耐人寻味的问题……

觉醒

世上的事情就是怪，石头压过的麦苗长得壮；世上的事情也不奇，穷人家的孩子有志气。“五四”运动爆发那年，浙江鄞县乡间徐氏宗族里几十个孩子高小会考，爆出了个冷门。谁都没料到，自幼丧父，倍受凌辱的穷女孩徐镜平竟会名列第一，被宁波市里的一家教会学校录取了。

守寡多年的母亲又愁又喜，愁的是家里最得力的帮手要走了；喜的是总算没有辜负丈夫的遗嘱。她紧紧搂着女儿的脖子，欲言无词，热泪纵横。徐镜平伏在母亲的胸脯上说：“妈妈，你太苦了。我将来一定要让所有的人都看得起你……”

就这样，小镜平怀着为母亲争气的愿望，离别亲人和故乡，来到了人地生疏的宁波市。

宁波城真大呀，有那么多楼房、商店，然而徐镜平不敢去多看一眼；她要背圣经，读英语。不少同学开始“逾越”校规，偷偷溜出去看戏、逛庙会，可徐镜平不愿去花费一文钱。夏去秋来，600日夜倏然逝去，这个刻苦、纯朴的姑娘，虔诚地把自己埋入基督的教义里了……

第三个暑假来临了，跟前两年一样，徐镜平回乡帮母亲狠命地干了几十天。母亲心疼女儿，凑足了买件阴丹士林布袄的钱，让她早两天回城去选购。

17 岁的大姑娘，第一次对着商店里的试衣镜，挑选合意的新装。哦，她忽然发现，自己秀丽的脸庞，窈窕的身材，配上那件浅蓝的布袄，竟是如此俊俏。

“快滚出去，滚！”那是老板恶狠狠的嗓音。徐镜平循声望去，但见门口跪着个披麻戴孝的妇人。据说，她的丈夫在江边扛货时摔下船板淹死了，老板不给一分钱抚恤金，反说丢了他的一包货，得赔 500 元，逼着寡妇卖了女儿抵债。寡妇疯了，撞得满头是血……

围观的人很多，可没有一个敢说句公道话。徐镜平咬着双唇，脱下那件布袄，走出了店门，她把买布袄的钱统统塞给了那个满脸血泪、悲痛欲绝的母亲。

啊，苦难的母亲，天底下有多少这样的母亲？！

徐镜平在霪雨霏霏的江边走着，心潮逐浪，百思不解。她向上帝乞求过多少次了，可上帝为什么不怜悯这寡母孤儿，眼睁睁看着她们受欺凌？难道我的心还不虔诚？

1922 年的秋天，从北京和南京来了三位年轻的新教员。他们的言行犹如一柄柄利锯，把教会学校的樊笼栏栅锯裂了。他们抓起一个问题，都分析得那样透辟，让学生们感到震惊、激奋。徐镜平第一次听到“人类创世”的说法，听到“五四”新文化运动的宗旨，听到“反帝反封建”的口号，听到“社会主义理想国”的描述，还看到了胡适、陈独秀的文章和许多新的刊物。

在新教员的鼓励下，她和教会女校的姑娘们，经常到学生运动热火朝天的宁波市学生会，听演讲，如饥似渴地借阅各种书刊，亚里斯多德的哲学，柏拉图的理论，陈望道、邵力子在上海办的《民国日报》，刚译印的世界妇女解放运动简讯……而曾被膜拜过的“创世记”“启示录”“马太福音”，却被她丢入了脑后的深谷。

过了仲秋，徐镜平被派去给本校新生讲《圣经》。她登上讲台侃侃而谈，不知不觉地讲起了达尔文的进化论。校长勃然大怒，把她找去训诫了一通，没想到这个瘦小的姑娘，公然承认自己是基督的“逆忤”，还反问校长说：“请问，上帝在哪儿？谁见过？他是个X！谁讲得明白呢？”

旧的偶像破除了，一个崭新的信念正在徐镜平的心田中萌发。在甬江女中杨守实老师的家中，她和同学李秀琴等结识了几位刚从从上海来的共产党人，以及杨眉山、潘念之等有志青年。在这些新结识的革命者中，有位身材魁梧，浓眉大眼的青年尤为出众，每次谈话都使徐镜平耳目一新。他讲到了世界发展史、阶级的起源和演进、列宁和苏维埃俄国、中国的现状与未来……共产主义，这个词像一颗闪光的火种播入了她的心窝。如果说，铁针终将被磁极所吸引，那么，对一个出身贫寒，饱受屈辱却又酷爱着祖国和母亲的女学生来说，还有什么比共产主义社会这伟大“磁极”，更为之向往的呢？

相识不久，潘念之告诉她：那位受人尊敬的老大哥叫张秋人，浙江诸暨人，1922年毕业于宁波崇信中学，后来在上海加入了共产党。

“他要领你们去干共产主义的事吧？”姑娘悄悄地说，“让我也参加，行吗？”

事实作了回答，在张秋人、潘念之等人的帮助教育下，经过几个月的考察与锻炼，徐镜平被吸收参加了社会主义青年团，不久便成了党的一名新战士。

她的武器是笔，徐镜平主持创办新校刊《甬江声》，她的文章犀利新颖，特别是那篇《论妇女和人生的价值》在全国“女青年”会刊征文评选时，荣获二等奖。不料，会刊寄来的15元奖金被校长查抄了，校长还逼她跪下向基督的十字架祷告。她却从容地站着回答：“给我智慧和勇气的不是十字架，而是我的兄弟姐妹们！世态炎凉，人生艰难，我只感谢给予我生活信念和力量的人！”

说罢，她便转身走出门去，头也不回地走了。

目瞪口呆的校长，“扑通”一声跪倒了。她神色沮丧，默默垂泪，既无法把姑娘的思想钉上十字架，也没有勇气宣布自己教育的失败——开除学生徐镜平。

激流奋进

1925年的夏季，上海发生了“五卅”惨案。滚烫的血，唤醒了更多的民众，千万颗愤懑心灵发出震天的吼声，一场规模空前的反帝大风暴，正席卷中华大地！

6月3日清晨，张秋人从上海赶到宁波。当夜，他就召开了党员和积极分子会议，向大家讲述“五卅”惨案的经过和奋起声援的行动方案。第二天，街头巷尾，青年学生们纷纷演讲开了。徐镜平站在闹市区的演讲台上，义愤填膺，慷慨陈词。许多观众围着听着，忍不住都哭了。徐镜平含着眼泪问大家：“帝国主义这样欺侮我们，难道我们能默不作声，就此容忍了吗？”

不！愤怒的人群把日货都搬到了小校场，一堆冲天的大火，炽烈地焚烧着强加在人们头上的精神桎梏。一位白发苍苍的老人拉着徐镜平的手，抹着止不住的泪说：“姑娘，谁不爱自己的国家呀？可自甲午年以来，没人敢挑这个头呵！今天，你们为中国人出气了，痛快，痛快啊！”

在浩浩荡荡的示威队伍前，张秋人雄赳赳地迈着大步，带领群众直逼江北岸的英国领事馆。英国海军陆战队的刺刀，在中国示威者的胸膛前颤抖了，后退了。

战斗的岁月，共同的志向，使徐镜平和张秋人的心贴得更近了。师生—同志—战友—情侣，这是他们在大革命时代绘下的爱情曲线。

金桂飘香时节，徐镜平高中毕业了。她想去上海考大学，但组织上却要求她去苏州乐益女中任教。怎么办？她毫不犹豫地服从党组织的决定，告别了故土亲人，来到姑苏古城的乐益女中。她和地下党员侯绍裘、张闻天、王芝九、侯召伦等人一起，建立了苏州地区第一个中共支部。作为一个年轻的教员，她白天给学生讲历史课；作为一个老成的党员，她常辅导新同志学习《资本论浅说》《共产主义ABC》到深夜。不久，乐益女中发起筹建了苏州各界妇女联合会和苏州学生联合会。

千支细流汇洪澜，万仞孤石成高峦。学联、妇联，团结全市各界进步力量，向帝国主义和封建势力作着不懈的冲击。1925年底，著名社会革命家恽代英、肖楚女应邀到乐益女中演讲，听众云集，反响强烈，革命怒潮如干柴烈火，熊熊地燃烧起来了。

这一切，引起了当局的恐慌，反动势力更是不遗余力地攻击乐益女中“全盘赤化，危及大局”，逼着校主张冀牖变相解聘进步教员。为此，张闻天、沈霭春受组织委派，赴苏联学习；徐镜平则转赴上海景贤女中任职，兼授“上海大学”女附中的音乐课。

上海，百丈高楼，万盏华灯；资产阶级在这里起家，无产阶级也在这里成长！

在“上海各界妇女联合会”举办的活动中，一双双温暖而有力的手向她伸来：孔德沚、胡莫林、李达、李健、向警予、杨之华、钟复光……多少令人难忘的好同志和她并肩战斗呵！

1926年春天，上海闸北区的几家缫丝厂发生了一起大规模的罢工，要求增加工资。老板买通了警察局，不仅驱散了示威的女工，还拘押了所有的工人代表。闸北区的党组织通知徐镜平，务必尽力援助在饥寒中顽强斗争的缫丝厂的女工及其家属。

她和妇女联合会的姐妹们四处奔波。向工商界、文艺界、教育界募捐：食品、衣帽、药品、钱币，还有一封封声援信。当女工们接到妇女会送来的“急救物资”时，很多人晕过去了，那是因为饥饿和激动；徐镜平也晕倒了，她是因为72个小时没休息！

资本家是色厉内荏的。在强大的社会舆论支持下，工人代表获释了，谈判到底成功了，罢工取得了胜利，女工们又自豪地走进了厂门。

春风拂面，徐镜平欣慰地望着领取了罢工工资的小姐妹们，她的嘴角泛起了由衷的笑纹。不过，在有的场合，她确实也想哭。

那年夏天，她在上海圆明园路的青年会会议厅主持各界妇女组织的联席会议，到会的有相当一部分是社会名流、电影明星、教授、电台播音员、律师、记者。会议开得很热烈，可谁也没料到，忽然有位激进的女学生代表慷慨地提出：“女权运动就是革命解放运动，而妇女的解放，只有全世界无产阶级解放之后，才能实现！”

全场哗然，这个爆炸性的口号，把大多数温和的小知识分子吓坏了。她们一个个站起身，匆匆忙忙溜出了会议厅。

徐镜平是会议主席。她站在一堆被拽得乱糟糟的椅子当中，急得束手无策，几乎要哭了。怎么办呢？眼睁睁搅了一个会，可谁也没有错，就是怨自己的水平太差，没能圆满完成党交办的任务。

她闷闷不乐了好几天，想来想去，觉得自己文化太低，应当进大学深造。苦斗了半个多月，夙愿成现实，她被厦门大学教育系录取。

虎口脱险

“东南雄风聚起，神州日趋火红。”1926年的秋天，闽粤正孕育着万钧革命狂飚，中国共产党和国民党的左派携手合作，组织起了英勇无畏的北伐大军，向帝国主义豢养的封建军阀开火了！

徐镜平在教室里难以坐定，她知道张秋人正在广州黄埔军官学校当教官，真想去见他一面，却又有点紧张：这几年，自己为党做得太少了，张秋人会批评她吗？还有，时而传来广东的右派势力，正秘密残害共产党人的小道消息，这是真的吗？

1927年的春天，徐镜平终于得到党组织的批准，赴穗见一见亲人的面。可是，到达广州的那天，阴霾沉沉，气压很低。在码头上接她的同志递上一张薄薄的纸条，她惊愕了——那不是张秋人的住址，而是一句让人诧异的警告：立即疏散隐蔽！

天哪，到底发生了什么重大变故？这是怎么一回事呢？她无从了解。翌日清晨，她才知道国民党右派在广东发动了“四·一二”反革命大屠杀。

真是紫电经天，腥风行地，广州的局势，一下变得异常险恶。市内各处张贴着通缉共产党人的布告。敌人的屠杀并不能吓倒徐镜平，反而激起她更大的愤慨。

广州是不能逗留下去了。她按照党的指示，和准备去黄埔军校的应伯修、阳翰笙、韩麟符、安体成等人商定了一个紧急撤退方案：搭船北上，暂返上海。

上海，同样被白色恐怖笼罩着。

碧血悲歌

1927 年秋天，张秋人把徐镜平从宁波接回上海，住在福熙路一幢老式楼房——当时党中央宣传部的驻处。她的英语又一次发挥了积极作用，在张秋人以及刘伯坚的鼓励和帮助下，做一些翻译工作。

9 月初，中央派人来找张秋人，要他去浙江省就任省委书记。尽管杭州是黄埔军校反动组织——“黄埔同学会”的大本营，认识他的人很多，但张秋人还是坦然地接受了党组织的指令。

“即使把脑袋留在那里，也要完成重建浙江省委的大事！”就是怀着这样的决心，张秋人带着爱人徐镜平，双双踏上了新的征程。

亲人被害

枯叶落尽了，北风带来了纷纷扬扬的雪花；冰凌融化了，“一树独先天下春”的红梅，绽开了簇簇新蕾。呵，1928 年的春天来了！

党组织给徐镜平捎来了口信：张秋人已被转押到杭州陆军监狱，并和那里的地下党支部接上了关系，暂时没有被害的危险了。因为，那里是长期拘押政治犯的地方！

张秋人偶尔还通过“关系”送出一张小字条，告诉徐镜平：“监狱只能关住革命者的躯体，却关不住革命者的心。我在狱中身体挺好，正组织大家学习法国革命史和政治经济学。”徐镜平含着泪水读着。她透过这字里行间，仿佛看到张秋人的音容笑貌，还是那样坚毅而乐观。

徐镜平想告诉丈夫的是什么呢？她不能前去送春衣了。长期的劳累和营养不良，使她晕倒了，幸亏绍敦电器公司经理蔡叔厚的搭救，把她送进了一家日本人开的私人医院。孩子保不住了——流产带来的是长期卧床，她心如乱麻，可医生的嘱咐是：绝对安静，否则大人也有生命危险！

她被精神和肉体的痛苦，折磨得只剩下皮包骨头了。可是，她的信念没有动摇，她以顽强的意志驱赶着脑海中任何轻生的闪念，要活下去，为了牢狱中的亲人张秋人；活下去，为了党的事业！

徐镜平渐渐恢复了生机。可是，她万万没有想到，一个巨大的打击正等待着她！这天，她从报纸上看到这样一条消息：共党要犯张秋人被处决！……她无论如何不相信自己的眼睛，而这白纸黑字又偏偏如此触目惊心：处决……处决！

徐镜平当即昏死过去，等到她清醒过来，已是第二天的黎明了。那是个凄风苦雨的黎明呵，苍天垂泪，与她共悼牺牲了的亲人。她默默地撕下那张台历——1928 年 2 月 8 日，这是她一生中，最痛心的日子呀！后来，她从许多同志口中，较详细地了解到张秋人英勇就义的壮举——

那天早上，张秋人正和薛暮桥在下棋，忽听狱警传呼“张秋人开庭！”他知道最后的考验来临了，从容地整了整外衣，摘下近视眼镜送给一位同情革命的看守，随即唱起了《国际歌》。战友们也以歌声向他告别。

张秋人被押上临时法庭，法官问他叫什么名字？多大年龄？他昂首挺胸，横眉冷对，当众嘲弄伪法官：“你们竖起耳朵听着，老子张秋人，今年大寿三十整！”

说罢，他一步迈向书案，抓起桌上的朱砂砚台，朝狗法官们狠狠砸去……

敌人吓坏了，不敢再审，立即把他绑赴刑场，面对敌人的枪口，张秋人放声大笑，一次又一次高呼：马克思列宁主义万岁！中国共产党万岁！中国革命必然胜利！……

刽子手们朝他开了一阵乱枪，他的热血洒在凝满寒霜的祖国大地上……中国共产党浙江省第一任省委书记张秋人，为革命献出了他那年轻的生命。

徐镜平拭去了眼泪，因为泪水淹不死仇敌！她又振起精神，这才是她的亲人张秋人所期望的！她谢绝了组织上的照顾，没有回家乡去休养，她时刻铭记着一个革命战士的职责：生命不息，搏击不止！

筹办女中

1929 年末，蔡畅同志找到了徐镜平，希望她筹备成城女子中学。

“你是女中毕业的，又搞过几年教育，”蔡畅同志的话语，充满了信任和期望，“你大胆地去干吧！”

说干就干。徐镜平在狄思威路（今溧阳路）找到了一栋半新旧的三层楼房，又找叔叔和堂兄作保，凑足 3000 元钱，把学校办了起来。董事长聘请知名人士刘王立明来担任。唯一的缺憾是师资力量较薄弱。得知此事，蔡畅特意赶来参加第一次董事会议，并告诉徐镜平：不必担心，组织上正考虑给成城女中补充师资力量。

果然，叶圣陶先生专程来讲文学课了，孔德沚、吴庶五、张叶舟等人来校兼课了，刚从日本回国的金则人等人也来了。她和同志们组织起两个支部，一是教师支部，跟李克农同志领导的中联部取得了联系；一是行政支部，主要做学生工作，由中共上海特别市闸北区委领导。

这位年轻的校长要领导 200 多师生学习、工作、生活，担子也够重的。困难很多，危险也不少。

艰难岁月

严峻的考验接踵而来。区委书记王克泉叛变了，新的区委负责人黄理文又很快被捕了，她和党组织的一切关系都中断了。为了养活母亲和弟妹，她不得不撑着身子，给世界书局整理书刊，搞翻译，编写注解，还夜以继日地忙着给新出版的《英汉词典》搞校对。

1930 年到 1936 年，对徐镜平来说，是多么漫长，多么难熬的岁月呀！唯一的安慰是，她又找到了志同道合的革命伴侣金则人，而且经党组织批准结了婚。他们的爱情，是在血与火的斗争中建立、巩固、发展起来的。这真挚而深沉的爱情，给她带来了温暖，带来了战胜艰难困苦的勇气和力量。

金则人是职业革命家。他常常受党组织的派遣东奔西走，公开的身份也时常变化：教师、商人、记者、编辑、经纪人、小职员甚至是小贩。没有固定的职业，也就没有固定的收入。然而，孩子却一个个诞生了，本来就不宽裕的生活变得格外贫困了。作为妻子和母亲，徐镜平默默地忍受着艰辛和困苦，没有一句怨言。

她感到无法忍受的是，自己的组织关系已经中断，而且费尽心机寻找，还是找不到任何契机。虽然，丈夫是职业革命家，却也帮不了她的忙，因为党组织关系是单线联系的。而到1936年初，金则人的组织关系也被掐断了，甚至被当时地下党内的某些人怀疑是托派分子，这使徐镜平感到十分难受。当她遭到昔日同志的冷遇时，才懂得孤立是多么让人难受呀。但是，共产党员的心，是不会被怀疑的冰水淹没的！她相信总有一天，春风会重新吹拂他们的窗棂。

“西安事变”发生了！它震动了全国，也震动着这两颗长期受折磨的心！他们把两个孩子送往安徽的亲戚家，最小的一个请人带往宁波乡下寄养。他们要轻装上阵，为抗日救国作出应有的贡献！但是，他们的良好愿望，却没迅速变为现实，而遭到了革命同志的迴然回避。

她急得要哭了，可哭又有什么用呢？！

“让我们到前线去，以一死来表明爱国爱党之心吧！”她怨愤地对金则人说。

“任何考验总会有结论的。相信党的人，不是以死来说明问题的。”金则人的回答是深沉而乐观的：

“今后，还有很多工作要我们去干呐！”

不久，他们终于找到了钱俊瑞同志，向他了解局势。钱俊瑞给他们介绍了“西安事变”的全过程。徐镜平感到既兴奋又焦急：兴奋的是，全国人民都行动起来了，连西北军、东北军都不打红军，参加了民主抗日阵线，中国一定大有希望！焦急的是，自己作为一名有着多年党龄的战士，却没跟上无产阶级战斗的步伐！

“快给我任务吧！”徐镜平的声音在颤抖，就像离家多年的孩子又见到了母亲，等待着母亲的第一个吩咐。

在保育院

1937 年 10 月，徐镜平和章汉夫等同志乘船去武汉工作。她情绪高昂，但体质很差，经不住一路颠簸，到了武汉就被送进了医院。

同病室有个青年军官家属，原是法政大学的毕业生。言谈之间，她们都感到国难当头，妇女也应为民族大业尽力，但又苦于孩子、家务缠身，心有余而力不足！那个年轻的军官就要上前线了，最后一次来探望妻子，更是情意绵绵，走了三次，又三次半途折回，扶着妻儿泪流满面。那天，正巧安娥到医院探望徐镜平，触景生情，不觉感慨万千！

能不能把孩子集中起来抚养，让母亲们安心参加抗日工作？这个问题，引起了在场所有人的热烈讨论。

她找到了刘群的爱人朱涵珠，一起向邓颖超同志作了请示：能否把儿童保育院尽快办起来？

邓颖超同志很赞成：是呵，应该尽快筹备，希望大家全力以赴！

于是，邓颖超同志又请李德全女士来，一起参加筹委会工作。徐镜平作为发起人之一，被选为筹委会委员。渐渐地，参与这筹备工作的人多了，成份也越来越复杂。根据党的统一战线政策，从资金来源和社会影响等方面的考虑，筹委会把宋美龄也请来了。

宋美龄在武汉行营主持了第一次理事会，并设便宴招待 100 多位各党派的理事。会上，她以总理事长的名义提出：组织委员会主任由邓颖超担任，保育委员会和文化委员会由曹孟君、沈兹九负责。副理事长李德全表示赞同。常务理事徐镜平、吴贻芳等人也举手同意。

红梅报春

辞旧岁迎新春的鞭炮又响了。1944 年的中国，抗日战争进入了决战决胜的阶段。八路军、新四军在全国各个战场上展开了战略反攻，捷报频传。法西斯的末日，已经临近了！

金则人在苏联大使馆协助工作。他每次回家，总带来令人鼓舞的喜讯：苏联红军已经收复全境领土，正乘胜追击德寇！八路军在晋冀鲁豫等地又消灭了二万多日本鬼子……她兴奋不已，立即就把这些好消息告诉同志们。

徐镜平深为自己的工作感到自豪。半年前，组织上让她掩护金则人同志工作，在家里开了个缝纫合作社。经过紧张的筹备，虽然只搞来五六台缝纫机，但那嘈杂喧闹的声音，足以掩盖那架地下电台了。

徐镜平的弟弟徐桑楚（解放后曾任上海市电影局副局长、上海电影制片厂厂长等职）来了。他看了周围的一切，感到很奇怪，问姐姐为什么要找这么个地方住？背后那条涤涧小溪挂着瀑布，整天哗哗作响。

她笑着说："风水好嘛，我喜欢有山有水。这样美的环境，有什么不好呢？"

"晚上这屋子底下，有滴滴答答的声音，你听见了吗？"

"噢，那是瀑布冲在石头上发出的响声！"

弟弟笑笑，心里说：姐姐呀，我听出来了，那是发报机的声音！当然，这句话只能心领，不能言传。弟弟已经是个中共正式党员了，可又各自单线联系，虽是亲人，还得彼此保密哩！

抗日战争胜利了。根据形势的需要，徐镜平的缝纫合作社发展成一个私营被服厂，依旧掩护着电台，也负责经济生活困难的同志。

1946年秋，徐镜平回到了阔别多年的上海，经过一番周折，同张晓梅、曾宪植同志接上了关系。然而，1947年的春天，张晓梅突然撤走，组织关系骤然中断。不安的环境里，她经受着独立作战的考验。直到1948年初，潘念之同志来沪后，她才重新取得了工作联系。后来，潘念之告诉她：解放大军正挥戈南下，势如破竹，大上海回到人民怀抱的日子，已经为期不远了！是的，隆隆的惊雷正在东方轰鸣，满树红梅报道着春天的信息。她望着历经风雨、傲霜斗雪的红梅，想起了宋朝陈亮的咏梅诗：

一朵忽先变，百花皆后香。
欲传春信息，不怕雪里藏。

一花引来群芳开，梅花盛开预示着万紫千红、百花争艳的明媚春天即将来临了。她望着在风雪里挺立并散发着清香的梅花，向往着胜利的明天，脸上露出了欣慰的笑容。

1981 年 3 月 19 日

走进了西柏坡

西柏坡，这个彪炳于中国革命史册的小山村，位于太行东麓，滹沱河畔，柏坡岭下，群山环抱之中，距河北省省会石家庄约 90 千米，背山面水，花红柳绿，翠柏苍郁，犹是一幅美丽的山水画。

一座座普通而肃穆的北方旧式房子，以博大的胸怀接纳过一群穿着灰军装的革命者。

滹沱河的水，滋养过来自井冈山、古田、龙岩、瑞金、遵义和延安的那支革命之旅，肩负过与之并不相承的使命。她是革命的母亲，新中国的母亲，中国梦的发源地。

西柏坡——河北省平山县的一个仅有 16440 平方米、80 多户人家的小山村，却在 20 世纪中期成为中国历史巨大转折中的枢纽，成为中国革命战争的最后一个农村指挥所，也成为人民心目中胜利的摇篮、革命的圣殿，享有“天下第一坡”的美誉。由于一群中国共产党人，在这里完成了惊天地，泣鬼神的共和国大业而闻名，几十年风雨沧桑后，她仍在中华儿女心中闪耀着夺目的光辉。

那么，一个原在中国地图上找不到的小山村，历史为什么挑选这么一个不起眼的地方，作为中国共产党的临时落脚点呢？

（一）

有句歌词写得好：“西柏坡啊，永远不能忘，共和国的黎明就从这里点亮。”在迎接党的成立 96 周年的前夕，我踏上了这片红色的土地。站在西柏坡那高高的山岗上，松柏苍翠，碧空如洗。我慢慢地抬头环顾，细细地用心感受，就在这个小山村里，像那满山屹立的松柏用博大的胸怀，迎接并掩映着党中央机关和人民解放军总部。在这里，毛泽东、朱德、刘少奇、周恩来、任弼时等老一辈无产阶级革命家曾忘我工作。

半年多时间，从这里发出的遥控前方战局的电文，就达408封。正是这些电报，指挥着前方将士，势如破竹，横扫千军如卷席。到现在，还在这个以电报为展览主题的长廊中回荡着。领袖们优势互补，和衷合作，精心部署，运筹帷幄之中，决胜于千里之外，打赢了震惊中外的辽沈、淮海、平津三大战役，历时4个月零19天，歼灭和改编国民党军队154万余人，真不愧为“在最小的指挥所里指挥了最大的人民解放战争！”为夺取全国胜利奠定了坚实的基础。

就在这个小山村里，中国共产党成功地指导我党的工作重心，由农村转移到城市，我国的革命也由新民主主义革命转变为社会主义革命。也就在这个小山村里，党中央在这里先后召开了全国土地会议，讨论通过了在中国土地制度上具有划时代意义的《中国土地法大纲》，发行人民币，召开中央政治局九月会议，建立华北人民政府，筹备新的政治协商会议……近300个日日夜夜，中央人民政府的雏形孕育诞生，这为建立中华人民共和国从政治、经济、文化、外交等方面做了充分准备。“中国命运决定于此村”，西柏坡就这样成为中国历史沧桑巨变的见证。

一道道弯弯曲曲的围墙中，一簇簇普普通通的北方常见的土坯墙、茅草顶的平房小院，一件件简陋的办公用具无声地告诉我，这里曾经是毛泽东、刘少奇、朱德、周恩来、任弼时、董必武等领导人的旧居。另外，还有中央军委作战室旧址、九月会议会址、中共中央接见苏共中央代表米高扬及上海人民代表团旧址、新华社总编室旧址等。这里曾高效、周密地运行着决定全中国安危、全民族命运的中央机构。

如果不是门口的标示牌指引，谁能想到，这一座座整洁，朴素，颇具农家气息的农舍，就是当年五大书记和其他领导办公、生活、休息的地方。

我满怀深情地瞻仰了伟人的故居。随着人群，我一个院一个院地观看，每挪一步，都想象着与先辈的脚印重合，他们的脚印有的深些，有的浅些；有的大些，有的小些；有的悠闲，有的匆忙；也有女人的，小孩的。毛泽东的故居建筑面积约120多平方米，分为前后两院。前院有警卫室、水房、磨盘，还有几棵苍劲挺拔的大树。后院有办公室、寝室、书房兼资料室、家眷住房、女儿李讷及保姆住房等。当时，前院有一个猪圈，为保持院内清洁卫生，警卫员打算将猪圈和磨盘一起拆除。主席得知后说，这些东西不要撤掉，将来我们走了，老乡还能用。于是，猪圈、磨盘房便成了毛泽东的办公场所，也成了他和其他中央领导商讨军机大事的地方。

那天，我还瞻仰了刘少奇、朱德、周恩来、任弼时、董必武等领导人的旧居。当我走进这些革命先辈曾经生活、工作过的地方，追随伟人的足迹，我看到的是一排排用土坯盖成的平房，一幅幅泛黄的老照片，一间间油漆斑驳的办公室，一部部老式的电话机，一盏盏的马灯，一张张的作战地图，以及中央机关食堂用过的菜墩子、粗瓷碗、煤油灯……再现了老一辈革命家在西柏坡的艰苦岁月，这不仅是一座沉寂的简朴的房屋，这里仍旧能辨析当年豪杰们的飒爽英姿、爽朗笑声；在这里我重温伟人的业绩，倾听历史的回声，感受革命领袖的风骨，体味出共产党人的睿智。我看着墙上毛泽东主席的照片，耳旁回荡起他的："看苍茫大地，谁主沉浮"的雄伟诗句。我痴想深夜一个人静静地待在这些小院里，瓦屋里，听听遗落在这里的讨论、吵闹、戏谑、笑骂，这就是中国共产党的伟大！

（二）

西柏坡的淳朴，蕴藏着厚重的寓意。中共中央于 1949 年 3 月 5 日至 13 日，在这里召开了具有重大历史意义的中共七届二中全会。

会址是倚靠在防空洞一个小山包的西南方，讲解员说是当年的伙房改建成的，泥砖铺地，朴素得就像一个站在田头的老农。我走进这当年土坯垒就、白灰涂顶、112 米的会场，看到正面的墙上，两边是有镰刀和斧头的党旗中间，并列悬挂着毛泽东主席和朱德总司令画像，就像历史的伟人仍在这里。主席台设在北头，前面一排是书记的座位，后面依次排列着十几排长桌是与会者的座位，桌上铺着粗布毛毯，桌后的靠背椅，摆得整整齐齐。没有鲜花，没有音响，没有桌签，一代伟人毛泽东，正是在这插着两支笔的主席台前，作了振奋人心的报告。

我兴味盎然地听着讲解员声情并茂地描述当年的情景，目光还是不由自主地停留在“七届二中全会”会址上，我又想到了唐朝唐彦谦的两句诗：“天南地北绕路边，扎根无处不延绵”，这不就是“新中国从这里走来”的意境吗？

（三）

西柏坡呵，并不强劲的怀抱容纳了整个新中国，这面坡就愈加倾斜了起来，好在滹沱河托住了，这条悠悠亘古大河孕育的葱郁柏树宝塔一样耸立。我惊诧于太行深处这面山坡的开阔和茂密，不得不深思“偶然中的必然”这个哲学命题。西柏坡是个富贵命，一生下来就在等着天降大任。

西柏坡纪念馆前，伫立广场中央的中共中央五大书记：毛泽东、刘少奇、朱德、周恩来、任弼时的铜像，铜像的背后，是迎风飘扬的国旗。然后，是庄严肃穆的红瓦黄墙的二层楼群，阶梯式四合院，四周走廊环绕，顺山势建造而成，面积 3344 平方米。正门上方黑色匾额上，由邓小平题写的“西柏坡纪念馆”六个金色大字，在阳光下华光闪烁，光彩夺目。山顶最高处，气势宏伟的西柏坡纪念碑，碑身高 18.93 米（寓毛泽东诞辰 1893 年），正面碑文是邓小平题写的“西柏坡”三个大字，背面是江泽民的题词：“牢记两个务必，建设有中国特色的社会主义。”碑座浮雕为西柏坡时期的土地会议，三大战役和七届二中全会等重大历史实践。碑体顶部是人字形的三杆枪，象征毛泽东“枪杆子里面出政权”的伟大真理，直耸在万绿丛中，直指蓝天白云。

我怀着无比崇敬的心情，拾阶而上，在馆内大厅中央，瞻仰了毛泽东和他的战友们的大型浮雕：五大书记的左右和身后，分别簇拥着董必武、张闻天、陈云、王稼祥、彭德怀、贺龙、陈毅、刘伯承、邓小平、徐特立、李先念、邓颖超、蒋一波、李富春、叶剑英、彭真、习仲勋、杨尚昆、胡乔木等76位老一辈无产阶级革命家，他们用伟岸的身躯组成了顶天立地的铜墙铁壁。

接着，我缓步参观了“光荣平山”“中央工委在西柏坡”“决战前夕”“中国共产党七届二中全会”“新中国从这里走来”“难忘岁月”及“历史不会忘记”等12个展厅。大量珍贵的革命文物图片和讲解员的讲述，加之声光电的逼真效果，这让我好像回到艰苦卓绝的峥嵘岁月，来到昼夜操劳的领袖面前，来到冒着枪林弹雨的战士中，接受这里的红色文化洗礼。那些略略泛黄的资料照片里，永远记载着共产党人在这片土地上留下的真诚、博大和远见。

这时，我想到黄维。国民党十二兵团司令黄维在淮海战役被俘，改造出狱后坚持要来西柏坡看一看，当他看到这里那四间简陋的小平房作战室时，感慨唏嘘，连呼：

“蒋先生当败！蒋先生当败！”

蒋介石怎么能不败呢？共产党克己为民，其公心弥盖天下，已经盖住并融化了敌人的营垒，连蒋介石派来的谈判代表邵力子、张治中都佩服而不归了。

西柏坡，是中国革命史上的红色圣地，也是哺育中国共产党执政后永葆政治本色的摇篮。为了更好地回报和造福老百姓，治理好洪水，1957年，毛主席亲自批示作出了修建岗南水库的决定，不惜淹没了西柏坡中共中央所在地的原址。现在的西柏坡旧址，是按原样移址建设的。西柏坡的历史里，始终流淌着党和人民的鱼水深情。今之西柏坡这片厚重的土地上，前有碧波荡漾、水光潋滟的西柏坡湖，后有满坡翠柏，林涛阵阵的西柏坡岭。湖光山色，相得益彰，独具魅力。西柏坡以其在中国革命史上独特的历史定位，永远闪烁在中华民族的记忆长河中。

西柏坡是一个令人难忘的地方，也是一个令人肃然起敬的地方，从实现“两个一百年”奋斗目标到实现中华民族伟大复兴的中国梦，我们正在征程中。七十年前，西柏坡指明了中国新民主主义革命胜利的方向；七十年后，沿着历史的足迹而行，西柏坡再次昭示了新时期前进的道路。

在西柏坡旧址前，我与同伴们留下了合影。我想，这不仅是纪念，更是表达对时代道路的自觉认同和坚定选择。西柏坡精神，是顺应时代呼唤的精神；西柏坡精神，注定会被中华儿女世代相传！

2018 年 6 月 29 日

天安门广场看升国旗

中国人如果没去过北京，也许是人生的一大遗憾；假如到了北京，那就一定要去天安门广场看升国旗。虽然我们在电视上看到天安门升国旗的仪式一遍又一遍，心里总会想，一定要到现场去，亲身感受升国旗的心情。

国旗是国家标志和象征。站在花团锦簇的北京天安门广场，随着庄严的《义勇军进行曲》响起，注目鲜艳的五星红旗，冉冉升起，畅舞苍穹，这是何等激动人心啊。每每想起在庄严而神圣的一刻，我们每个炎黄子孙都有一种心潮涌动激荡的感觉。这种无形的、无时无刻地浸润于我们心田的力量，毫无疑问是来源于国旗的。今年的北京之行，让我有了这份非常难忘的体验。

（一）

10 月 1 日的清晨，格外凉爽。踏着金秋的鼓点，披着晨曦的霞光，天安门广场上，聚集了七万多等待看升国旗的人。3 时 30 分，长安街热闹起来，拉着箱子的游客、背着包的学生，从四面八方涌向天安门广场。他们来自全国各地，身着节日的盛装，或是排着整齐的队伍，或是举家同来，或是连夜乘车特意赶来，有老人，有军人，也有小孩骑在家人的肩上，场面真是很感人；一张张笑脸，灿烂而又兴奋……4 时许，广场人潮涌动，人山人海，但秩序井然，围绕在国旗杆周围，却是鸦雀无声，所有的人都在用心等待庄严的、神圣一刻的到来，等待五星红旗升起的神圣时刻，共同祝福祖国母亲生日快乐。

在大家的热盼和憧憬中，6 时 6 分，《歌唱祖国》乐声响起。我们的目光不约而同地投向天安门，投向金水桥，投向国旗护卫队战士手中的五星红旗。我渐渐看清了，看清楚了！鲜艳的五星红旗在英姿飒爽的武警官兵护送下，从这条首都中轴线上，迈着正步走到升旗台前，只听“啪”的一个立定，两名护旗手分别站在旗座两旁，恰如两尊雕像。此时的天安门前没有一丝声响。

6 时 10 分许，《义勇军进行曲》奏响，雄壮的乐曲声中，无数的企盼化作祝福，迎着朝晖，在空中升腾。心中的梦想在此凝聚，又随目送的红旗，一同升起，迎风飘扬在蔚蓝的天空里。军礼、举手礼、注目礼，闪光灯、快门声、欢呼声……大家用不同的方式，向五星红旗致以最崇高的敬意！及至国歌声中的最后一个音符结束的一刹那，我们的五星红旗也毫厘不差地“升”到了旗杆顶端。短短 2 分 7 秒，亿万中国梦在升腾，民族复兴的自信心在升腾。万羽吉祥的和平鸽，腾空飞向远方，紧接着，三万个彩色气球，连同十三亿中华儿女的心愿和祝福，一同放飞，天空顿时成为一片缤纷的海洋。人们雀跃着，雷鸣般的欢呼声，此起彼伏，祝福声，久久不息：

“祖国万岁！祖国万岁！”

我心中的热血在燃烧，在沸腾！目睹五星红旗冉冉升起，在我眼里却是瞬息万变，我仿佛见到东海的太阳在升起；看到我们的前辈用血肉长城挡住了战火，保卫着共和国的壮丽山河；看到我们的体育健儿在国际大赛上争胜夺冠，让国歌奏响、国旗升起；看到国旗飘扬在联合国的上空，显示中华民族自立于世界民族之林；更看到国旗在改革开放的阳光下，传颂着“春天的故事”；看到国旗飘扬在傲游太空的神州飞船上、珠穆朗玛峰峰巅上、南极科考站屋脊上……

面对这些，我一下感到“祖国”两个字是多么神圣！我双眼噙着泪花，远远地，远远地，我仰视着迎风飘扬的五星红旗，眼里写满了对天安门的敬仰……

（二）

国旗是祖国的象征，是民族的尊严，应该与日月同辉。1982 年 12

月 28 日，升降国旗任务由武警国旗班担任。从此，五星红旗每天清晨在天安门广场上空，准时与太阳一起升起，晚上和太阳一起降落。

国旗如此的魅力，使我不得不去追随她的诞生历程。1949 年，新政治协商会议筹备会常委会召开第一次会议，会议决定下设六个小组，其中第六小组负责拟定国旗国歌国徽方案。7 月 14 日起，《人民日报》《光明日报》《解放军报》《解放日报》等报刊陆续刊登了《征求国旗国歌国徽图案及国歌词谱启事》。到 8 月中旬，图案就收到 1920 件应征稿，内有国旗图案 2992 幅。诚如负责拟定国旗、国徽、国歌方案的新政协筹备会常委会第六小组组长马叙伦所言："从这一次的国旗、国徽、国歌应征稿件上，充分表现了全国（包括海外华侨）各阶层、各种职业的人士，男女老幼，对于革命政权如何的热烈拥护，对于新中国的国旗、国徽、国歌之制作又如何的关心，如何踊跃地来发表他们的意见。"

然而，国旗方案的选定一波三折。8 月 24 日，第六小组经过充分讨论，看好"初选第十一号"。该旗上 1/3 部分为白底，左侧缀一红五角星，下 2/3 为红底。推介理由提到"白色象征光明，红色象征革命政权；红星代表共产党的领导"。但是，此优选方案与 16 种初选方案，后陆续增加到 38 幅，一同上报新政协筹备会常委会后，陈嘉庚首先提出反对意见，他特别指出白色"在太阳光下看不见"。而毛泽东等中共中央领导层看中的则是"初选第十七号"，即一颗黄五角星居红旗左上，星下有一黄条横贯左右。

可是在中国人民政治协商会议第一届全体会议开幕后的第三天（9 月 23 日），第六组召集的全体政协委员分组会议上，"初选第十七号"及其修正图案的复字第一、二、三号虽得票位居第一，却也招致较为普遍的反对意见，原因在于此类图案易引发分裂国土的联想。张治中在 9 月 23 日毛泽东、朱德宴请国民党起义将领的晚宴上，当面向毛泽东指出了这一点。当夜，周恩来在听取第六组秘书彭光涵的汇报和建议后，将目光投向《国旗分组讨论综合意见统计表》得票位列第五的"复字三十二号"，即曾联松的设计图案。当天分组讨论时，有胡厥文、李烛尘、雷荣珂等 15 人主张采用此图案。

上海市民、浙江瑞安人曾联松提供的“红地红星旗”设计图案，旗面为红色，长方形，其长与高比例为 3∶2，旗面左上方缀黄色五角星五颗。四颗小五角星各有一尖正对着大五角星的中心点。五星采用黄色，是为了在红地上显出光明，也表示中华民族为黄色人种。构图新颖，寓意深刻，也显得紧凑美观。旗面上的红色，象征着无数先烈为建立新中国所倾洒的鲜血。五颗金星，展示了全国人民在中国共产党领导下的大团结。这一设计，满足了各个阶级、各文化、各民族人群对于国旗的需求和想象，因此得到了普遍的欢迎。此时此刻，我思绪纷飞，浮想联翩……

1949 年 9 月 25 日晚，毛泽东在丰泽园会议厅主持召开国旗国徽国歌国都及纪年协商座谈会。曾联松设计的红地五星旗图案得到毛泽东的肯定。他向大家推介曾联松的设计图案：“我们这个图案表现我们革命人民大团结。现在要大团结，将来也要大团结。因此现在也好将来也好，又是团结又是革命。”这得到与会者的一致赞同。

事实上，第六小组在遴选国旗方案时，对五星红旗也是颇为欣赏的。廖静文女士追忆说，当时小组成员对五星红旗图案的共同评价是：“美丽大方，而且寓意也好”。此言兼具美学与政治双重价值的考量。只是面对众多国旗图案，评选者每每为其蕴含的政治、民族的象征而迷失方向，难以定夺。

国旗图案的遴选，实最考验审美与政治直觉。参加第一届全国人民政协会议的救国会、民盟成员宋云彬，堪称是其中的佼佼者。宋云彬在 9 月 23 日的日记显示，他当天参加国旗等分组座谈会，对于会议主持方引导的在复字第三号、复字第四号（后者实即初选第十一号的修正图案）优选的做法，并不满意，认为两图都不合适。三天后即 9 月 26 日上午，人民政协会议休会一日，宋云彬到华北教科书编委会办公，上海开明书店编辑朱光暄这天来访。同回宋云彬住处后，“光暄翻看国旗图案参考资料，谓复字第三十二号红色五星旗最好，余亦云然”。至此，宋云彬的审美和政治直觉因得到一位知友的默契而觉醒。这为其下午参加国旗国徽国歌国都纪年审查委员会第一次会议的积极作为，做了很好的铺垫。在下午的会上，彭光涵起身介绍昨夜毛泽东召集专题协商座谈会的情况，马叙伦通报说国旗方案经第六小组再三研讨，认为复字第三十二号最为可取。宋云彬首先起立发言表示赞同。此会最后议定国旗拟采用复字第三十二号图案等事项。

9 月 27 日，中国人民政治协商会议第一届全体会议第六天大会，与会者就新中国国都纪年国旗国徽国歌等方案展开热烈讨论。除国旗制法中的“小星”统改为“小五角星”，其他的两项提议（或要 4 个小五角星的位置变动一下，或要将 4 个小五角星及大星皆再加大一些）都没有得到接纳，正如田汉在会上当场回应前一提议者所说的：“在小组中曾多方面地试过，还是原案中美观。”曾联松设计的国旗方案就此顺利获得大会通过，其设计除了删去了大五角星内的镰刀斧头，五星红旗图案及制法皆保留原稿设计——五星红旗当其出世时就是如此的完美。会议通过的《关于中华人民共和国国都、纪年、国歌、国旗的决议》中，第四点规定：“全体通过中华人民共和国的国旗为红底五星旗，象征中国革命人民大团结。”当年 9 月 28 日，《人民日报》报道政协会议时，改称“红底五星旗”为“五星红旗”。

1949 年 10 月 1 日，中华人民共和国中央人民政府成立庆典，也就是我们通常所说的“开国大典”在北京隆重举行。毛泽东站在天安门城楼上亲自升起第一面五星红旗。从此，中华人民共和国诞生了，中华民族站起来了，人民当家作主的政权建立了！在共和国的史册上，永远回荡着民族的壮歌；在共和国的丰碑上，永远映射着真理的光芒。五星红旗，从此高高飘扬于中华大地。

为此，1950 年 10 月 1 日，曾联松受邀登上天安门观礼台，坐在观礼台右侧 97 号座位上，目睹了自己设计的五星红旗，在雄壮的国歌声中冉冉升起。同年 11 月，他收到了中央人民政府办公厅发函（第 1139 号）：“曾联松先生：你所设计的中华人民共和国国旗，业已采用，兹赠送人民政协纪念刊一册，人民币 500 万元，分别交邮局及人民银行寄上，作为酬谢你对国家的贡献，并致深切的敬意，收到后希即见复。”

那天，我在天安门观看升国旗，让我深受教育，更增添了对国旗的热爱和崇敬。我由此想到了《国旗法》，想到了许许多多与国旗有关的人和事。

国旗，如熊熊火焰，似灿灿云霞，点亮了光明与新生。我仰望着高高飘扬的国旗，心潮澎湃，思绪万千。我的耳旁响起“五星红旗迎风飘扬，胜利歌声多么嘹亮，歌唱我们亲爱的祖国，从今走向繁荣富强”，“祖国”这个平时听起来十分抽象的字眼，今天让我感觉是那样具体，那样亲切，那样神圣!

风雨兼程，我们在中国共产党的领导下，自力更生，团结拼博，从贫穷走向富裕，从胜利走向辉煌。六十八年的春华秋实，我们在五星红旗的指引下，上下求索，开拓创新，从繁荣走向富强，从和谐走向安康。

（三）

峥嵘岁月，宛如一卷卷巨幅的照片，展现在了我的眼前。一个崭新的时代，一个蓬勃的时代，片片热土充满着生机和希望。亿万人民在“中国特色”“中国梦”的指引下，正满怀信心昂首阔步奔向幸福的小康路上。

七十年，对一个人而言，是步入了夕阳红的年龄，可是一面旗帜，却可以让你的容颜变得青春和美丽，是改革开放的大潮，为你注入了崭新的活力，在蔚蓝的天空下，显得格外火红。我真切地感觉到，那红，是我一生中见过的美丽、最耀眼的亮色。

共和国，今天是您的生日，五十六个民族都为您庆贺，一起走进十月的阳光、十月的花海。庆贺改革开放、国门打开，你的胸怀是那样的宽广。庆贺香港澳门回归，紫荆花与莲花的芬芳处处飘荡。庆贺北京奥运和上海世博成功举办，五大洲三大洋聚焦中国的崛起。

今天，一个黄皮肤黑眼睛的民族，正在以豪迈的气势，雄赳赳、气昂昂地大步跨入世界民族之林，巍然屹立在世界的东方。我祝福我的祖国，永远是诗经的故乡、文化的圣殿。我愿我的祖国，阳光普照，绚丽竞放。我更愿我的祖国，年年是画，岁岁是歌，幸福像花儿一样开放。

可以说，国旗也是一个国家、一个民族乃至一个人的一种信仰，看到它就会有坚持下去的力量，有奋斗到底的热血。几十年来，有一首歌常常在我耳畔回荡："五星级红旗，你是我的骄傲。五星红旗，我为你自豪。你的名字，比我生命更重要……"高昂激越、充满情怀的歌声，每每令我在心中庄严地举起右手：敬礼！国旗！

在天安门广场看庄严的升国旗仪式，确实令我永远难以忘怀。国旗啊，国旗！您高高飘扬在中华大地上，你无时不在的神奇力量，给国人以振兴中华的巨大能量，让朝着我们念想的目标，义无反顾地前行！而中国人汇聚成的巨大力量，一定会创造出一个更加美好的未来！

2019 年 10 月 1 日

巷城深处的朱自清故居

扬州的秋日，夜色倾城的季节。每一个夜晚，都是如斯浓郁的风景；每一片夜色，都记忆着真实的生活。然而，让我怦然心动的是巷城深处的朱自清故居。

古运河畔，文昌阁旁，一条青石铺就的小巷深处，便是朱自清的旧宅老屋，现在成为朱自清纪念馆了。

（一）

扬州的别称叫“巷城”，是中国现代散文大家朱自清先生曾经生活过的地方，是我心目中所崇拜的一方圣地。烟花三月的扬州美不胜收，“桃红柳绿迎春黄，一湖清波映倩影”。这样的美景对我固然有极大的吸引力，但最让我为之向往的还是朱自清先生的故居，探寻名家人生的历练，以了却我多年之心愿。渐觅渐行，在左问右拐之中，走进那条挂着“安乐巷”路牌的小巷。长长的，窄窄的；长，地上铺着青砖的路，一直朝里延伸；窄，我张开双臂，差不多可以碰到两边的墙壁。小巷深深，青苔染阶绿，我如同穿越时光，来到旧时的扬州。小巷纵横交叉，所幸每逢拐弯、交叉处，总可以看到画着朱自清肖像的指路牌。越是往里走，越发安静，偶有自行车驶过。终于见到一堵青砖外墙上，嵌着一块白底黑字的牌子：“全国文物保护单位：朱自清故居。”

故居的门，是青色的。朴素如简，简到宁静。这是一个古老又安静的扬州三合院建筑，大门朝东，门墙斑驳，薄砖铺地，表苔结缝，是一座典雅、精致、紧凑的小院。天井里铺着青砖，客厅、正房、厢房及书屋，井然有序。廊檐下的砖缝墙角，爬满了层层青苔，似凝聚着往昔的沧桑。小草，已开出柔弱洁白的花，这花在墙角是不起眼的，却默默地表达出这样的信息：春风又绿江南岸，春天已经来了。客厅正中的板壁上挂着一轴峰峦叠翠、烟雨迷蒙的山水画，旁边是一副对联：“开张天岸马，奇逸人中龙”，乃康有为所撰，山水画则是康熙年间画家王原祁所绘。书房里书桌上铺着花笺，笔架上挂着多支毛笔。这一切都散发着书香。在正房里我看见高悬着一帧戴瓜皮帽、蓄着长须、穿着对襟衫的长者椭圆形照片，那便是名作《背影》中所写的父亲。在简朴的氛围中，透出清雅的书卷气。

有一位姓刘的汉子极为热情，当仁不让给我导游。他领我先往北向小院，对面并列两间客房，告诉我这是当年朱自清先生的居室。

朱自清，原名自华，号秋实，后改名自清，字佩弦，现代著名散文家、教育家、诗人、学者和民主战士。小时候，我学的课文《背影》《荷塘月色》都出自他的笔下。1898 年 11 月 22 日出生于江苏海州府（今东海县），其父朱鸿钧于光绪二十七年（1901 年）由东海赴扬州府属邵伯镇上任，两年后，朱自清随全家乔迁扬州。他在这“江淮名都”生活了 13 年，度过了青涩的童年和少年时代，使他对扬州充满了一片桑梓之情和故土之爱。就在这间不大的上堂屋中的桌边，父亲教他背唐诗宋词，身为小吏的父亲为养家糊口而奔波忙碌的背景，成为他儿时记忆的“薄薄的影子”。

在十三四岁时，朱自清已经做通了国文。他喜欢读书，考入江苏省第八中学（今扬州中学）后，陆陆续续阅读了四书五经、《史记》、《汉书》、《韩昌黎集》、《柳河东集》、《文心雕龙》等国学经典。从那时起，他就开始做自己的文学梦了。最使他醉心的是《聊斋志异》和林译小说。英雄豪杰的金戈铁马，才子佳人的悲欢离合，书生与狐仙的缠绵悱恻，多彩斑斓的异域风情，都使他沉醉着迷。那时起，他开始了最初的创作。第一次，他模仿林译小说的文笔和结构，写了一个山大王的故事，8000 多字。小说写好后，他兴冲冲地投寄到《小说月报》，可不久稿子就被退回来了。他不服气，集合了几个同学，干脆办了个《小说日报》，用文言写作。他又写了一篇从大人那里听来的侠客的故事，题目叫《龙钟人语》，登在“日报”上。当然，三天之后，“日报”便办不下去了。

年少轻狂之举不能成事，但追逐梦想的脚步却未曾停歇。后来，朱自清终于圆了文学家的梦。他是幸运的。

1916年，朱自清考入了北京大学，从此走出了这老屋旧巷。1919年，朱自清投入了如火如荼的“五四运动”，由此开始了新诗及散文创作，并加入新潮社，成为新文学运动的重要一员。后来，他又被聘为清华大学教授及赴西欧游学等，但这故乡的老屋一直维系着他的情感与人生。先生说：“我是扬州人。”并以此为题著文。他们家在扬州的生活也成了他日后文学创作的库藏之一。包括《背影》在内的许多篇什都与扬州有关。无论走到何处，朱自清都怀念着自己的故乡。人说在哪儿度过童年，就算哪儿是故乡，这样看，就只有扬州可以算是朱自清的故乡了。睹物思贤，时距先生一家迁居扬州这座小院，正好110周年。我不由感慨万千，心戚戚然。

转入二道门，院内上、下堂屋及两侧厢房，原是朱自清父母家人居住。六扇古色古香的雕花屏门，显得古朴庄重。正厅摆着清式木椅案几，中堂墙上挂有康有为所撰对联。陈设布置，使得这个贫困没落的小官员家庭，仍处处留存着翰墨书香。这小堂屋的东厢房，是父亲朱鸿钧和母亲周绮桐的卧室，而朱自清的次女也由老人抚养在此。房中墙上挂着两位老人的照片，慈眉善目地呵护着后人。而西厢房，则是朱自清的庶母潘氏带着朱自清幼小的次子朱闰生所住。

其实，这座朱自清故居，并非朱家世居，而是赁房。朱自清祖籍浙江绍兴，诞生于江苏海州（今连云港市东海县），他却写了《我是扬州人》一文，因为他“从七岁到扬州，一住十三年”。父亲在扬州是客籍，租房而居，竟然连迁七处。这无意之中使朱自清住遍扬州东南西北。

（二）

安乐巷的三合院是朱自清在扬州最后的住处。此前他家住在东关仁丰里，与一户庄姓人家共租，那庄姓人便是世界乒乓球名将庄则栋的祖父。朱自清家在安乐巷住最久，他与扬州名医之女武仲谦就在这里完婚。

朱自清考取北京大学之后，他的妻子、父母仍在这座小院居住。妻子因肺病故世，他挥泪写下散文《给亡妇》。此后，父母相继离世。他与齐白石的女弟子陈竹隐在上海结婚后，也曾来小院居住。所以这座三合院与朱自清的命运紧密相连，如同他所言“大概够得上古人说的‘生于斯，死于斯，歌哭于斯’了”。

然后，这条非常普通的小巷也许没有想到，他会随着走出的巨人在历史上留下重重的一笔，更没有想到小巷中的 27 号，如今的国家级重点文物保护单位，省爱国主义教育基地和小公民示范基地——朱自清故居，成为世人瞻仰的一方精神圣地。

“绿杨城郭是扬州。”无论是“山色有无中”的扬州的山，还是瘦西湖上“真像一瓣西瓜”的小划子，以及“滋润利落，决不腻嘴腻舌”的扬州炒饭、烫干丝，都涌入朱自清的散文之中。

朱自清先生不仅散文写得好，还是一个有民族气节的中国人。展厅的玻璃柜中陈列着 1941 年他在一所初级中学里的演讲记录稿：“青少年应有爱国家、爱民族、爱自由的伟大志气，不要辜负大好时光，刻苦学习，将来担负起挽救国家民族的伟大使命。”朱自清先生是这么说的，也是这么做的。

巨大的压力，清贫的生活，繁重的工作，朱自清的健康状况越来越差，最轻时体重不到 40 公斤。1948 年 6 月，在反饥饿、反内战中，他激于义愤，勇于担当，虽身患生病，也就是在这个时候，他毅然在拒领“美援面粉”的声明上，签下了自己的名字，他在日记上写道：“下午认真思索了一阵子，坚信我的签名之举是正确的。因为我们反对美国扶植日本的政策，要采取直接的行动，就不应该逃避个人的责任。”签名后一个月，朱自清因贫病交迫，胃溃疡引起胃穿孔而与世长辞，年仅 49 岁，令人扼腕长叹。

朱自清先生没有豪言壮语，但在弥留时还拉着家人的手断断续续说：“我已签了名，以后再不能去买配给面粉。”朱自清没有死在枪林弹雨的战场上，但他用自己的生命，在民族危亡之际表现了中国人的尊严，体现了伟大的民族气节和大义凛然的骨气。他以独特的行为——朱自清式的爱国方式，树立了爱国知识分子的光辉榜样。

朱自清逝世后，他的夫人陈竹隐在整理他的遗物时看到，他的钱包里，整齐地叠放着六万元法币，这点钱连一块小烧饼都买不到……清华大学破天荒地降半旗致哀。追悼会上，校长梅贻琦致辞时，哽咽得说不出话来。数月之内，社会各界纪念诗文多达160多篇，形成一个影响一时的文化事件。毛泽东称赞他“一身重病，宁可饿死，不领美国的‘救济粮’，表现了我们民族的英雄气概”。(《别了，司徒雷登》)号召国人学习他、歌颂他。高风亮节，堪称脊梁。

（三）

“青灯有味是儿时。”朱自清在古城扬州上小学、中学，扬州的秀山丽水与悠久的历史文化，把他熏陶成为作家。我在又细又长的小巷中漫步。当我从安乐巷穿过只能过一头黄牛的黄牛巷，豁然开朗。前方是宽广而波光潋滟的京杭大运河，河滨古渡的联合国世界文化遗产标志，高大巍峨、保存完好的扬州东城门的东关，古色古香、热闹非凡的东关街……

安乐巷口，便是扬州市有名的东关小学，江泽民儿时曾在这儿读过书。他对朱自清先生极为敬重，十分关心朱自清故居的保护。1998年11月，为了纪念朱自清先生诞生100周年，江泽民主席不仅为“朱自清故居”题名，还题诗一首，以赞颂他：

晨鸣共北门，谈笑少年情。
背影秦淮绿，荷塘月色明。
高风凝铁骨，正气养德行。
清淡传香远，文章百代名。

出上堂屋后即是第二进，现已辟为纪念朱自清先生的展厅，墙上用楷书刻着《背影》《荷塘月色》《说扬州》等朱自清散文著作的片断，我默默地念着《说扬州》。展厅还陈列着先生的许多手稿和各种出版物，如

《春》《荷塘月色》《背影》和《桨声灯影里的秦淮河》等名篇，且图文并茂、脉络清晰地介绍了这位“扬州人杰”的一生。陈列着一尊汉白玉的朱自清雕像，一身布衣长衫，一副文人眼镜，手握书卷，安然而坐，昂头凝思，背景是一片景色朦胧的荷塘月色。先生可能在构思妙文佳作，也可能在遐想家乡父老。

在展览区的玻璃橱窗下，有几页微微泛黄的纸张，上面写满了不同国别的文字，那是朱自清的日记。这些日记本是用来记事和备忘的，他生前并没有公开发表的打算。翻阅这些日记，更能近距离地了解朱自清真诚、朴实、单纯的内心世界。1931 年到 1936 年的日记里，有三则都写他夜里做梦的，奇怪的是，这三则日记所记的三个梦竟然是同一个内容：

> 1931 年 12 月 5 日：“……梦里，我被清华大学解聘，并取消了教授资格，因为我的学识不足……”
>
> 1932 年 1 月 11 日：“梦见我因研究精神不够而被解聘……”
>
> 1936 年 3 月 19 日：“昨夜得梦，大学内起骚动。我们躲进一座大钟寺的寺庙，在厕所偶一露面，即为冲入的学生发现。他们缚住我的手，谴责我从不读书，并且研究毫无系统。我承认这两点并愿一旦获释即提出辞职。”

三则日记分别写于不同年份，前两则是在英国游学时所写，后一则写于清华大学，这期间，他也由中文系代理主任正式担任主任职。不同的时间，不同的地点，不同的境遇，而竟做着同一个内容的梦。

日有所思，夜有所梦，他内心承受着巨大的压力。朱自清做事做人本就极其认真严谨，从日记中可看出他永远觉着自己资质一般，不够聪敏，也不够勤奋努力。他不时地自我反省，自我审视。到清华大学后，心理压力就更大了。一来教非所学，他是学哲学的，但教的却是国学。二来他只是个本科生，而清华大学却是名流荟萃、大师云集之地。三是清华大学严格的用人机制和学术竞争环境。再加上他自己由中学教师升格为教授，由教授又任系主任，他自觉“盛名之下，其实难副”。因而压力越来越大。他担心自己在学术研究上落伍，曾几次提出辞职，想专心治学。他不断地自我要求，自我完善，大量阅读各种书籍，每隔一段时间就制订一个读书计划。他虚心向语言学家王力，诗词专家黄节、俞平伯等人请教，借来他们的著作阅读学习。自己的日记，他也用中、英、日三种文字书写，以此来巩固和提高自己的外语水平。

流连于朱自清先生的故居，想着他的文章，抚着他的旧物，我久久驻足凝视，神思不禁激荡起来，顿觉一种别样的情感涌上心头，让我肃然起敬，是他的《背影》中的感恩情愫？是他的《荷塘月色》中报国忧民的情怀？不同流合污的气节？还是宁可饿死不领美国救济粮的骨气？

青山依旧在，几度夕阳红，是非成败转头空，谁是真正英雄？回顾历史风云，多少仁人志士为家仇国恨，为国富民强，抛头颅，洒热血，献青春，谱写了一篇篇人间壮美诗篇，描绘了一幅幅激荡人心的画卷，留下了一段段可歌可泣的动人故事，值得我们追思、回忆、追忆他们的民族精神，追怀他们的民族气节。朱自清便是其中的一位。他以其洞幽入微的观察力、超脱尘世的秉性、细腻激扬的情愫、沉着凝练的文字和生花的妙笔，写下了无数文采斐然、风格迥异和脍炙人口的作品。这些经历了时间考验的散文佳作，不仅丰富了世界文学宝库，其思想还感染和影响了成千上万的人，叩击着一代又一代人的心灵。同时，我凭吊朱自清先生，寄托哀思，是在尊崇一种气节、一种风骨、一种精神。

故居里有许多名人留下的题词。作家柯蓝这样写道："匆匆而去，背影长留。"愿朱自清的背影永远徜徉在古运河边、文昌阁旁……

出了朱自清先生的故居，我有了却平生一愿的满足，也在心中留存了他那更为丰满伟岸的形象，自当长同天地，光昭日月。这正是黄昏时分，晚风徐徐，夕阳西下，余晖脉脉，洒在老旧的青砖黛瓦墙上，平添了几分苍凉与感慨。回去之后，我还要重读朱自清先生的文章，回味他那谆谆的教诲……

2008 年 3 月 25 日

焦裕禄在兰考

这是一片神圣的地方，也是一个令人魂牵梦萦的地方。苍松翠柏，柳丝低垂，泡桐林立，陪伴着一个英灵在这里安息。

一个已经逝世半个世纪的人，仍然被人民深深缅怀着，有着什么样的原因？因为他的心中有党、心中有民、心中有责、心中有戒。1966 年 2 月 10 日，被河南省人民政府授予革命烈士称号。2015 年 1 月 12 日，习近平总书记在同中央党校县委书记研修班学员座谈会上的讲话指出，要从心中有党、心中有民、心中有责、心中有戒四个方面，勉励他们要做焦裕禄式的县委书记。

初夏的清晨，兰考出奇地安静。怀着无限崇敬的我，急切地来到了焦裕禄烈士陵园，拜谒焦裕禄墓。

（一）

焦裕禄烈士陵园，位于兰考县城的北面。这里原是明末清初黄河故道的一个沙丘。陵园依势而建于 1966 年 2 月，占地 6 公顷。正对大门 50 米处，是一座高 19.64 米的革命烈士纪念碑，寓意纪念焦裕禄逝世于 1964 年。碑座有三幅大型浮雕：解放兰考、访贫问苦、查三害，画面栩栩如生。整个碑体，立于两手捧托着的、以泡桐花为主的巨型花环之上。碑体正面携刻着毛泽东主席手书“革命烈士永垂不朽”八个金色大字，纪念碑在四周苍松翠柏映衬之下，显得庄严、肃穆，洁白无瑕。

从纪念碑往北是焦裕禄陵园广场。广场北侧是焦裕禄墓区，松柏环绕，鲜花簇拥，高大的泡桐，浓荫蔽日，显得庄严肃穆。纪念碑上，镶嵌有焦裕禄青年时的照片和“焦裕禄烈士之墓”字样。整个墓台和墓盖由汉白玉外镶，屏壁上镌刻着毛泽东主席的题字“为人民而死，虽死犹荣”。我随着瞻仰群众在墓前肃立，默哀三分钟，默默地三鞠躬，随后绕陵墓一周，表示我对这位党的优秀干部的崇敬之意。

此刻，云层低垂，松柏肃立，仿佛也在表达无尽的哀思。我凝视着焦裕禄的遗像，心潮起伏，久久不忍离去……

陵墓西侧，是焦裕禄纪念馆。我缓步走进了纪念馆大厅，江泽民的亲笔题词：“向焦裕禄同志学习，全心全意为人民服务”镌在正面墙壁，壁前摆放着焦裕禄的半身塑像，塑像下摆放着中共中央委员会送的花圈，挽词上端端正正写着“深切怀念焦裕禄同志”。馆内，一张张图片，一件件遗物，使我身临其境地了解焦书记一心为民、伟大与崇高的一生，给我留下的不仅是追思和缅怀，更有激动、警醒和感慨。

兰考，地处豫东黄河古道的这片1116平方千米的大地，自西向东流经豫北全境的黄河，在东坝头乡掉头向北，画出入海前的最后一个大拐弯。当地老乡告诉我，这里因地势险要，素有“豆腐”之称。他们还说，洪水来时，兰考是“一只拖住黄河的袋子”。正是历史上黄河多次在这里决口、泛滥，改变了兰考的土质，成了个饱受风沙、盐碱、内涝之患的老灾区。有首在兰考流传多年的悲凉民歌：“冬春风沙狂，夏秋水汪洋，一年劳动半年糠，交租纳税恨官堂。扶老携幼去逃荒，卖了儿和女，饿死爹和娘。”

1962年，兰考刚经历了三年困难时期的严重侵袭，水利工程毁坏、农村经济凋敝，一年无雪，三年无雨。春天，风沙摧毁了20多万亩庄稼，10多万亩禾苗被淹，20多万亩禾苗被碱死，重灾队七季无收，不少社员携家带口去逃荒。

1962年冬天，焦裕禄来到兰考担任县委书记，带领群众开始了与内涝、风沙、盐碱“三害”的搏斗。

（二）

焦裕禄，1922年8月16日出生于山东省淄博市博山县崮山乡北崮村的一户贫苦家庭。1929年夏，饱受因不识字而被当地财主欺压受辱的焦家，将时年七岁的焦裕禄送到南崮村小学（正规名称为博山县第五区第五高等小学）读书。他学习认真，勤奋刻苦，各项成绩均名列前茅，有着非凡的记忆力和良好的语言表达能力，语文更是各科之中最优。曾经作《阙家泉的风景》一文，被全班同学作为范文学习过背诵过。读书期间，由于家里生活都成问题，更没钱给他买纸和笔墨，他便在不上课的时候到山上砍柴卖柴自供学习用具。然而，对于贫困农家子弟来说，读书实属奢侈之事。1933 年，读到四年级的焦裕禄因财主逼债、家庭困窘被迫辍学。

1943 年，由于农作物颗粒无收，又遇上了荒时暴月，家里能变卖的东西都卖光了也没换来多少吃的，没有伪军“良民证”不敢出大门，一家老小忍饥挨饿。走投无路之下，焦裕禄不得不带着家人逃荒至江苏宿迁。在那里，为了糊口，焦裕禄给一家富农做了两年长工。

1945 年 8 月，随着全国抗日战争的结束，焦裕禄再次返回山东老家。为了参与家乡的解放，他主动加入了村民兵组织，由于严格执行当地党组织和政府的政策纪律，在村中威信较高，后来当上了队长。

当民兵期间，历次参加革命斗争的实践，以及聆听组织领导民兵工作的共产党人的教导，再加上早年艰难求生的经历，使得焦裕禄迅速地成长起来，他也渐渐萌生了加入党组织的愿望。焦裕禄写过三份入党申请书，第一份写好了，觉得自己还不够党员条件而没有递交。第二份写好了，也递交了，觉得自己没有模范执行党的俘虏政策而收回了。经过两次思想考虑后，焦裕禄更加严格要求自己，认真学习党的理论，模范执行党的政策纪律，把写好的第三份入党申请书交给了党小组长焦方开，请他转交党组织。

焦裕禄在入党申请书上这样写道：“共产党是人民群众的救星，没有共产党，革命就不能胜利，穷人就不能翻身。我要听毛主席的话，跟共产党走，为推翻旧社会，建立新中国，实现共产主义而奋斗！”终于在 1946 年 1 月的一天，焦方开紧握着焦裕禄的手郑重地对他说，上级党委已经研究批准他为一名共产党员。听到这个消息，激动万分的焦裕禄眼含泪花：“我的条件还不够，对革命还没作出啥贡献，对照誓词，我还差得很远很远……我要努力为党工作……”

解放战争后期，他随军离开山东来到河南，1948 年 2 月，被分配到尉氏县工作，先后任宣传干事、大营区区委副书记兼区长，后调到洛阳矿山机器厂先后任一金工车间主任、厂生产调度科科长。1954 年 8 月，曾到哈尔滨工业大学学习。1962 年 6 月，任尉氏县委书记处副书记。同年 12 月，正是在灾情最严重的时候，焦裕禄受上级组织委派来到兰考县，先后担任县委第二书记、书记。他没有犹豫，更没有退缩，而是迎难而上，经受着天灾和人心的双重考验，他下定决心“不改变兰考的面貌，决不离开那里”。

在带领全县人民封沙、治水、改地的斗争中，焦裕禄身先士卒，以身作则。1963 年冬的一天下午，突然刮起西北大风，接着漫天大雪，气温急剧下降，天空阴沉，看样子更大的风雪还在后边。焦裕禄独自倚门，望着风雪，心情十分沉重，他想：风雪这么大，不知下面做了安排没有，县委要赶快发个通知。他把想法与有关同志商量了一下，随即到办公室去了。县委办公室的同志立即用电话向各公社发出了通知。焦裕禄心里惦记着广大群众，那天晚上，他房里的电灯通宵未熄。

第二天，天刚蒙蒙亮，他敲门把大家叫起来，有人问他：“为啥起这么早？”他说：“睡不着啊！马上开个干部会议吧，我想我们还是带上些东西，到农民家里去看看。”全院的同志都起来了，大家来到办公室开会。会上，焦裕禄讲话很短，心情十分激动。他说：“雪越下越大了，这给群众生活带来许多困难，在这大雪封门的日子，我们不能坐在办公室里烤火，应该到群众中间去。共产党员应该在群众在最困难的时候，出现在群众面前，在群众最需要帮助的时候，去关心群众，帮助群众。”

焦裕禄常说，共产党员应该在群众最困难的时候，出现在群众面前，在群众最需要帮助的时候，去关心群众帮助群众。有一天，焦裕禄冒着风雪，忍着剧烈的肝痛，一连走访了九个村子，访问了几十户群众，却没烤群众一把火，没喝群众一口水。

他来到梁孙庄梁俊才的家里，老大爷卧床不起，老大娘双目失明。老大爷问：“你是谁呀？大雪天来干啥？”焦裕禄说：“我是您的儿子，毛主席叫我来看望您老人家的。”老大爷感动得热泪盈眶，说：“解放前，大雪封门，地主逼租，撵得我串人家的房檐，住人家的牛屋。还是党好，社会主义好。”

在焦裕禄的带领下，同志们立即行动起来，冒着扑面而来的大风雪，给群众发放救济粮、救济款去了。至此，我好像看到焦书记，不做父母官，而是甘当人民的儿子。风雪夜，他去孤老家中探望；严寒天，他带着一班人实地看望逃荒的群众；他带领群众战天斗地，斗风沙，脱旧帽；他带领群众种植的泡桐，如今仍在造福当地群众。焦裕禄用脚踏实地的行动，给兰考人民留下了物质财富和精神财富。

他说：“吃别人嚼过的馍没味道。”在兰考期间，焦裕禄除了开会，大部分时间都在下乡。焦裕禄纪念馆，存放着他 50 多年前骑过的破自行车，还有他穿过的胶鞋，靠这车和胶鞋，焦裕禄走遍了全县 149 个生产大队中的 120 多个，查看了全县近百个风口、1600 多个沙丘。兰考大地，留下了他那深深的脚印。作为一位党的县委书记，他率先垂范带领干部群众除“三害”，挖坑施肥、培土扶苗，分明又是一位普通劳动者。他为兰考人民累病了、累垮了，却嫌药贵不肯买，说灾区群众生活困难咽不下去。1964，正当兰考人民同“涝、沙、碱”这“三害”的斗争取得节节胜利的时候，他却倒下了，为了顶住越来越疼痛的肝区，坐的藤椅硬生生被顶出了一个大窟窿……5 月 14 日，焦裕禄被肝癌夺取了生命，年仅 42 岁。他临终前对组织上唯一的要求就是“把我运回兰考，埋在沙堆上，活着我没有治好沙丘，死了也要看着你们把沙丘治好”。

写到此，我的双眼已经模糊，我的耳畔好像又响起十万兰考人民震天哭声：“焦书记，苦死累死的好心人呀！你咋走得这么早”，眼前是漫天飞舞的纸钱……他们需要他，思念他，一声声呼唤感天动地。“高尚是高尚者的墓志铭”，焦裕禄在兰考只工作了一年零四月，就病逝在工作岗位上，却给当地人民留下了无尽思念。他将共产党人的本色诠释得淋漓尽致。同年 11 月，中共河南省委号召全省干部学习焦裕禄同志忠心耿耿地为党为人民工作的革命精神。1966 年 2 月，新华社播发穆青、冯建、周原采写的通讯《县委书记的好榜样——焦裕禄》，全面介绍了焦裕禄的感人事迹。随后，全国各种报刊先后刊登了数十篇文章通讯，在全国掀起了一个学习焦裕禄的热潮。焦裕禄成为各级干部特别是领导干部学习的榜样。1966年，河南省人民政府追认焦裕禄同志为革命烈士。

“焦书记，您没有离开我们，您永远活在人民心中。”兰考人心目中的“老焦”——这位共和国历史上最著名的县委书记，如同一面旗帜，穿越时空，一直屹立在兰考的大地上，屹立在中国大地上。

二十四年后的1990年5月，当年采写焦裕禄事迹的穆青先生等三位新闻界前辈重访兰考，满怀深情地写下了《人民呼唤焦裕禄》的通讯，再次引起了强烈的反响。如今，面对一些地方屡禁不止的腐败之风，人民何尝不在声声呼唤焦裕禄——一个愈远弥新却又久违的“榜样”。觥筹交错之中，回望焦裕禄，我们一些干部，一些同志，有没有感到自己丢失的东西，已经太多太多！

2009年9月，焦裕禄被评为100位中华人民共和国成立以来感动中国人物之一，荣获“最美奋斗者”称号。

（三）

拜谒了焦裕禄墓，我突发奇想，何不去看看焦裕禄当年办公的地方。经路人指点，发觉并不很远。我顺着大道往南，走走看看，大约20分钟，便到了河南省兰考县的县委大院。看上去，好像是20世纪70年代的建筑，主楼楼高不过三层，大院简朴、整洁，是一座毫不起眼、绝无形象工程的办公楼。我信步走了进去，迎面便是“学裕禄精神，做人民公仆”几个大字，让我觉得人们思念的焦书记，从来就不曾离开这里。后院两排平房，低矮破旧。最令我惊喜的是，这里既无森严的岗亭，又无戒备的保安盘查询问，只有一位看上去60岁左右的老大爷把门。若不是大门两侧赫然挂着的“中共兰考县委员会”和“中共兰考县纪律检查委员会”两块木牌，我简直不敢相信这里是堂堂的一个县委大院。

看门的老大爷听说我是从上海远道而来，拜谒焦书记陵园的，便热情地向我介绍，这才是当年焦书记和县委一般人办公的地方，现在的县委大院，是70年代在原址上改建的。看看毗邻的富丽堂皇的百货大厦和气势不凡的银行大楼，县委大院确实寒碜了许多。想到如今一些贫困地区豪华气派的办公大楼，不免慨叹。

面对这一切，我想起了焦裕禄始终保持艰苦朴素的作风，他的办公桌、文件柜都是原兰考县委初建时买的，有不少地方破损。当时有人劝焦裕禄同志换个新的，他没有采纳这个建议，而且修了修，照样使用。他用过的一条被子上有42个补丁，褥子上有36个补丁，同志们劝他换床新的。他说："我的被子破了，是需更换新的，但应该看到，灾区的群众比我更需要。其实，我这就很好，比我要饭时披着麻包片，住在房檐底下避雪强多啦。"焦裕禄的衣、帽、鞋、袜，都是拆洗很多次，补了又补，缝了又缝的，虽然破旧得很厉害，但是焦裕禄同志总是舍不得换。他的爱人徐俊雅同志最后生气了，不给他补，他就自己动手补。

一次，有位干部提出要装潢一下领导干部的办公室，焦裕禄同志严肃地说："坐在破椅子上不能革命吗？兰考的灾区面貌还没有改变，群众生活还有困难，富丽堂皇的事不但不能做，就是连想也很危险。"

在成为无产阶级先锋队战士之后，焦裕禄并没有停下前进的脚步，而是在党组织的领导下，在如火如荼的革命、建设道路上，继续战斗着、前行着、奋斗着，努力践行入党誓词，保持共产党人的本色。

临别兰考，我又重返焦裕禄纪念馆。在《今日兰考》展区，陈列的一排排乐器，引人驻足。二胡、扬琴、琵琶、古筝……居然都是兰考乐器厂制造的，制琴的木材就取自当地的泡桐树。看着这些乐器，我想，倘若用它们合奏一直乐曲，一定是人间最美、最动听的绝佳之音！

傍晚，辞别兰考。望着车窗外一排排高大的泡桐树，不由想起那首《公仆赞》："你是大树，身后成长着大森林……"泡桐树啊，斗转星移，你的志向不移；时光飞逝，你的丰采不减；岁月沧桑，你的赤诚之心犹在。你与焦裕禄书记相依相伴，传承精神，撒播大爱，天地之间，代代年年。焦裕禄精神，永远在人民群众心间！

这时，我边看边想，中华大地，留下了多少优秀儿女的坟茔，可是又有多少先烈留下姓名？为了祖国的今天，他们除了舍弃了自己的一切，谁又想过后人会想起他们，记住他们？而今天，孩子们没有忘记他们，老人们没有忘记他们，所有热爱祖国的人没有忘记他们，成千上万的革命先烈在人们心中，已经竖起了一座不朽的丰碑。

我们在寻觅昨天的足迹，只觉得脚下的路，正把信念延伸。

我们在追忆昨天的梦境，只觉得巍峨的纪念碑，又把新的世纪托起。

我们不会忘记，从昨天到今天，那条漫长而艰难的路。

我们不会忘记，从今天到明天，必将迎来更加伟大而壮丽的前程。

2004 年 5 月 27 日草于郑州，2015 年 7 月 11 日改定

踏访张闻天故居

清晨，轻纱般的薄雾，弥漫着大地，树木和小草，被洒上了一层水晶晶的雾珠，周围的世界，是那么的恬静，那么的清新……我背上双肩包，地铁转地铁，到了上海浦东川沙，又乘了半个小时的公交车，来到了张闻天的故居。

张闻天，原名应皋，曾化名洛甫，字闻天，他的故居，坐落在浦东新区川沙新镇邓三村，始建于清光绪年间（1893年），是由其祖父和堂叔合建的，距今已有100多年的历史。是一座典型的江南农家砖木结构的宅院，一正两厢房加偏房，青砖白墙，黑色小瓦，中间天井，竹篱环抱，清雅有致。院内，木格窗棂，菜垄齐整，屋后有小桥流水、竹林、橘树，透露出浓郁的乡村气息和江南特色。我看故居，很感亲切，因为这种结构的房子，在浦东还是江南水乡，是较为多见的。

门厅的匾额上，陈云题写的“张闻天故居”五个大字的匾额，熠熠生辉。两个甲子前的1900年8月30日，当代中国伟大的无产阶级革命家、忠诚的马克思主义者、中国革命伟大转折时期的中国共产党重要领导人张闻天，正是诞生于此，并在这里度过了童年和少年时代。20世纪20年代中期，张闻天怀着为国为民的崇高志向，离开了自己的亲人和家乡，走上了革命道路，谱写他忠于党、忠于人民的光辉篇章。

（一）

张闻天故居里，与我搭伴而来的浦东新区作家协会秘书长邵天骏向我介绍说：“来故居参观，主要看三个方面。一是故居，这是张闻天出生的地方，非常值得瞻仰。二是生平事迹陈列馆。他的光辉一生，浓缩在展馆中珍藏的300余幅照片和160多件实物之中。三是有20多分钟的珍贵录像，坐下来，看一遍，也是很好的。”

“张闻天生平陈列馆”，是曾任中共中央政治局常委的宋平题写的。他在延安马列学校读书时，是张闻天的学生。陈列馆展览的第一部分中，有一枚藏书章，镌刻着《诗经·小雅》中：“鹤鸣于九皋，而声闻于天”的诗句，这是他的好友李白凤所刻，由张闻天夫人刘英捐赠，也是其名字的由来。

1906 年，六岁的张闻天进入张家祠堂的私塾读书，不到半年，就能阅读《百家姓》《千字文》。十二岁时就读南汇县立第一高等小学，十五岁考入吴淞水产学校渔捞专业学习，也就是现在上海海洋大学的前身。实习时，因为对船上的工作不适应，读了一年之后，张闻天转入南京河海工程专门学校读书，在此结识了许多进步同学，并阅读了大量的进步书刊，尤其爱读《新青年》《每周评论》，接触了较多欧美的政治思想和文化思想。张闻天被深深震撼了，民主、自由、和平的思想，像种子一样深深扎根在他的内心。他的自我意识被唤醒，开始对旧社会的一切产生了怀疑和反抗，并经常与周围同学如沈泽民、顾宗杰、刘英士和董开章等人，议论时事。

1919 年五四运动爆发后，张闻天积极参加运动，成为当时南京学生运动中的一名活跃分子。在“五四”到“六三”这一时期的反帝浪潮中，张闻天阅读大量进步书刊，积极参加实践斗争，开始了最初的政治活动，探索救国救民的道路。张闻天长于写作，一些重要文章和演讲稿，都出自他的手笔。如 7 月 11 日，他在《南京学生联合会日刊》第 17 号上，发表评论《“五七”后的经过和将来》。文章从总结五四爱国运动斗争经验中，提出彻底推翻军阀统治的主张出发，认为他们“空头鼓吹”“切实劝告”“奔走呼号”“奔都请愿”都是无用的。最好的办法，就是“釜底抽薪”，将“武力政治、强横的中央集权、卖国贼、安福系、腐败的政党一切废除”，然后“建设这健全的民主共和国”。8 月 19 日，张闻天发表了论文《社会问题》，文章首先提出“按马克思唯物的历史观”，来观察人类社会的变迁，并依此指出人类社会发展的运动过程。这说明，张闻天也是中国早期宣传马克思主义的先进代表之一。

1920年7月14日，张闻天便决定与沈泽民一道赴日留学。在东京期间，他自修了日文，阅读了哲学、文学和社会科学书籍，结识了田汉等文艺青年，并萌生了对于文学的兴趣。次年1月，张闻天同沈泽民一起从东京返回上海，后移居杭州潜心读书和写作。此期，张闻天完全沉浸在“泛爱”哲学的王国中，提倡无抵抗主义，并发表了部分文章宣传这一思想。对于张闻天认识上的上述偏颇，沈雁冰、陈望道等先后撰文提出了批评。

1921年8月，正值张闻天思想陷入迷惘的时候，经左舜生介绍，他进入中华书局担任以传播欧美社会科学学术名著为要旨的“新文化丛书”的编辑。这时，恰好李达也在中华书局任职，张闻天便时常向他请教。崭新的工作环境和氛围，为张闻天提供了绝佳的学习和研究的条件。通过反复的比较、研究和鉴别，至1922年初，他思想上逐步倾向于科学社会主义。1922年1月5日，张闻天在《民国日报·觉悟》上发表《中国底乱源及其解决》一文，表示：“我们对于这种不合理的社会，情意上早感到不安，因不安也早产生了改造的决心。不过用什么方法来改造呢？应该改造成什么样呢？这些问题常常横在我胸前而一日不能去的。无抵抗主义呢？反抗主义呢？无政府主义呢？社会主义呢？如江河流水，不绝地引起我的烦闷，但永久不决定是不能生活的。那么，取其长，舍其短，自然不能不走社会主义一条路了。自今日起，我希望能够在实现社会主义的历程中做一个小卒。”

张闻天为了探寻救国救民的道路，于20世纪20年代初期，先后除了留学日本，还留学美国和苏联，回国后更积极投身于新文化运动。

（二）

出生于普通种田人家庭的张闻天，在早期淳朴自然的农家生活中，父母的正直、厚道、勤劳、节俭，对他起着潜移默化的作用。江南文化的哺育和熏陶，使他自幼就不惧困难，独立思考，锐意进取，这都为他成为伟大革命家打下了坚实基础。

1924年1月，张闻天从美国乘林肯号邮船返回上海，与家人共度春节。2月，他回到中华书局担任编辑，月薪80元。在1924年最初几个月的时间里，张闻天主要着力于文学创作，创作了小说《旅途》、话剧《青春的梦》等。他在此期的文学创作，是党倡导的“革命文学”的最初实践，在党的文学思想史上起到重要的奠基作用。此期，因与已加入共产党的沈泽民、沈雁冰的交往，他开始同共产党人李汉俊、施存统、董亦湘、俞秀松、陈望道、杨贤江等接近。开始阅读《向导周报》及《中国青年》等刊物及一些社会科学的书籍，很快地接受了社会主义思想及中共反帝反封建的政治主张，但由于仍“一心于个人文艺活动，故还不愿意加入共产党，因为怕加入了‘不自由’”。

陈列展馆中透露的一个细节，让我很受教育，很受感动。张闻天翻译了美国作家房龙著的《人类的故事》译名为《西洋史大纲》，较为全面地反映了当时西方的经济、文化与生活。当年年底，开阔了眼界、启迪了新知的张闻天致力于更广泛地传播新思想，千里迢迢来到四川省立女子师范大学担任教员。1925年5月，重庆卫戍司令王陵基责令张闻天、萧楚女等人“两周内离渝”。在驱逐令下，张闻天只好离开重庆返回上海。

月底，爆发了震惊中外的五卅惨案。馆藏的珍贵照片，真实地反映了当时腥风血雨的紧张氛围。共产党人，是杀不完，也是杀不怕的。惨案发生次日，张闻天毅然决然地投入示威群众的洪流。在繁华的南京路上，他偶遇友人郭绍唐，郭当即问张闻天：“为什么不参加国民党？”

张闻天不假思索地脱口回答：“我要加入CP（中国共产党）！”

郭绍唐随即将张闻天的这个心愿，转告给了中共早期重要领导人沈泽民。6月初，由沈泽民和商务印书馆编译所的编辑，1921年4月入党的工人运动理论家董亦湘介绍，张闻天在上海加入了中国共产党。

张闻天在入党时，创作了抒情小说《飘零的树叶》。可以说，小说本身就是张闻天用文学典型化的方式，向党作出的思想轨迹的自我解剖。小说中的主人公长虹，对其母亲说的那些话，就是张闻天对党立下的誓言：

“我亲爱的妈妈，你的长虹，将认真的要开始做一个无私的光明的找求者了。他将把那一点光明拿来，高举在无穷的黑夜中间。妈妈，他更将借你的精神上的帮助。自己变做光明，照澈这黑暗如漆的世界！”

就这样，张闻天在革命的低潮，坚定地加入了中国共产党。当时，张闻天就认定了：只有共产党，才能救中国。反映出张闻天不顾个人安危，一心救国救民的高尚情操！

2002 年，在上海浦东新区的重视下，于张闻天故居西侧新建了一幢二层楼陈列馆，把张闻天生平事迹展及档案管理从故居移到陈列馆内。张闻天生平事迹陈列馆于 2010 年 8 月正式开馆，分十个部分陈列了张闻天生前的珍贵照片和实物，生动展示了张闻天追寻救国救民的道路和在各个历史时期作出的重大贡献，从而再现其光辉的一生。

在“张闻天生平陈列馆”的第二部分结尾，有一幅巨大的油画，是故居馆方特意请名家所作。在这幅画里，茫茫大海中有一盏明灯，照亮了张闻天前进的路，使他看到了曙光，指引他踏上了革命的路！

（三）

张闻天是一个坚定的革命家，智慧的思想家，杰出的政治家，崇高的道德家。他一生精彩的故事说不尽、道不完的。程中原写的一本书，书名就叫《说不尽的张闻天》。

张闻天为何又被称为洛甫？馆内一张放大了的履历表道出了其中奥秘。入党以后，张闻天就受党的委派来到苏联留学五年，先后在莫斯科中山大学和红色教授学院深造，当时他在中大学填写的履历表，俄文名字就叫尼古拉·伊斯美洛甫，洛甫在此后就成了他在党内常用的笔名。

1931 年，张闻天与杨尚昆从莫斯科回到了上海，担任了中共中央宣传部部长。半年之后，上海遭遇了前所未有的“白色恐怖”，中央机关转移到了江西瑞金，上海成立了临时中央，张闻天为临时中央常委。1933

年 1 月，张闻天到达中央革命根据地瑞金后，担任中共中央政治局委员、书记处书记等职。第二年当选为中华苏维埃共和国人民委员会主席，毛泽东当选为中华苏维埃共和国执行委员会主席。长期的共同合作，使得他们思想相同，感情相近。

在展厅的一楼，陈列着一组栩栩如生的蜡像，我了解到，蜡像是馆方专程从湖南韶山毛泽东纪念馆复制而来，表现的是毛泽东、周恩来、张闻天和王稼祥四位领导人，在遵义会议上倾心交谈的情景。张闻天最主要的贡献，是 1935 年至 1938 年，他担任了中共中央总书记，不负众望，完成使命。

在第五次反“围剿”失败之后，中央红军被迫进行战略转移，开始了二万五千里长征。1935 年，中央红军到了贵州遵义时，召开了具有伟大转折意义的遵义会议。在遵义会议上，张闻天第一个站出来，做了批判左倾路线的军事报告，并受组织的委托，起草了遵义会议的决议。

遵义会议最后作出了四项决议：一是委托张闻天起草遵义会议决议。二是取消最高三人团。三是党内常委再分工。四是毛泽东进入常委，张闻天成为党的总书记。后来，著名的瓦窑堡会议也是在张闻天的窑洞里召开。当时电报都由“洛、毛”“毛、洛”这样的联名发出，足见他对毛泽东的尊重和信任。

震惊中外的西安事变爆发，党内许多人都主张杀蒋、审蒋，张闻天力排众议，提出和平解决西安事变，最终确定“逼蒋抗日”的方针。在紧急关头，他亲赴西安，和周恩来等同志共商大计，为和平解决西安问题作出了重大贡献。

抗战胜利以后，他主动要求到东北工作，先后担任合江（现佳木斯）省委书记，东北局常委、组织部长，辽东省委书记，主抓剿匪和经济建设的工作，使东北走上了健康发展的轨道。

在陈列馆二楼，有一个精美别致的银盘，盘上镌刻法文“中华人民共和国驻苏特命全权大使张闻天阁下，驻莫斯科外交使团全体同仁赠”。这个银盘是在张闻天离任的时候，各国大使赠送的。1950 年以后，他转到外交战线，先后担任了驻苏联大使和外交部常务副部长，参加当时我国一系列重大的外交活动，为新中国的外交事业做出了显著的成绩。

因革命需要，1931 年张闻天与家里失去了联系。1932 年，张闻天母亲病重，当他在《新闻报》上看到母亲病重的启事时，为了党组织的安全，就在上海的他强忍住思念，没有回家。张闻天再回到家乡，已是 30 多年后的 1958 年 4 月，张闻天响应党中央关于干部要到下面“走马观花”调查研究的号召，到上海和杭州两地深入基层进行调查时顺便回来。除到家中探望外，他还详细地了解了家乡的教育和农业生产情况。

1959 年，张闻天在党的庐山会议上，做了一篇长达三个小时对“大跃进”的错误的系统发言。这篇发言之后，张闻天被戴上了两顶帽子，一是“彭、黄、张、周”四人反党集团，二是右倾机会主义分子。从此，含冤受屈整整十七个年头。

1962 年是张闻天最后一次回故乡，此时的张闻天虽身处逆境，在中国科学院任特约研究员，但仍孜孜不倦地致力于社会主义建设的理论与实践的研究。为了进一步调查市场、物价问题供中央决策参考，张闻天向中央申请对上海、江苏等省市作一次调查。经批准后，他于 5 月回到家乡，详细了解了县里的粮食产量、群众口粮标准情况，调查了公社的农业生产、干部作风、集市贸易等问题，为他回北京后写成调查报告提供了重要素材。

“革命者的后代，应该像人民一样生活。”这样的话，晚年张闻天总是挂在嘴边。张闻天为党为人民无私奉献了一生，却没有给子女留下什么遗产，显示出一个共产党员的高尚品格。张闻天共育有两个女儿、一个儿子。大女儿张维英一直在农村务农，是一个没有退休工资的农民。二女儿张引娣 20 世纪 50 年代初大学毕业以后，进入外交部机关当了一名打字员。1955 年国家机构精简，张闻天积极响应国家政策，要求女儿下放。据馆员介绍，张引娣当时想不通：“明明自己比父亲更早进外交部，又是普通职工，为何非要是自己？”最终张闻天还是做通了女儿的工作，以身作则主动下放。他还和女儿“约法三章”，再找工作，不得打着自己的名号，只能自谋出路。靠着朋友引荐，下放后的张引娣到上海永久自行车厂当了一名普通的打字员。

张闻天的独子张虹生（寓意红军时代诞生）也是如此，1962 年张闻天夫妇把他送到新疆建设兵团插队落户，一待就是十多年。落实政策以后，有关人员征求刘英的意见，刘英提出“不搞特殊化，异地安置”两条要求，最终张虹生被调往南京大学图书馆当了一名图书管理员，直至退休。

1979 年 8 月 25 日，中共中央在北京人民大会堂召开大会，隆重追悼张闻天。1981 年 7 月 1 日，在庆祝中国共产党成立 60 周年大会上，张闻天的名字同毛泽东一起，为中国革命胜利、为毛泽东思想的形成和发展作出重要贡献党的杰出领导人的行列。

2020 年 8 月 30 日，是张闻天诞辰 120 周年纪念日。纪念张闻天同志诞辰 120 周年座谈会在张闻天故乡川沙新镇邓三村召开，张闻天家属、浦东新区有关部门以及来自北京、南京、无锡、遵义的嘉宾共聚一堂，回顾历史，缅怀伟人。

此外，张闻天故居还立足自身实际，结合“四史”教育，举办了系列纪念活动，包括张闻天生平事迹巡展，编辑出版《张闻天童年故事》和《张闻天研究资料选编》，举办张闻天专题读书会和主题党课，以及引进 VR 技术，编制走进张闻天故居 AR 小程序，让市民通过小程序就可在线参观张闻天故居等。

在建党百年之际，为更好地传承弘扬张闻天精神、满足市民参观体验，张闻天故居拟进行新一轮总体提升，从完善服务功能、故居维护保养、整体环境改造、陈列展览二次布展等四个方面予以提升和改造，打造“传承红色基因、践行初心使命”的重要载体和平台。

120 年后的当下，这里成了人们纪念和学习张闻天的重要场所。1985 年 9 月 19 日，经上海市人民政府批准，张闻天故居被列为市级文物保护单位。1989 年，上海市人民政府拨款对张闻天故居进行全面修缮，增筑了篱笆围墙和必要的通道，修缮时严格按照国家文物保护的有关规定和清代民居的修复要求。由于故居是百年老屋，破损严重、房屋基础下陷，专家技术人员讨论决定卸掉砖瓦，利用升顶法原理一次性将屋架提升 50 厘米，并聘请老工匠重操传统工艺。在缺少青砖条石的情况下，施工人员从方圆百里农家寻觅一致的材料，并且恢复了竹制门亭和室外竹子护壁。2001 年，国务院把张闻天故居列为全国重点文物保护单位。2003 年，故居被上海市政府命名为“上海市爱国主义教育基地”。2010 年 8 月，坐落于故居旁的张闻天生平事迹陈列馆正式对外开放，成了浦东一处极其珍贵的爱国主义教育基地。

“生命如流水，只有在他的急流奔向前去的时候，才有美丽，才有意义。”陈列馆外，张闻天的名言，从未褪色，激励着后来者，不断向前，永远奋进!

2021 年 5 月 20 日

一生书写红色传奇

——奋斗不息的邹韬奋

韬奋纪念馆在上海重庆南路（原名吕班路）205弄的万宜坊54号。我年轻时，曾参观过，心中有点熟门熟路的感觉。可去了以后，因城市建设的发展，有点不认得了，我费了很大劲，兜兜转转才在高架路下的老马路上，找到了这座有着法国建筑风格的三层新式里弄住宅。

万宜坊，夹在灯火明丽的烟酒专卖和馄饨铺子之间，这个过街门廊越发被衬得暗绰绰毫不起眼，但门廊上五个庄重的金色大字“韬奋纪念馆”，让它拥有了卓尔不凡的气派，那是沈钧儒先生的手书。走进门廊，里面错落着数排端然方正的三层米色建筑，挤挤挨挨两家共着一堵墙绵延开去。唯二楼屋檐的白色波浪般线条，以及每个转角处用红砖细致勾勒的琴键图案，让我犹闻罗曼蒂克的琤琮乐声，蓦地响起……

上海，是邹韬奋学习、生活、战斗和长眠之地，他那深厚的爱国情怀，坚定的理想信念，鲜明的人民立场，强烈的社会责任感与时代精神相契合，用一生书写着红色传奇，影响了一代代后来人。2009年9月14日，邹韬奋被评为100位为新中国成立作出突出贡献的英雄模范之一。在楼群中的54号，就是邹韬奋的家。隔壁的53号则辟为纪念馆。

（一）

韬奋纪念馆里，展品琳琅满目，数不胜数，手稿、物品和图片，但最多的是书籍和杂志。我细细地参观着每一件展品，给我极大的震撼，特别是临终前，邹韬奋心怀祖国，眷念同胞，对党对人民一片赤诚忠心的那份口授遗嘱：

我自愧能力薄弱，贡献微小，二十余年来追随诸先进，努力于民族解放、民主政治和进步文化事业，竭尽愚钝，全力以赴，虽颠沛流离，艰苦危难，甘之如饴。此次在敌后根据地视察研究，目睹人民的伟大斗争，使我更看到新中国光明的未来。我已增加百倍的勇气和信心，自勉自励，为我伟大祖国与伟大人民继续奋斗。但四五年来，由于环境的压迫，我的行动不能自由，最近更不幸卧床经年，呻吟床褥，竟至不起。但我心怀祖国，倦念同胞，愿以最沉痛的迫切的心情，最后一次呼吁全国坚持团结抗战，早日实行真正的民主政治，建设独立自由幸福的新中国。

我死后，希望将遗体先行解剖，或可对医学上有贡献，然后举行火葬，骨灰尽可能带往延安。请中国共产党中央严格审查我一生奋斗的历史，如其合格，请追认入党，遗嘱亦望能妥送延安……

这是一份遗嘱，也是一份感人的入党申请书。

1944 年 6 月 1 日清晨，邹韬奋昏厥了几分钟。他怕病情突变，2 日就召集在上海的亲友，口授了遗嘱，郑重地向中国共产党中央委员会提出了入党申请。它记述了一个生活在旧社会的爱国知识分子，“心怀祖国，倦念同胞”，追求光明的迫切心情；也记述了一个爱国的知识分子，经历了复杂曲折的道路，终于找到了共产党，并以革命圣地延安作为他身后的归宿。在生命的最后时刻，邹韬奋仍没忘记自己对党、对真理和光明的追求，这是多么感动人啊！邹韬奋不愧是一个伟大的爱国者，也是一个伟大的共产主义战士。

邹韬奋，是我国近代卓越的新闻记者、出版家、政论家，伟大的爱国者，原名邹恩润，乳名荫书，曾用名李晋卿。“韬奋”是他在 1927 年开始启用的笔名，“韬”意韬光养晦，“奋”意奋斗不息。他祖籍江西余江，1895 年 11 月 5 日出生在福建永安，一个日趋破落的官僚地主家庭。祖父邹舒予，曾考中拔贡，并先后做过福建永安、长乐两地知县，官至延平知府。父亲邹国珍，号庸倩。母亲浙江海宁查氏，是当地一大家族之后，她15岁便出嫁至邹家，生有三男三女，邹韬奋居长。

1900年，因邹韬奋的祖父年老退休，父亲便带着家人在福州市做候补官。然而，此时邹家家道实已趋向没落，家庭生活日益拮据。作为长子，邹韬奋从小就对生活的艰辛和困苦有所体悟。1901年，邹韬奋在父亲的指引下，开始读《三字经》，父亲的谆谆教诲和严格要求，开启了他幼年的封建启蒙教育。虽然这种旧式的教育方式，对邹韬奋早期的思想发展产生过一定的消极影响，但这在另一方面也培养了他坚实的文学基础。

1909年春，在父亲"实业救国"观念的推动和影响下，邹韬奋考取了福州工业学校。两年之后，又被送往上海南洋公学附属小学。父亲希望他将来能做一名工程师，但邹韬奋认为他的天性"不配"，从小学、中学一直到大学电机科二年级，终因对理工一类的科目不感兴趣，未能实现父亲的愿望。1919年9月，邹韬奋进入上海圣约翰大学文科三年级学习，从此开始了他求学之路的一大转折。

1921年7月，邹韬奋从圣约翰大学毕业后，一心想进入新闻界工作，但苦于一时得不到机会。其时正逢上海厚生纱布交易所急需英文秘书，邹韬奋便担当此任，成为工商界的一名职员。后来，邹韬奋又在上海职业教育机关兼职，做些写作和翻译之类的工作。

1922年，邹韬奋开始担任中华职业教育社任编辑部主任，主编《教育与职业》月刊，并编辑"教育职业丛书"，从此开始了他所热爱的新闻出版工作生涯。

1926年，邹韬奋接手主持《生活》周刊，那是他新闻出版生涯的开端。最初连邹韬奋在内的两个半工作人员，发展成拥有几十人的团队，更有胡愈之、杜重远、李公朴及艾寒松等重量级作者。他以通俗的语言和平凡的事例，联系人民的现实情况，以犀利文笔，力主正义舆论，抨击黑暗势力。由于文章短小精悍、生动活泼，又切中时弊，深受读者欢迎。正如他的自传道："在一个血腥的黑暗的时代……我们这班傻子把自己看作一个准备为文化事业冲锋陷阵的一个小小军队，我们愿以至诚热血，追随社会大众向着光明的前途迈进。"

1930年，邹韬奋和夫人沈粹缜一起设法租下了法租界吕班路万宜坊54号，也就是现在的故居所在地，作为自己的寓所。这一寓所是一幢联排式、富有现代气息的住宅，砖混结构，外墙用混凝土拉毛，屋前有两米高的围墙围护。进入围墙是一个小天井，然后是会客厅兼餐厅。这里四周安放着用蓝色士林布覆盖的沙发，中间有一张小圆桌，桌旁是四个靠背椅，墙上挂着韬奋父母的照片和沈粹缜的一幅刺绣佳作，还有几幅秋冬景色的油画，整个房间里显得朴素和雅致。二楼是韬奋夫妇的卧室，落地门窗外是用铁栏杆圈着的小阳台，室内是普通的木地板，一边安放着一个大床，另一边是大橱和梳妆台，西南角放着一张小圆桌及两把椅子，墙上挂着几幅家人的生活照片。后面亭子间是韬奋的工作室，靠窗有一张写字台，靠墙是两只装满外文书籍的书柜。邹韬奋在这不满七平方米的斗室，写下了大量抨击国民党黑暗统治的犀利檄文。

1931年生活书店成立，到1937年抗战全面爆发，这短短的五年间，以邹韬奋为首的这群“傻子”，率领着这支“小小的军队”，笔力雄健，堪称百万雄兵，密集出版了十种期刊，一千多种图书，勇敢地突破了国民党政府对进步文化的“围剿”，为民族解放、民主政治和鼓舞青年而呼号奔走，成为中国抗日救亡中一面耀眼旗帜。也是在这段时间内，他的《生活》周刊，成为国人宣传团结抗日、抵制投降卖国的舆论阵地。1933年初，邹韬奋加入宋庆龄、蔡元培等人发起组建的“中华民权保障同盟”，并被推选为执行委员会委员。之后，他更积极投入争取民众自由权利的民主运动中。

但是，邹韬奋的爱国言行，引起了国民党当局的不满和嫉恨。很快，他被列入国民党蓝衣社特务的暗杀名单中。不久《生活》周刊也被国民党政府查封。

同年6月18日，民权保障同盟秘书长杨铨被国民党特务暗杀，邹韬奋也被列入“黑名单”。法西斯暴力到处袭击共产党，逮捕左翼作家，邹韬奋也经常被特务盯梢，环境非常险恶。在同志们的劝说下，邹韬奋准备离开灾难深重的祖国，到国外旅行考察。出国前，他冒着被特务暗杀的危险，到万国殡仪馆吊唁杨铨，表示对战友的钦敬，对国民党反动派的抗议。

出国考察，原是邹韬奋“萦回梦寐”的愿望。现在他的愿望终于实现！经过两三个星期的紧张准备，他在7月14日上午10时，乘上了从上海开往威尼斯的意大利轮船“佛尔第号”的“经济二等舱”。下午一时许，轮船徐徐地离开上海。海天茫茫，白浪滔滔。他独自坐在“吸烟室”里沉思默想，万端思绪在他的脑海中翻滚！

他设想这次考察是“代表读者诸友的耳朵眼睛去的”。因此，要尽自己的“心力”，把“所见”“所闻”“所感”，都尽量客观地报道给读者，以期大家都有一个明确的了解。这次考察的目的，是要了解“世界大势”，寻找“中华民族的出路”。先是游历欧洲诸国，而后到苏联，再到美国考察后回国。

他之所以要先到欧洲，因为“欧洲是国际舞台上最重要的一部分，而在西欧的英国，更是所谓‘民权国家’的老大哥，资本主义国家的最后堡垒；帝国主义对中国的关系，除日本外，他要算是最重要的了”。因此邹韬奋对英国“特别注意”。在英国伦敦的大英博物馆的图书馆里，他系统地读了马克思主义的经典著作，并读了不少记述马克思、恩格斯等生平思想的传记，使他了解了马克思主义。在莫斯科，他参观了市区的工厂、郊区的集体农庄，目睹了苏联人民进行社会主义建设的情况，这一切都使他感到兴奋。

邹韬奋经过两年多的考察思考，较为系统地接触了马克思主义，看清了“世界大势”，使他认识到：中华民族的彻底解放，只有在社会主义的无产阶级政党的共产党领导之下，才能获得而且也必定朝着社会主义的方向走去。

经过两年的考察思考，社会主义与资本主义优劣的比较，韬奋的思想起了质的变化；他已经从一个革命的民主主义者转变为一个共产主义者。而这个转变，为他在民族解放的斗争中，打下了明确、坚定和深厚的思想基础，使他在斗争中闪耀着共产主义的思想光辉！

（二）

1935年8月，邹韬奋从美国回到了百孔千疮的祖国。

在他离开祖国的两年多时间里，日寇把侵略的战火燃遍了我华北各省，民族危机在步步加深。中国共产党领导的工农红军，为了北上抗日，粉碎国民党反动派的五次"围剿"，胜利地进行了两万五千里长征。在长征途中，中国共产党发表了著名的《为抗日救国告全体同胞书》(《八一宣言》)，号召停止内战，团结抗日，组成抗日民族统一战线。

在这两年里，邹韬奋的战友杜重远高举他点燃的"火炬"，"继续在黑暗中燃着向前迈进"。杜重远在《生活》周刊被封后，创办了《新生》周刊，宣布："站在一般民众的立场""为民族生存而奋斗"。但是不到半年，《新生》即因发表《闲话皇帝》，而被加上所谓"侮辱天皇"的"罪名"，禁止发行，主编杜重远也因此被"判处"入狱。

现在，邹韬奋回来了！他刚重返万宜坊家中，放下行李，就立刻到监狱去探望战友杜重远！一踏进他的门槛，即不胜悲感，两行热泪往下直流。这不仅是因为他们"友谊的笃厚"，更主要的是他深为战友"为公众献身的精神"所感动！接着，就是积极筹办《大众生活》周刊，为响应中国共产党关于建立抗日民族统一战线的号召，为神圣的民族解放斗争而奔走呼号！

经过短时间的紧张而艰苦的努力，《大众生活》周刊诞生了！周刊宣布：以实现民族解放、铲除封建残余和克服个人主义为"三大目标"。指出要达到民族解放的目的，"必须克服个人主义，服膺集团主义"。告诉大众，在他们与"生活"一天天分离的残酷情况下，空喊"民不聊生"是没有用的，必须弄清敌我，对准目标，才能"死里求生，寻找出路"。

《大众生活》周刊积极支持学生的爱国救亡运动，努力促进抗日民族统一战线的形成。当华北危急，北平学生在中国共产党领导下，爆发了反对国民党投降政策的"一二·九"爱国运动时，邹韬奋就在《大众生活》周刊赞扬这是"大众运动的急先锋，民族解放前途的曙光"。号召全国人民"血诚拥护"学生爱国救亡运动，"推动全国大众的全盘的努力奋斗！”“积极促成民族斗争‘联合阵线’的实现”。

陈辉所著的《韬奋评传》，记载了在清华大学参加过“一二·九”运动的著名作家端木蕻良先生的回忆：“在宣武门前向群众宣传革命道理的陆璀的照片，又很快成为《大众生活》的封面。这对北方青年来说，都是起到互相推动和鼓舞的作用的。当时，《生活》这两个字和‘进步’两个字有着同等的意义。这个刊物，连偏僻的小城镇也可以看到……”短短两三个月，《大众生活》便发行到二十万份，创造了中国杂志发行量的新纪录。周恩来更曾盛赞邹韬奋：“我们党的抗日救国和抗日民族统一战线政策，主要是通过邹韬奋主编的刊物传播到国民党统治区广大知识分子中去的。我们党专门在国统区做知识分子工作的领导人，都比不上他。”

邹韬奋的声望如日中天，《大众生活》推出了全国抗日运动的开展，引起了国民党反动派极大的恐慌。蒋介石派了两个高官找他“谈话”，一个是国民党中宣部副部长张道藩，另一个是复兴社总书记刘健群。他们威胁利诱，妄图使他屈服。邹韬奋义正词严，驳斥了他们散布的谬论，坚持自己的革命立场。蒋介石一计不成，又生一计。要杜月笙出面，“亲自陪送”邹韬奋到南京“谈一谈”。实际上，他们要邹韬奋去做“陈布雷第二”。早年陈布雷是一个有正义感的新闻工作者，后来当了蒋介石的御用文人。邹韬奋对此明确表示非议，回答说：“讲到后半历史的陈先生，我要直率地说，我不愿做‘陈布雷第二’！”

邹韬奋的这一拒绝，促使他流亡香港。因为他在上海已经无法再待下去了。

在香港，邹韬奋仍然致力于抗日救亡运动。他在经费、印刷等条件都极端困难的情况下，在贫民窟里创办了《生活日报》，同时编辑《生活日报星期周刊》。

那时，日寇正叫嚷要并吞整个中国。国民党反动派却天天在那里叫嚷“提携”，哀求“亲善”。面临着“亡国亡种”的严重危险，邹韬奋在《生活日报星期周刊》的“创刊词”中，要求不愿意当“亡国奴”的中国人，要用“艰苦奋斗”来争取民族的“出路”。呼吁“对于民族敌人和汉奸卖国贼，绝对不能再坐视了，必须迅速造成全民族抗敌救国的联合阵线，用鲜血的代价、英勇的行为，向着民族敌人和汉奸卖国贼猛攻”。刘少奇同志曾用“莫文华”的化名，两次写信给邹韬奋，提出关于组织抗日“民族解放人民阵线”的问题。刘少奇同志指出：“救亡的人民阵线应是极广泛的民族统一战线，应是全民族抗敌反卖国贼的各阶层的联盟。”邹韬奋在回信中，认为刘少奇同志的“剀切详明的指示和我们的意见，可谓不谋而合”。表明他与党的观点的一致性和对党的领导同志意见的高度尊重。

“九·一八”事变后，邹韬奋在上海全身心投入抗日救亡运动。1936年7月15日，他与沈钧儒、陶行知等共同签署发表了“团结御侮的几个基本条件与最低要求”的公开信，明确表示赞同和支持中国共产党提出的观点和抗日战线的主张。毛泽东用公开信的方式给予了复信，大大激励了全国人民的抗日斗志。

1936年11月22日，国民党政府为了扑灭国内的抗日烈火，以“危害民国”罪，逮捕了邹韬奋及救国会的领导人沈钧儒、李公朴、沙千里、史良、章乃器、王造时七人，12月4日又将此七人移送苏州关押，由江苏高等法院审理酿成“七君子爱国入狱案”事件。国民党倒行逆施遭到全国人民、包括宋庆龄、何香凝等社会名流的强烈反对。在234天的牢狱生活中，邹韬奋等人坚贞不屈，始终坚持革命者节操，在敌人的法庭上公开坚持爱国主张，与法官展开了面对面的斗争。1937年6月13日，上海市民五千人举行大会，要求当局宣告“七君子”无罪。在全国人民坚决斗争下，国民党政府被迫于7月31日释放了“七君子”。面对国人的支持和努力，邹韬奋心里十分感动，他由衷地表示：“我们报答之道，只有更努力于救国运动，更致力于大众谋福利的工作。”

邹韬奋出狱后，更加靠拢共产党。他辗转在上海、汉口、重庆及香港等地继续开展爱国救亡工作，主编《抗战》《全民抗战》等刊物。这些以抗战为主题的刊物和生活书店的出版物，在广大读者中间唤起了巨大的爱国热情，把一批又一批青年引上了革命道路。为宣传中国共产党的全面抗战路线，争取民主及进步、反对蒋介石反动政策的斗争中，发挥了重要的作用。

这时，邹韬奋和我党领导人有了较多的接触，他常常邀请周恩来、叶剑英、董必武、秦邦宪、徐特立和凯丰等同志，到生活书店总店向书店的工作人员作报告。从而，他对中国共产党的政策也有了更加深刻的了解，进一步认识到中国共产党是全心全意为民族解放，为人民服务的先进组织，是为实现共产主义的崇高理想而斗争的工人阶级政党。于是，他积极要求参加党的组织。1938 年在武汉时，他正式要求钱俊瑞作介绍人，申请加入共产党。当时，党的组织认为：他留在党外，对推进统一战线工作，团结抗战更为有利，说服他暂不入党。但党的组织一定把他当党员看待，决不见外。当钱俊瑞把这一决定告诉他时，他十分激动地说："那只有服从组织！"并要钱俊瑞向党中央转达他的请求。

抗战开始，邹韬奋到了重庆后，见到了周恩来时，又一次提出了入党的要求。周恩来仍然耐心地说服他："你现在以党外民主人士身份在国统区和国民党作斗争，与你以一个共产党员身份所起到的作用不一样。这是党需要你这样做的。"这时，他完全听从周恩来的意见，并始终以党员的条件严格要求自己。

邹韬奋还利用担任国民参政员的身份，反对和揭露国民党反动当局消极抗日的种种倒行逆施和专制暴行。1941 年皖南事变后，国民党反动派加紧了对他的迫害，使他再次被迫流亡香港。

邹韬奋到达香港后，积极致力于政治运动，"一息尚存，誓之与之奋斗到底"，表现出了强烈的爱国主义精神。5 月 17 日他重新恢复被扼杀的《大众生活》，并常以撰稿人的身份，在《保卫中国大同盟》英文半月刊和救国会所办的《救国丛书》上发表文章，陈述自己的政治观点。此外，他还撰写出史料《抗战以来》，为"唤起国人对于政治改革的认识和努力"。这一时期，邹韬奋在香港发表的言论，是他在抗战时期言论的精华。他把国民党反动派从 1937 年七七事变以来，因为被迫抗日所积蓄起来一些欺骗人民的政治资本，彻底加以清算，还它一个法西斯的本来面目，并与之进行不屈不挠的斗争。

太平洋战争爆发后，日本帝国主义加紧推行"南进"政策，1941 年 12 月 25 日，香港沦陷。邹韬奋与一大批文化界的进步人士，无法停驻香港。在中国共产党领导的东江游击纵队的帮助下，到东江游击区，后转移到梅县。在溪涧山路的艰难跋涉中，他有说有笑，表现了革命的乐观主义精神。在周恩来的建议下，邹韬奋进入了苏中解放区，最后到达了苏北抗日根据地。在解放区不平凡的几个月，他不顾病痛、劳累，参观视察，访问农户。他所到之处，都受到军民的热烈欢迎，请他讲话，做时事报告，从不推辞。他兴奋极了，感到平生从未有过的快乐。他认为与人民群众一起战斗，是他的天职。他在这里才看到了真正的民主，看到了共产党、新四军、人民政府真正地为人民服务。一句话，他从这时才看到了中国的希望。后来，他在一篇文章里写道："当我在敌后抗日民主根据地，亲眼看到民主政治鼓舞人民向上的精神，发挥抗战力量，坚持最残酷的敌后斗争，并团结各阶层以解决一切困难的情形，我的精神极度兴奋，我变得年轻了，我对于伟大祖国更看出了前途光明……我正增加百倍的勇气和信心，奋勉自励，为我伟大祖国与伟大人民继续奋斗。"

（三）

正当邹韬奋满怀信心去战斗，计划到延安去时，因多年奔波劳累，脑癌发作，终于没有去成功。为了挽救他的生命，在新四军领导和党组织的妥善安排下，他被秘密转送到当时日寇魔掌中的上海进行治疗。新四军军长陈毅派人到上海，指示要不惜一切代价，抢救邹韬奋的生命。1944 年 3 月间，他病势日趋严重，常有昏迷现象。一天，他的神志特别清醒，眼角流露出愉快的光芒，带着异常兴奋的情绪对他的夫人说："我要使我的病很快好起来，让我早些到延安去。过去在重庆，我已经不只一次的告诉过你，只有中国共产党才是中国人民的救星，那时候我虽然不会使用枪炮武器，但是我能用锋利的笔尖，挑开国民党无耻阴谋的黑幕，号召民众团结起来反对敌人。那时候我还能起着中国共产党政治上助手的作用，我要在敌人的地区坚持工作，不愿就此离开。今天，国民党已经对我发出了通缉令，黑暗势力愈加恶劣，敌人想置我死命，可是我并不怕死。因此，我要尽快到延安去，争取入党，我要为党多做一些工作。”

在治疗期间，他同疾病作出了顽强的斗争，并以坚强的毅力坚持写作。6 月 2 日他口授遗嘱后，病情恶化。7 月 24 日早晨 7 点 20 分，终于医治无效，丢下手中未完成的手稿《患难余生记》，溘然长逝。

邹韬奋的一生仅仅活了将近五十年。这五十年是中国社会急剧变迁，人民饱经忧患的五十年，是新旧思潮激烈斗争、中国人民从觉醒到苦斗的五十年，也是新旧时代交替、光明与黑暗激烈搏斗的五十年！

生长在这样艰苦的斗争年代，在前进的知识分子的行列中，邹韬奋虽然不是“先驱者”，但他一经觉醒，就坚定地“追随为民族解放和大众自由而冲锋陷阵的战士们”英勇斗争，挥洒热血。他以笔作枪，为民族和大众的光明前途“倾献精诚”。他与中国人民一起经历过无数的苦难，也享受过斗争的快乐和幸福。他在“患难”之中苦斗，在苦斗之中不断改造自己，洗净身上的灰尘，“完成民主战士的净化工作”。

中国共产党中央委员会获悉邹韬奋逝世的消息后，于 9 月 28 日，发出了致他家属的唁电，对他的政治活动和事业加以热烈的赞扬和高度评价，追认他为中国共产党党员，并把他的骨灰移葬延安。

邹韬奋以一个朴实的真正爱国者，在寻找中国出路时接近了中国共产党，并成为中国共产党最好的朋友。他不仅以其犀利文笔，竖旗文坛，横扫千军，刺透反动派的肺肝，尽了大众喉舌的光荣职责，而尤在他能以一个中国最优秀的知识分子代表而坚决走上为工农兵大众服务的道路。他是以一个民主主义者走入战场的，伟大的革命实践推动他向前迈步，经过曲折的道路，终于选定了中国共产党，终于坚定不移地在中国共产党领导下的人民革命中，看到了新中国的光明未来，使自己成为一个共产主义者。

邹韬奋是从他自己的革命实践中，走到中国共产党队伍中来的，他的历史也是中华民族争取自由，谋划解放的历史。受过他影响的整整一代青年，痛失一位良师益友。中国人民痛失一位忠诚的代言人，中国共产党痛失一位亲密战友、坚贞不屈的伟大战士。他是无数知识分子的光辉榜样！毛泽东为他题词中，对他一生的功绩作出了高度的评价：

“热爱人民，真诚地为人民服务，鞠躬尽瘁，死而后已，这就是邹韬奋先生的精神，这就是他之所以感动人的地方。”

周恩来在纪念邹韬奋逝世5周年时题词：“邹韬奋同志经历的道路，是中国知识分子走向进步，走向革命的道路。”

“一个人能寻着自己所爱好的事业，做到痴迷的程度，不但‘好之’，而且‘乐之’，这是何等愉快的事情！”说这句话的人，无疑是一个专心做事的人，是一个热爱生活的人，他即使身处苦难中，也能视追求与抗争为愉快，他就是邹韬奋。

邹韬奋虽然永远离开了我们，但他为革命奋斗一生的精神，必将永远活在人们的心里。同一切为中国人民的革命事业献身的先驱者一样，他的业绩，已经永远铭刻在历史的记功碑上。

走进巴金的“家”

上海的武康路位于衡山路、复兴路历史风貌保护区，始建于1907年，是条很有法国风情的路，因为这里曾是法租界，早年叫福开森路，1943年改今名。路并不长，只有一千米，也不宽，路旁栽着法国梧桐树，人行道上铺着红白相间的砖，显得很雅致。有不少欧陆风情的老建筑，也是一条有着丰富历史文化的老街，浓缩了上海近代百年的历史，被称为小万国建筑街，幽静高雅。庭院深深的别墅墙后面，是那些我觉得并不陈旧的古典式花园小洋房，每一幢楼里都隐藏着一个个往昔的故事，许多历史文化名人寓居在这条路上。

这条有着法国风情的武康路对我来说，更为亲近的原因是，武康路113号，那是巴金的家。

（一）

巴金先生的故居就在武康路113号，建于1923年，是一座独门独院，环境幽雅、舒适的花园小洋房。它由一栋主楼、南北两栋小辅楼和一个花园组成，总占地面积约1400平方米。这幢花园住宅，原主人为英国人毛特·宝林·海，后曾作为苏联驻沪领事馆商务代表处。主楼是一座假三层英式花园住宅，其正面外立面呈金字形，灰色细鹅卵石的外墙，装饰简洁，绿色百叶窗，暗红色屋瓦，在绿树掩映中，显出一派静谧的古典韵味。历时五年的论证研究、资料整理、修缮施工，这位文学巨匠曾生活过的“文学圣地”，几乎恢复了历史原貌。那些珍贵的实物和档案，于还原的点滴中，再认识他、发现他、感受他，感怀变得更为深刻。

自1923年春来到上海，巴金在沪数次迁居。1955年9月，巴金一家迁入武康路这栋房子里居住。在这里，巴金度过了自己的后半生。也在这里，巴老半生漂泊后最幸福、安稳的家，绿荫如梦，繁花如画。故居见证了20世纪后半叶，中国文学界的风风雨雨。电影《英雄儿女》，就是根据他在这里创作的小说《团圆》改编而成的。散文集《倾吐不尽的感情》《赞歌集》，翻译《往事与随想》等文学名著，被誉为“讲真话”的巴金思想集大成者《随想录》，也是在此完成问世的。

步入巴金故居，首先映入我眼帘的是对着正门挂在墙上的1995年巴金生日的照片。他开怀大笑，人们仿佛觉得巴金依然活在身旁。门厅里的是著名画家黄永玉在2011年10月专为巴金故居开馆而画的《巴金先生》。早年间，年轻的黄永玉在上海谋生时，就曾住在巴老创办的出版社里。

展厅里的是丁聪的漫画。客厅的壁炉上是林风眠的《鹭鸶图》。客厅经常是高朋满座的地方，巴金在此会见中外宾客、与亲朋好友欢聚畅谈。夏衍、萧乾、曹禺、唐弢、沈从文都在这里留下足迹，同住上海的王西彦、张乐平、靳以、柯灵更是常客。还有来自法国的萨特·波伏瓦，来自日本、意大利的朋友，如今都到天国里与巴金聚谈去了。这宽大的客厅里，有满橱的默默的书……见证了20世纪下半期中国文学的跌宕起伏，更留存了半个世纪以来中国文学不同时期的记忆。

抑制住心底的感动，我走向展厅，然后走进“太阳间”。展厅原是巴老的小卧室，现在展放着巴金先生从童年到老年的各个时期的照片，还有许多荣誉证书：“人民作家”“但丁奖”“巴金小行星命名证书”……此外，是手稿、屠格涅夫的外文原著、萧珊的译稿和所译的普希金小说的初版本，以及先生的日常用品：笔、砚、老式打字机、剃须刀……这一切让人感到亲切，但又能说明什么呢？能说明这位年过百岁的作家，是我们这个时代的“世纪良知”吗？不能！这不过是个不成规模的小小的展示，是个“临时展厅”。但是我想，总有一天会有一个系统的、大规模的、经过精心研究进行布展的展厅，出现在上海这方土地上，让人们感知这颗“知识分子的良心”，是如何辐射出他那强烈的光芒的。

越过展厅，就是“太阳间”了。“太阳间”，一个奇特的名称，巴金在《随想录》里经常提起的“太阳间”，其实就是个面向花园草坪的开放式的长廊，夏天的风能直接吹到廊檐下。1983 年，巴金在二楼书房写作时不慎摔倒。巴老住院期间，家人把长廊加上玻璃门窗封起来，遂成为巴金写作之地。巴老喜欢这里的温馨，阳光充足，就有了“太阳间”的别号，且成了巴老晚年休憩、思考、写作的所在，《随想录》的最后两卷，就是在这里写出来的。客厅左边原是巴金侄女的房间，现改为展厅。展示心路历程的手稿、散发生命气息的实物、诉说历史沧桑的图片……我在此进一步了解了巴金的人生足迹。

从“太阳间”回过身来，我来到了二楼，第一眼看见的是楼口的一个颇大的木柜，柜上是书，这是曹禺先生送的，而今成了他俩友谊的见证。四周也都是书橱，藏的都是外文书籍。

二楼是巴金的书房和卧室。书房摆放着一个大写字台，连同外廊的写字台，构成了 1983 年以前巴金主要的写作、工作区域。他在这里看书、思考，创作了大量的散文、小说，其中包括《随想录》的前三集和小说《团圆》(后被拍成电影《英雄儿女》等)。壁炉上的塑像，为 1957 年白俄罗斯雕塑家谢里汉诺夫所塑。沿墙壁一排书架上，我见多是中外各种版本的巴金著作。卧室简朴平淡，床头边摆着普通的红色收音机。1972 年巴金夫人萧珊去世后，床头一直放着她的照片。外孙女瑞瑞睡在旁边的小床上，给晚年的巴金带来了很多的温暖。

(二)

在故居，我不能不为这里浩瀚的文学收藏、史料和真实复原的生活场景而感到震撼。在这座朴实无华的小楼里，随处可见的巴金生活、写作场景和难以数计的文物、图片、资料。在这里，能看到中国文学史的发展历程。每一本书，每一页文稿，都处处还原了这位最真实的文学巨匠。

我近距离接触巴金生前写作、会客、生活的复原物品，追寻巴金留下的足迹和气息，感受大师风采。故居令我印象最深的是“书满为患”。不仅客厅、书房、阁楼、阳台放置着整面墙大的书柜，甚至连浴室里也有一个塞得满满的书橱，基本上是只要有立脚的地方，就有书堆着放。

据介绍，虽然曾多次向国家图书馆、中国现代文学馆、上海图书馆等机构捐赠手稿、图书，但巴金故居中仍然保留了很多珍贵的图书和文献资料。其中，巴金收藏的各种图书就达 4 万册，内容包括大量的中外作家签名本和初版本等。在这些图书中，不仅有不少见证历史的书刊、文献，还有巴金先生本人的著作、译作的中外文的版本书，以及巴金先生不同时期的手稿、书信、札记片段……这些收藏，成为验证和编撰现当代文学史的重要资料。

作为一位杰出的文学大师，巴金的思想和艺术魅力对于 20 世纪的两个时期，可以说是形成了一种巨大的冲击波，有过深刻而广泛的影响。第一次的是在三四十年代，巴金是拥有最多青年读者群的作家，他的以《灭亡》《家》《爱情的三部曲》为代表的一系列作品风靡一时。第二次的是 80 年代写作发表的《随想录》，涉及人生价值、道德观念、文化秩序、个人思想情感等范围，成为一代知识分子的觉醒和痛苦反思的结晶。这样一来，巴金出版的《巴金全集》26 卷、《巴金译文集》10 卷，他在生命的最后时间，又给我们留下了皇皇 5 卷《随想录》。巴金的浩如烟海的著作，是中国近代重要的文化财富，就像鲁迅晚年留下的大量杂文一样，从而作出了他独特的贡献。我觉得，巴金享年一百岁逝世的终局，应该说是圆满的，净化着人们的灵魂，令人回味无穷。

巴金先生属于中国，也属于世界。他留下的“财富”，依然多得数不胜数，还有好多书没能顺利“回家”。在国外，著名的文人作家都有属于自己的纪念馆、展览馆或图书馆。现在，巴金有了自己的纪念馆。在这栋优雅安适的纪念馆里，我想到的却是这些并不优雅安适的记忆，而为之深深感叹。人的生命有限，故居可以整饬修缮，没有生命的木石都比人存在得长久。对抗遗忘，要在短促的生命结束前，留下一些能比较长久存在的记忆和遗泽，当是古今无数壮士难酬、抱憾而逝的仁人志士的愿望吧。而其中几人能有一个属于他自己的纪念馆？巴金若是有知，他会希望在这座纪念馆里，对我们说些什么呢？

正直、真诚、热情、勤奋、严谨、谦逊、重情义……可以用来描绘我对巴金的认识和感受，这些凝结成巴老卓尔不群的人格，也成就了他的生命价值。1931 年的《家》是巴金前期的代表作，也是我国现代文学史上最卓越的作品之一。巴金因此被鲁迅称为“一个有热情的有进步思想的作家，在屈指可数的好作家之列的作家”。也正如巴金先生当选 2003 年央视《感动中国》年度人物时颁奖词所说：

“他在字里行间燃烧的激情，点亮多少人灵魂的灯塔；他在人生中真诚地行走，叩响多少人心灵的大门。”

（三）

巴金先生的故居，在武康路上算不上最气派的。因为，这里的老房子里名人辈出，莫觞清、陈果夫、周作民、郑洞国及黄兴等人的故居，都在武康路上。民国四大公子之一、袁世凯的儿子袁克定也曾居住于此，我觉得，比起这些到处写着“禁止入内”的两旁花园洋房，巴金故居亲民得多，也友爱得多，一如他的为人。别有风致的巴金故居的友爱，是从在门口处守卫的两位大叔开始。

那是一个深秋的下午，梧桐树叶落了，缺月还没有升起，叶尽寒枝的凤凰尚可以在这里栖息，然而，路上行人稀少。当我走向故居大门时，看到门口守卫着的两位大叔，心底甚至产生了一种错觉，以为他们在专程为我等候。就是他们的“一笑”，有多么的好。我会觉得他们也受了巴老的影响，这里面一定有一个强大的魔力场，才会使在其他地方常见的戾气都消失不见。

巴金，四川成都人，本名李尧棠，字芾甘，笔名除巴金外，还有王文慧、欧阳镜蓉、黄树辉、余一等。他是中国作家、翻译家、社会活动家和无党派爱国民主人士，同时也被誉为是“五四”新文化运动以来最有影响的作家之一，是 20 世纪中国杰出的文学大师，中国当代文坛巨匠。1981 年，任中国作家协会主席。1983 年，任全国政协副主席。2003 年 11 月，被国务院授予“人民作家”荣誉称号。巴金被认为代表着中国知识分子的良心，曾提议建立中国文学馆。他的爱国情操和高尚品德，不断追求真理、追求进步，为我国现当代文学所作出的贡献，永远值得我们尊敬和怀念！

在如今的文化大发展时期，巴金“讲真话，做真人”的准则，赢得了千百万读者的尊敬，而他的故居，也成为令无数文学爱好者向往的“圣地”，更是上海底蕴与上海文化精神的教育基地。当我置身其中，内心感到的不仅是一份静谧，更有一种沉重的使命感。因此，希望大家都能去巴金故居感受一下大师的气息，感受大师留下的宝贵财富。当我离开大师故居时，有一句话从我的心底涌出，“感谢您，巴金先生……”。

永远的巴金，使人仰望而又缅怀。

2004年5月26日于风荷苑

凤凰城的沈从文

一座青山抱古城，一湾沱水绕城过，一条红红石板街，一排小巧吊脚楼，一道风雨古城墙，一座沧桑老城堡，一个奇绝奇梁洞，一座雄伟古石桥，一群闻名世界的人……一切，都美到极致，这就是边城凤凰。一个不用地图，也可以由沈从文的文章里、黄永玉的画里、宋祖英的歌声里找到的既神秘又有灵气的好地方。

“凤凰是中国最美的两个小城之一。”新西兰旅游家路易·艾黎数十年前如是评说。的确，她像一个美丽而多情的女儿，又像一颗莹润透明的明珠，恬静地闪烁在湘西的崇山峻岭之中。

（一）

我亲近这座远离尘世的神秘边城时，是在一个下着蒙蒙秋雨的清晨。淅淅沥沥的雨丝，把沱江映衬得格外迷离动人，宛如披着一层飘逸面纱的含情少女，妩媚中暗含着些许清瘦。一代中国乡土文学之父沈从文先生的故居和墓地，就在凤凰。古城有着深厚的文化底蕴，人口有一半以上是苗族。农耕文化、楚巫文化和传统文化，在这里相互渗透、水乳交融，形成了古城特有的地域文化氛围。其实，很多人知道凤凰，是从沈从文先生开始的。来凤凰的人，也是冲着沈老先生来的，坐落在城南中营街 10 号他的故居，我是不能不去的。

走过闹市，穿行于芷江北街的老人巷，于七拐八弯中，寻访到了这一小小的庭院。从那十分细腻而刻意求精的雕花门窗不难看出，这是一座典型明清风格建筑，正门边格子四方窗户，蒙一块蝴蝶小花蓝印花布，暗赭色的木门，铜色剥落的牌匾，上书“沈从文故居”。似在提醒来过这里的人，不要忘记那被岁月湮没的记忆。老屋安详地静卧在这个城市的一隅，与世无争，依稀能听到市声的缭绕，喧嚣却在这里止步。

推开陈旧的木门，抚摸着门楣，想以此来体味这些建筑的厚重历史，也企盼体味出那残存久远的气息。但房屋依旧，味已杳然。映入眼帘的是那具有现代气息的当令家什，把我从过去的年代拽回到眼前。发觉院落不大，但小巧别致，古色古香，具有典型南方特点的砖木结构的四合院，中有方块红石铺成的天井，有正房三间，厢房四间。看着那火砖封砌的小院，马头墙装饰的鳌头，精心雕镂的门窗，仿佛又把我们带入了20世纪30年代先生的笔下湘西边城。前房三间是沈从文曾任清朝贵州提督的祖父沈宏富于同治五年（1866年）所建。沈从文先生原名沈岳焕，苗族，于1902年12月28日出生在这里，后来，他自己改名为沈从文，并在此度过了他充满传奇色彩的童年和少年时代。

时光让故居老屋铭刻着沧桑，却把悠远的古韵留给了我们。那简朴的院落，千万人走过，沾满了岁月烟尘的院落与家具物什，都在时光里老了，没有老去的，应该只有沈先生的文字了。室内，陈列着沈从文先生生前的照片、文稿、书籍、卧室等，给后人研究中国和湘西的历史，留下了宝贵的文献财富。我敬仰先生文笔的精妙和传神，只上过三年小学的他，19岁时就独自跑到北京闯天下，连标点符号都不会用，吃不饱穿不暖，大冬天，披着被子流着鼻血写作。我震惊于他笔下的文字，优美、灵动、清新，那种伟大而美妙的诗意贯穿始终，让人心神摇荡。他的文学作品《边城》《长河》《湘西》《从文自传》和晚年的口述等，在国内外都具有重大影响，被人们称颂为世界级的现代文学大师。我一直认为，这是人类的一大奇迹，按现在流行的话说：他太有才了。为此，我特意在先生从事写作的椅子上小坐了一会儿，以期盼能沾染点大师的灵气。

在沈从文的故居，我看到了一张他和夫人张兆和的照片，两个老人清清爽爽，沈从文坐在石头上，张兆和弯腰在为他整理衣领，两个人都在笑，沈从文笑得很清澈，仿佛那些漂泊、那些奋斗、那些苦难，都已沉淀下去，只留下一泓碧波；张兆和笑得很慈爱，这慈爱里包含着嗔怪、甜蜜与从容，她仿佛是在说，你这个老头子，这么大人了，连个衣领都弄不好，照相嘛，也不知道弄得整齐点。这张照片是无意中拍下的，人家给沈从文照相，张兆和看他衣领没弄好，就过去帮他整理，那人顺手咔嚓一下给定格了。于是，有了这张我认为是天下最美夫妻照，他自己也最爱这张照片，说是“美在自然。”

漫步于沈从文先生故居的每个院落和房屋，品味着陈列的每件文物，仿佛感到这里的一切都倾诉着凤凰古城世世代代的不朽情怀。那青石板铺就的大街小巷，那一栋栋青瓦木板厢屋，那一座座飞檐翘角的亭台楼阁，营造出一份古朴、凝重而丰富的文化氛围。置身于哪个角落，都会深深感到脚下这片土地的肥沃、厚实和博大。

这里，虽然故人已逝，人去楼空，但遗芳犹在，文气充盈，仍然滋润着这座古城，滋润着生于斯长于斯的汉、苗子民，文化的纽带就这么坚韧。

在沈从文故居里逗留，看见那么多敬佩的目光，刹那间，我的心底涌动着一种温暖。一个作家，因着自己的作品，能成为人们仰慕的风景，也便值了。我知道，湘西给了他大山的品质，而作为大山的儿子，他也让湘西走向了世界，也让凤凰古城名扬天下。

（二）

走出沈从文故居时，发现周围书摊都摆放着先生不同时期的著作，有些是在书店买不到的，我边走边翻，对先生一生辛勤笔耕和不懈的人生追求，肃然起敬。离开故居后，我又专程前往先生墓地拜谒。

我是坐人力车去的。人力车夫有几十个，沿着狭窄的红红的石板路排成一线，那阵势就是专为去沈从文墓地而准备的。我再一次地惊叹了，你说一个人的价值怎么体现呢，单论经济效益吧，沈从文死后还能养活几十人，而且还是长长久久，你能说这个人价值不大吗？

人力车夫拉了有 20 来分钟吧，到了听涛山下，登上“之”字形小径，右边是民国初临时大总统黎元洪题写的醒目朱红大字：“兴废周知”。向前右转弯，便是巨石峋嶙，听涛山绝景“听涛洞”。其妙含“冷风”

与“碧泉”为一体的岩石壁洞，洞口不大，似乎是岩壁在混沌不开的洪荒岁月里胀裂的一条缝隙，涓细的泉水，淙淙地从洞内流出；徐徐的冷风，从洞底吹向洞外。虽是初秋，在洞口稍稍站定，秋气顿消，心静神安。多待一会，便有点儿冷了。几个老者，懒散地坐在苍老如虬的“听涛”题壁下，优哉游哉地闲坐着，额上的年轮如壁岩一样厚重，却仙风道骨状。

从听涛洞再上一个台阶，一座砖房的壁上用红漆写了五个大字：沈从文墓地。一代文学巨匠原来就长眠在这座低矮的山上。我拾级而上，来到一块林间空地，准备歇口气继续往上走，就在这时，我的眼光不经意看到了一方状如云茹的石头，那是一块六吨多重，近六英尺高，自然天成、未经雕琢的五彩石，上面刻着字。我意识到，这就是沈从文的墓地。因为它的朴素和低调，差点儿让我错过。

说实在的，我非常惊讶，说是墓地，其实并没有坟茔，只有这么一块从山上采来的岩石，形状很随意，成色也一般，沈从文先生的生前，长时间孤立于社会的边缘，去世后又葬于山野角落，似乎总是离人群远远的。先生的墓地，令人想起先生的文字：如天然的五色石，朴素中蕴含华彩；如葱绿的听涛山，静穆中一派葳蕤。据说，沈从文的骨灰一部分撒在沱江里，一部分葬在墓碑下。他生于乡土，游于乡土，记录乡土，归于乡土，生命、文字和乡土水乳交融。先生在他的乡土文字里永恒，在他的乡土家园中安眠。他活在寂寞里，葬在寂寞里。然天下谁人不识君？

“照我思索，能理解‘我’；照我思索，可认识‘人’。”

墓碑正面刻着颇有深意的两句话，是沈从文先生的手迹。碑石上有一些鲜花，可能是某个姑娘把自己戴的花环献上。伫立墓前，我默默无语，心里由悲凉转而肃然起敬。才华横溢的如沈老先生，却历经坎坷，作为一个“旧式文人”，由于历史的原因，他不得不放下了文学创作的笔，转而埋头钻研我国古代的服饰，无怨无悔。在我心中，戴着眼镜的沈老先生是一位斯文、淳厚且有些木讷的长者，面对坎坷的命运，始终安宁坦然。此刻，抬头远眺，可以看到青山绿水，低头侧耳，可以听到沱江轻轻地流淌，眼前是夺目的烂漫山花，先生能安居于这个迷人的地方，令我内心欣慰了很多。

转到岩石的背面，我看到上面又刻着两行字，这是沈从文先生夫人张兆和的妹妹、书法家张充和女士撰写的挽联：

“不折不从，亦慈亦让；星斗其文，赤子其人。”

这位四妹对三姐夫沈二哥真是太了解了，字里行间嵌藏着“从文让人”四个字。我一边朗读，一边轻轻抚摸，从手感中发现已被许许多多双敬仰者的手，用心把它磨得光滑发亮了。我被深深地感动了。“从文让人”，在很大程度上概括了沈从文一生为人的个性特点和人格魅力，也投射出他一生的高风亮节。沈从文甘于寂寞而终不寂寞。

（三）

这些年，我走南闯北，到过很多地方，也参观过不少墓地，巍巍然耸立的帝王陵寝自不必说了，就是一些所谓的名流、大款，也无不挖空心思地把墓造得豪华奢侈，我唯独没有见过沈从文这么简陋、这么素朴的墓地，又是如此别具一格，同他的为人和他作品的风格一样。然而，它给我的震憾却是无比巨大的。

一阵山风吹了过来，周围几株幼松和万年青发出沙沙沙的声响，地上铺了一些江边的鹅卵石，上面放着几束人们敬献的菊花，也在风中轻轻摇动着。我绕着它走了几圈，然而深深地鞠了个躬。鞠躬的时候，我在内心里祈求，我说沈老请赐我以诗意的灵魂，请赐我以不屈不挠的奋斗精神，请赐我以善良的品格，请赐我以一点点写字的才能。我这三个躬，那是一种心悦诚服的磕拜。史铁生说人生需要一些小小的仪式，这话说得真好，没有这些小小的仪式，怎能体现生命的庄重。

在墓的右下方立了一块石碑，那是当代著名作家兼画家黄永玉为他的同乡与表叔沈从文的题字：“一个士兵不是战死沙场，便是回到故乡。”我屏住呼吸，就这样肃穆地望着那块碑石——不，我更愿意把它看成一块石头，它其实就是一块朴素的石头，就像先生的为人一样。这个凤凰优秀的儿子，从故乡走出，最后又回到了故乡。现在，他就像一块石头一样，成为大自然的一个组成部分。一个人，要是没有足够的人格力量和精神魅力，他的坟墓就是造得再高大，也不过是一堆土而已。沈从文先生的墓地只是一块石头，但已足矣。我觉得设计者是位高手，将天、地、人相互渗透为统一体，它所蕴藏的人文精神，必将与日月同辉。我忽然想说，这是我见到的最美的墓地。

离别凤凰时，我看着古城的道路，路上的人，我似乎有些熟悉了。在黄昏中闭上眼睛，眼前浮现出沈从文先生的一段文字：

“我的心总得为一种新鲜声音，新鲜颜色，新鲜气味而跳。我得认识本人生活以外的生活。我的智慧应当从直接生活上吸收消化，却不须从一本好书，一本好话上学来。”

2012 年 10 月 26 日于迟来居客栈

荷塘月色白马湖

《荷塘月色》这篇优美的散文，出自朱自清先生之手。多少年来，我一直读它。《新闻晨报》老总忻才良先生的《荷叶田田莲花香》的散文中，也引用了这篇文章中的佳句：

“曲曲折折的荷塘上面，弥望的是田田的叶子。叶子出水很高，像亭亭的舞女的裙。层层的叶子中间，零星地点缀着些白花，有袅娜地开着的，有羞涩地打着朵儿的；正如一粒粒的明珠，又如碧天里的星星，又如刚出浴的美人……。”

这就引起了我的极大兴趣，很想知道这个美丽如画的地方，究竟在哪里？

（一）

时值初春，我和上海市劳动就业服务企业协会秘书长盛祖欢先生去绍兴参加一个会议时，我无意间提起了《荷塘月色》这篇散文。绍兴是盛祖欢先生的故乡，对这里的一切是相当熟悉的，告诉我说，朱自清写的是在上虞县一个叫白马湖的地方，曾在这里的春晖中学教书。于是，我们驱车到了白马湖。

在曹娥江畔诸多回味无穷的景观中，坐落在白马湖的这所享有“北南开、南春晖”之誉的百年名校，最是让我流连而感慨万千。

白马湖是一个宁静而又绚丽多姿的湖，三面环山，山峦上林木郁郁葱葱；湖中汇聚着条条山涧流入的溪水，形成了波光粼粼的湖面。湖边翠柳垂挂，一年四季中，湖水清澈，明亮如镜，风景秀丽。山下湖边的春晖，远看之下，白马湖似在学校的脚下，而学校又似乎是在湖的底下；走近细观，春晖三面环山而又三面环湖；简直就是一处标标准准与世隔绝的世外桃源。一届届的学子，能在这么一个优雅恬静、风光怡人的环境中读书，岂不是一种千载难逢的福分？

春晖中学之名，取自孟郊的《游子吟》，谁言寸草心，报得三春晖。春晖，意指母爱，有教诲学生知恩图报之意。春晖中学的校歌，就是《游子吟》。

跨进春晖学校的校门，迎面是一座三人青铜塑像，中间端坐着的是商界大亨，致富后热心公益，造福桑梓的投资者陈春澜；左边站的是近代著名教育家、民主革命家、金石书画家、首任校长经亨颐；右边立着的是首届校董会主任、乡贤王佐。塑像前，我深深地三鞠躬，表达我对前辈为教育事业作出卓越贡献的敬重。

前行数步，宽阔的绿茵草坪上竖立着硕大的岩石，上面镌刻着两行红色隽永大字：（右）教学相长；（左）德才并美。落款叶圣陶题。

在春晖，我好比是走进了名人世界。曾记否，20 世纪 20 年代初，正是新旧文化交替、冲突，各种学说、流派纷呈时期，一大批志趣相近追求新文化和理想教育的名家大师，在著名的教育家经亨颐振臂一呼里，先后聚集到了春晖，或任教，或教学，或考察。他们是夏丏尊、朱自清、朱光潜、丰子恺、李叔同、蔡元培、黄炎培、胡愈之、俞平伯、柳亚子、陈望道、张闻天、黄宾虹、匡互生、王任叔（巴人）、杨贤江、于右任、蒋梦麟、陈鹤琴、刘大白、叶圣陶、张大千、吴稚晖……简直令人目不暇接。一所名不见传的乡村中学，有着如此的气魄、如此的胸怀，不能不让我由衷地感叹啊！

在白马湖畔，当时居住过何香凝。她曾退隐于此，在她的双清楼中，写过不少忧时愤世、以松竹梅花为题材的诗画。她的白马湖诗有："半亩蔬园宜避世，双清楼外满山松"之句。她的住处，与经亨颐家相邻（他们是同盟会老战友，又是两亲家）。经家有高松三株，居室就名"长松山房"，他晚年与何香凝、柳亚子、张大千等在上海组织"寒之友社"，以诗言志，以画喻节。

我国话剧运动先驱、音乐家和美术家李叔同，出家之后法名弘一，他也有一座名叫"晚晴山房"的小平房，位于春晖东首。这座小屋是他的旧友夏丏尊、丰子恺等为他四处捐资建造的，系按法师喜爱的晚唐李商隐“天意怜幽草，人间重晚晴”诗意取名。它背水面山，坐西朝东，里面记录着大师俭朴、清苦生活的印迹。

五四运动期间的早期白话诗人刘大白，在湖滨有一座“白屋”，他在这里写了诗集《白屋诗话》。夏丏尊的居室为“平屋”，三间。何以取名为平屋呢？夏丏尊在一篇散文中说过：高山不如平地大。平的东西都有大的涵义。又说：人生不单因了少数的英雄圣贤而表现，实因蚩蚩平凡的民众而表现的。于是，他发出感叹：“平凡的伟大啊！”或许，这就是他对“平屋”取名的一番诠释吧。夏丏尊在春晖中学任教四年，兼任校刊《春晖半月刊》主编，起草了《春晖的使命》，“前途很远！此去珍重！啊，啊，春晖啊！”他还在此屋译完当时了根据日译本转译意大利作家亚米契斯的小说，后由上海开明书店连出 30 余版盛销不衰的《爱的教育》；电视连续剧《围城》中的三间大学就在春晖拍摄，剧中汪寓，就是夏先生的平屋故居。

与平屋一墙之隔的是当年朱自清的故居。朱自清先生在此屋创作了许多著名的文章：如《春晖的一月》《白马读书录》等，渐渐形成了他的写作风格。他经常喜欢到隔壁的平屋与夏先生喝酒、聊天，谈天说地，十分惬意。丰子恺在自己的住宅边栽了一株杨柳，他的书斋兼画室逐被提名为“小杨柳屋”。小杨柳屋也就是后来的“缘缘堂”。丰先生爱柳画柳从这屋开始，后来享誉海内外的漫画创作也从这屋起步。他极具创意的艺术品种，成了近现代中国漫画的开山鼻祖。朱光潜作为美学理论家，课余开始写《给青年的十二封信》，也是在白马湖……置身其中，立时就会被浓浓的书卷气包围，同时也被大师们的风采与气质折服得五体投地。

海纳百川，小天地自会变宽广。春晖之所以能闻名遐迩，大师们的遗泽自然是功不可没的，白马湖恐怕也是沾了不少的光，仰仗着曾在春晖聚集过这么多的名师而声威大振名扬四海了。

（二）

白马湖，原来叫渔浦湖，相传四千多年前，虞舜避丹朱之乱，来到了上虞，在此渔猎为生，故名渔浦湖。后因整个湖呈狭长状，状如白马，故改名为白马湖。就是那么一个地方，却聚集了那么多的闻名海内外的大咖。于是，代表一种风格象征的所谓“白马湖作家群”，就在这无形中产生了。把这些“质上纯粹”“量上丰富”的名师，以“同志集合”的方式凝聚在一起的核心人物，据我所知，不是校长经亨颐，而是身份仅仅为国文教员的夏丏尊先生。他无疑是这个“白马湖作家群”中的领衔人物。

夏丏尊 15 岁就考中秀才，国学基础甚为深厚，在与李叔同结交相处的日子，趣味志向的一致，使他们互为影响是不可避免的。著名画家丰子恺先生就是当时浙“一师”的学生，他曾撰文说：“夏先生与李叔同先生（弘一法师），具有同样的才调，同样的情怀。不过表面上以为做和尚，以为是居士而已。”李叔同多才多艺，于音乐、美术、书画、诗文等，无一不精，夏先生经常在学生面前称赞他，并说：“我只好佩服他，不能学他。”

然而，在丰子恺的眼里，夏先生同样也是个博学多能并值得尊敬的师长。丰子恺说：“比起李叔同先生，夏先生只除不弄音乐以外，其他诗文、绘画（鉴赏）、金石、书法、理学、佛典，以致外国文、科学等，他都懂得。因此能和夏先生交游，因此能得学生的心悦诚服。”他的《白马湖的冬天》这篇最早写白马湖的散文，我曾读过。自然，初读的时候，我还不能领略其中的趣味，多年后重读，才发现文章有着十分隽永的风致。白马湖的景色，在他笔下成了一幅元明文人所作的疏朗雅淡的山水画，与朱自清先生的绮丽娴雅、清心致远的《荷塘月色》和在《清华周刊》上发表回忆春晖中学任教的文章《白马湖》，正好是一个互补和对应。

来到白马湖，我想，我虽没有赶上那个“艺术世界”的鼎盛时期，但我领略了白马湖的自然美。我爱白马湖，并不亚于前辈的老先生。

白马湖的湖面似乎不大，据说周围也不过四五十里。可以从杭甬铁路上一个名叫驿亭的小站下车，沿山有一条长堤向湖中伸展。一路上都是杨柳桃花。透过树木，我可以看见澄明如镜的湖水，清清的，映出了山峦、草木、村落；水上还传来鸡鸣犬吠之声和小船欸乃的划水声。

春晖中学在山下湖水中央，一色的现代化西式建筑。主楼名叫仰山楼，上面有座钟楼，打钟的，钟声荡漾在湖面上很久很久。那钟声，无疑是富有诗情画意的，恐怕也不比西湖的“南屏晚钟”逊色。

春晖中学，在当时应算是一个标新立异的学校，推行新教育，传播新文化。男女同校，师生平等讨论问题，废除一切形式的体罚和不尊重学生人格的管理方式，而主张“学生自治”；教学重视科学实验……最令他们高兴的是放学后可以划船到湖上去散心、游泳；星期日可以到山上去采果子，在柳荫垂钓。周末是文化娱乐活动的高潮，有音乐会，京剧、话剧演出，国语（普通话）、英语、日语演讲比赛和各类球赛。我在一份资料上看到，学校里常常唱一支《送别歌》——也就是后来我在电影《早春二月》里听到的“芙蓉镇的歌声”，那是李叔同的作品之一。

晚上，他们常常划着小船去看社戏——就是鲁迅先生所描写过的那种绍兴草台班。他们看完戏回到宿舍区时，总要经过湖边一个很长的水塘，那里种满了荷花。月光如水，而水汽里弥漫着清幽的花香。同学们这时会自豪地说起朱自清先生从前经过这里观察荷塘景色、一路踏月归家的故事……

（三）

一代人有一代人的烦恼，一代人有一代人的尴尬。其实，那些朱自清的同道，因为新旧思想的冲突，办学理念的差异，不久之后就纷纷离开了春晖。匡互生、丰子恺、朱光潜到上海去创办立达学校，继续他们的教育之梦。不久，夏丏尊也去了立达，独留下家累太重的朱自清，一时不能远走高飞，在郁闷中苦苦支撑。1925 年夏，经俞平伯推荐，他担任了清华大学国文部教授，只是家眷仍留白马湖，1927 年 1 月方接至清华园。离去时，对湖边依依垂柳的凝望，竟是朱自清见白马湖的最后一眼。尽管后来先后在1932年回国与陈竹隐结婚，1936年因母丧回扬州时，曾到过浙江，却都是来去匆匆，只在上海与夏丏尊见过面，没能再到白马湖，那片湖山和发生在那里的往事，只能永存于朱自清的心底一隅了。

这时，我在想，在白马湖的作家群中，不光是文学的风格，就是书法的风格，其实也是非常的接近，就我们所熟悉的这些文人书法，像弘一法师、夏丏尊、丰子恺、朱自清、俞平伯、叶圣陶、匡互生及王任叔（巴人）等，他们的笔墨都是以恬静、清正一路为主要面目的，也许，这也是“白马湖作家群”的另一种风格展现吧。

说实话，我此行，不是冲着白马湖来的，也不是冲着春晖中学来的，是冲着大师们来的。曾有哲人说：“大学者，非谓有大楼之谓也，有大师之谓也。”春晖的“郁郁乎文哉”，不就是大师们的遗泽吗？这一切，白马湖可以做证，春晖老校门所对的象山可以做证，象山脚下古树下那一带的老房子，也可做证。

春晖是新的，又是旧的；而这旧的，又历久弥新。春晖的老校门是旧的，春晖桥也已斑驳。可是，象山脚下的古树，却枝繁叶茂，根深蒂固，多少风雨吹过，多少温阳熏过，威武不动，岿然独立。它凝望着隔河围墙内校园里的人来人往，看它的热闹，看它的萧疏，看它绚烂里的落寞，看它重光里的追寻。

远远地，我看见一块大石上，刻着“高山仰止”四个字。边上，几座建筑，半西式的，是那种20世纪初年的样子。走进一所凹字形楼，门都闭着，每一间房的边上，挂着一个名师的名字，有朱自清、夏丏尊、李叔同、王任叔（巴人）、杨贤江、朱光潜、丰子恺、叶圣陶、胡愈之、匡互生……不下二三十位，我方明白这“高山仰止”，不是虚辞。是的，在一所中学堂里，这样的蔚然斯文是不会再有了。是的，当我走在这一条小径上时，也感到了深深的寂静——谁来重修斯文呢？

1994年3月22日

“我做一个共产党员的心至死不变”

——融情沈雁冰（茅盾）故乡

乌镇，著名的江南水乡，除了“小桥流水，枕河人家”，还是新文化运动先驱者、中国革命文艺的奠基人之一，文坛泰斗沈雁冰（茅盾）先生的故乡。三月江南烟雨时，我走进了乌镇，拜谒了心仪已久的沈雁冰先生，感受这位文学巨匠在这个水乡古镇最初的人生轨迹，感受他的故居所蕴念的文学魅力。

（一）

地处杭嘉定湖平原的乌镇，是一座具有悠久文化历史的水乡古镇。在茅盾曾参与编写的乌镇镇志上，记载着两千多年来的许多有价值的名胜古迹和历代的变革历史。沈雁冰故居就坐落在乌镇的观前街 17 号，一座普通的民居建筑，临街二层楼，木门木窗木屋架，坐北朝南，典型的江南老建筑。黑白的院墙，朱红的大门，如果不是挂着陈云题写的“茅盾故居”匾牌，恐怕走在观前街也不会知道这里就是茅盾诞生的地方。我怀着虔诚的心情，伫立许久，似乎看到先生身着家常的对襟布衫向我走来。进到里面，游客明显少了，这让我有了一份清静的心境。

120 年前农历五月十五日，沈雁冰（茅盾）诞生在故居楼上。对茅盾这位长房长孙的降生，无论是在广西梧州担任地方部门要职的曾祖父沈焕，还是在杭嘉湖响当当的乌镇名中医、外公陈我如，都格外兴奋。曾祖父在广西得到曾孙出生的喜讯时，一大群燕子在其住所上空飞翔，沈焕认为这是吉祥的兆头，所以亲自为这个曾孙取名“燕昌”，大名德鸿，字雁冰。后来，这个出生在普普通通民居里的曾孙成为一代文学巨匠，成为共和国的第一任文化部长、全国政协副主席，这是他的曾祖父沈焕所没有想到的。而此时的外公陈我如急匆匆地走在观前街这条石板小街上，去看望自己的掌上明珠女儿和外孙！

这是1896年的事，距离今天已经整整120年了。沈雁冰在这里度过了13个春秋，此后怀着济世报国的远大志向，走出家乡。穿过楼道，后面是一个幽静的庭院。如今的“茅盾故居”，再现了他童年时代的原貌，其家居、客堂、厨房、祖父母和父母的卧室，都是按当时样子布置的。故居存放了大量有关沈雁冰的珍贵书刊、照片、信件、题字等，其中包括他13岁时写的作文和临终前最后的墨迹，分别在六个展室内展出。书香世家的儒雅，记载着一代文豪的成长。

沈雁冰（茅盾）故居的格局有些局促和逼仄，四开间临街的两层楼房，楼下每一间临街门面，都是一块一块的木板拼起来的排门和一扇小门或矮门，没有轩敞的大门，也没有墙门照壁，更没有高门槛和气派的门当，在乌镇观前街的民居中没有一丁点儿的特别。我轻轻地推门进去，发现临街的四间楼下房子，已经被作为陈列室，其中有沈家的私塾，沈家大家庭吃饭用的餐厅。在第一进与第二进之间，还有东西各一个不大的天井，用于采光和承接屋面的雨水，我进去时，屋檐水正嘀答嘀答地落在东边天井的石板上。我突然想起。也许天井里的赭色石板还记得，当年沈雁冰父亲沈伯藩英年早逝，其时他十岁和六岁的弟弟沈泽民正是需要父爱的时候。他母亲把丈夫的遗像挂在第二进楼下，下面供着鲜花，还在照片两侧，亲自写了一副对联：

“幼诵孔孟之言，长学声光化电，忧国忧民，斯人斯疾，奈何长才未死不瞑目。良人亦即良师，十年互勉互励，雹碎春红，百身莫赎，从今誓守遗言，管教双雏。”

沈雁冰的母亲陈爱珠是当地一代名医的独生女，知书达理，有深厚的文学修养，虽然在沈家没有到忍辱的程度，但负重是肯定有的。据说，观前街17号里的女性都很豁达干练，茅盾的曾祖母王氏，祖母高氏，都遇事冷静有决断，似乎是天生的当家人。他的童年时代就受到了开明的家庭教育和文学氛围的熏陶。

故居的东侧是立志书院，门口木牌标示“茅盾童年读书处”。进得门来，穿越过道，就见一个小天井，内植桂花树。过天井之后的老学堂，已辟建为沈雁冰纪念馆，上悬“有志竟成”的匾额，大厅正中是周巍峙题写的“文学巨匠茅盾”六个金色大字，下方是沈雁冰先生的半身铜像，手持钢笔凝视着前方，神情庄重，仿佛正在沉思中。他是在构思中国现代文学的奠基之作《子夜》，或者是《春蚕》三部曲？还是担任新中国首任文化部长时在运筹新文化事业的发展？

站在这位一代文豪的铜像面前，我能感受到他那波澜壮阔的人生履历。他在青年时期就接受马克思主义，1921 年在上海先后参加了共产主义小组和中国共产党，是我党最早的一批党员之一。

1916 年夏，沈雁冰从北京大学预科毕业，初次来到黄浦江畔，入职上海商务印书馆编译所。他很快得到张元济赏识，被安排编译童话、校订古籍，接着又从事杂志的编辑和撰稿工作。4 年后，他担任《小说月报》主编，创造了中国文学的新气象。

1920 年 5 月，陈独秀在上海建立了马克思主义研究会，为中国共产党早期组织的建立奠定了基础。8 月他和李汉俊、李达、俞秀松、陈望道、沈玄庐、施存统等人发起并建立了上海共产党早期组织，陈独秀任书记、沈雁冰积极参与活动。10 月，沈雁冰在李汉俊的介绍下，参加了上海共产党早期组织，此后，他作为一个思想启蒙者和文学活动家，开始了自己的政治生涯。同年 11 月 7 日，上海共产党发起组在上海出版了《共产党》月刊，作为党的秘密宣传刊物。《共产党》月刊，由李达负责主编。同年冬，李达邀沈雁冰为《共产党》月刊翻译文章，沈雁冰欣然接受，很快就把《共产主义是什么思想》和《美国共产党党纲》等四篇文章翻译好，发表在《共产党》月刊第二号上。在翻译过程中，沈雁冰对共产主义有了初步认识，并为《新青年》杂志撰稿，做了大量工作。此后，他一面撰文批判无政府主义者的错误论调，一面继续翻译文章，宣传马克思主义的学说。

1921 年 7 月 23 日，中国共产党在上海正式成立，之后，上海早期共产党组织成员也随之转为中共正式党员，沈雁冰自然也成了中国现代文坛的第一位共产党员。起初，党的各项工作处于秘密状态，他当时担任商务印书馆《小说月刊》的编辑，工作相对固定。因此，党中央决定通过他为掩护，开展通讯联络工作。此后，沈雁冰成为党中央的联络员，隶属于中央工作人员支部，领导、参与、报道上海罢工运动。

党成立后不久，以半工半读为号召，在上海创办了我党第一个培养妇女干部的学校——平民女校，李达任校长，沈雁冰担任了义务教师，每星期去三次，都是晚上，为女学生讲授英文，我国著名的女作家丁玲，就是其中之一。他还在上海大学讲授小说，很受学生欢迎。与此同时，沈雁冰积极开展工人运动，在他工作的单位商务印书馆里发展党、团员，建立党、团组织。

这个时期，正如沈雁冰自己说的那样，“白天搞文学，晚上搞政治”，工作非常紧张。1923 年春，邓中夏到上海大学担任总务长。随后，瞿秋白也到该校担任教务长兼社会学系主任。沈雁冰也担任了该校的义务教师，在中国文学系讲授《小说研究》，又在英国文学系讲授《希腊神话》。1923 年 7 月 8 日，党中央召开上海党员全体大会，沈雁冰在会上被选为上海地方兼区执行委员会执行委员，负责国民运动中的统一战线工作。这时，他就白天黑夜地搞党的政治活动了。

孙中山逝世后，“西山会议派”夺取国民党上海执行部。沈雁冰接受指示参与筹建两党合作的国民党上海特别市党部，并任宣传部长。五卅惨案发生后，他参与创办《公理日报》，撰写《五月三十日的下午》等，揭露帝国主义暴行。

1926 年初，沈雁冰赴广州担任毛泽东秘书。那时，毛泽东任国民党中央宣传部代理部长，又要筹办第六届农民运动讲习所。秘书相当于部长助理，协理日常事务。两个月后，沈雁冰调回上海，毛泽东嘱其设法办份党报。抵沪后，沈雁冰请柳亚子等一起参与办报，报名定为《国民日报》。后因蒋介石提出“整理党务案”，《国民日报》受牵连流产。

大革命期间，根据形势的推进和党的工作的需要，沈雁冰接受党组织派遣，辗转各地。大革命失败后，革命陷入低谷，沈雁冰在党组织的安排下，几经周折回到上海，蛰居上海景云里 11 号的三楼家里，足不出户，被迫开启隐居流亡生涯。紧张的国内气氛和复杂的社会形势，他隐居大半年，不能会客，不能参加社会活动，基本上失去了与党组织的联系。苦闷彷徨之时，沈雁冰决心拿起手中的笔为党的事业继续奋斗，从而踏上了文学创作征程。隐居上海期间，他创作了以大革命时期为背景的第一部小说《幻灭》。

沈雁冰于 1928 年 7 月，化名方宗保，流亡日本。从此，他便与中国共产党失去了联系。

在日本，为了让自己情绪重新振作起来，沈雁冰创作了寄托革命前途信念的长篇小说《虹》。然而，他在此后几十年中，一直是在党的领导下从事革命文化工作。1930 年 4 月，他从日本回到上海，居住在山阴路的三层小红楼。不久，他同鲁迅一起参加组织了中国左翼作家联盟，成为坚强骨干。1931 年 5 月，瞿秋白到上海时，住在沈雁冰家里。沈雁冰对这位好友谈了自己和党失掉关系的经过，倾诉了希望恢复党的组织生活的心愿。瞿秋白听了后，答应向党反映，但由于当时多种复杂的原因，未能如愿。他却始终以一个共产党员的标准，严格要求自己，指导自己的行动。

沈雁冰在 20 世纪 20 至 30 年代，以茅盾为笔名，撰写了著名小说《春蚕》《秋收》《残冬》《林家铺子》《子夜》《白杨礼赞》等一系列作品，其中大多数是以故乡的社会风俗、历史面貌为背景，描绘了一幅幅人民苦难生活的悲剧，奠定了他在中国文学史上的重要地位。

在《春蚕》中，茅盾描写了蚕农老通宝“借本养蚕，无处卖茧，劳累一春，债上背债”的悲惨遭遇。随着农村破产，百业萧条，茅盾又刻画了旧社会大鱼吃小鱼，如“林家铺子”的倒闭。

茅盾，沈雁冰笔名，1927 年发表《幻灭》时开始使用。最初署“矛盾”，是当时接替郑振铎主编《小说月报》的叶圣陶把它改成“茅盾”。理由有两个：一是“矛盾”不像人名，且太刺眼，太敏感，那时正是茅盾被蒋介石政府通缉的当口，很容易引起麻烦；二是百家姓里没有“矛”姓，加上草头，算是姓“茅”名“盾”，有人来问，也能说得过去，同时也不违作者的本意。

在中国现代作家中，使用笔名代替本名是很常见的，但在选用时一般都有考究。例如："鲁迅"，一是母亲姓鲁；二是鲁迅自己说了"取愚鲁而迅行"。"郭沫若"，取自家乡四川的两条河水——沫水与若水。"巴金"，取自他在法国留学期间一个自杀的同学"巴恩波"的名字，以表示纪念。还有"老舍"，取自他的"舒"姓，将"舒"字拆分，然后舍"予"，最后干脆叫"老舍"，含"永远忘我"的意思。

叶圣陶是一个细心的编辑，他看到署名"矛盾"的作品，大加赞赏，说没想到小说居然还能写这种"大场面"的，但又特别能理解茅盾此刻的心。那时他们都住在上海景云里，结邻而居，茅盾整日蛰伏家中，不能外出，只能是叶圣陶不时前去探望。茅盾的"矛盾"让叶圣陶深有感触，有一种"描摹不来的感念"。他将"矛盾"改为"茅盾"，虽为不得已，但读法还是一样，并没有"伤筋动骨"（不过作为编辑他完全可以建议另选其他字），他只是巧妙地在"矛"字上面加了个草头，算是将过于外露的"矛"稍稍函掩一下，改得既像个人名，又不落俗。尽管沈雁冰没有反对，但在随后长期的笔名使用中，"茅盾"使用的频率是最高的，显然在他的心里也是喜欢加了草头的"茅盾"的。叶圣陶的这一笔，也算"点石成金"了。

《幻灭》发表之后，又有《动摇》《追求》登场，这三部后来被汇集为《蚀》的"三部曲"很快震动当时的文坛。夏志清说茅盾是凭借《蚀》"一炮而红"的。国民党"特种档案"里也有记录，说茅盾"最著名者《蚀》（内容分《幻灭》《动摇》《追求》三部，有三部曲之称），为十八九年间最盛行之小说之一"。

乌镇昔日的面貌，在茅盾的《故乡杂记》《乡村杂景》中，曾详细地作了描写。20世纪30年代，茅盾曾多次回乌镇探亲，但在回归故乡途中，他看到农村的萧条景象后，怀着无比悲愤的心情，写了"农村经济破产的黑暗，沉重地压在这个镇的市廛"。1935年，当红军长征到达陕北时，他的心也飞向了延安！

（二）

1928 年夏，沈雁冰东渡日本。1930 年 4 月，他回到上海，不久加入左联，参加了左联的工作。在工作中，他开始学习用马克思主义的观点对中国社会进行缜密而严肃的观察，并与鲁迅、冯雪峰等一起领导左翼文化运动。

抗日战争爆发后，沈雁冰在周恩来的领导下，广泛团结国民党统治区的进步文化人士，从事抗日救亡运动，任中华全国文艺界抗敌协会理事，主编《文艺阵地》杂志。担任《救亡日报》编委。上海沦陷后，他辗转各地。1940 年 5 月，沈雁冰携一家老小通过国民党的封锁线，到了革命圣地延安，他是准备在陕北长期住下去的，曾在鲁迅艺术学院讲过学。在延安，他又一次向党中央提出申请，请求恢复党籍。当时，党中央考虑到要派他到国民党统治区去工作，留在党外，对于团结广大民主人士，开展革命工作更为有利。沈雁冰接受了党中央的意见。不久，他肩负党所委托的重任，离开延安，到香港、重庆等地投入新的战斗。

1946 年 5 月，他由重庆抵沪。其间，曾主编《文联》杂志，为《文汇报》等撰写杂文、文艺评论和翻译作品，并为李公朴、闻一多被害发表宣言。12 月，他应苏联对外文化协会的邀请，赴苏联作友好访问。他在苏联广泛接触了文化界的朋友，加深了中苏人民之间的友谊。他于翌年春回国，寓居上海，撰写《苏联见闻录》等重要文章。因形势严峻，于 11 月按照党组织意见离沪，转移到香港。从沈雁冰早年的人生经历，可见他与开放多元、兼容并蓄的申城有着深缘。

艰苦的斗争环境，并没有使沈雁冰改变对共产主义的信仰。他虽然没有党的组织关系，但是他仍然在党的领导下，用笔为党的事业英勇奋斗。

对于和党组织失掉联系的事，沈雁冰一直是抱憾在心的。他在文章中，不止一次地解剖过自己当时的思想，有时和家人谈到此事时，也流露出愧疚。而且在党还处于艰苦的年月里，他就提出恢复党组织生活的请求。然而，为了不分享荣誉，他却把要求恢复党的组织生活这个强烈意愿，埋在心底，殚思竭虑，为党工作。对此，他的家人向他说起时，他回答说："在共产党打天下的时候，我虽然不是党员，也一起干了。今天，共产党掌握了政权，在人民中有了荣誉，我现在不能分享这个荣誉。我就做个非党的布尔什维克吧，在党的领导下，做好分配我的工作。所以，我一直没有向党提出自己的组织问题。"

1949 年 7 月，中华全国文学艺术工作者第一次代表大会在北京召开，沈雁冰在会上作了《在反动派压迫下斗争和发展的革命文艺》的重要报告，并在会上当选为全国文联副主席，中国作家协会主席。

沈雁冰在中华人民共和国成立后，党中央曾考虑给他安排领导职务和行政工作，他恳切地向周总理提出，我是个作家，希望不要担任行政职务。总理认为他的意见有道理，便答应了他的要求。后来由于工作的迫切需要，中央还是任命他为第一任文化部部长，担任《译文》和《人民文学》杂志的第一任主编，主持全国文联的工作。他主持了第二、三次全国文代会，首届全国电影剧本创作会议，梅兰芳、周信芳舞台生活 50 年纪念会，全国文教群英会及国内外文化名人纪念活动，指导了社会主义文化事业的顺利发展。同时，他还注重发现和培养青年作家，如王愿坚、康濯、玛拉沁夫、益希卓玛等，都是在他帮助下成长起来的。

沈雁冰在他长达 60 多年的文学生涯中，留下了 1200 多万字的作品，他为国家的文化艺术事业作出了重要的贡献。在临终前，他向儿子口述遗嘱，将自己的稿费 25 万元全部捐给中国作家协会，设立一个长篇小说文学奖的基金，这就是茅盾文学奖。"茅盾文学奖"，仍然是现代文学人梦寐以求的最高文学奖。今天，我在这里遇见沈雁冰，从大量文章和图片中，领略中国现代文学巨匠的风采，汲取他的文学精髓和崇高信仰。我凭窗远眺，似乎看到先生走过的小径上鲜花簇簇，旅途中丰碑座座。那一行行脚印，清晰而隽永，上下求索、奋力开拓。

1980 年五六月间，沈雁冰因病住院，不少人来看他。谈话中，当他听到现在有些人对党的领导、对马列主义真理，对共产主义理想及对社会主义制度，不那么相信了，后来，儿子韦韬和老人家谈心时，曾说到现在很多年轻人争取入党观念淡薄了，没有理想和追求了，产生了信仰危机。听儿子一说，他陷入了沉思，脸上流露出忧虑的神色。一次，他和家人谈话时，激动地说：“我们年轻的时候，为了找党，找马克思列宁主义，为了共产主义，连命都可以不要……过去，我一直没有提我的组织问题，看来如今我得考虑申请入党的事了。”

1981 年 3 月 14 日上午，在北京医院的 119 房间里，沈雁冰躺在病床上。这时，他呼吸困难，高烧不退，心力已经衰竭得很厉害，一切药物效果都不大。尽管家属和医生没有将真实的病情告诉沈雁冰，但他自己已经觉察到死神在向他逼近了。夕照满山，情意更笃。他挣扎着想坐起来。他的儿子韦韬急忙赶上前去，扶住了他，小声问他想做什么。他喘嘘着说：“我要写信，给党中央写信。”

儿子韦韬劝他说，你身体不行，不能起来，要说什么，我帮你记下来。说着，拿出了纸和笔。

沈雁冰略为沉思了一会，便口授了一封给党中央的信，郑重地向党中央提出了他的入党请求。

沈雁冰的儿子笔录完毕，念给他听时，他点点头，执意要求儿子扶起身。这时，他勉强握起用了一辈子的笔，郑重地在致党中央的信上，颤抖地签署了“沈雁冰”“茅盾”五个字。并谈到了为什么在这个时候向党提出入党的请求。他满怀深情地说：“我在这里向党表示我对共产主义的理想至死不变，我做一个共产党员的心至死不变。我死了，反正什么也不知道了，那时如蒙追认，将是我一生的荣耀。”

这是多么诚挚的感情，多么感人肺腑的心声！充分表明了沈雁冰对党的事业是多么忠贞，对共产党员的称号是多么珍惜，对共产主义的理想是多么坚定。

（三）

1981 年 3 月 27 日，沈雁冰走完了他 85 岁的人生历程。3 月 31 日，在沈雁冰逝世后的第四天，中共中央根据他临终前的申请和他一生的表现，决定恢复他的党籍。1981 年 4 月 1 日出版的《人民日报》头版头条，刊登着《党中央关于恢复沈雁冰党籍的决定》。这是中共中央对沈雁冰临终致信的回复，其中写道：

> 我国伟大的革命作家沈雁冰（茅盾）同志，青年时代就接受了马克思主义，1921年就在上海先后参加共产主义小组和中国共产党，是党的最早的一批党员之一。1928年以后，他同党虽失去了组织上的关系，仍然一直在党的领导下从事革命的文化工作，为中国人民的解放和社会主义建设事业奋斗一生，在中国现代文学运动中作出了卓越贡献。他临终前恳切地向党提出，要求在他逝世后追认他为光荣的中国共产党党员。中央根据沈雁冰同志的请求和他一生的表现，决定恢复他的中国共产党党籍，党龄从1921年算起。

4月10日，在举行沈雁冰遗体告别仪式时，他的遗体上光荣地覆盖着一面中国共产党党旗。胡耀邦在代表党中央所作的悼词中，对沈雁冰的一生，作了高度的评价。他说：

"沈雁冰同志的逝世，使我国失去了一位伟大的革命文学家和无产阶级文化战士，这是全国人民的一个不可弥补的损失。我们要学习沈雁冰同志一生坚持真理和进步，追求共产主义，刻苦致力于文学艺术的钻研和创造，密切联系群众和爱护青年，坚决拥护党的领导的高贵品质。他的大量精神劳动成果，曾经帮助促进了一代又一代青年思想感情革命化。而今后，他的作品的强大的艺术生命力，还将长久地教育和鼓舞我国青年，为伟大的社会主义事业而战斗，并将促使社会主义文艺新人不断涌现。"

沈雁冰（茅盾），故居后面的三间平屋以及边上的小小空地，是他小时候的乐园。平屋里堆放着杂物，也堆放着他的曾祖父从外地寄回来的杂七杂八的书，包括小说。他常常和弟弟悄悄地到平屋里寻找自己喜欢的书。而平屋外面不大的空地，是祖母当时养猪的地方，那里还见缝插针种着几棵桑树，春天，祖母还养蚕。所以，这个地方也成了茅盾童年时的乐园。几十年后，他的弟弟沈泽民在鄂豫皖苏区中共省委书记的任上牺牲后，茅盾为了让母亲回乌镇有个安静的地方，特地将三间平屋重新翻造，并亲自设计图纸，添置家具。平屋造好以后，祖母已经去世，院子空地里种了一些花草树木，包括棕榈树、南天竹等，小院子整理得生机盎然。不过，茅盾在这里住的时间不多，在平屋里只写了一个中篇小说《多角关系》。鲁迅去世时，沈雁冰（茅盾），正在平屋里养病，没有赶上鲁迅先生的葬礼。

据当地的档案介绍，乌镇沈雁冰（茅盾）故居在 20 世纪 60 年代就被列为县级文物保护单位。“文革”结束后，家乡人开始修缮茅盾亲自设计的三间平屋，期盼他能够回故乡看看，但是，年迈的茅盾此时已经无法远行。1981 年茅盾在北京去世，他的故居经修缮后于 1985 年 7 月 4 日开放。1988 年 1 月，乌镇沈雁冰（茅盾）故居被国务院列全国文物保护单位。故居开放 30 年来，接待了数以千万计的参观者。而我虽然多次去过乌镇茅盾故居，但每次去谒访，都有不同的感受。

我走出沈雁冰（茅盾）的故居和纪念馆就看到隔街对面的门栏上方，用隶书写着“林家铺子”红漆字的木牌子，虽已褪色，但注目观看的人很多，人们对它的关注大多出于那本书和那部电影《林家铺子》。《林家铺子》是茅盾的代表作之一，是他在乌镇的家，一笔一笔地写出的。来到了乌镇，才知道原来这些文字中的情景，都是真实的，也是可以触摸的。我仿佛穿越了现实与文学的藩篱，循着笔迹，走在路上，走在画中，走在文字里。

乌镇景区大门前的广场上，新塑起的一组群雕吸引着众多游客摄影留念，那群雕似乎都是沈雁冰（茅盾）文学作品中的故乡人物，吴荪甫、林老板、老通宝……这些人物曾一次次深深地打动过我。文学大师的生命是有限的，但是他的文学作品和作品中的形象，却在延伸着他的生命。沈雁冰一生坚定不移地为共产主义理想和事业奋斗的精神和大家风范，将永驻人间，并将永远激励着我们，鼓舞着我们。乌镇，哺育出了一位茅盾，就多了一份心动，一份骄傲，也就多了一份魅力，一份厚重。

2017 年 6 月 13 日于风荷苑

唱支山歌给党听

——抚顺的雷锋纪念馆

雷锋纪念馆在辽宁省抚顺市。这次到抚顺，我首选就是参观雷锋纪念馆，这已是沉积心底多年的夙愿。我进入纪念馆，被那一幅幅党和国家领导人的题词，那一张张雷锋学习、工作和生活的照片，那一篇篇雷锋读书的心得体会，那一件件雷锋使用过的实物，让我感动。

“唱支山歌给党听，我把党来比母亲。母亲只生了我的身，党的光辉照我心……”

这是雷锋生前最喜爱的，质朴真挚的歌词仿佛就像从雷锋心里流淌出来的，我轻轻地唱了起来。1963 年 3 月间，毛泽东题词发表以后，各地向“雷锋同志学习”的热潮中，由被誉为“中国音乐巨人”的作曲家朱践耳，依据雷锋日记中收录焦萍写的这首诗作曲，抒发了全国军民共同诚挚感情的一首歌，后由著名藏族歌唱家才旦卓玛演唱，获得了空前的成功，歌声传遍了全国。这是一支唱不厌、听不够的歌。每逢党的生日，“这山唱来那山和”，“大海扬波作和声”，久唱不衰，魅力隽永。

唱起这首歌，雷锋的高大形象，在我心中升腾。

（一）

雷锋，原名雷正兴，共和国哺育下成长的忠诚儿子。雷锋，党的光辉照耀下成长的共产主义战士。他是湖南省长沙市望城县望岳乡（现长沙市望城区雷锋街道）人，1940 年 12 月 18 日，出生在一户贫苦农民家里，父母兄弟受迫害相继惨死，不满 7 岁就成了孤儿，后被亲属收养，幸运成活。这段经历，给他留下了沉痛的记忆。雷锋曾在日记中写道：

万恶的旧社会，就是这样黑暗、无情和残酷。

中华人民共和国成立后，雷锋在党和政府的关怀下，上了学，读了书。雷锋勤奋好学，顺利完成了学业。1956年，荷叶坝小毕业典礼上，雷锋在发言中，立志要当一个“好农民”“好工人”“好战士”。这句诺言，在他随后的人生选择中，一一践行。

雷锋从学校毕业后，回村当了记工员，随后又被推荐至乡政府和中共望城县委机关做通讯员，在团山湖农场当拖拉机手。1958年，雷锋响应党的号召，从湖南北上到鞍山钢铁公司参加社会主义建设。1959年，鞍钢决定在弓长岭兴建一座焦化厂，需要抽调人员到这里。很多人不愿意到偏远的弓长岭，雷锋第一个报名，且还带动了一大批年轻人。雷锋经历了几种不同的工作岗位。他在每个工作岗位上，兢兢业业，一丝不苟，为人民作出了贡献。

“1959年底，我和雷锋一起在辽阳报名参军，当时，雷锋在去体检的车上就非常高兴、非常活跃，我们一直被他的情绪感染着。下车后他没像我们一样聚在一起唠嗑儿，而是帮各个科室按名单喊人。”说起雷锋参军的经历，雷锋的亲密战友、80岁的乔安山老人打开了话匣子。

1960年1月8日，雷锋正式入伍。乔安山和雷锋被分到了一个班，见证了雷锋精神孕育成形的点点滴滴。“一次，我们开车执行任务，车到抚顺北大岭最陡的坡时，我踩油门往上冲，刚拐过弯，雷锋班长就让我停车。原来，有几位群众在推装满菜的手推车，上坡推不动了。班长就跑过去帮他们推。”

说起这件小事，乔安山说，“我也看到那几个人在前头推车挺费劲，但我想的是怎么先把自己的车开过去，而班长却先想到怎么帮助有困难的人。他告诉我，帮助别人得从小事开始，习惯了，才能看到更多事，才能全心全意为人民服务。”

雷锋入伍后，被编在沈阳部队某部运输连当汽车兵。在分配汽车时，雷锋主动向连里申请了一辆磨损严重、耗油量大的苏制“嘎斯51”型卡车，通过精心保养和排查“病因”，把它变成了全连的“节油标兵车”。1960年8月，抚顺上寺水库遭遇洪灾，雷锋在手臂受伤的情况下，与战友连续奋战七天七夜，圆满完成抗洪抢险任务。

日常训练期间，雷锋刻苦练就各项战斗技能，还挤时间学习党的理论著作和科学文化知识；休息时间，他帮战友洗衣服、缝被子，给孩子当课外辅导员，还为群众做好事，一心一意服务党和人民。他真正做到了“服从革命需要，党叫干啥就干啥”。他干一行爱一行，行行工作都做得很出色。在党组织的关怀下，他的思想也进步很快，从一个只知道向党报恩的青年，很快地认识到应该以解放全人类为己任。

1957 年，雷锋加入了中国社会主义青年团。雷锋应征入伍后，他又向连队党支部提出了入党申请。当时，基层党组织认为，雷锋出身贫苦，爱憎分明，好学上进，阶级觉悟高，入党动机正确，只是考虑到入伍时间不长，需要再经过一段培养，就可履行入党手续了。团党委认为，只要具备了入党条件，不要过分强调入伍时间长短的问题。

一天中午，在家休班的人都睡午觉了。高指导员根据政委的指示和支部的意见，想再找雷锋谈一次话。到四班宿舍一看，雷锋不在。指导员走出四班宿舍，朝车场扫了一眼，发现 13 号车驾驶室里坐着一个人，因为车窗上反射着很强的阳光，看不清里面是谁，但指导员猜想是雷锋。到车前一看，果然是他，正在聚精会神地读书。

原来，雷锋在学习毛泽东写的《中国共产党在民族战争中的地位》一文。高指导员看到书中已用红铅笔着重画了这样的几段话（并在书边上写着“牢记——”）：

“共产党员的先锋作用和模范作用是十分重要的。共产党员在八路军和新四军中，应该成为英勇作战的模范，执行命令的模范，遵守纪律的模范，政治工作的模范和内部团结统一的模范。”

“共产党员应是实事求是的模范，又是具有远见卓识的模范。”

“共产党员又应成为学习的模范，他们每天都是民众的教师，但又每天都是民众的学生……”

指导员看到这里，是深受感动的。他拉住雷锋的手，递给他一本党章后说：

“支部已经讨论了你的入党申请，大家对你提出的希望，怎么也超不过毛主席讲的这些话呀！我们每个共产党员都应该这样做。”

“指导员，放心吧！”雷锋接过党章，激动地说：

“我一定好好学习马列主义、毛泽东思想，按照党员标准严格要求自己，决不辜负党的培养教育。”

（二）

党的光辉照我心。按照党组织的要求，雷锋更加发愤地学习和工作，不断地锻炼和改造自己。他用党员的标准来严格要求自己，通过不断的学习和实践，他的胸怀更加宽阔，理想更加远大，立场更加坚定。他深刻认识到，中国共产党是无产阶级的先锋队，是理论联系实际，密切联系群众，勇于批评与自我批评的马克思列宁主义政党。我们奋斗的目标，是实现共产主义。雷锋坚决地表示：“我活着只有一个目的，就是为了实现人类最伟大的理想——共产主义而斗争。”

日常训练期间，雷锋刻苦练就各项战斗技能，还挤时间学习党的理论著作和科学文化知识：休息时间，他帮战友洗衣服、缝被子，给孩子当课外辅导员，还为群众做好事，一心一意服务党和人民。

雷锋十分崇敬革命烈士，他走到哪里，都要瞻仰烈士陵园。一次，雷锋出差去沈阳办事，便抽空来到北陵烈士公园。当他走到黄继光、邱少云、杨连弟、杨根思等英雄墓地前，心潮激荡，难以平静。他在心中默默地宣誓：革命的先烈们，你们为了伟大的共产主义事业贡献了自己的生命，你们将永远活在我们的心中！你们崇高的革命精神永远鼓舞着我们前进。每当我遇到困难的时候，想起你们，就浑身有力量，信心百倍，意志坚强。在外出执行任务中，我想起你们，就严格要求自己，更好地执行革命纪律。在得到福利和享受的时候，我想起你们，就把享受让给别人，把困难留给自己。我一定要继承你们的遗志，做一个像你们那样的无产阶级先锋战士……

根据雷锋的一贯表现，党支部大会，一致通过了雷锋的入党申请。

1960 年 11 月 8 日，雷锋，这个 20 岁的年轻战士，光荣地加入了中国共产党。这天下午，他从沈阳回到抚顺，刚巧指导员在营部开完了党委会，见了他高兴地说：“雷锋同志，党委批准了你的入党申请。从今天起，你就是中国共产党党员了！”

对一个立志为党奋斗终生的人来说，这是多么大的喜讯，多么庄严的时刻啊！雷锋紧紧地握着指导员的手，眼里含着激动的泪花说：“放心吧，指导员！为了党的事业，我不惜牺牲自己的一切。”

（三）

“我把党来比母亲”，这正是孤儿雷锋心底的呼唤。这时，雷锋怀着万分激动的心情，回忆自己成长的道路，在日记里写道：

“伟大的党啊！您是我慈祥的母亲，我所有的一切都是属于您的，我要永远听您的话，永做您忠诚的儿子。今天，我入了党，使我变成人民的勤务员。为了全人类的自由、解放、幸福，哪怕高山、大海、巨川，为了党和人民的事业，就是入火海进刀山，我心甘情愿，头断骨粉，身红心赤，永远不变。”

两年多的军旅生涯中，雷锋先后立二等功一次，三等功两次，获得了“五好战士”“节约标兵”“少先队优秀辅导员”等荣誉。雷锋用自己的行动，实践了自己的誓言——全心全意为人民服务，他养成的品性，感动了国人。

雷锋的生命，定格在22岁这个青春的年龄。他走完了短暂而充实的人生旅程，成为平凡而伟大的共产主义战士，树起了一座令人敬仰的道德丰碑。从雷锋牺牲那天开始，纪念雷锋、缅怀雷锋、宣传雷锋、学习雷锋的热潮，就像一条清澈、明亮的小溪一样涌出，以不可阻挡之势前进，因天时、因人和，这条小溪逐渐奔流成壮阔的江河，数十年间，曲曲折折，高高低低，一直没有断流，一直向前奔腾……

1962年8月15日，雷锋以身殉职。1963年1月，国防部命名他生前所在班为“雷锋班”。1963年3月5日，毛泽东为雷锋题词——“向雷锋同志学习”。2009年，雷锋当选“100位新中国成立以来感动中国人物”。如今，雷锋是十位全军挂像英模之一。

雷锋以身殉职后，党和政府在辽宁抚顺市建立了雷锋纪念馆，展出了雷锋的先进事迹，供人们参观学习。半个多世纪过去了，我还能熟练默写出雷锋的人生座右铭：“对同志像春天般的温暖，对工作像夏天般火热。对缺点像秋风扫落叶，对敌人像严冬般冷酷无情。”

可见，雷锋的事迹深入人心。这支倾注着对党的满腔感恩之情的《唱支山歌给党听》，穿越世纪的屏障，经久不息回响在万众心上的歌，光荣入选了“庆祝中华人民共和国成立70周年优秀歌曲100首”。让我们再次唱响《唱支山歌给党听》和“学习雷锋好榜样，忠于革命，忠于党……”让绽放信仰的力量与希望的雷锋精神，发扬光大，在新的时代发出更加灿烂的光芒！

雷锋是人民之子、时代之子，更是信念之子。人民有信仰，国家有力量，民族有希望。我们建设有中国特色的伟大的社会主义强国，我们这个民族的伟大复兴事业，需要千千万万个具有新时代特征的有信仰的雷锋式新人！

“如果你是一颗小的螺丝钉，你是否永远坚守在你生活的岗位上，我要把有限的生命，投入到无限的为人民服务之中去……”“螺丝钉虽小，其作用是不可估量的。我愿永远做一个螺丝钉。”这些话，出自《雷锋日记》。

2018年9月28日，习近平总书记在辽宁抚顺考察时，向雷锋墓敬献花篮并参观雷锋纪念馆。

新时代，雷锋精神依然时刻激励着亿万中国人。在纪念馆园区内的雷锋墓前，我见到一位母亲正轻声读诵墓碑上的文字，一旁的稚童听得入神。不远处，阳光照耀着一尊高大的花岗岩塑像，那是雷锋踏歌向前。

雷锋，从未走远；

雷锋，就在我们身边。

雷锋，微笑是那么灿烂，

雷锋，这面旗帜，仍在我们的前面高高飘展！

岁月如歌，回首往事，雷锋和雷锋精神在历史长河中的一瞬间，给我们留下了什么样的记忆?《中华人民共和国简史》这样表述:“雷锋,成为中华民族的时代精神楷模。”《中国共产党简史》这样叙述:“雷锋精神,成了新中国社会风尚的一个标志。”半个多世纪以来,雷锋精神薪火相传,一批又一批雷锋式的先进典型不断涌现,书写着不同时代的雷锋故事。

“雷锋精神是永恒的。”雷锋生前所在部队排长薛三元说,“我们要做雷锋精神的种子,把雷锋精神广播在祖国大地上,在新时代强国兴军伟业中贡献自己的力量。”

2014年3月1日于长风

龙华烈士陵园纪行

上海市龙华烈士陵园（龙华烈士纪念馆），是上海红色文化地图上的一个重要地标，众多革命先烈长眠于此。陵园位于上海市徐汇区龙华西路180号，地处著名的龙华旅游区，与千年古刹龙华寺、龙华塔毗邻。此处曾是国民党设立的淞沪警备司令部（初为上海警备司令部），它曾是关押、杀戮我无数共产党人和革命志士的地方。中华人民共和国成立后，这里建成了龙华烈士陵园。

龙华烈士陵园是一座集纪念、瞻仰、旅游、文化、园林名胜于一体的开放式人文纪念地。园区之内，绿草茵茵，涌泉水幕，鲜花盛开，松柏常青。宽阔的纪念广场，雄伟的烈士纪念碑，恢宏的龙华烈士纪念馆，与凝聚着烈士精神与精湛工艺完美结合的十多组大型烈士雕塑，彰显陵园庄重大气和富有时代气息的风格，构成了独特的人文景观，着力将龙华烈士陵园打造成革命烈士纪念地，初心使命教育地，红色文化传播地。

阳春三月，清风和煦。在清明节前夕，我和同事们来到龙华烈士陵园，缅怀先烈，祭奠英灵。

这里是革命烈士的安息地，我党早期许多著名烈士的殉难处，自1921年中国共产党诞生，党中央在上海这座英雄的城市历经血雨腥风12年，它是我党开展城市斗争的英雄圣地，是马克思主义在中国实践的重要见证，是中国百年历史沧桑的一个缩影。

（一）

龙华烈士陵园建成于1995年7月1日，经几次改扩建，形成了占地面积21万多平方米的规模。当下，富有中国传统建筑风格的陵园大门，高大宽敞，邓小平题写“龙华烈士陵园”园名的镏金大字，赫然镌刻在庄严的门楣上。广场中央耸立着红色花岗石纪念碑，江泽民题写了“丹心碧血为人民”碑铭。陈云题写了“龙华烈士纪念馆”馆名。20世纪60年代，因为一本《革命烈士诗抄》，让我知道，“墙外桃花墙里血，一般鲜艳一般红”，而书中的那一片树林，就是龙华烈士陵园最早的原址。

龙华烈士陵园的大门，是呈南北走向的中轴线，甬道宽阔，拾级而上，通向龙华烈士纪念馆。甬道两侧是高大的柏树和松树，密密匝匝，仿佛两道绿色城墙。松柏之内又是高大的樟树以及玉兰树，桂花蜡梅密植，竹林修篁成片，蓊蓊郁郁。我见到了红岩石、入口广场、园名牌楼、纪念广场、纪念碑、烈士墓地、烈士纪念堂、纪念馆和龙华革命烈士纪念地等一系列建筑，井然有序地排落在陵园的南北主轴线上。入口处的红岩石，以其特定的思想意蕴点出了陵园的人文主题，纪念广场是陵园的中心地带。纪念馆以四层素色花岗石阶梯与金字塔形的蓝色玻璃幕墙和谐结合，于庄严凝重中透出明朗开阔的意境。

我怀着无比崇敬的心情，首先向龙华烈士纪念碑敬献了花篮，三鞠躬后，来到了具有浓郁时代风貌的龙华烈士纪念馆参观。

龙华烈士陵园是全国重点文物保护单位，全国重点烈士纪念建筑物保护单位，第一批全国爱国主义教育示范基地。我记得，1983年12月，中国共产党创始人之一赵世炎烈士的夫人夏之栩，曾致函中共中央，提出了在龙华建造烈士陵园的建议，多位时任中央领导作出了批示。90年代初，上海市委市政府牵头，将龙华烈士陵园作为上海市重点工程进行建设。一期重点工程是修建烈士纪念碑，修复龙华革命烈士纪念地，整修淞沪警备司令部部分旧址。

1992年7月，中共上海市委决定将上海市烈士陵园迁入龙华一并建设。龙华烈士纪念馆于1997年竣工，并向社会开放。2017年10月，全面改造的“英雄壮歌——上海英烈纪念陈列”，在龙华烈士纪念馆正式对外展出。2020年9月30日，龙华革命烈士纪念地保护利用展示及功能拓展工程顺利完成。

我来到了龙华革命烈士纪念地（以下简称“纪念地”）。作为上海龙华烈士陵园的核心部分，纪念地主要包括龙华革命烈士就义地（以下简称“就义地”）和原国民党淞沪警备司令部旧址。位于纪念地主体部分西北处的就义地，是原国民党淞沪警备司令部军法处的刑场之一，也是当年枪杀“龙华二十四烈士”的地方。1927 年至 1937 年，国民党当局在此相继关押近万名革命志士，公开或秘密杀害近千名共产党人，包括罗亦农、杨殷、彭湃、赵世炎、陈延年、陈乔年等一批党的早期领导人以及“龙华二十四烈士”等。

初心大道是这次工程中开辟出的连接看守所和就义地的大道，也串联起此次整体连通及功能拓展工程中新建的忠魂广场、胜利广场、制诗亭、二十四烈士主题雕塑园等。大道两旁种植楠木，棵棵挺拔坚韧、根深抗风，是牺牲英烈的生动写照。

连通大道尽头，屹立着一座入口新桥。按照原桥照片复原的新桥，是进入就义地的必经之路。当时烈士们就义前就是经过小桥，然后在就义树下、龙华墙边被杀害的。

走过小桥，就能看到就义地，这里有四处展项，分别是就义树、英烈树、龙华墙和泰山石。一棵参天的老树，就是就义树。据记载，当年，革命者曾被绑缚在大树上受刑，慷慨就义。20 世纪 90 年代，原树枯死，该“就义树”是对原树的复原。

就义树旁边，就是“龙华二十四烈士”殉难处——“英烈坑”。1931 年 2 月 7 日深夜，国民党当局在原淞沪警备司令部内秘密杀害林育南、何孟雄等“龙华二十四烈士”。

（二）

“龙华千古仰高风，壮士身亡志未穷。墙外桃花墙里血，一般鲜艳一般红。”这是镌刻在上海龙华监狱墙壁（复制）上的一首诗。诗的作者是时任中共上海沪西区的区委书记、中华人民共和国成立后任安徽省副省长张恺帆。他在 1933 年冬被押至龙华监狱。在狱中，为缅怀“龙华二十四烈士”而作的诗，也是为争取民族独立和解放，坚持信仰和理想、奋斗、牺牲、忠贞不渝的生动写照。

1931年1月7日，中国共产党在上海召开了六届四中全会。会后，林育南、李求实、何孟雄等分别在汉口路东方旅社、天津路中山旅社等秘密联络点开会，商讨抵制王明“左”倾教条主义错误的对策。不料，由于叛徒出卖，1月17日至21日的5天内，国民党上海市公安局会同公共租界的工部局先后在东方旅社、中山旅社、华德路沪新小学等10余处拘捕了林育南、李求实、何孟雄等36名党的重要干部。这些同志先由租界的老闸、汇山和戈登路等巡捕房引渡到国民党上海市公安局，后被押解往龙华国民党淞沪警备司令部监狱。1月23日上午，国民党上海市公安局在未经详细审理的情况下，便让他们拍照、按手印，并转押到龙华监狱，作为重大政治犯关押。李文、伍仲文、冯铿等七人被押至女牢，其余人则被分别关押在川字形的三个弄堂内。在狱中，他们忠贞不屈，挫败了国民党当局的各种诱降，保守了党的秘密，表现出共产党员的大无畏的英勇气概和崇高革命精神。监狱牢房的后面，当年枪杀共产党人的刑场，芳草萋萋。一块石碑上镌刻着：此处是原国民党淞沪警备司令部军法处的刑场遗址。一九二七年至一九三七年，许多共产党人和革命志士在此英勇就义，一棵老树干上，似乎仍布满弹孔。

这里，也是著名的龙华二十四烈士殉难处。1931年2月7日深夜，在对忠贞不屈的共产党人无计可施的情况下，国民党当局将二十四人秘密杀害，就地埋入预先挖好的深坑。敌人将其中24人集体枪杀，他们是：林育南、何孟雄、李求实、龙大道、欧阳立安、恽雨棠、罗石冰、王青士、蔡博真、伍仲文（女）、段楠（阿刚）、李文（女）、柔石、胡也频、殷夫、冯铿（女）、费达夫、汤士伦、汤士佺、彭砚耕、刘争、贺林隶、李云卿以及一位佚名烈士，他们后来被称为“龙华二十四烈士”。

“二十四烈士”被杀害后，国民党当局秘而不宣，更不容许舆论界作任何报道。但是，消息还是通过监狱内的地下党组织传递了出去。1931年2月12日，党创办的《红旗日报》首先报道了这一事件，并发出了“反对白色恐怖”的战斗号召。经过一个多月的调查了解，周恩来认为这些烈士是为党而牺牲的，3月12日，他在党报《群众日报》发表社论《反对国民党残酷的白色恐怖》，推翻了王明强加给他们的“右派”污蔑，就

“二十四烈士”对中国革命作出的贡献进行了公正评价：“他们都是无产阶级的先锋队，他们大多数都有英勇的阶级斗争历史！”号召全党为死难烈士报仇，并预言烈士的热血将燃烧起更旺的革命火焰。

恽雨棠和李文是一对夫妇，恽雨棠果敢、刚毅，李文聪慧、率真，他俩在江苏武进投身革命，于黄浦江畔相恋结合，并追求同一真理，拥有共同理想。1931 年被捕后，关押在龙华监狱。2 月 7 日敌人对他俩下毒手，恽雨棠拖着沉重的脚镣，步伐坚定，从容不迫。李文怀着腹中的孩子，紧紧依偎丈夫，英勇就义。

“二十四烈士”中，有五位左联作家，他们是柔石、胡也频、李伟森、冯铿和殷夫。他们的牺牲，在整个文艺界产生了强烈震动，拉开了反对国民党文化“围剿”的序幕。1931 年三四月间，《文艺新闻》分别在第二期和第五期发表读者来信，通过隐晦的方式，披露了五位作家遇难的消息。4 月 25 日，左联刊物《前哨》第一期以“纪念战死者号”为专题，内辑《致各国革命文学和文化团体及一切进步的著作家思想家书》《中国无产阶级革命文学和前驱的血》《血的教训——悼二月七日的我们的死者》《被难同志遗著》《我们同志的死和走狗们的卑劣》等文，对国民党的屠杀进行了无情的揭露。

不久，国际友人史沫特莱用英文扩写了《为纪念被中国当权的政党国民党屠杀的大批中国革命作家而发出的呼吁书》，寄给了苏联进步作家高尔基。同年，国际革命作家联盟机关刊物《世界革命文学》发表了这份呼吁书，随即在世界范围内引起了极大反响。国际革命作家联盟 20 余位作家联合发表宣言，“号召全世界一切革命作家和艺术家，共同起来反对国民党对革命作家的压迫”。

我在广场东侧的碑林处徜徉流连，不禁思绪悠悠。此处花木峻茂于寒暑，莺歌婉转于晨昏。时光流转，为先烈而回首。在这一片先烈诗词碑林的南侧，有一块特别高大壮观的黑色大理石碑墙，这是鲁迅先生撰写的《为了忘却的记念》全文。石碑长 50 余米，高约 2 米多，以鲁迅手迹镌刻，十分壮观。文章写于 1933 年，为纪念柔石、殷夫等左联五位青年作家被国民党反动派秘密杀害两周年，鲁迅在得知消息后的悲愤心情：

“在一个深夜里我站在客栈的院子中，周围是堆着的破烂的什物；人们都睡觉了，连我的女人和孩子。我沉重的感到我失掉了很好的朋友，中国失掉了很好的青年……”

鲁迅怀着悲哀、愤怒、痛苦交织在一起的心情，写下这篇著名的杂文，表达对烈士的怀念。五位青年作家和其他十九名同时被害的烈士，长眠在这片土地。柔石的铿锵誓言“火花如流电，血泛如洪泉——未来子孙们的福荫之宅，就筑在明月所清照的湖边”，与殷夫的震天呐喊“我们陷在地狱一般黑的坑里，但我们却知道我们将要得胜”交织在一起，仿佛就在耳边。

1927 年“四一二”反革命政变后被捕的陈延年烈士曾经说过：我们党不是从天上掉下来的，也不是从地上生出来的，更不是从海外飞来的，而是在长期不断的革命斗争中，从困苦艰难的革命斗争中生长出来的，强大起来的。

牺牲在龙华的烈士中，17 岁的欧阳立安是最年轻的一位，13 岁，他成为党的交通员，16 岁加入中国共产党，担任共青团江苏省委委员、上海总工会青年部部长。“冲冲冲！我们是劳动儿童团。不怕敌人刀和枪，不怕坐牢和牺牲！杀开一条血路，冲！冲！冲！”这是由他创作并被当年少年儿童广为传唱的歌词。就义前，他的“供词”是：“我是共产党员，就是筋骨变成灰，还是百分之百的共产主义者！”他说，“我为正义，为人民而死，死而无怨！”

欧阳立安的父亲是一名老共产党员，早年为革命积劳成疾去世，母亲陶承在失去丈夫和儿子后，坚持斗争直到全国解放。1949 年 11 月 1 日，陶承老人在《人民日报》发表了《回忆儿子的牺牲》一文，深情回忆了其子欧阳立安烈士的革命事迹及在龙华与二十三位革命者一起牺牲的情况。

不久，曾与欧阳立安同案被捕的黄理文看到这篇文章后，悲喜交集，提笔写下《回忆欧阳立安等同志的就义》一文。这两篇回忆龙华革命烈士的文章引起了巨大的社会反响，许多读者读后热泪盈眶，万分激动。

1950 年 3 月下旬，中央人民政府内务部部长谢觉哉签署命令，并发函给上海市人民政府，要求查找“龙华二十四烈士”遗骸。函中称：1931年，欧阳立安等二十三名烈士于上海东方旅馆等处被捕，后被国民党淞沪警备司令部杀害于部内刑场上，遗体即被埋葬在刑场上的方塔旁。并希望上海市政府“派员进行调查先烈等之坟址，详为勘验，如有塌毁之处，即予修补，妥为保护为要”。

上海市民政局与龙华区接管委员会接到市政府的通知后，迅速展开调查，开始寻访附近居民及原龙华兵工厂老工友，取得了“龙华二十四烈士”有关的一些线索。龙华兵工厂的老工友曾回忆，“在中日战争事前，现在的围墙外埋过二十几个人”“（腊月）二十左右，冬天晚上九点钟左右听到枪声”。附近有位老居民也记得“在该处围墙外（现已改筑竹篱笆）埋过廿余人”。这位老居民还回忆，往年国民党反动派凡在警备司令部里面暗杀的人，都是从围墙下洞口处拖出。在1930年旧历十一月的时候，他看见国民党淞沪警备司令部兵士在围墙口外边挖过一个深坑，隔了二日夜间八九点左右闻有枪声，次日即见挖的坑已被填平。据闻，被枪杀的是共产党员。

1950年4月上旬，龙华区接管委员会在淞沪警备司令部篱笆外刑场挖掘出骸骨十八具、碎骨数具，以及手铐、脚镣、铜钱、银币、腐烂的绒线背心等遗物。经鉴定，这里正是中央内务部要查找的“龙华二十四烈士”埋骨处。

“龙华二十四烈士”遗骸被发掘后，集中安葬在上海北部的大场公墓。20世纪90年代初，上海市政府将原龙华公园原国民党淞沪警备司令部和龙华革命烈士就义地等遗址合并，建成上海市龙华烈士陵园，由此，“龙华二十四烈士”遗骸到当年牺牲地附近安葬。

在“英烈坑”的上方，有一道石墙，也就是龙华墙，上面镌刻的是在龙华牺牲的英烈姓名。当年在龙华遇害的革命者很多，由于这里是反动派的军事监狱，资料都由军统保管，经过历年查对，现查证出七十七位烈士的姓名，两侧的空白处，还待今后考证增补。

（三）

龙华烈士纪念馆是陵园的核心建筑，高36米，建筑面积近一万平方米，外形为四层素色花岗岩石阶梯式建筑，与金字塔形蓝色的玻璃幕墙和谐组合，庄严肃穆，气势恢宏。展陈面积达5000平方米，展线长1300米，共设8个展厅。展览以“英雄之城孕育英雄，英雄精神激励后人”为主题，充分利用多媒体技术，将1500多幅照片、400余件文物、丰富的史料及百余件艺术品，有序地排列组合，并辅以22个多媒体展项，全面展示了256位与上海相关的英雄事迹，生动反映了英烈精神的精品展馆。

缓步走进展馆，映入我眼帘的是三组雕塑形成的英雄雕像群，在天幕、景象及《英雄壮歌》的主题音乐烘托下，缓缓向正中移动，组合成一组坚贞不屈、大义凛然的英雄雕塑群体，象征着龙华英烈精神。它讴歌了龙华英烈们为了人民的幸福和中华民族的伟大复兴，与黑暗统治进行了前仆后继、不怕牺牲的坚决斗争，最终带来光明和胜利的伟大精神。这是全国纪念馆中的首个动态雕塑。

目前，纪念馆陈列的革命先烈，其中，中央委员级及以上有二十位，2014年评选的“双百人物”中为新中国成立作出突出贡献的英雄模范”，也有二十位。

我从“照亮信仰的殿堂”开始参观，认真聆听讲解员的解说，细致观察每一件展品。一幅幅生动的画面，一件件诉说着历史的文物，一段段记载着先烈生平事迹的文字，都深深撼动着我的心灵。不知不觉间，我来到了“军委四烈士”展区。

“军委四烈士”，是指1929年8月30日，同时在龙华被敌人杀害的杨殷、彭湃、颜昌颐和邢士贞。这是我在纪念馆停留时间最长、看得最仔细的展区，因为我曾经是位军人。这个展区有60平方米，除陈列了四位烈士的生前照片、简历外，还展示了烈士生前的著作、家书和用过的物品，彭湃所著的关于指导中国农民运动的《海陆丰农民运动》和杨殷在百忙之中不忘教育革命后代所撰的家书，都摆在非常显眼的突出位置上。

那时1929年8月24日下午。当时，中央军委、江苏省委军委在新闸路613弄12号，中共中央军委机关所在地召开联席会议，与会者有中共中央政治局常委、中央军事部部长、中央军委主任杨殷，中共中央政治局委员、中央军委委员彭湃，中央军委委员颜昌颐，中央军委士兵科科长邢士贞和上海总工会纠察队副总指挥张际春。

这座小楼，是非常典型的上海石库门建筑，一楼是客堂间，二楼北侧的亭子间，正是军委会议室。一张麻将桌，四条长凳，便是这个逼仄的亭子间全部家具了。周恩来、杨殷、彭湃等军委领导人经常到此处秘密开会。为了掩人耳目，他们伪装成打麻将的样子。

下午4时许，公共租界工部局巡捕房的数辆红皮铁甲车突然呼啸而至，大批荷枪实弹的武装巡捕、军警破门而入。因事发突然，后门和弄堂路口又有重兵把守，根本无法撤离，杨、彭、颜、邢、张等五人当场被捕。

中央在查明叛变者是白鑫后，立即向在沪党员发出警报，并指示周恩来率中央特科不惜一切代价进行营救，但唯一的一次押解途中武装解救的机会，却因错过时机而未获成功。三天后，由周恩来接替杨殷担任主任一职，之后党的军事工作由周恩来主要负责。

行刑前，彭湃在墙壁上画了一条龙，说自己快要“飞龙升天”，杨殷也坦然笑说：“朝闻道，夕死可矣。”两人联名写信给周恩来：“冠生暨家中老少……不要因为弟等牺牲而伤心，望保重身体为要。”

从监狱走向刑场时，彭杨颜邢四位同志唱着《国际歌》，引得狱友痛哭失声，连看守都为之掩面。1929年8月30日，他们在龙华英勇就义，用信仰和鲜血绘就了共产党人的精神底色。

展厅正中，抬头望去，一封封泛黄的书信字里行间流露着先辈们崇高的家国情怀，四周的立柱上则以诵读革命家书的互动形式向大家传递着坚定的理想信念。

纪念馆里，陈列着许多烈士的遗物、手稿和画像，那一张张黑白老照片，不由让我感慨万千。纪念馆采用现代科学技术，形象生动地讲述了1840年以来，为了中国的独立、自由、解放和革命事业献出了生命的257位革命先烈的英雄事迹。他们之中有捍卫工人利益的顾正红，演绎出“生命诚可贵，爱情价更高，若为自由故，两者皆可抛”的殷夫，有被誉为最有希望的女作家冯铿及其血迹斑斑的遗物，还有红色经典《永不消逝的电波》中李侠的原型李白，以及上海最后牺牲的地下党员、年仅 20 岁的陈仲信，等等，这些先烈的英雄气概和奉献精神，深深地感染了我。他们竟然是那么年轻的面庞，鲜活地展现在我的眼前。他们放弃了自己美好的生活甚至生命，才换来了我们今天的美好生活和中华民族的伟大复兴。

龙华烈士陵园是一块特殊的瑰宝，在那一块如山一样厚重的泰山石上，展示的是十一位在龙华牺牲的中央委员和中央监察委员的名字，拥有最为凸显的英烈群体。上海龙华还记载着深厚的抗争历史，从洋务运动到北伐战争、抗日战争到解放战争……其中最为耀眼的是中国共产党人前仆后继，探索将马克思主义普遍真理和中国革命具体相结合的那段辉煌奋斗史，这真如：

“英雄的名字被深刻在石头上，他们的精神铸就山河。”

从纪念馆走出，一个无名烈士的雕塑深深震撼了我。烈士没有姓名，侧身躺在地上，单手挣扎着伸向苍天，眼睛无助的仰望苍穹。我常常想，无论哪个烈士，他就义前的心理状态，是不是为自己能力有限而心有不甘，还有为身在罪恶时代而深感悲哀？人临死前都是柔弱的，慷慨激昂的神圣化，我总觉得不符合人性。这个无名烈士，倒是真正说出了烈士们的心声。所以，我宁愿为这样的烈士点上长明灯，寄托我对牺牲者的哀悼。

龙华烈士墓区由烈士纪念堂、烈士墓和无名烈士墓组成。烈士墓为面向东南的月牙形坡地，环抱呈圆形的烈士纪念堂，组成意为“日月同辉”的建筑造型。无名烈士墓在陵园主轴线的最北端，月牙形墓地上横卧一个半身像石雕。墓前长明火相伴，象征着烈士们生命之火不灭和革命精神永驻。

沿着小路走过，很快进入了烈士墓区。一个个普通的小墓，一块块简单的石碑，远不及普通公墓区一些有钱人的墓葬。但是，在这些石碑中，我惊讶地看到了这样的名字：罗亦农、苏兆征、赵世炎、杨殷、彭湃、陈延年、恽代英、陈乔年、杨匏安及彭干成等烈士墓碑并列排着，……这些人，每一个都值得建立一个纪念馆。然而他们只是静静地躺在这方寸之间。每一位烈士有一方红色的花岗岩卧式墓碑镶嵌在绿草地上，上面镶有以钛白铜板网制成的每一位烈士的遗像，刻有烈士的名字。烈士墓区有1731位烈士的英灵在此安息。所幸，人们没有忘记他们，我看到很多墓前都有鲜艳的菊花和我叫不出名字的鲜花。人们静静地瞻仰着，思考着，缅怀着。净化心灵，重温信念，前进的脚步更稳更坚定了。

烈士墓区，祭扫的人们手捧鲜花络绎不绝。

纪念堂西北角的两层楼房，为生前有较大贡献的干部骨灰存放之处。我来到这里，是为悼念我所在厂的原党委书记庞传法同志。庞书记是正（厅）局级干部，1938年参加革命，1940年加入中国共产党，长期在家乡山东沂蒙山区沂水县从事农运工作。1949年随军南下，到浙江丽水地区的一个县任县委常委兼组织部部长。1952年到上海的中共中央第三中级党校学习。之后，他被留在上海参加工业建设，先后任多家国有大厂的厂长、党委书记等职，曾为上海的工业建设和发展，立下了不朽的功勋和贡献！

在努力学习“四史”的当下，在珍惜幸福生活、呼吸自由空气、建设美好未来的时候，走在龙华烈士陵园，放慢脚步，平静气息，以崇敬的心情向先烈致敬！

白玉兰舒绽于甬道，金枝槐缅怀于碑林。仿佛蓝天更蓝，白云更白，正如26岁就牺牲的烈士陈乔年说：“让我们的子孙后代享受前人披荆斩棘的幸福吧！”在长长的甬道上，有孩童在奔跑，他们身上，中华文明之火、革命之焰在接续，正像那无名烈士墓前的长明火一样，永远指向明天，指向未来，指向中华民族的伟大复兴！

走出龙华，阳光灿烂。“龙华千古仰高风，壮士身亡志未穷。墙外桃花墙内血，一般鲜艳一般红”，龙华的桃花，我觉得应该比桃花扇的桃花更艳，更丽，也更美！

2021年6月30日

在练塘陈云纪念馆

练塘，地处上海市青浦区青西地区，是苏浙沪黄金交汇处，是真正的黄浦江上游源头，也是座尚未开发的江南千年古镇。小桥流水，粉墙黛瓦，重脊高檐，幽静别致，让人品味悠闲雅趣的田园生活。“茭白之乡”的练塘，是伟大的无产阶级革命家、政治家、杰出的马克思主义者、中国社会主义经济建设的开创者和奠基人之一，党和国家久经考验的卓越领导人陈云的故乡。他出生于斯，成长于斯，又从这里启程，踏上了探求真理的人生之路。

从水乡走出的陈云，一生与中国共产党的历史紧密相连。少年迷茫中的反复比较，满怀信仰；革命道路上，不畏艰险，勇挑重担；挫折逆境中的蛰伏隐忍，不言弃馁；社会主义建设中的深谋远虑，殚精竭虑；改革开放新时期的高瞻远瞩，赤子初心。让人领略他那全心全意为党、为人民的精神风采，令人敬仰。

（一）

上海市青浦区练塘古镇的陈云纪念馆，是经中共中央和国家批准建立的全国唯一系统展示陈云生平业绩的纪念馆。纪念馆于2000年6月6日建成开馆，由江泽民题写馆名，2015年改造升级。纪念馆占地面积65亩，由铜像广场、主馆、陈云文物馆、陈云故居、陈云手迹碑廊和文化创意街以及附属设施组成，集中展示了陈云同志伟大、光荣的一生，不朽功勋和崇高风范。

在庆祝中国共产党建党百年华诞的日子里，普陀区残联组团参观陈云纪念馆，我有幸成为参观者。我们乘车来到陈云纪念馆，接受革命传统的教育。

练塘是江南古镇，河道遍布，东西向横贯小镇的便是一条河流，当地人称之为“市河”。这原是镇上的交通要道，来往船只十分繁忙。她犹如水乡少女颈上的一根美丽的项链，熠熠发光。她是练塘的血液，更是练塘的生命。如今鳞次栉比的瓦屋，重新整修，这些百年老屋沿着市河两岸延伸开来，形成了练塘南北两条街道，市河北面称为上塘街，市河南面称为下塘街。流经练塘镇的市河河面，并不十分开阔，人们隔岸相望，可以互相招呼。市河上空南北之间，高架起无数年代悠远的古拱桥。它好似小镇的脉络，把上塘街与下塘街贯通起来，水陆交通，融为一体。河面平如练，石桥凸似花，这便是既有动态又具静姿的练塘镇。

我随团走进了陈云纪念馆，我的目光自然会停留在序厅正中那八米高的汉白玉陈云雕像，刻画的是陈云在 20 世纪 50 年代，领导主持国家经济工作时期，为人处世“求真务实”高风亮节的气质和风格。雕像两侧还种植了翠绿色的竹子，象征着伟人的高风亮节！

1905 年 6 月 13 日，陈云出生在练塘镇一个贫苦的农民家庭。1919 年，当时年仅 14 岁的陈云，因家境贫寒无钱读书，沿市河而上，去往上海，在他的老师张行恭托其弟弟张子宏荐引下，进入了商务印书馆发行所做文具柜台练习生。他每天从早晨 8 时干到晚上 8 时。这段时间，他还挤出时间如饥似渴地学习各种文化知识。当年与他同宿舍居住的陈竹平回忆说：“陈云在每天清晨，天还没亮就起身读书、写字、学英文。晚上下班后，回到宿舍也是读书写字到深夜，成年累月从未间断过。”就这样，坚持三年，陈云掌握了英文、图书分类、书刊出版和印刷等专业知识。在商务印书馆这座没有围墙的学校里，他增长了知识，培养了才干，养成了积极稳健的人格。他曾经说，自己在商务不仅学会了如何做事，而且学会了怎样做人。

晚年的陈云曾回忆，自从“进入商务，在那里使我有可能，走向革命的方向。”在上海商务印书馆工作期间构建起的良好社交关系，对陈云革命的一生可谓意义非凡。上海商务印书馆创办于 1897 年，是当时中国最早的，在国内外有广泛影响的重要文化教育出版单位，其中群星璀璨，也不乏优秀的共产党人。商务印书馆上海总馆就是当时上海最重要的工人和知识分子的聚集地。陈云利用商务印书馆文化氛围浓厚的优势，如饥似渴地读书，接受新知识，常常读到深夜，经年累月，从不间断。他的刻苦和坚韧赢得了工友的尊重和信任，他也从一名学徒一步步成长为一名追求革命真理、汲取进步思想的新青年。

“勤奋好学成为伴随他一生的精神。”陈云纪念馆吴馆长对我介绍说，进入商务印书馆当学徒，是陈云人生的转折点。1925 年，五卅运动发生后，商务印书馆成了中国共产党领导上海工人运动的重要阵地，陈云投身于革命洪流之中。他和沈雁冰等为了要求馆方承认工会、改善职工待遇，一起领导了全馆职工罢工，并取得胜利。

五卅运动的浪潮，使陈云开始思考自己的人生方向。他参加了以“要求进步、坚持自学”为目标的青年读者服务的读书团体——上海通讯图书馆。在这里，他首次接触到大量党的书刊，如《共产党宣言》《向导》等，还聆听了数场优秀共产党人所作的讲座。这一切都让陈云获益匪浅，他的思想发生着急剧变化。这一年，中共上海商务印书馆党支部成立，由董亦湘担任第一任党支部书记。

1925 年 8 月，陈云由董亦湘和恽雨棠两人作介绍人，光荣地加入了中国共产党。他说：“入党以后，自己觉得此身已非昔比，今后不做‘成家立业’的那一套，而是专干革命。”1927 年，“四·一二”反革命政变后，陈云一直坚持在上海地下斗争，而后又主动报名到外地发动群众，组织秋收暴动。他说：“我此去一不做官，二不要钱，三不妥协，只是为了要跟反动派坚决斗争到底，求工人的解放。”

在我看来，陈云这一番话，吐露了一位共产党人的初心和使命，也显示了一位革命者的理想信念。从此，他把毕生精力献给了党领导的伟大事业。

当年，陈云正是沿着家门口这条不起眼的小河，坐船到了上海。现在陈云纪念馆的大门外，矗立着一尊青铜塑像，再现了当年老师张行恭护送学生陈云到沪开始场景。

大革命时代，商务印书馆是“革命的大本营”为党的早期建设作出重要贡献。商务印书馆是陈云革命道路的起点。他从这里踏上了革命之路，领导了多次工人运动。习近平总书记曾如此评价道：陈云在大革命的洪流中投身工人运动，在实际斗争中成长为工人运动领导人。他不畏艰险，勇挑重担，精心谋划，勤奋工作，以高超的智慧和卓著的工作，参加到工人运动的洪流中。

（二）

步入陈云纪念馆主馆的第一展厅，关于陈云如何领导工人运动的展示，很快映入了我的眼帘。从中可以看出，陈云的革命生涯，是从领导工人运动开始的，而这一切的开始，则源于他在商务印书馆的工作。

在沈雁冰、董亦湘等人的影响下，当时很年轻的陈云，积极投身革命实践。他阅读了大量的革命书刊，吸取马克思主义思想和政治主张。他担任商务发行所职工会委员长、发行所党的支部书记，参与组织领导商务工人大罢工。

在陈云纪念馆中，收藏了陈云与商务工运相关的书信、图片及刊物等。其中，有一本刊物最能体现陈云的远大抱负和坚定信念。

1925 年 11 月，发行所职工会创办一个地下刊物《职工》。陈云以“怀”“民”及“怀民”等笔名，在《职工》杂志上先后发表《职工在现社会的地位》《总工会是什么》《罢工后职工应有的觉悟》《中国民族运动之过去和将来》等文章。在《总工会是什么》一文中，陈云写道，总工会代表工人一切利益，领导工人阶级向帝国主义进攻，完成急需的民族革命。而紧接着发表的《职工在现社会的地位》一文中，他振臂高呼，号召中国工人阶级，应成为领导群众向帝国主义不折不挠进攻的民族革命先锋队。陈云积极投入，不懈努力，为工人运动、工人阶级的发展作出了重要贡献。

1927 年 4 月 12 日，国民党发动反革命政变。一夜间，上海处于白色恐怖之中。1931 年 4 月，中央特科要员顾顺章在武汉被捕后叛变投敌，国民党妄图“以出其不意攻其不备的方式，将在上海的中央机关的我党重要领导人一网打尽”，截获这一紧急情报的就是打入敌人“心脏”的党的重要情报员钱壮飞。面对极其恶劣的环境、复杂万变的敌情，钱壮飞不顾个人安危亲赴上海及时转告密电内容，陈云在此间协助周恩来紧急撤离了大批中央机关领导人。许多年后，陈云还心有余悸地回忆："没有钱壮飞同志，我们这些人早就不存在了！"钱壮飞等长期处在对敌斗争的第一线，拥有敢于斗争、善于斗争的革命品质，逢敌亮剑、克敌制胜，使得接手隐秘战线工作的陈云自悟：继续革命是一种哲学思想，是一种政治理论，更是一种个人成长的指南！

1930 年 9 月，陈云在中共扩大的六届三中全会上，被补选为候补中央委员。六届五中全会上又被增补为中央委员。1931 年 9 月中旬，王明赴共产国际任职，将前往中央革命根据地，经中央负责人商议，决定成立由六人组成的临时中央政治局，陈云是六人成员之一。

1931 年 6 月，陈云临危受命，挑起中央特科重建的工作重担，严格保密措施，调整活动方式，重构情报网络等，使中央特科有了更强健的组织根基，恢复了元气。1932 年 3 月，陈云被任命为中华全国总工会党团书记，参加临时中央政治局常委会。

1933 年 1 月，陈云和博古等从上海出发，前往中央革命根据地。下旬抵达瑞金后，陈云担任苏区中央局委员、常委、全总苏区中央执行局党团书记，副委员长兼福利部部长。

1934 年 10 月，由于红军第五次反"围剿"失败，中国工农红军被迫退出中央苏区，进行长征时，陈云作为红五军团中央代表担负领导工作。1934 年 12 月 18 日贵州黎平会议后，陈云任军委纵队政治委员。

1935 年 1 月，遵义会议前后，党和中国工农红军面临着生死存亡的紧急关头，陈云作为参加会议的四名中央政治局常委之一，旗帜鲜明地支持毛泽东的正确主张。关于在会上讲话的内容，陈云在 1977 年 9 月 23 日回忆说："遵义会议上讨论的主要是军事问题，毛泽东的发言讲得很有道理，内容就是《中国革命战争的战略问题》里讲的那些。"

遵义会议后，陈云撰写了《遵义政治局扩大会议传达提纲》。红军继续长征，此时已兼任中共中央组织部部长的陈云，则在行军途中大力宣传和贯彻执行遵义会议精神。

中国工农红军先后三次征战云南，其中两次在寻甸活动。第一次是1935年4月至5月，作战部从是第一、三、五军团和军委纵队。第二次是1936年3月至5月，作战部队是红二、红六军团，陈云参加的是第一次征战。从4月14日进入到5月9日离开，红军这次征战云南的时间共二十八天，虽然只有五天在寻甸活动，但就是在这里，党中央作出了抢渡金沙江的重大决定，寻甸因此成为红军征战的路线和方向转折之地。陈云亲历其间，他的记述成为追踪红军长征红色足迹的珍贵资料。

1935年5月29日，红军飞渡泸定铁索桥后，党中央决定派陈云秘密前往上海，负责恢复白区工作并接通与共产国际的联系。在上海期间，他撰写了《随军西行见闻录》，详实地记述红军长征前半期的经过，也记述了党中央和中央红军在遵义的有关情况。

9月上旬，受党中央指示，陈云赴莫斯科参加中共驻共产国际代表团工作，并向共产国际汇报情况。到达苏联后，陈云看到共产国际七大展览会展出的一幅宣传画中红军战士破衣烂衫的样子，很是不满，心想“只有敌人才把我们画成这样”。10月15日，陈云在共产国际执委会书记处会议上，作了关于红军长征和遵义会议情况的报告。1936年春，他根据报告部分内容整理成《英勇的西征》一文，发表在第三国际主办的《共产国际》杂志（中文版）第1、2期合刊上，纠正了对中共以及红军的种种不实报道。

1936年3月，为扩大世界对红军长征的了解，陈云将在上海写成的《随军西行见闻录》一文，发表于中共在巴黎主办的报纸《全民月刊》上，向世人讲述中国工农红军长征的真实情况。尔后，此书的单行本在莫斯科出版发行，成为最早介绍红军长征的文献资料。

陈云向共产国际的报告和《随军西行见闻录》一文，以亲身经历对中国工农红军从江西出发后的征战历程作了全面介绍，其中对寻甸有很多描述。他介绍说，红军分兵两路入滇，“主力则占沾益、马龙、寻甸、嵩明直逼昆明。”尤其是对抢渡金沙江的决策和实施过程描述得十分细致。对红军截获龙云送交蒋介石的地图，对金沙江险情和部队抢渡的部署，对渡江船只的安排和红军战士的表现，都有非常具体的记录，并强调红军渡过金沙江“仅凭此六只破烂之船，国人未睹此或不信之”。陈云写道：

“我曾亲自渡过金沙江，我亦觉此事为平生一大幸事，使我永远不能忘却者。”

陈云的描述还展现了寻甸人民对红军的大力支持。由于此前长期的宣传，云南人民群众对红军的印象就是“赤匪”，抢劫居民，危害百姓。红军征战云南，改变了当地群众对红军的认识。“彼等见赤军临该地时，既未沿途抢劫，而且纪律甚好，买卖公平”，因此自动给红军各种帮助。陈云记述：“当地老百姓对我们都很好，附近船工都自愿来帮助我们。许多船工在渡江后加入了红军。”可见，红军能够顺利实现征战路线和方向的转折，是离不开人民的支持。

寻甸是红军征战云南期间的奋斗之地，在震惊世界的两万五千里长征史上留下了红色印记。陈云的描述使人们了解到寻甸这块红土地不同寻常的意义：红军在此作出抢渡金沙江的壮举，走出被动局面，摆脱了敌人的围追堵截，顺利实现了战略转移，为取得长征的伟大胜利奠定了基础。

陈云纪念馆的三个展厅，集中展示了陈云在革命、建设和改革三个历史时期，从一个个重大历史事件，一段段的评语，一张张的照片，一件件的文物中，深切体现了从水乡走出的共和国领袖陈云，一生与中国共产党的历史紧密相连。少年迷茫中的反复比较，缅怀信仰。革命道路上的不畏艰险，勇挑重担。挫折逆境中的蛰伏隐忍，不言弃馁。社会主义建设中的深谋远虑，殚精竭虑。改革开放新时期的高瞻远瞩，赤子初心。这些，都显示了陈云为党、为人民作出的重大功绩和贡献！

（三）

陈云纪念馆中，在追寻红色历史时，我发现了陈云在中共党史上有许多之“最”：他是担任中共中央委员时间“最”长的领导人，是“最”早向世界介绍红军长征的第一人，是“最”早全面、科学概括共产党员的六条标准的人，是“最”先引用“摸着石头过河”的领导人，是“最”

后一任中共中央顾问委员会主任，等等。一件件珍贵的史料，一张张厚重的历史照片，让红色记忆绽放时代光芒。

陈云在革命斗争的实践中不断成长，为新中国的建设立下了功劳。在展厅中，让我感动的是陈云制胜“两白一黑”（大米、棉花和煤炭）的故事。那是 1949 年 3 月，中共中央决定成立中央财政经济委员会（后改为政务院财政经济委员会），统一管理全国财经工作，陈云为主任。周恩来曾说：“在财经工作这一点上，我们是依靠陈云同志的。”

中华人民共和国成立前后的一段时间，全国财政经济工作处于困难时期。从 1949 年 4 月到 1950 年 2 月，全国物价先后发生四次大的波动。每次物价上涨风，都是从大城市开始，然后波及各地。带头波动的是“两白一黑”，即大米、棉花和煤炭。这是“衣、食、住、行”中首要的三项。没有棉花，纺不出纱，织不出布，老百姓就没有衣穿；没有大米，没有煤炭，老百姓就没饭吃。

陈云从调查中了解到，物价上涨的主要原因，是人民政府在解放战争不断扩大胜利中财政严重困难，赤字庞大，钞票发行过多，加上投机资本家乘机兴风作浪而导致的。他认为，物价稳，天下定。稳定市场物价，成为当时解决财经困难和安定人民生活最紧迫的任务之一。

稳定物价，大城市是关键，上海更是重中之重。作为当时中国最大的城市、全国的经济中心，上海的地位举足轻重。陈云于 1949 年 7 月下旬亲自去上海调查研究，明确提出并具体帮助上海解决“两白一黑”的问题。陈云亲自部署从四川、苏浙等地调粮，从华北、中南调棉调煤，并具体指挥运输调度。短短几天时间里，就止住了物价上涨势头，并给囤积物品、哄抬物价的投机资本以歼灭性的打击。

陈云的厉害，可不仅仅体现在这里，当初蒋介石花费了十二年，都没能治住恶性通货膨胀的事情，却被陈云遏制了。新中国刚刚成立，当时很多外国人都在嘲笑中国，认为中国在军事上很厉害，但经济上竟然没有一个懂，大家都在看中国的笑话。谁能想到我国的这些危机，竟然让陈云给解决了，他们不得不承认中共在经济工作中也是有奇才的，并称陈云为“共产党的财经专家”，这是值得庆祝的事情。

新中国成立半年时间，就实现了财政收支基本平衡，将延续多年的物价上涨稳定下来，陈云凭借自己的能力和经验，让中国的经济走上正轨和稳定，让中国更上一层楼，这不能不说是一个奇迹。毛泽东曾高度评价这一胜利，认为陈云在这件事上作出的贡献，其意义不亚于淮海战役。

调查研究是做好领导工作的一项基本功，也是践行好党的群众路线的重要抓手。多年来，陈云是全党公认的善于调查研究的楷模。毛泽东曾称赞陈云的工作方法就是调查研究，他不清楚就不讲话，并且在党的七届七中全会讲话中对陈云有过评价："不要看他平和得很，但他看问题很尖锐，能抓住要点。"

中华人民共和国成立后，1955 年 1 月到 1961 年 7 月，担任党和国家重要领导职务的陈云，曾四次来到家乡青浦，深入基层，深入农村，体察实情，了解民生。对于调查研究，陈云曾说，蹲点要蹲得住，一竿子插到底。

1961 年 6 月下旬至 7 月上旬，作为主管财经工作的国务院副总理，陈云在上海市青浦县小蒸人民公社进行农村调查，扎扎实实搞调研，而且一蹲就是十五天。他谢绝了县里做的生活安排，深入基层干部群众中，看他们吃公共食堂、养猪、种地等。从小蒸镇到各个自然村，来回要步行六七里路，有时还要跨越水沟，他多次到农民家中观察他们养猪、种自留地、住房和吃饭等情况。正如他所言："掌握实际情况的一个重要方法就是，向自己熟悉的地方和熟悉的人去了解。"

今年是浦东开发开放三十周年。陈云晚年时关心家乡上海的发展，十分关注浦东开发开放建设。

1992 年 4 月 26 日，陈云在上海听取上海市委领导关于上海工作情况的汇报。当听到上海开发开放浦东，打的是"中华牌"，欢迎全国各地来上海投资时，陈云说：应该这样，上海有很好的基础，尤其有人才优势，上海今后的发展一定会很快，上海大有希望。陈云表示，非常赞成开发浦东、开放浦东。

20 世纪 90 年代初，陈云派秘书赴浦东考察。当时，浦东刚刚开始建设，到处都是工地。时任浦东开发区主任的赵启正向其秘书详谈了开发浦东远、中、近三期目标，还实地参观了正在建设的发电厂、码头、仓储基地（物流）。秘书回来后，向陈云汇报了了解到的情况。陈云特别关注浦东开发后，乡镇企业大规模地发展，农业用地如何保障，以及农业地力如何保护、有机肥使用等情况。他的秘书又专门到浦东和上海市的郊县（区）农村做调研。在特区建设问题上，陈云思路十分清晰：一是特区要办：二是要循序渐进，不断总结经验。

如今，新中国的第一个自由贸易试验区便设立在上海浦东。我想，若没有陈云等老一辈革命家的积极倡导和全力支持，就没有浦东开发开放今日的局面，后辈们将沿袭老一辈革命家实事求是、敢为人先的精神，继续前进。

在主馆东边的陈云文物纪念馆，也是热门的“打卡地”。建成并于2015年开放的该馆，以700余件珍贵的文物，向人们展示了他的人格风范。场馆之内，复原展示了陈云在中南海的办公室、会客室、书房及卧室等场景，揭开了他的居住生活的神秘面纱，也增添了给我们的亲切感。

我从纪念馆走出，就去观看了手迹碑廊，漫步文化创意街，很受教育。我又去了领袖铜像馆，伟人足迹馆，瞻仰伟人们的风采。我休息一下后，去了陈云故居码头，算盘文化馆，评弹艺术馆，寻求陈云在故乡练塘的生活足迹，既可体验当地的乡土文化，又可品尝美食，不亦乐乎！

陈云在七十年的革命生涯中，始终爱党、信党、护党、兴党和强党。他说，我一定要让老百姓的生活，一年比一年有所提高，这样大家才会说共产党好。“个人名利淡如水，党的事业重如山”，是陈云一生的真实写照。他为中国人民解放事业的开展和成功，为我国社会主义制度的建立和巩固，为我国改革开放和社会主义现代化事业的开创和发展，奉献了毕生精力，建立了不朽功勋，在国内外享有崇高的威望，深受全党全国各民族人民的尊敬。因此，我觉得，应该让陈云纪念馆充分发挥全国爱国主义教育示范基地的引领作用，精心打造陈云风范的展示高地，让陈云的丰功伟绩更加完美地永载史册，让陈云的风采更加完美地留在全党全国各族人民心中，让陈云的思想和品德成为激励我们不断开拓前进的永恒动力，让红色文化，让伟人风范，穿越历史，照亮未来！

离别练塘，我心中叠印出太浦河的流水，纯净如玉的月亮，还有那古镇灿如繁星般的新景观，朝真桥畔月色中，那座难以忘怀的小屋。一代伟人“踱方步思维方法”，让我印象深刻，那“反复、比较、交换”的告诫，在我耳边回荡……

2021 年 5 月 28 日

春到中南海

在北京的西单到天安门城楼之间，沿着长安街的路北，有一堵数百米长，六米多高的红墙，在绿树和灯笼的映衬下，红墙越发显得厚重。红墙外，慕名而至的游客纷纷以之为背景留影纪念。红墙内，就是著名的中南海。

从懂事起，中南海就像颗奇异的宝石，在我的心灵里闪烁着神秘的光泽。多少次，很想进去看看，可一直没有机会，因为那是禁地呀……同时，我也产生了这样一个疑问：为什么宫殿绝大多数采用红墙黄瓦？这里面是否也是如此？

岁月如流。没想到儿时的向往，竟有了如愿的这一天。20 世纪 80 年代有段时间，中南海曾有限度的对外开放，这是当时轰动全国的新闻。我的老战友张序敏先生送来了参观中南海毛主席故居并游览静谷和瀛台的参观券。那时，只有在节假日对外开放。虽只开放局部的地方，但能走进 1949 年以来党和国家的大脑和心脏之地，让我兴奋不已。

（一）

初春乍暖还寒，我来到了中南海。

中南海在故宫西面，又称“西苑”和“太液池”，占地面积 1500 亩，却有 700 亩是水面。它为中海、南海之统称，南海在中海之北，与红墙外的北海原称“三海”。它始建于辽、金，自元、明、清均是皇家禁地。它的东面是北长街和南长街。我从南长街 81 号进入中南海。开放的那片地，说是平时中共中央书记处办公所在。

其实，中南海的建筑基本集中在隔开中海与南海那东西向的长条地块上。现在的规模出于明朝，大多为清时所建。翻着导游手册《中南海参观纪念》，进门，急步入园，扑入我眼帘的是烟波浩渺的南海，春光盈盈，碧波粼粼。绿树成荫，鲜花缤放，地面整洁得几乎一尘不染。四面宫墙，皆为朱红色，黄琉璃瓦护顶，透射出昔日的皇家气派。一种开阔而又宁静的气氛，使我激奋的心情渐渐地松弛下来了，我不由自主地放慢了脚步。

园门的左侧，有一座建在水中的亭子，黑石板地面上刻着九曲槽，流水有声，故名“流水音”，匾额为乾隆御笔亲题。传说，当年皇帝和妃子常在此玩耍之地。一人在流水的上游，将盛有酒的玉杯，轻放入水槽，杯顺九曲而下，流到下游另一人手中。然而，美丽的传说并没有留住我的脚步，我经过瀛台和勤政殿，到了丰泽园。

丰泽园位于中南海的西南侧，坐北朝南，门前有一片开阔地，院里有挺拔的雪松。丰泽园的门楣上、屋柱上，都留有或康熙或乾隆御题的金字匾额、楹联，还有些斑驳的朱红廊柱、木格门窗。经过一条不长的甬道，就可以看到一厢房正中的匾额上，赫然写着“菊香书屋”。书屋主体建筑颐年堂面阔五大间，中间三间为会议室。中华人民共和国成立后到 1966 年间，这里一直是毛主席与刘少奇、朱德、周恩来等党和国家领导人经常集会之地，也在这里召开会议，接待外宾。沿着颐年堂的前廊往东到尽头，有两座小四合院，南面的称松涛斋，北面的就是毛泽东的故居菊香书屋。

菊香书屋，是一个四方形的四合院，四面各有五间房，内有办公室、会客室、卧室、餐厅、门厅，以及书房、藏书室等。1949 年，毛主席从河北平山县西柏坡村进京，落脚香山双清别墅。在那里住了一段不长的时间后，就来到了这里。

沿着回廊，来到了毛主席的办公室。屋内的写字台上，有本台历。翻开的那页是 1966 年 8 月 19 日，我记下这个日子。从那以后，毛泽东就搬到了游泳池居住。在中南海的日子里，他住菊香书屋最长，有十七个年头。

我又来到了毛泽东的卧室，屋子里的家具全是本色的。引人注目的是那张又宽又长的大床，床上铺的篾席破损处贴着一张张橡皮膏，十分引人注目。贴墙的衣架上挂着一件白色泛黄的棉质睡衣，睡衣外观通体破旧，衣袖、前襟和下摆等处补丁连补丁，一个人民共和国的缔造者，如此节俭朴素，让人敬佩！当年美国作家埃德加·斯诺在延安看到毛泽东穿着打补丁的衣服，周恩来睡土炕，彭德怀穿着用降落伞做的背心，由此断定信仰的力量无穷大，不忘初心的中国共产党人是无法被打败的。

宽大的床上除一个人躺卧休息的位置外，大部分都被一叠叠书挤占了。毛主席一生爱读书，好学不倦，堪称博学多闻的楷模。青年时期，他曾在沪上石库门的陋室里如饥似渴读书、昏暗的路灯下看书；战争时期，枪林弹雨，九死一生，他行军打仗，指挥作战，筹款征粮，发动群众，但稍有闲暇，他就会捧起书来，看得津津有味；中华人民共和国成立后，日理万机的他，也总是挤出时间来读书。他的住所里，床上、办公桌上、休息间里，甚至卫生间里都放着书，一有空闲他就读书。正因为他读书多，因而讲话旁征博引、生动形象、风趣幽默、引人入胜。在动员干部到敌人后方去时，他说这就好比孙悟空钻进铁扇公主肚子里去；在讲中国革命战争策略时，他用《水浒》里王进打洪教头的例子说明要有进有退；在莫斯科给留学生讲国际形势时，他引用《红楼梦》里林黛玉的话“不是东风压倒西风，就是西风压倒东风”来说明斗争立场要坚定。在中共七大上，他的大会闭幕词就以《愚公移山》为题，收到了极好效果，有的甚至成了传诵一时的名言金句。

毛泽东大床的一边是小木桌，有盏小台灯，圆锥形的灯罩是蓝色的。小木桌后，紧挨着一张小写字台。这张木板床朝里靠窗的一边，堆着一排书，早就听说他的这一习惯。与床垂直的是一排四个木制的书橱，无玻璃门。橱的上方有两盏壁灯。那时的视力还可以，还没特为他印制的“大字本”。

（二）

故居里是不能拍照的，只能在丰泽园前留影。一旁，有人指着树后一栋三四层平顶楼房说，那是江青住的。住这里，与菊香书屋不算远。“文革”开始，毛泽东搬走了。江青也随中央文革小组搬到被毛泽东认为是“无鱼可钓”的钓鱼台，直到被抓。

书屋为何取名“菊香”呢？因为毛主席生前喜爱异香扑鼻的菊花。这可从他写的词《采桑子·重阳》中窥见一斑：“人生易老天难老，岁岁重阳，今又重阳，战地黄花分外香。”菊花初开，古时以阴阳五行解释季节的演变，秋属金，金又以黄色为正，重阳时节的九月，又有“菊月”之称，故菊花又称“黄花”，“黄花分外香”，不正是菊花吗？毛主席把自己的书屋命之为“菊香书屋”，正是这位伟人高洁之志的生动写照。

菊香书屋内，高橱林立，百余个书橱、书架上一排排满是经史子集、诸子百家的线装古籍，以及中外哲学、文学、艺术、科技等著作，真可谓汗牛充栋、墨香溢天，像在静静地迎候每一位来此的参观者。我在“菊香书屋”，犹如置身于书的海洋。瞻仰菊香书屋，我印象最深的就是满屋子的书。办公桌上有书，床的一侧也堆放着书。据介绍，到1966年夏天，毛主席的藏书已达几万册，形成了一个门类较为齐全又适合自己需要的个人藏书室。毛主席除经常翻阅马列著作外，鲁迅的书是他最爱的。鲁迅的许多文章，他反复地看过多次。毛主席逝世后，期刊上曾发表过一幅他站在书柜前看书的照片，他拿在手里翻阅的书，就是新版《鲁迅全集》。

这间看似平凡的书屋，却让我肃然起敬。这书屋，不仅是主席生前读书写作、批阅文件之处，更是他运筹决策之地。1971年4月7日晚上，毛主席就是在“菊香书屋”内作出决断，让美国乒乓球队打头阵，为尼克松总统访华铺垫道路。于是，举世瞩目的“乒乓外交”在这“菊香书屋”拉开了帷幕。1972年2月21日，主席就在这里会见尼克松和基辛格，在笑谈“哲学”中，打开了中美建交的大门。在书屋，毛主席会见过许多来访的外国首脑，他那博览群书的学识，让每一位来访的客人惊叹。时过境迁，但屋内书橱林立，书架上一排排线装古籍，中外哲学、文学、艺术、科技等著作，像在静静地迎候每一位来此的参观者。

故居的写字台上，仍然像毛主席生前那样，摆放着一副老花眼镜和一叠线装书，而台子上的笔筒里还插着几支红蓝铅笔。在参观结束后，我选购了当年毛主席用过的铅笔的复制品，这伴随老人家工作、读书、学习的铅笔，在我的眼里显得分外庄重和大气……

菊香书屋，睹物思人，追忆伟人的风范，我呀，感慨系之，永不忘怀。“领袖教诲记在心，鞠躬尽瘁为人民。”一位老同志的诗，道出了大家的心声。

（三）

离开菊香书屋，来到“园中之园”静谷。汉白玉石雕砌的门楼为金刚宝座塔式，五塔分别矗立于两层须弥座上，门额镌刻“静谷”两字。这里画廊曲折，翠竹萧萧，假山叠起，小径通幽。眼前的景色，诱使我爬上假山，钻进石洞，快乐的像孩童似的。穿过瀛台桥，飞檐画廊的瀛台，魏然耸立。它建于明朝。现有建筑是清顺治和康熙年间扩建的，1975 年进行过修缮。主体建筑从北向南为翔鸾阁、涵元殿、香扆殿和迎薰亭。清世祖顺治题额“瀛台”，乾隆题的“海中蓬莱”。据说，光绪皇帝在戊戌变法失败后，就长期被慈禧太后囚禁在此。

站在迎薰亭环顾四周，没想到中南海里还能划船。望着荡起双桨的人们，映衬着南海喷出的清凌凌的水，如穿梭在绽放的花儿中。“这里从前是皇家贵族划船的地方。”我们来到湖边，我指着湖，对大家说：“今天，咱们也来试试！”我们下了船，笑着、嚷着，朝着新华门的方向，把小船划到了南湖的湖中心。

我在边听边问间，船儿靠近了迎熏亭，一抬头，阳光正好。在风中摇曳的枝上，忽而幻化出一排新芽来，闪现出一树红桃。我情不自禁地叫起来：“桃花！”再仔细看时，岸边的柳树也吐绿了。我知道，我们都在心底盼着，春天快些到来。

春天，来到了！

1986 年 5 月 22 日草于崇文区政府招待所

天安门前留个影

“我爱北京天安门，天安门上太阳升。”我在部队当兵时，常听常唱这首歌，把“天安门”植入了心田。“灿烂的朝霞，庄严的乐曲，报道着祖国的黎明。”从部队退伍后，我爱听爱唱这首歌，把“首都北京”装满了心田。现在每逢国庆节，我都会想起登上金碧辉煌的天安门城楼那一难忘时刻。

天安门，是社会主义中国的象征，是全国各族人民向往的圣地。登上天安门城楼，是我心中很久的梦想，终于，北京金秋十月，我梦想成真了。那年，我实实在在地登上了天安门城楼，是一级一级数着迈登上去的，一共有四层 67 级台阶。时间为 2009 年 10 月 26 日，农历已丑年九月初九重阳节。那一刻的情形，历历在目，永生难忘。

（一）

头天晚上，我们几个老头儿商量明日登高的事，有人提议去登香山，寻觅当年在京求学时的青春足迹。有的要去北京大学或清华大学，看看当年求学的地方。可这次特意进京的我们几个人，认为登天安门城楼更有意义。这城楼，是公元 1417 年明朝燕王朱棣当政建造的，最初叫承天门，是紫禁城的正门，曾是明、清两代帝王皇宫的大门，红墙围绕，金水桥横跨河上。桥南东西两侧，各有白玉石华表矗立，云绕龙盘极富气势，衬托着总高 34.7 米的天安门朱红城楼，也是明清两代举行皇帝登基、册封皇后、册立太子等国家大典的地方。清顺治八年（1651 年）更名为天安门，至今已有 500 余年历史。

天安门由城基、城台和城楼组成。城基是 1.59 米高的汉白玉须弥座。上面城台高 10 多米，24 公斤的城砖，由石灰糯米汁灌筑成。城台上是重檐大殿、天安门城楼。城楼东西五间，南北进深五间，以九五之数暗示帝王的尊严。进入大殿，向南菱花窗门 36 扇，朱红巨柱 60 根，贴金的“双龙合玺”彩锦，团龙图案的天花藻井，由一个 450 公斤八角宫灯和 16 个各重 350 公斤的六角官灯组成的众星捧月图景，整个大殿，金碧辉煌，庄严雄伟。

天安门城楼长 66 米，宽 37 米，高 32 米，有 60 多根柱子，最粗的直径 1.2 米，最小的也有 0.6 米，每根 12 米长。那些重 7 吨以上的，一辆载重 15 吨的卡车，也只能拉一根。城楼下是碧波粼粼的金水河，河上有五座雕琢精美的汉白玉金水桥。暗红的门楼基座，在蓝天白云下，黄琉璃瓦的反光，激荡人心。天安门的一对石狮，守护两边，威严尊贵，威震八方。天安门与挺拔的华表已作为新中国的象征，国徽图案是五星下映衬的天安门，是由毛主席亲自审定的，设计者是建筑家梁思成先生等人。

当我们专心数着台阶往上登的时候，迎面来了一个身着红色夹克、脸颊红润、扎着马尾辫的小姑娘。她扑闪着水灵灵的大眼睛问我们：“爷爷，要讲解吗？就 10 元钱。”看她稚嫩又伶俐的样子，我愕然：“你多大了？叫啥？你能讲解？”她瞥了我一眼，嫣然一笑说：“我叫马桂花，13 岁了，当然能讲呀！”

“你怎么不去上学？”我问。

“小学毕业了，我是农民工子女，挣够盘缠就回黄山老家读初中去！”她那纯真自信的口气，使我们顿失疑虑，欣然跟着她登楼数台阶。出乎意料的，是她不仅声情并茂地介绍了开国大典时领袖们的登楼情景。当年，毛泽东和宋庆龄都 56 岁、朱德 63 岁、刘少奇 51 岁、李济深 64 岁，张澜 77 岁……他们都为国家和人民做了长时间的艰苦奋斗，才登上了这一台阶。也可以说，为了登上当时还是 100 级的古砖道的台阶（1970 年城楼修葺时，才铺成四层 67 级花岗石台阶），中国共产党奋斗了 28 年，中华民族奋斗了一个世纪。而时至今日，新中国已建设了 60 年，中国共产党已经奋斗了 88 年，多少风雨，多少坎坷，多少苦难，多少艰辛！但那平台不是终点，而是又一个征程的起点！

（二）

我们顺着西头城墙阶梯：一步一步登上了天安门，金碧辉煌的天安门城楼出现在我眼帘，扶着汉白玉栏杆，眺望天安门广场，整个广场是人流和鲜花的海洋，借助望远镜，一幅幅美丽的画卷依次展开。巨大的国徽在一轮红日的映衬下格外耀眼，在五颜六色的鲜花簇拥下，1949—2009 数字显示，此间走过 60 度春秋。毛主席亲自升起的中华人民共和国国旗——五星红旗，迎风招展，着装整齐的礼兵，屹立在国旗旁。两个巨大的 LED 大屏幕，不断播放新中国所走过的光辉历程，许多人驻足观看并摄影留念，记录这美好而难忘的时刻。

我们进入城楼内，我震惊了，猩红的大地毯，巨大华丽的宫灯，五彩缤纷的一根根斗拱横梁，璀璨斑斓的屏风，红漆大门上的描金花格子，设计之精妙，建筑之讲究，装潢之豪华，令我叹为观止。崇高、雄伟、辉煌、灿烂的大壮之美，令参观的人们流连忘返。

沿着铺有红地毯的走廊，我们来到天安门城楼上，来到毛主席庄严宣布“中华人民共和国中央人民政府今天成立了！”的地方，冉冉升起了中华人民共和国第一面五星红旗。这威震寰宇的话，永远铭刻在人民的心中。国家领导人一次次检阅群众集会游行的队伍，人们把它看成伟大祖国的象征，全国人民向往天安门。这时，小姑娘竟然朗诵起陈毅《开国小言》中的诗句：

天安门上望，城下人如海。
天安门上望，红旗翻作海。
天安门上望，万岁涌潮来。

在六十年后的今天，我也从城楼往下望着天安门广场，仍然是一片人海！只是红旗与万岁没有了。主席站的位置，是不可多作逗留的，因为后面有一长串排队的老人等着拍照哩！真没想到，竟然有那么多的老人拣这个日子登楼！

啊，天安门，六十年峥嵘岁月，在历史的长河里也许只不过是一朵不起眼的小小浪花，可您所经历的风风雨雨，在中国人民的心中，乃至在全世界人民的心中，却是一段让人永不忘怀的历史。您永远是伟大光荣的象征，为了给您增添光彩，中华优秀儿女，都在用青春和热血去辉煌每天。啊，天安门，您永远与天地共存，和日月同辉！

（三）

我信步楼台，调动着眼球的每根神经。放眼环顾，南面是毛主席纪念堂，东面是国家历史博物馆，西面是人民大会堂，中央矗立着 39.29 米高的人民英雄纪念碑等雄伟建筑，尽收眼底。40 多万平方米的广场，开阔坦荡，浩气凛然；极目远眺，云山相拥，江河一线，金水河犹如一根翡翠项链，挂在天安门的胸前，河上横跨着的汉白玉石桥，大气昂然，宫殿上的琉璃瓦，闪耀着灿烂的光芒，与阳争辉。宫灯成排，龙柱林立，游人如潮……我昂首挺胸，筋骨之舒畅、眼界之开阔，胸怀之豁朗、神情之豪爽，心底之愉悦、精神之亢奋，实不可言状！给我留下了美好的回忆……

小姑娘讲解时，还朗诵了邓拓同志 1958 年写的《天安门二绝》：

举国欢腾起舞时，天安门下动遐思；
春秋大事书万卷，不敌英雄纪念碑。
古来岁月去悠悠，独向高城瞰九州；
今日天安门外路，四通八达遍环球。

我们几个老头，真的被她的真情感动了，每人送她十元钱。她犹豫了一下，也就笑纳了。和我们下楼时，还同我一道开心地数台阶呢。

走下天安门城楼，再次回望如此巍峨、如此壮观的高大城楼，我几度止步，几度回首，用随身带着的相机，站在雄伟的天安门前，这个歌声唱到的地方，留了个影。之后，恋恋不舍地离开。事情已过去好多年了，直至今日，每当回想起那一年瞻仰天安门城楼的美好一幕幕时，我就心潮起伏，回味无穷。

2009 年 10 月 26 日于崇文区政府招待所

后记

红色，是中国的颜色，象征革命，象征光明，凝聚力量和引领未来。红色基因，是中国共产党人的精神内核，是一种革命精神的传承。井冈山、瑞金、遵义、延安、西柏坡……是红色基因的发源地和成长地，也成为一代又一代中国人心中向往的革命圣地。正因此，红色基因孕育的红色旅游，也承载爱国主义和革命传统教育的重大使命。

无论我们走得多远，都不能忘记来时的路。当下，红色旅游在各地焕发出勃勃生机，红色旅游蒸蒸日上的发展现状以及未来的广阔前景，令人振奋。早在 2004 年 12 月，中共中央办公厅、国务院办公厅印发《2004—2010 年全国红色旅游发展规划纲要》，明确了红色旅游的定义：以中国共产党领导人民在革命和战争时期建树丰功伟绩所形成的纪念地、标志物为载体，以其所承载的革命历史、革命事迹和革命精神为内涵，组织接待旅游者开展缅怀学习、参观游览的主题性旅游活动。

红色精神，永续传承。此后，中共中央办公厅、国务院办公厅又相继出台了两期规划，其中最近的一期《2016—2020 年全国红色旅游发展规划纲要》，将红色旅游的理想信念教育功能以及红色旅游的文化内涵作为规划重点，以弘扬社会主义核心价值观为主线发展红色旅游，积极开发爱国主义和革命传统教育、国情教育等。

《2018 年全国旅游工作报告》显示，近三年来，全国红色旅游接待游客累计达 34.78 亿人次，综合收入达 9295 亿元。我国目前有 121 处革命旧址和纪念馆被纳入国家级抗战纪念设施、遗址名录；281 处革命旧址和纪念馆被命名为全国爱国主义教育示范基地。我之所以把这些描述部分革命圣地和抗战纪念设施等文稿集纳在本书中，突出红色，坚守红色，永葆红色，发扬红色，是为了围绕红色主题，营造氛围，深化体验，寓教于游，促使红色旅游蓬勃发展。

烽烟何曾远，峥嵘岁月稠。中华民族是崇尚英雄、成就英雄、英雄辈出的民族。2015 年 9 月 2 日，习近平总书记在中国人民抗日战争胜利 70 周年纪念章颁发仪式上指出，近代以来，一切为中华民族独立和解放而牺牲的人们，一切为中华民族摆脱外来殖民统治和侵略而英勇斗争的人们，一切为中华民族掌握自己命运、开创国家发展新路的人们，都是民族英雄，都是国家荣光。中国人民将永远铭记他们建立的不朽功勋。

“天地英雄气，千秋尚凛然。”一个有希望的民族不能没有英雄，一个有前途的国家不能没有先锋。包括抗战英雄在内的一切民族英雄，都是中华民族的脊梁，他们的事迹和精神都是激励我们前行的强大力量。

因此，党的历史绝非冰冷乏味的历史尘埃，而应当是昂扬的激情、崇高的理想和闪耀着夺目光芒的犀利思想……它是可以让每一个热爱它的人追随它的人和信任它的人，都能从其波澜壮阔、腥风血雨的斗争史中，获得精神力量和人生经验。生动的党史，必定是可以站起来的红色历史。

不忘初心，牢记使命。改革开放以来，我们在党的领导下，取得了长足的进步，这是有目共睹的。

理想信念具有神奇的力量。请看，每次革命遭到挫折之时，总会出现两种表现：一种人对革命，对党悲观失望了，灰颓了；另一种人，反而更坚信了，朱德、彭德怀、贺龙、宋庆龄等同志就是其中的光辉榜样，永远让人受教育的榜样。人类历史之所以永远前进，绝不能倒转历史车轮，其原因之一，就是永远有一代又一代不惜牺牲个人的一切，坚决寻找真理，并在找到之后，把全部身心献给它。永远有各式各样的人，在自然科学、社会科学、美学上有这些称得上真正心灵美的人给人类作殉道者。正是他们，排成和连接成一串长长的人梯，让人类历史的车轮，从上面辗压过去，使历史永远前进。

中国共产党的历史，是中国人民争取自由解放、浴血奋斗、前赴后继的英雄史诗；是中华民族最富有朝气、勇于探索、奠基立业的创新史诗；是人类文明进程中最具开创意义、普照人性温暖的生命史诗。革命传统教育要从娃娃抓起，既注重知识灌输，又加强情感培育，使红色基因渗进血液、浸入心扉，引导广大青少年树立正确的世界观、人生观、价值观。在铸就中国梦的征途上，还可能出现坎坎坷坷；在未来的奋斗进程中，也难免遇到风风雨雨。崇高的信仰，坚定的信念，充足的信心，是我们战胜艰难险阻的精神法宝，是赢得各种考验的无字秘诀，迈向胜利的彼岸。

红色文化是魂，是精神，是一种气息，而不仅仅是文字的堆砌。红色文化能给人的心灵带来启迪，带来温暖，让人们产生接续前行的力量，这就是红色文化的意义。随着时代的变化，人类文明中定格历史的，就是一种精神、一种信仰，传承历史的也是这种精神、这种信仰。在这一篇篇文章中，感受美的温度，感受文学的力量，传递历史的厚重与力量。我用自己独特的视角和语言，把这种力量传递给所有读到这些文字的人，所有直面这些画面的人，使他们能够从中受到启发，从中得到智慧，得到向善向上的正能量。

更深地铭记，才能更好地传承。牢记为中国人民谋幸福，为中华民族谋复兴，是中国共产党人的使命和初心。无数的革命先烈在我们前头英勇地牺牲了。让我们学习他们的革命精神，让旧址遗迹成为党史“教室”，让文物史料成为党史“教材”，让英烈模范成为党史“教材”，不断增强“四个意识”，坚定“四个自信”，做到“两个维护”，筑牢信仰之基，补足精神之“钙”，把稳思想之舵，振兴中华，铺筑更加伟大的胜利之途，为实现“两个一百年”奋斗目标，实现中华民族伟大复兴的中国梦而奋斗！

《鲜花开遍了十字岭》的出版，得益于中国散文学会会员、上海市作家协会会员、“中国龙文学奖”组委会秘书长朱超群先生和中国散文学会会员、河南省作家协会会员、河南省驻马店市汝南县作家协会副主席王继伟先生的鼎力相助，上海市委党史研究室原副主任吴振兴先生审读了此书，在此，我对他们表示真挚的感谢。我要感谢凌翔老师和本书的责任编辑老师，没有他们的支持和帮助，本书是不可能这么快地与读者见面的。

本书还得到上海紫澜门实业发展有限公司董事长缪国庆先生的帮助

与支持，在此，我向他表示诚挚的谢意！

同时，我也要感谢始终如一支持我、帮助我的挚友、亲人。也愿这些充满了革命英雄主义的红色故事和红色典籍的文字，为您的心灵带来一份宁静、一份思考、一份力量。

沈裕慎

2022 年 12 月 21 日